KB049476

RAGNAROK:Re

KENTARO YASUI

야스이 켄타로 지음
이와모토 에이리 일러스트
김동주 옮김

RAGNAROK
라그나로크

LEROY SCHWARTZER
리로이 슈발처

고속으로 날아다니는 것은 은색으로 반짝이는 끈 모양의 무기――그레이프닐

은빛 유선이 모래먼지를 꿰뚫고 허공을 질주했다.

구속복은 이미 그 형태를 유지하지 못했다.

갈기갈기 찢어발겨져 마치 천 조각처럼 튤의 몸에 간신히 걸쳐져 있었다.

TUUR WEIß
툴 바이스
이다.

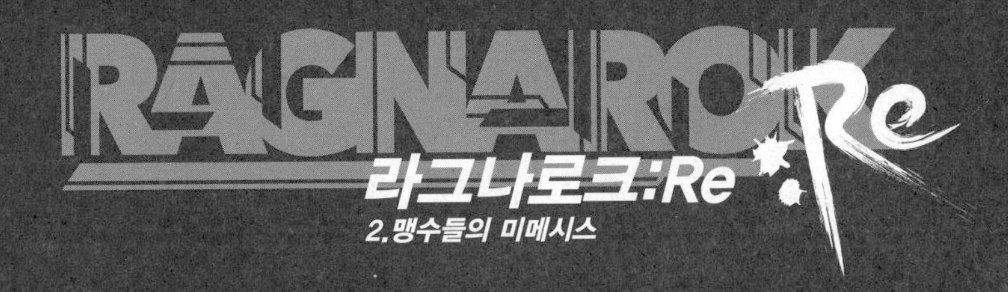

야스이 켄타로 지음
이와모토 에이리 일러스트
김동주 옮김

라루나

CONTENTS

서 9
제1장 34
제2장 100
제3장 217
제4장 370
종장 439

서

지저호의 거대한 공간을 포효의 여운이 흔들어댔다.

그것은 천장에 뚫린 균열을 통해 밖으로 뻗어 나갔다.

바이덴 사람들은 무엇을 들었을까.

해방된 맹수의 환희.

증오에 사로잡힌 인간의 원망과 한탄.

은색 눈동자는 천공에 반짝이는 달을 노려보고 있었다.

지하도시의 파편 가운데 멈춰 서 있는 그 거구는 마치 몰락한 왕과 같았다.

불길한 그 모습은 카틸이 리로이한테 말했던 이 세상의 모든 것을 부정하는 의지의 현현처럼 보였다.

하지만 왜일까.

나한테는 정체를 알 수 없는 괴물로 변해버린 리로이가 슬퍼 보이기만 했다.

아니면 그 흉포함이 보여주는 대로 저 모습이야말로 리로이 안에 잠들어 있는 본성일 걸까.

——뭐가 됐든 난 맡겨진 일을 할 뿐이다.

리로이는 나에게 뒤를 부탁한다고 말했다. 그건 당연히 리로이 자신까지 포함돼 있었지만 그 이상으로 이 여자——릴리의 안전에 대한 말인 게 틀림없다.

리로이와 카틸이 싸우는 동안 난 그녀를 안고 파편 밑으로 이동했다. 만에 하나를 대비해 그녀 옆을 떠나지 않았지만 이젠 걱정하지 않아도 된다.

리로이가 맹수가 됨과 동시에 난 한 가지 프로그램을 기동했다.

이미 그 효과가 나타나고 있다.

내 주변의 공간이 그 영향으로 흔들리기 시작했다. 막대한 에너지가 생성됐고 방사된 열이 공기를 태웠다. 이 에너지는 주변의 모든 물질에서 뽑아낸 것이다.

물질을 구성하는 최소단위는 소립자다. 이 입자에는 물질의 구조와 성질을 유지하려고 하는 의사가 들어가 있다. 「존재의사(노른)」라고 이름 붙어진 그 의사는 이 세상의 모든 형태를 만들어냄과 동시에 엄청난 에너지, 그 자체이기도 하다.

「존재의사」를 물질에서 추출하고 이것을 순수한 에너지로 행사하는 이 프로그램「디스」야말로「라그나로크」로서의 내 존재의사라고 말해도 될 것이다.

왜냐하면 이것은「다크 원」에 대해 절대적인 효과가 있기 때문이다.

「존재의사」가 있는 에너지는 통상의 열에너지가 물질을 단순하게 파괴하는 것과 달리 대상물의「존재의사」에 간섭하는 것이 가능하다.

간섭이지 파괴는 아니다.「존재의사」가 지닌 강고한, 유지하고자 하는 의사에 간섭해 이것을 반대 의미로 재구성한다.

즉, 구조와 성질을 유지할 수 없게 되고 그 결과로 대상물이 매우 작은 소립자로 분해되는 것이다. 아무리 강력한 재생능력을 지닌 권속이라도 이것에 저항할 수는 없다.

다만 문제도 있다. 내 경우 대량으로 밀려드는「다크 원」을 쓸어버리기 위해 정밀함보다 효과 범위를 특화시켰다. 본래 설정돼있는 그대로 이 힘을 사용하면 지저호뿐만 아니라 바이덴 자체가 소립자의 먼지가 돼버릴 것이다.

당연히 나도 리로이를 소멸시킬 생각은 없다.

난 진중하게 추출한「존재의사」를 컨트롤했다. 변칙적인 사용방법은 자칫 잘못하면「존재의사」가 폭주, 역류돼 나 자신이 소멸될 것이다.

하지만 만에 하나의 경우가 생기더라도 소멸하는 것이 나뿐이라면 문제없다.

리로이가 움직임을 보이지 않는 지금이 절호의 기회다. 난 파편 밑에서 실 모양으로 뽑아낸 「존재의사」를 방출했다. 치밀한 제어를 필요로 하기 때문에 표적——이 경우는 맹수가 된 리로이——가 격렬하게 움직이면 실패할 확률이 현격하게 상승해버린다.

나는 「존재의사」의 실을 리로이의 등 뒤로 접근시켰다.

그 목구멍에서 경계와 위협의 신음 소리가 새어 나왔다. 이쪽의 기미를 느낀 것은 아니다. 머리 위에 있는 뭔가를 느낀 것이다.

난 아무것도 보이지 않았지만 어쩌면 방금 전부터 리로이가 노려보고 있었던 것은 달이 아닐 수도 있다.

그것이 무엇이든 난 호기라고 느끼고 리로이의 검은 육체를 「존재의사」로 건드렸다.

동시에 그 등이 폭발하며 터져나갔다. 찢어진 피부와 검은 피가 뿌려졌고 그 등에서 하얀 뼈가 엄청난 기세로 펼쳐졌다. 그건 날개의 골격이었다. 그 뼈에 신경과 근육이 얽혀졌고 피가 튀면서 두꺼운 껍질이 들러붙기 시작했다. 조류하고는 다른 뼈와 뼈 사이에 비막(飛膜)이 이어진 척추동물의 날개가 검은 바람을 일으키면서 펼쳐졌다. 10미터가 넘는 거대한 검은 날개가 맹수의 등에서 생겨났다.

두 다리가 바위를 찼다. 굉음이 바위를 부쉈고 거구가 도약했다. 난 혀를 찼다. 「존재의사」의 끝이 리로이의 몸에서 떨어져 나갔다.

리로이의 거구는 매우 높이 뛰어올랐다. 등의 날개가 움직이기 시작하자 거구는 낙하하지 않고 더욱 상승했다. 그 날개에 맞은 공기가 폭풍처럼 우리들을 때렸다.

이건 위험하다.

날아서 이동하는 표적을 붙잡고 「존재의사」로 간섭하는 것은 거의 불가능하다. 게다가 이대로 천장의 균열을 통해 밖으로 나가버리면 따라가는 데만도 어느 정도의 시간이 걸릴지 알 수가 없다. 리로이가 앞으로 어떤 행동을 선택할지 예측할 수가 없는데 그동안 바이덴이 괴멸될 확률은 결코 낮지 않을 것이다.

"정말이지 힘든 남자라니까."

뒤를 부탁한다고 말해놓고 이 사단이다. 기묘하게도 카틸한테 선언한 대로 넌 무슨 일이 있든 리로이 슈발처라는 것이냐.

――라는 식으로 회한에 빠져들 상황이 아니었다.

난 여전히 정신을 잃은 채로 있는 릴리를 등에 업고 달리기 시작했다. 나한테는 피로라는 개념이 없다. 지상으로 이어지는 경로를 전속력으로 달리면서 찾았다.

머리 위로 소리가 작렬한 것은 달리자마자였다.

올려다보니 리로이의 거구가 나선형으로 몸을 돌려 급강하했다. 무언가와 격돌한 건가, 그 충격파가 지저호를 흔들어

호수면이 격렬하게 파도쳤다.

대체 무엇과?

호수면 위에 떠 있는 파편으로 추락한 리로이는 깨진 돌이나 나무들이 섞인 물기둥을 만들었다. 난 황급히 등 뒤의 릴리를 품에 안고 등을 돌렸다. 그 등을 파편과 물이 격렬하게 때렸다. 발밑으로 넘쳐흐른 호숫물이 밀려들었다.

고개를 들어 돌아본 나는 두 번째 물기둥이 솟아오르는 것을 목격했다.

뭔가가 떨어졌지만 난 그 무언가를 인식할 수가 없었다.

아니――뭔가가 있다.

파편들 위로 비처럼 떨어지는 물방울을 튕겨내는 뭔가가 있었다. 거대한 그것은 리로이가 추락한 지점에 시선을 고정하고 있는 것처럼 보였다. 공간이 희미하게 흔들렸고, 노이즈처럼 배경이 왜곡됐다.

저 투명한 듯 보이는 것은 광학미채(光學迷彩)다.

물론 이 시대의 기술이 아니다. 수천 년 전에 사라졌던 기술이다.

리로이를 격침한 것으로 보이는 그 인물은 물보라가 튀기는 범위를 봤을 때 상당한 거한이다. 맹수화된 리로이급은 돼 보이는 것 같았다.

다음으로 호수가 폭발한 것은 수중에서였다.

날개를 접었다가 날아오르기 시작한 리로이가 공중에서 날개를 펼치며 체공비행을 했다. 그 은색 눈동자는 주저하지 않고 광학미채로 몸을 숨기고 있는 인물을 향했다.

그리고 단숨에 급강하했다. 검은 날개의 날갯짓은 폭발적인 추진력을 만들어냈다. 소리의 충격이 온몸에 뒤집어쓴 호숫물을 날려버렸다.

검은 맹수와 보이지 않는 거인이 격돌했고 지저호가 흔들렸다.

둘을 중심으로 호수가 파열됐다. 대량의 물이 파편을 전부 밀어버렸다. 이것을 피할 장소 따윈 존재하지 않았다.

난 릴리를 안은 채로 격렬한 물줄기에 쓸려갔다. 파편이 차례차례로 몸에 부딪쳤지만 나에게 영향을 끼치진 못했다. 다만 충격은 품 안의 릴리에게 전해졌고 그녀에게는 산소도 필요했다.

우리들은 물가에서 수백 미터를 휩쓸린 뒤에야 물속에서 해방됐다.

굉음이 울리는 쪽으로 고개를 돌렸다.

광학미채를 꺼버렸는지 거인의 몸을 눈으로 확인할 수 있었다.

내 눈을 의심했다.

왜냐하면 맹수화된 리로이와 싸우고 있는 것이 카틸이었기 때문이다.

여러 가지 의문점이 떠올랐지만, 난 그것을 사고의 밖으로 몰아냈다. 아니다. 온몸을 뒤덮은 은색 털에 백호의 머리, 붉은 눈동자도 똑같았지만 크기가 달랐다. 카틸은 2미터가 넘는 정도였지만, 이 인물은 맹수화된 리로이와 비슷한 3미터 정도의 크기였다. 신체를 전체적으로 봤을 때는 두 배 이상 거대하다.

놀랍게도 그는 맹수화된 리로이와 대등하게 다투고 있었다. 특수한 능력을 구사하는 것이 아니라 원시적인 격투였다. 카틸조차 날려버린 리로이의 주먹을 남자는 몸을 구부리면서 왼팔로 뿌리쳤다. 육체의 부딪침은 둔중한 굉음을 만들어 공간을 떨리게 만들었다.

내딛는 발걸음은 그야말로 포격의 발사음이었다.

호수 위의 파편에서 딱딱한 호숫가로 두 거인은 이동했지만, 단단한 암반을 발로 깨부수었고, 충격파가 발밑으로 전해졌으며 물이 튀었다.

계속해서 내질러지는 은색 주먹은 리로이의 옆구리에 작렬했다. 강철 같은 그 육체에 엄청난 충격이 전해졌다. 검은 체모가 곤두섰고 피부 표면이 물결쳤다. 모든 타격을 튕겨낼 것처럼 보였던 근육이 주먹 모양대로 휘었다.

게다가 설마 저 거구가 공중에 뜰 줄이야.

날아든 것은 옆구리를 때리는 물방울――남자가 파고들면서 떠오른 물의 입자가 타격이 만들어낸 충격파로 흩날렸던 것이다.

리로이의 목에서 성난 포효가 울렸다. 반격의 주먹은 내지르기 전에 붙잡혔다. 남자는 양쪽 팔로 안기듯 리로이의 팔을 붙잡고 날카롭게 파고들더니 몸통박치기로 그 거구를 날려버렸다.

공중에 뜬 리로이의 모습을 보고 내 목에서 경악의 신음 소리가 흘러나왔다.

검은 거체가 땅에 부딪치자 지저호 전체가 흔들렸다. 바위가 부서졌고 균열이 생겼다. 내 신체가 릴리를 안은 채 떠올랐다.

등을 맞아 리로이의 날개가 짓눌렸다. 뼈가 부서지고 비막이 찢겨졌다.

남자는 틈을 주지 않고 추격의 주먹을 내질렀다.

그것을 막은 것은 리로이의 손이 아니었다.

하얀 거인의 등 뒤에서 뻗어 나온 비늘로 덮인 꼬리였다. 그것은 큰 뱀처럼 두꺼운 팔에 휘감겨 움직임을 막았다. 뼈가 변형된 날카로운 끝은 은색 체모로 뒤덮인 어깻죽지에 박혔다. 그것이 초고속으로 진동했는지 남자의 체모가 곤두섰고 분출되는 핏줄기가 안개처럼 펼쳐졌다.

남자는 꼬리를 붙잡았다.

이번엔 그 거구가 떠올랐다. 밑에서 리로이가 주먹을 내지른 것이다. 복부에서 폭음이 울렸고 등으로 충격이 통과됐다. 목에서 고통의 소리와 함께 선혈이 튀어나왔다.

그 옆구리를 리로이의 발이 차버렸다. 강철을 꺾어버리는 무거운 울림이 하얀 거체를 날려버렸다. 격돌한 것은 지하도시를 구성하고 있던 석벽의 일부였다. 거한을 막아낸 벽은 부서졌지만 남자의 기세는 멈추지 않았고 그대로 다른 파편——쌓여 있던 바위의 파편에 처박혔다.

단단한 바위마저 깨부순 하얀 거체는 격렬하게 회전하면서 하늘로 떠올랐다.

리로이가 질주했다. 선혈을 흩날리며 공중에 떠 있는 거구에 맹렬하게 덤벼들었다. 주먹이 아니라 펼친 손가락 끝에는 날카로운 손톱이 빛났다.

일섬——은백색 체모는 잘게 잘려 비산했고 피부는 찢어지고 살이 파였다. 근육까지 찢어져 깊이 박힌 손가락 끝이 내장까지 도달했다. 거구에서 뽑아낸 손톱의 궤적을 따라 뿜어져 나온 피가 흩날렸다. 남자의 신체도 손톱에 걸린 듯 선회했다. 리로이는 계속해서 신체를 비틀어 위에서 발차기를 내려치려고 했다.

하지만 이번엔 하얀 거인 쪽이 빨랐다. 리로이의 일격으로 회전하는 힘을 이용해 채찍 같은 발차기를 날렸다. 검은 거구의 어깻죽지로 떨어져 그것을 강타했다.

강철 깨부숴지는 소리가 두 거인 사이에서 울렸다.

리로이는 바로 밑으로 떨어졌지만 이미 재생된 날개를 펼치고 그 양력(揚力)으로 속도를 늦춘 후 착지했다. 거인의 발

차기로 부서진 왼쪽 어깨는 안쪽에서 밀어내듯이 변형했다. 부러진 뼈가 재생했고 찢어진 근육섬유가 다시 이어지기 시작한 것이다.

하얀 거인도 가볍게 호숫가에 내려섰다. 리로이의 손톱에 도려내진 복부의 상처에서 하얀 연기가 피어오르고 있었다. 파손된 세포가 분열과 증식을 반복하고 있다는 증거였다.

역시 그의 육체도 보통이 아닌 재생능력을 갖추고 있는 것 같다.

"흐음." 남자는 자신의 육체에 새겨진 상처를 손가락 끝으로 확인한 후 납득한 듯 고개를 끄덕였다.

"슈왈베가 말한 대로로군." 그는 혼잣말로 중얼거린 후 맹수화된 리로이를 노려봤다.

"나를 기억하는가? 아슈간 자자다."

하얀 거인――아슈간은 리로이한테 말을 걸었다. 리로이는 그것에 반응하지 않는다. 적어도 은빛을 발하는 눈동자에 지인에 대한 감정은 전혀 보이지 않았다. 아슈간도 그것을 확인했을 것이다. "하지만 진짜 있었구나, 거기에." 그리고 여전히, 라고 중얼거렸다.

"울어야 할지 웃어야 할지――어느 쪽이냐, 에밀."

물어봤지만, 당연히 답은 없었다. 검은 거구는 천천히 걷기 시작했다. 아슈간의 입가에 쓴웃음이 맺혔다. "꽤나 호전적이 됐구나." 그는 뭔가 재밌다는 듯 상흔이 사라진 복부를 어루

만졌다. "하지만 이런 편도 재밌지." 아슈간도 다시 발을 내디뎠다.

왜 그는 리로이를 「에밀」이라고 불렀을까.

그리고 그것이 리로이 안에 있다는 것은 대체 무슨 의미인 걸까. 리로이의 맹수화에 대한 어떤 답을 이 호랑이 머리의 거인은 알고 있는 것일까.

그런 내 의문을 무시한 듯 두 거인이 대치했다.

난 그때 문득 시선을 이동했다.

파편 위에 누군가 있다. 방금 전에는 아무도 없었는데. 센서도 그 인물이 갑자기 출현했다는 것을 보여주고 있었다.

소녀다.

10살도 안 돼 보이고 검은 드레스를 입은 그 소녀는 파편의 산 위에서 홀연히 서 있었다. 투명하고 하얀 피부, 피처럼 붉은 눈동자가 리로이와 아슈간을 바라보고 있었다.

난 그녀를 알고 있다. 예전에 「살육의 숙녀」로 두려움을 샀고 지금은 「아인트라트」라는 이름의 기업을 통괄하는 「다크 원」의 상급 권속——뱀파이어의 여왕 레이디 뫼베다.

아슈간 또한 그녀한테로 시선을 옮겼다.

"슈왈베인가."

"나를 그렇게 부르는 것은 이제 당신뿐이에요, 아슈간." 아름답다고 표현하는 것도 꺼려지는 레이디 뫼베의 목소리는 듣는 사람이 혼을 뺏길 수밖에 없는 마력을 지니고 있었다.

공기가 조용한 그 음색을 두려워하는 것처럼 흔들렸다. 뱀파이어의 능력 중 하나로 타자를 세뇌하는 「매료」를 들 수 있는데 나조차 광기에 빠져들 것 같은 목소리의 소유주는 내가 아는 한 오직 그녀 한 명뿐이다.

정말 전율스러운 것은 그녀가 자신의 능력인 매료를 봉인하고 있다는 사실이다.

옛날에 그녀는 단 한 마디로 대군을 서로 공격하게 만들어 전멸로 이끈 적이 있었다.

"슈왈베도 본명은 아니겠지." 아슈간은 코웃음을 쳤다. "어떤 이름으로 부르든 너의 본성은 변하지 않으니."

"귀에 박히는 지적이네요." 레이디 뫼베는 살짝 웃은 걸까. 눈동자와 똑같은 핏빛 입술이 살짝 호를 그렸다. "분명 그럴지도 모르겠어요."

"그런데 넌 나를 막기 위해 온 것인가?" 비난이 아니었다. 오히려 유쾌한 듯이 아슈간이 말했다.

"물론이죠." 레이디 뫼베는 작은 턱을 당기며 긍정했다. "오랜 친구의 과오를 간과할 수는 없으니까요."

"아직도 나를 친구라고 생각하는 거냐?" 눈동자를 가늘게 뜬 아슈간의 음색은 처연함을 띠며 살짝 흔들렸다.

레이디 뫼베는 똑바로 호랑이의 눈동자를 응시했다.

말은 하지 않았다.

땅에 납작 엎드려 기는 듯이 흐르는 맹수의 신음 소리가 그 침묵을 깨버렸다. 레이디 뫼베의 등장 이후 사태의 추이를 지켜보는 것처럼 움직이지 않았던 리로이가 기다리다 지친 것처럼 걷기 시작했다.

그 발걸음이 특이했다. 지금까지 한결같이 공격을 위해서만 전진했던 리로이였는데, 왜일까? 그 발걸음은 조금 다르게 보였다.

동료한테 다가가는 듯한?

바보 같은. 난 자신의 생각을 곧바로 내던졌다. 리로이는 리로이다. 쓸데없는 것을 덧붙일 필요는 없다.

"——넌 당해낼 수가 없구나." 아슈간은 그렇게 중얼거렸다. "그럼 오랜 친구한테 맡기고 떠나보도록 하지." 다가오는 검은 거구를 한 번 쳐다본 그는 몸을 돌렸다.

그 모습이 배경에 녹아들었다. 광학미채인가. 그의 존재가 완전히 이곳에서 사라지기 직전, 그 맹수의 입가에 온화한 미소가 떠오른 듯 보였지만 찰나의 순간이어서 확신할 수는 없었다.

리로이는 걸음을 멈췄다. 눈앞에서 사라진 아슈간을 찾는 것도 아니고, 수상하게 여기지도 않고 그 은색 눈빛은 곧바로 레이디 뫼베를 포착했다.

"에어스트 노인(0109)." 그녀는 내 제조번호로 나를 불렀다. "그를 멈추게 하죠."

"제조번호로 불릴 만큼 너와 친하지 않다."

난 말을 한 후에 생각보다 자신의 목소리에 가시가 돋쳐 있다는 사실을 깨달았다.

그녀는 조용히 미소 지었다.

"그럼 「라그나로크」, 제가 그를 유인할 테니 지난번과 마찬가지로 부탁드리겠습니다."

"말하지 않아도 알아."

리로이가 예전에 한 번 지금처럼 맹수화됐을 때 레이디 뫼베도 그곳에 있었다. 똑같은 설명을 하지 않아도 되는 점은 본의 아니게 고마운 일이다.

난 「존재의사」의 실을 리로이한테 보내기 시작했다. 리로이는 천천히 레이디 뫼베한테 다가갔다. 옆에서 보면 괴물한테 공격을 당할 것 같은 어린 소녀였지만, 그 미소녀 역시 괴물이다.

"말한다고 해서 당신들한테 전해지진 않겠죠." 레이디 뫼베는 파편 위에서 두둥실 떠올랐다. 중력에서 해방돼 우아한 비행으로 리로이의 머리 위로 이동했다.

리로이는 날개를 펼쳤다. 날아가 잡은 뒤에 으깨버릴 생각인지 양쪽 손의 손가락이 펼쳐져 있었다. 리로이 입장에서 봤을 때 자신의 크기를 생각하면 레이디 뫼베는 날벌레 같은 존재일 것이다.

강력한 다리가 도약을 위해 힘을 모았다.

레이디 뫼베는 작고 가는 손가락 끝을 리로이한테 향했다.

당장이라도 리로이가 덤벼들려던 순간이었다.

공기가 압축돼 파열하는 것 같은 폭음이 검은 거구를 감싸며 발밑의 바위로 밀어붙였다. 검은 피부가 찢어지고, 근육과 뼈는 압력을 견디지 못해 엄청난 소리와 함께 부서졌다. 리로이는 무릎을 꿇고 양손으로 몸을 지탱하며 버텼다. 하지만 발밑의 바위도 비명을 내지르며 부서졌다.

뱀파이어는 여러 가지 초능력을 쓰지만 그 정밀도나 위력에는 개인차가 있다.

물론 레이디 뫼베는 격이 다르다. 그녀는 공간을 초월해 이동하고 염동력으로 장갑차를 종이처럼 으깨버리고 발화능력으로 고층 빌딩을 태워버릴 수 있다.

손쓸 방도가 없다는 것은 실로 그녀를 두고 하는 말이다.

하지만 그런 엄청난 힘을 가지고 있어도 리로이를 완전하게 제압하는 것은 어렵다. 부서진 뼈와 끊어진 근육, 으깨진 살과 찢어진 피부가 파손됨과 동시에 재생을 개시했다. 땅에 짓눌려 있던 리로이는 검은 피보라를 안개처럼 두른 상태로 천천히 일어나려고 했다.

그 목에서 맹수의 포효가 울렸다.

진동하는 대기가 레이디 뫼베의 아름다운 은발을 격렬하게 흔들었다.

깨진 암반의 균열이 내 발밑까지 이어졌다.

그때「존재의사」의 실이 리로이에게 도달했다.

만약 나한테 심장이 있다면 격렬하게 뛰었을 게 틀림없다.

전에도 말했지만 대상물의 「존재의사」를 바꿔 적어 구조와 성질을 유지하려고 하는 의사를 반전시키는 것이 내가 짜낸 프로그램이다.

그 프로그램에 약간 손을 댄다. 「존재의사」의 유지하려는 힘은 과거, 현재, 미래에 영향을 끼친다. 현 상태가 파손되면 과거의 유전정보를 기초로 이것을 재생하고 미래에 일어날 수 있는 손해를 예측하고 현 상태를 변화시킨다――즉, 생명체의 자연치유로 진화되는 것이다.

「존재의사」에 간섭해 바꿔 적는 것은 시간의 흐름을 지배한다는 것이기도 하다.

그렇기 때문에 고대 신화에 나오는 시간을 관장하는 여신의 이름인 「노른」이라고도 불리는 것이다.

맹수화된 리로이의 체내에는 재생과 변화가 엄청난 속도로 진행되고 있었다. 내가 해야 할 일은 리로이를 구성하는 「존재의사」를 과거 시점으로 돌리는 것이다.

난 리로이를 형성하는 「존재의사」에 접촉했다. 레이디 뫼베의 힘에 대항해 일어서려고 하는 리로이의 거구가 크게 흔들렸다.

그건 조용한 공방이었다. 격렬한 소리도 충격도 없고, 피도 튀지 않았다. 극도로 작은, 눈에 보이지 않는 세계의 전투는 정숙함 속에 진행됐다.

리로이의 움직임을 막고 「존재의사」에 대한 간섭에 성공하면 그 뒤에는 리로이의 유전정보를 읽고 그의 본 모습으로 고쳐 적기만 하면 된다.

그 효과는 바로 나타났다.

괴롭고 억울한 듯한 신음 소리가 리로이의 목에서 새어 나왔다. 방금 전 거쳤던 맹수화의 과정을 똑같이 역으로 진행하는 것처럼 리로이한테서 검은 맹수가 벗겨지고 떨어져 갔다.

피부는 갈라져 무너졌고 살은 녹아 들어갔고 근육은 해체돼 섬유로 분해되어 공중으로 흩어졌다.

포효는 끊어지고 묘한 냄새를 풍기는 폐기물 속으로 녹아 들어갔다.

결국 그곳에 남은 것은 본래 모습을 찾은 리로이뿐이었다

성공이다.

나는 저도 모르게 긴 한숨을 내쉬었다. 어떻게든 지저호의 먼지가 되지 않고 마무리된 듯했다. 만약 「존재의사」를 고쳐 적을 때 리로이의 격렬한 움직임이라도 있었다면 모든 에너지가 나한테 역류했겠지만 레이디 뫼베 덕분에 그런 위험한 일이 벌어지지 않고 끝낼 수 있었다.

——덕분, 이라고?

“훌륭하시군요.”

지면에 내려선 레이디 뫼베가 우아한 인사를 했다. 나는 어깨를 으쓱일 뿐 아무런 답을 하지 않았다.

그런 자신이 매우 도량이 좁게 느껴진 것은 그녀가 어린 소녀의 모습을 하고 있기 때문이다. “다가가지 마.” 그리고 내가 한 말은 바로 이것이었다. 맹수의 잔해 속에 쓰러진 리로이한테 레이디 뫼베가 걸어가려는 것을 반사적으로 제지했다.

그녀는 거스르지 않았다.

발을 멈추고 조금 떨어진 장소에서 리로이를 바라봤다.

그 붉은 눈동자에 떠오른 통절한 비애는 정말로 참혹했다.

그때와 똑같은 눈빛이었다.

처음으로 맹수화된 리로이를 올려봤던 그때의 그녀의 눈빛과.

“——에밀은 누구야?” 저도 모르게 그런 질문을 했다. 대체 누구인가. 그녀는 그 답을 알고 있다. 그녀는 대답해줄까?

“오랜, 아주 오래된 친구예요.” 그녀는 그 말을 매우 조심스럽게 입에 담았다.

그 대답으로는 아무런 정보도 얻을 수 없다.

난 다시 한번 물어보려고 했지만 그보다 앞서 그녀가 말을 이어갔다.

“우리들이 만났을 때 그는 에밀이라고 자신의 이름을 밝혔어요.” 레이디 뫼베는 리로이를 한 번 보고 눈을 감았다. 뭔가를 기억해내려는 듯이, 그리고 어떻게 표현해야 할지를 고민하는 듯이 미간에 약간의 주름이 잡혔다. “누구냐고 묻는다면

──그래요, 우리들을 이끌어주는 사람이었어요."

"꽤나 애매한 말을 하는군." 오히려 종교적이라고 말하는 편이 더 어울렸다.「다크 원」의 지도자적 위치라는 말일까.

"우리들은 같은 경우의 자들이었고 신분이나 입장의 상하는 없었으니까요." 마치 내 마음속을 읽기라도 한 것처럼 레이디 뫼베는 부정했다. "그렇더라도 그의 사상에 찬동했다는 점은 틀림없습니다."

"사상?" 바르하라의 사원인 리젤은「다크 원」한테서 얻은 정보에는 높은 가치가 있다고 말했지만 레이디 뫼베한테서 얻을 수 있는 정보는 대체 어느 정도의 가치가 붙을까.

그녀는 말했다.

"벽을 부수는 것입니다."

그 역시 애매하고 추상적인 표현이었다. 그런 마음이 표정으로 드러났는지 레이디 뫼베는 미소를 지으며 덧붙였다. "그는 기만과 우매함으로 가득한 세계의 벽을 깨부수고 새로운 세계를 만들려고 했습니다."

"그야말로 교주로군." 난 난감했지만 그 말에 흥미를 느낀 것은 사실이었다.

「다크 원」은 과연 신을 믿을까 부정할까.

하지만 적어도 그녀의 표정이나 말투에는 도취감이나 신앙의 부정은 느껴지지 않았다.

"그 교주님이 왜 리로이 안에 있지? 저 괴물의 모습이 에밀인 거야?"

"저건 단순한 힘의 구현일 뿐입니다." 리로이의 신체에서 벗겨 떨어진 맹수의 잔해를 가리키며 레이디 뫼베는 말했다. "그한테는 이른바 형태라는 개념이 없어요. 그렇기 때문에 그는 이 세계의 어디든 존재할 수 있습니다."

"마치——." 난 문득 머리를 스쳐 지나간 것을 입에 담으려다가 급하게 입을 다물었다. 너무나 바보 같은 망상이어서 이지적인 나에게 어울리지 않았기 때문이다.

"——그럼 리로이의 저건 뭐야?"

"솔직히 말씀드리면 모릅니다." 레이디 뫼베가 고개를 옆으로 흔들자 은을 세공한 듯한 머리카락이 둥실 하고 흔들렸다. "그의 안에서 로키의 존재가 분명히 느껴지지만 그것이 뭘 의미하는지까지는……."

"로키는 또 누구야?" 내가 묻자 그녀는 입을 손가락 끝으로 가렸다. "아아, 이런. 그는 그렇게 불렸던 시기가 가장 길었기 때문에 아슈간 이외는 모두가 그렇게 불렀습니다."

"지금까지 들은 정보 중 가장 쓸모없는 정보로군."

난 한숨을 내쉬었다. ——결국 리로이의 맹수화에 대해서는 거의 아무것도 알 수 없다는 말인가. 하지만 또 하나 확인해야만 할 것이 있다.

"결국 너희들은 내 파트너를 어쩔 생각인 거냐?"

그 질문에 레이디 뫼베는 즉답하지 않았다. 본심을 숨기거나 거짓말을 하지 않는다는 것은 표정을 통해서 알 수 있었다. 「살육의 숙녀」가 곤혹스럽게 생각을 쥐어 짜내는 모습은 쉽게 볼 수 있는 게 아니다.

대답을 얻을 수 없다고 판단한 나는 폐기물 속에서 리로이를 끌어내고 그 자리를 떠나려고 했다. 대답이 없는 것 역시 하나의 답이다.

"——그에게 말씀을 전해주실 수 있을까요?" 떠나려고 하는 내 뒤에서 그녀의 목소리가 들려왔다. 하지만 난 돌아보지도 발을 멈추지도 않았다. 그녀는 상관하지 않고 말을 이어갔다.

"자신을 두려워하지 말라고 전해주세요."

리로이가 뭔가를 두려워한다는 것은 꽤나 재밌는 농담이다. 난 코웃음을 쳤다.

"당신도요. 에어스트 노인(0109)——두려워하면 제대로 볼 수가 없으니까요."

"제조번호로 부르지 말라고 말했다." 저도 모르게 뒤돌아본 난 그곳에서 소녀의 모습을 볼 수가 없었다. 혀를 차면서 누워 있는 릴리한테 다가갔다. 그녀를 옆구리에 안고 지저호에서 탈출로를 찾기 위해 한 걸음 내디뎠을 때 난 문득 뭔가를 깨달았다.

검은 어딨지? 황급히 주변을 돌아봤지만 찾을 리가 없었고 늦게나마 떠오르는 바가 있었다. 리로이가 맹수화됐을 때 검은 벨트에 매달려 있었다. 입고 있는 것은 전부 빠짐없이 맹수의 잔해 속에 섞여 있었기 때문에 검도 그 안에 있나.

몸을 돌려 이상한 냄새가 나는 검은 물질을 내려다보며 얼굴을 찡그렸다. 이럴 때 인간과 완전히 똑같은 오감을 갖추고 있는 것도 생각해볼 일이라고, 제작자한테 불만을 토로하고 싶어졌다.

마음이 내키지 않았지만 이대로 바라보고만 있어도 답이 없다.

결심하고 손을 뻗었다. 뭐라 표현할 수 없는 눅진한 감촉에 저도 모르게 신음 소리가 새어 나왔다. 손가락 끝에 닿은 것은 녹은 살과 뼈의 파편, 피부조각 따위였는데 리로이의 옷 일부로 여겨지는 천의 감촉도 있었다. 그것들을 헤집다가 마침내 딱딱한 감촉에 도달했다.

잡아서 꺼내보니 칼집에 들어가 있는 검이 모습을 드러냈다. 다행히 칼집을 매단 벨트도 함께였다.

한숨을 쉬면서 칼집에 붙은 썩은 살점을 떨어뜨렸다. 벨트의 버클에서 통신기도 회수했다. 매우 기분이 나빴다.

하지만 난 다시금 깨달았다. 이 썩은 살점 안에는 리로이의 소중한 것이 들어가 있었다. 나한테는 아무런 필요가 없는 것이지만 녀석한테는 그렇지 않다.

왜 그 존재가 떠올랐던 걸까. 난 자신의 총명함을 원망하면서 다시 한번 맹수의 잔해 속으로 손을 집어넣었다. 인간은 숨을 멈추면 단기간이나마 어느 정도 악취를 피할 수 있지만 난 그렇지도 않다. 모든 정보가 멋대로 데이터로 채취되고 그것의 불쾌한 감각을 발견하게 된다.

이 얼마나 쓸데없는 고집인가.

마음속으로 욕설을 내뱉었을 때 드디어 그것이 손가락 끝에 닿았다. 딱딱하고 투박한 금속 덩어리. 난 그것을 끄집어냈고 부착된 살점을 털어냈다. 총이었다. 이것을 잊어버렸다면 찾아낼 때까지 지저호를 찾아다녔을 것이다.

난 너무도 유능하고 다정한 파트너다.

총을 주머니에 넣고 검을 허리에 찬 나는 자신이 행한 헌신에 만족하면서 몸을 돌렸다.

이제 자기소개를 해볼까 한다.

내 이름은 라그나로크.

에메랄드 눈동자와 레이디 뫼베에 뒤지지 않는 은발, 그리고 로브를 몇 겹으로 뒤집어써도 감출 수 없는 아름다운 청년——공기 중의 입자를 이용해 만들어진 홀로그램이다.

방금 전 썩은 살점 속에서 꺼낸 검, 그것이 바로 진짜 나다.

제1장

1

문을 연 카렌의 표정은 이른바 형용하기 어려운 것이었다.

해 뜨기 직전이라는 비상식적인 시간대까지 더해져 전라의 남자를 어깨에 걸치고 소녀를 옆구리에 안고 있는 내 모습은 매우 이상하게 보였을 것이다.

그래도 그녀는 "미안."이라고 먼저 사죄부터 말한 나에게 "참나!"라고 말하면서 안으로 들여보내 주었다.

블라우스에 주름이 안 잡힌 것을 보면 수면 중은 아닌 것 같았다.

아직 해가 뜨지도 않았는데 도시는 엄청난 소동이 벌어졌다.

도시 한 구역이 붕괴된 데다가 정체불명의 포효가 울려 퍼졌기 때문에 당연한 일이다. 경찰과 소방대가 뛰어다녔고 구경꾼과 화재를 노린 도둑들이 뒤섞여 수습이 안 됐다.

붕괴 현장과 가깝지 않은 이 호텔에까지 그런 소동이 들려왔다.

부엌에서는 졸려 보이는 표정의 스웨인과 세스타가 따듯한 음료를 마시고 있었다. 시끄러운 소리가 들려 잠에서 깬 듯했다.

"어머." 세스타는 나를 보고는 그렇게 한 마디만 했을 뿐이다. 눈꺼풀은 반쯤 내려와 있었다. 잠이 덜 깬 머리로는 어떻게 딴지를 넣어야 좋을지 몰랐던 것이리라.

"다, 당신——." 스웨인은 나를 보고 소리를 높였다. 그러고는 곧바로 "왜 알몸이야?"라며 전라의 리로이를 보고 눈이 동그래졌다.

난 어깨를 으쓱이려고 했지만, 리로이를 짊어지고 있었기 때문에 "어른한테는 여러 가지 사정이 있어서."라고만 말했다. 소년은 눈을 깜빡인 후 "노상강도?"라고 중얼거렸다.

리로이한테 강도짓이 가능하다면 그 도둑은 상당한 놈일텐데.

"이쪽에 눕혀." 카렌이 침실 문을 열었다. 방안에는 더블침대가 하나 있었다. 난 주저하지 않고 릴리를 침대에 뉘고 리로이를 벽 쪽에 눕혔다.

“물어볼 필요도 없겠지만.” 카렌은 릴리의 상태를 확인하면서 나를 쳐다봤다. “이건 당신들 때문인 거지?” 카렌이 말한 이것이 무엇인지는 물어볼 필요도 없다.

“맞아.” 내가 고개를 끄덕이자 그녀는 질렸다는 듯 한숨을 내쉬었다.

“「스칼렛 레이디」든 영주의 관저든 전부 부수지 않으면 안 되는 저주라도 걸린 거야?”

“저주라는 말은 아주 훌륭한걸.” 저도 모르게 감탄했다. 그러자 카렌은 나를 노려봤다.

“당신도 남 일처럼 말하지 좀 마.”

“난——.” 이놈만큼 엉망진창도 아니고 훨씬 이지적이라고 주장하려다 뭔가 떠올랐다. 이 방의 천장을 뚫어버렸던 일을.

입을 다물어버린 나를 보고 카렌은 콧방귀를 뀌었다. 과연, 역시나 내 심증은 잘 맞지 않는 듯했다. 아니, 허가받았다고 멋대로 생각하는 게 어리석었던 걸까.

“여러 가지 일들이 있어서 늦어졌는데 천장 건은 미안해.” 난 그녀에게 고개를 숙였다. “그리고 파트너가 신세를 지게 됐어. 고맙게 생각하고 있어.”

“흐음.” 카렌은 왠지 묘한 목소리를 내며 눈썹을 치켜올렸다. “당신은 제대로 사과도 할 줄 아네. 고귀하고 존귀한 느낌이었는데, 의외야.”

“실례로군.” 난 미간을 좁혔지만, 카렌은 킥킥대며 웃었다. 놀림을 당하는 것 같았지만 그렇다고 해서 경솔하게 대답하다간 된통 당할 수도 있기 때문에 방심할 순 없었다.

“우선 저 아이의 옷을 갈아입혀야겠어.” 카렌이 그리 말했기에 난 고개를 끄덕였다. “부탁할게.” 그렇게 말했지만 그녀는 왠지 나를 계속 쳐다보면서 움직이지 않았다.

“옷 갈아입힌다며?” 내가 재촉하자 그녀는 가만히 나를 노려볼 뿐이었다. “계속 여기 있을 거야?” 그 질문의 의미를 몰랐지만 그녀의 표정과 말투를 보고 내가 아둔한 짓을 했다는 것은 이해할 수가 있었다.

“여기에서 나가는 편이 좋은 건가?”

“당연하지.” 카렌은 손을 저으며 나한테 나가라고 지시했다. 이 방에 머물 이유가 특별히 없었기에 지금은 그녀의 말을 얌전히 따르는 편이 좋아 보였다.

“이건 어쩌지?” 난 전라로 누워있는 리로이를 가리켰다. 예전에 맹수화됐을 때는 일주일 동안 계속 잠을 잤다. 이번에도 마찬가지일지는 알 수 없지만 그만큼의 에너지를 소비하고 몇 시간 만에 각성할 것 같지는 않았다.

“저대로 둬도 괜찮아.” 카렌은 꿈쩍도 않는 리로이를 곁눈으로 보고 말했다.

“만약 일어나면 다시 잠들게 할 테니까.”

“부드럽게 부탁해.” 침실을 나선 나는 부엌으로 향했다. 스웨인은 아직 차를 마시고 있었지만 세스타는 테이블에 엎드려 잠을 자고 있었다.

"저건 당신들이 한 거지?" 스웨인은 부엌 창문을 통해 보이는 붕괴 현장 쪽을 얼굴로 가리켰다. 침실에서 나눈 카렌하고의 대화가 들렸던 것 같다.

"뭐, 그렇지."

"정말로「크림슨 디스페어」를 깨부순 거야?"

그렇게 다시 물어보면 어떻게 답을 해야 하나. 그 조직이 거점으로 삼은 지하 도시는 완전히 괴멸됐다고 말할 수 있지만 조직 그 자체는 어떨까.

"뭐, 아마도." 내 대답은 모호했지만 스웨인의 눈동자에서 졸린 기운이 사라져 버린 것은 확인할 수 있었다.

"카틸은 어떻게 됐어?" 당연히 그렇게 나오겠지. 그 질문을 받은 나는 카틸의 생사는 확실히 확인하지 못했다는 게 생각났다.

맹수화된 리로이한테 두들겨 맞은 후 그는 어떻게 됐을까?

아슈간과 레이디 뫼베의 등장으로 완전히 잊혀져버렸다. 리로이와 아슈간의 전투로 생긴 파도에 휩쓸려버렸을까. 적어도 내가 지저호에서 탈출할 때까지 그 거구를 본 기억은 없다.

"――아마도 죽었을 거야."

역시 애매하게 답할 수밖에 없었다. 그래도 스웨인은 감탄한 듯 숨을 내뱉었다.

"당신들은 정말 진짜로 엄청난 용병들이야!"

환성이 훨씬 더 커진 것도 아니었는데 옆에서 자고 있던 세스타가 퍼뜩 눈을 떴다.

"진짜야?!" 꿈속에서 뭔가를 들은 듯했다. 그렇게 말하고는 황급히 자는 동안 뻗친 머리카락을 매만졌다. "아마도." 내가 일단 대답을 하자 그녀는 양손을 높이 들었다. 누르고 있던 머리카락이 다시 헝클어졌다.

"자유다!!"

"다행이야." 스웨인이 웃자 세스타는 다시 한번 뻗친 머리카락을 손바닥으로 눌렀다.

"네 덕분이야, 스웨인." 그녀는 여러 방향으로 뻗친 머리카락을 손으로 감춘 채 고개를 숙였다. "감사합니다."

"어, 아니……." 소년은 머뭇거리는 표정을 지었다. 세스타가 그렇게 말했지만 스웨인 자신이 그녀를 구했다고는 생각하지 않을 것이다.

직접적으로 구한 것은 리로이이긴 하다. 하지만 스웨인이 없었다면 리로이가 세스타의 존재를 몰랐을 테니, 조금은 더 자부심을 가져도 괜찮다는 생각이 들었다.

"그런데." 세스타는 갑자기 나를 쳐다봤다. "당신은 대체 어디서 온 누구입니까?" 왠지 질책하는 듯한 말투의 세스타는 앞머리가 뻗친 것은 모르는 것 같았다. 그러고 보니 그녀 앞에 이런 모습으로 나타난 것은 처음인 건가.

"리로이의 파트너다." 내가 그렇게 대답하자 그녀는 큰 눈을 가늘게 떴다. 경계의 표정이 험악한 표정으로 변했다. "그래서 복장에 대한 취향이 이상한 거군요." 말로 나를 매도했다.

그래서가 무슨 의미인지 물어보고도 싶었지만 아무래도 어른스럽지 않은 것 같아 참았다. 리로이와 같은 레벨의 센스로 여겨지는 건 매우 화가 났지만 상대가 어리기 때문에 할 수 없다.

"이름은?"

"아, 그러고 보니 아직까지 못 들었어." 세스타의 질문에 스웨인이 반응했다. 저도 모르게 소년 쪽으로 얼굴을 돌렸던 소녀는 뻗친 머리를 열심히 매만졌다.

"라그나로크다." 이름을 밝히자 세스타가 미간을 좁혔다. "그게 사람 이름이에요?" 아니, 물론 난 사람이 아니기 때문에 사람이 쓰는 이름이 아니다. 하지만 그렇게 솔직히 답하더라도 두 사람을 혼란스럽게 만들 뿐이다. 난 잠시 생각한 후에 답했다.

"용병의 별명 같은 거라고 생각하면 돼."

"생각하면 된다니, 왜 그렇게 고자세인 거죠?" 세스타는 매우 불쾌한 표정이었다. 그렇게 말하니 답할 말도 없다. 카렌한테도 들었지만 난 스스로도 모르는 사이에 거들먹거리고 있었던 건가.

――거들먹, 거리는 건 그야말로 인간스럽군.

"뭐가 그리 우습나요?" 무의식적으로 자조적인 미소를 지은 것 같다. 그것을 본 세스타가 곧바로 달라붙었다. 난 웃음을 지우고 가볍게 손을 흔들었다.

"아무것도 아니니, 신경 쓰지 마."

"또 그렇게 윗사람이 말하는 것처럼……!" 으드득, 하고 세스타는 이를 갈았다. 아마도 무슨 말을 하든 이렇게 될 것이다. 리로이의 파트너라는 것만으로 이런 취급을 당하는 것은 너무 불합리하다.

과연, 리로이는 이런 취급을 전부 받아넘겼던 건가. 이것만은 인정해줘야겠다. 어떤 원인이 있어서 이런 취급을 받는 건지 몰랐던 리로이는 어떻게 마음의 정리를 했던 걸까.

"그건 그렇고." 불길한 분위기를 떨쳐내려는 것처럼 스웨인이 밝게 말했다. "그럼 이제 밖으로 나갈 수 있겠네." 바이덴을 음지에서 지배하는「크림슨 디스페어」가 건재한 이상 세스타가 마음껏 거리를 활보할 수 없었고, 그녀를 찾고 있을 언니와 접촉할 방법도 없었다. 하지만「크림슨 디스페어」가 거의 괴멸 상태에 빠진 지금이라면 당당하게 거리를 걸을 수 있다.

"나도 도와줄 테니까 언니를 찾아보자."

"고마워, 스웨인." 세스타는 기품 있는 미소를 지었다. 하지만 어린애 둘이서 사람을 찾아다니면 그만큼 위험성도 있다. 「크림슨 디스페어」가 조직으로서 기능하지 못하더라도 그 구성원이 전부 죽은 것도 아니고 붕괴 때문에 거리는 평소와 상황이 전혀 달라졌다.

지금은 내가 나설 때다.

"보호자로서 따라가마."

"필요 없어요." 내 제안을 세스타가 곧바로 거절했다. 왜지. "출신이 뭔지 전혀 알 수 없는 사람한테 보호를 받을 정도로 저는 몰락하지 않았으니까요." 뭐가 어떻게 몰락했다는 것인지 모르겠지만, 그녀는 거만하게 말했다.

"하지만 엄청 든든할 거야." 스웨인이 나를 보증해줬다. 정말 착한 소년이다. 하지만 세스타는 고개를 좌우로 저었다. "스웨인, 넌 이 사람과 나, 어느 쪽을 선택할 생각이지?"

"뭐어?" 불쌍할 정도로 당황하는 스웨인을 보면서 난 소년의 앞날이 다난할 거라는 예감이 들어 마음속으로만 응원을 보냈다.

오히려 이 방약무인한 소녀와 일시적인 관계만 맺은 것에 대해 감사하게 됐다.

"만약 언니와 합류하게 되면." 난 특별히 궁금했던 건 아니지만 스웨인을 도와줄 생각으로 말했다. "집으로 돌아가게 되나? 바이덴은 아니겠지?"

"그렇게 쉽게 개인정보를 말할 것 같나요?"

뭐, 그런가. 물어본 내가 바보 같았다.

"맞아." 스웨인이 중얼거렸다. "난 시설로 들어가니까 그렇게 되면 한동안 못 만나겠네."

"시설은 버나드 왕국이라고 했지?" 세스타는 상세한 장소를 알면 괜찮지만, 이라고 덧붙인 후에 말했다. "왕국에도 집이 몇 개 있으니까 결코 소원해질 리는 없어."

"뭐?" 스웨인의 몸이 잠깐 굳었다. 세스타가 몸에 걸치고 있는 것들은 전부 질이 좋은 고급품이기 때문에 나름대로 많은 자산을 가진 가문의 딸이라고는 예상했다.

다만 왕국에도 몇 개의 집이 있다는 것은 그 외에도 다른 부동산을 소유하고 있다는 얘기다. 스웨인의 뇌리에 신분의 격차라는 말이 떠오르는 것도 당연했다. 다만 세스타 자신은 그런 감각이 없는 듯 고개를 갸웃하며 굳어버린 스웨인을 이상하다는 듯 바라봤다.

"아침이 되면 바로 병원에 데리고 가는 게 좋을 거야." 그때 카렌이 침실에서 나왔다. 팔에는 릴리가 입고 있던 옷을 안고 있었다. 그녀는 그것을 욕실 세탁물 바구니에 던진 후 부엌으로 돌아왔다.

"대략 감은 오지만." 카렌은 내 눈을 똑바로 직시했다. "저 애는?"

"「크림슨 디스페어」의 구성원이야."

나는 숨길 필요는 없다는 판단이 들어 바로 답했다.

"하——." 카렌의 탄식은 맥이 쭉 빠져버린 느낌이었다. 그녀가 저러는 것도 당연하다. 리로이와 함께 다니면 곤혹스러움이나 분노가 언젠가 감탄으로 변하고 최종적으로 이런 반응을 보인다. 그 이후로는 리로이라는 사실을 담담히 받아들이게 되는 것이다.

뭐, 기쁠 일은 아니지만.

"이것도 감은 오는데, 그녀도 시설로 보내야 하는 거겠지?"

"정말 미안해."

파트너 대신 내가 사죄의 말을 입에 담았다. "다만 이번엔 기부금이나 또는 별도의 뭔가를 파트너한테도 부담시키도록 할게."

"분명히 이용만 당하는 걸 텐데, 괜찮을까." 카렌은 맥이 빠진 표정을 찡그리며 말했다. "바르하라는 영리기업이기 때문에 리로이 슈발처가 관여됐다면 내버려두진 않을 거야."

"마음껏 써먹으면 돼." 난 어깨를 으쓱였다. 카렌은 사태의 중대성을 내가 이해하지 못한 거라고 생각했는지 두 눈을 가늘게 떴다.

"더러운 일이라도?"

"그건 안심해도 돼." 난 말했다. "여차하면 관계자를 전부 죽여버리고 릴리를 시설에서 데리고 나올 거니까."

"그걸 어떻게 안심하라는 거야." 갑자기 두통을 느꼈는지 카렌은 손가락 끝으로 이마를 눌렀다. 그런 인물을 자신의 회사에 들여도 되는지 불안해진 것이리라.

리로이는 맹독을 지닌 야수다. 잘 다루면 모든 장해를 극복해낼 능력이 있는 반면 섣불리 대하면 그 독에 스스로가 당하게 된다.

적어도 지금까지 리로이를 잘 다룬 조직은 존재하지 않았다.

"양날의 검이라고 말할 수 있겠지."

"당신의 파트너잖아." 카렌은 화가 난 듯이 내 어깨를 쳤다. 항상 리로이한테 딴지를 걸었는데, 반대로 딴지를 당하는 것은 신선했다.

다만 그녀는 리로이하고의 전투를 통해서도 알았지만 힘이 세다. 난 어깨를 맞은 충격으로 비틀거렸고 그것을 본 세스타가 코웃음을 쳤다.

"저 모습의 어디가 든든하다는 거야?"

"아니, 그래도——." 스웨인은 항변하려고 했지만 이제 그것이 쓸데없다는 것이라고 깨닫기 시작한 듯했다.

"카렌 씨, 나랑 세스타 둘이서 나가도 괜찮을까?"

어떤 의미로 이곳의 제일 권력자에게 말했다. 올바른 판단이다.

"뭐 하러?"

"세스타의 언니를 찾으러."

"아아." 카렌은 알았다는 듯 고개를 끄덕였다. 그리고 바로 고개를 가로저었다. “둘이서만 나가는 건 안 돼.” 그건 완고한 말투였다. “그런데 나도 오늘은 바쁠 것 같아.” 그녀는 그렇게 말하고 나를 곁눈으로 봤다.

“한가해 보이는 이 사람이랑 같이 가도록 해.”

“에――!” 세스타는 항의하는 목소리를 냈지만, 나를 대할 때하고는 다른 사람처럼 약한 모습이었다. 아니, 나와 리로이한테만 빡빡하게 대하고 있다고 말하는 게 정확한가.

“부탁해도 될까?” 카렌이 물었지만 긍정도 부정도 하지 못했다. 신세를 지고 있는데 그 보답을 못 하고 있기 때문에 웬만한 일은 받아들이고 싶은 상황이다.

내가 응하자 세스타가 원망스러운 눈빛으로 나를 노려보며, “난 인정할 수 없어요.”라고 완강하게 반대했지만 내 알 바 아니다.

“그리고 당신의 파트너는 자고 있는 것처럼 보이는데 어째야 될까?”

“내버려두면 돼.” 실제로 자고 있는 것뿐이기 때문에 특별히 해줄 일도 없다. 적당한 곳에 눕혀두면 조만간 스스로 눈을 뜰 것이다.

“그럼 밖에 나가는 김에 그의 옷을 좀 사 와서 입혀줄 수 있지?”

“내가?!” 나도 모르게 스스로가 놀랄 정도의 목소리가 튀어나왔다.

사는 것은 뭐, 백 보 양보할 수 있다.

하지만 입히는 것은 어떨까.

"파트너잖아."

"흐음……." 끽소리도 나오지 않았다. 분명 스웨인과 세스타한테 시킬 수도 없고, 이 이상 카렌한테 부담을 줄 수도 없기 때문에 나 이외에 할 사람이 없다는 결론이 나온다.

이지적이라는 것을 원망할 날이 올 줄이야.

그러고 보니 전에 맹수화했을 때는 대체 누가 리로이한테 옷을 입혀줬을까.

레이디 뫼베는 아니었을 텐데…….

"뭐, 그건 그렇다 치고." 카렌은 내 갈등 따윈 전혀 신경 쓰지 않았다. "찾는다고 했는데, 어떻게 찾겠다는 거야?"

"그야 물론 거리를 돌아다닐 거예요." 이미 계획을 세워놨는지 세스타는 주저하지 않고 말했다. "천천히 메인스트릿을 걸어 다니고 카페에서 차를 마실 거예요. 물론 언니가 우릴 볼 수 있는 테라스 자리가 있는 가게여야만 해요." 그녀는 거기서 말을 끊고 살짝 아쉬운 듯 고개를 가로저었다. "가능하면 미술관이나 박물관을 돌아다니고 싶지만, 이런 변경에서는 그런 걸 바랄 수 없겠죠."

덧붙여 이곳 바이덴에도 미술관은 있다. 다만 규모가 작고 이름 높은 작가의 작품이 전시되는 일은 거의 없다.

"극장 정도는 있지 않나요? 상연 목록에 따라 다르겠지만 그래도 상관없어요." 대중극장이라면 있긴 하지만 상연하는 연극은 아무리 좋게 봐도 기품 있는 작품은 아닐 것이다.

옆에서 카렌이 웃음을 참고 있었다.

"디너는 레스토랑도 좋겠지만 포장마차도 괜찮아요. 비싸다고 무조건 좋은 건 아니니까요." 이건 사람을 찾는 계획이 아니라 데이트 일정이 아닌가.

뭐, 이런 계획이라면 나는 분명히 방해꾼이구만. 나도 분위기는 파악이 됐다.

"멀리서 지켜봐 주지." 웃음을 참느라 필사적이어서 이상한 표정을 짓고 있는 카렌한테 난 귓속말을 했다. 그녀는 조용히 고개를 끄덕였다. 입을 열면 웃음이 터져 나올 것 같아서였다.

다만 멀리서라는 건 난이도가 높다.

내 수려한 얼굴은 아무래도 사람들의 눈길을 끌기 때문이다.

스웨인이 검을 들고 다닐 수 있다면 만사 해결이지만 그건 너무도 부자연스럽고, 애초에 왜 그가 검을 들어야만 하는지 납득시킬 자신도 없었다.

"그런데 당신은 눈에 띄잖아." 웃음을 간신히 참아낸 카렌이 그렇게 말했다.

잘 알고 있다.

"소박해 보이는 옷을 입어보는 건 어떨까?"

아무것도 모르는 듯했다.

어째서 내가 주변에 맞춰야만 하는 건가. 그리고 아무리 소박한 옷을 입었다고 하더라도 눈에 띈다는 문제점이 해결되지는 않을 것이다.

"특별히 강요할 일은 아니지만." 카렌은 내 표정을 보고 내 마음을 읽어냈는지 이렇게 덧붙였다. "아가씨의 기분이 상하지 않도록 부탁해."

난 스웨인과 예정에 대해 말을 나누는 세스타를 봤다.

기분 좋아 보였고 정말 즐거워 보였다.

지금 찬물을 끼얹으면 어떤 반응이 돌아올까——생각하는 것만으로도 몸서리를 쳤다.

"검토해보지."

난 한숨과 함께 그렇게 말했다.

2

실제 문제, 뭘 하고 있는 걸까, 라는 허무함을 떨쳐낼 수가 없었다.

난 골목길에 몸을 숨긴 채로 하늘을 쳐다봤다.

세스타와 스웨인의 데이트는 순조로웠다. 스웨인은 이런 경험을 해본 적이 없는지 데이트에 어울리는 응대를 못했지만, 세스타는 불만을 느끼는 일 없이 자신의 페이스대로 마음껏 움직였기 때문에 특별한 문제는 없어 보였다.

바이덴의 메인스트릿은 오늘도 사람들로 붐볐다. 경찰 수가 많아진 것 같은데, 도시 일부가 붕괴됐음에도 많은 사람들의 일과는 크게 바뀐 게 없어 보였다.

두 사람은 무수히 늘어선 상점을 바라보다가 드디어 카페에 들어갔다. 아마 주문도 세스타가 결정할 것이 틀림없다.

지불은 가능한 걸까.

둘이 나갈 때 카렌이 스웨인한테 돈을 건넸던 것을 나는 알고 있다. 섬세한 배려가 있는 여자다.

난 골목길에서 나왔다. 오늘은 평소의 로브 차림이 아니다. 카렌의 충고를 따라 매우 평범하고 흔한 옷을 입었다. 재킷과 바지를 입고 긴 머리카락은 하나로 묶고 모자를 썼다. 색도 수수한 것을 골랐기 때문에 군중 속에 자연스럽게 섞였다.

둘이 선택한 가게 앞을 지나가며 난 길 건너편 가게로 들어갔다. 그곳 창가 자리라면 테라스에 앉아 있는 둘을 지켜볼 수 있을 것 같았다.

홍차를 주문하고 자리에 앉았다.

"돌아보지 마." 앉자마자 등 뒤에서 얼음 같은 목소리가 나를 꿰뚫었다. 난 이 목소리를 알고 있다. 속삭이는 듯이 낮은 목소리인데도 가게 안의 소음과 섞이지 않고 나한테 도달했다. 얼음장 같은 목소리에 감정은 전혀 느껴지지 않았고, 그런데도 불구하고 청각이 열기를 띨 정도로 아름다웠다.

돌아보지 않아도 비취색 시선이 뻐저리게 느껴졌다.

"당신은 누구? 대답해."

「콜드 블러드(냉혈)」라고 불렸던 여자——레나는 나에게 날카로운 칼끝을 대고 있진 않았다. 그런데도 그 목소리가 시킨 대로 돌아보지 않았던 것은 나에게도 인간 같은 생존본능이 생겨났기 때문일까.

대답해야만 한다라고 생각하게 만드는 음색은 강철의 차가움보다 훨씬 냉랭했다.

이거 어떻게 대답해야 하지?

그녀가 아직 「크림슨 디스페어」와 계약하고 있는 상태인지 아닌지가 문제다.

그리고 왜 이 국면에서 나한테 접촉을 한 것일까.

그녀는 나를 보는 것이 처음일 텐데.

"특별히 누구, 라고 할 건 없어." 난 천천히 답했다. "너야말로 누구지? 왜 나한테 그런 질문을 하는 거야?" 돌아온 것은 짧은 침묵이었다. 감정이 결여된 목소리로 질문을 바꿨다.

"「크림슨 디스페어」의 인간?" 이 질문에 고개를 끄덕이면 뒤에서 찔리게 될까, 고개를 가로저으면 목을 후벼팔까. 어느 쪽이 됐든 그렇다고 내가 죽지는 않을 것이다.

"아니야." 지금은 솔직히 대답해보자.

"그럼 왜 그녀를 미행하는 거지?"

"——그녀?" 그건 틀림없이 세스타를 가리키는 것일 텐데,

일단 시치미를 떼보자. "난 그냥 홍차를 마시러 왔을 뿐인데."

"거짓말을 하는군." 레나의 말투에 질책하는 듯한 울림은 없었다. 담담하게 사실만을 구술하는 기계 같았다. "왜 거짓을 말할 필요가 있는 걸까."

"정체도 모르는 너한테 진실을 말할 이유가 없다." 이렇게 대답하자 다시 짧은 침묵이 흘렀다. 그 침묵에서 보통은 짜증이나 적의가 다소 느껴지겠지만 그녀에게는 전혀 느낄 수가 없었다. 얼음덩어리에 대고 말을 하는 것 같았다.

그녀는 말했다.

"죽고 싶은 거야?" 살의가 전혀 느껴지지 않는 위협문구였다. 하지만 그것이 오히려 듣는 자의 마음을 얼어붙게 만들었다. 알고 있는 것이다. 그녀에게 있어 인간의 생명이 아무런 가치가 없다는 것이. 귓가를 날아다니는 파리를 눌러 죽이는 정도의 감정도 없이 살해당할 것 같았다.

"죽고 싶지는 않지." 실제 나에게는 죽음의 공포나 삶에 대한 갈망이 없지만 우선 평범한 대답을 했다. 그런 편이 인간다울 것이다.

"거짓말." 하지만 곧바로 간파당했다. 난 등줄기가 얼어붙는 듯한 한기를 느꼈다. 그녀는 적당히 내뱉었던 것이 아니다. 확신을 갖고 그렇게 말한 것이다.

"——사람의 마음을 읽어내다니 대단한걸." 아부도 추종도

아니라 솔직한 감탄을 입에 담았다. 초일류 암살자는 표적의 사소한 동작이나 호흡 소리만으로도 상대방의 상황이나 심리 상태를 순간적으로 파악하고 암살에 최적인 때를 결코 놓치지 않는다고 한다. 그런 의미로 봤을 때 레나의 능력은 뛰어난 레벨에 도달한 것이었다.

당연히 이 칭찬에도 레나는 대답하지 않았다. 하지만 이번 침묵은 지금까지와 비교했을 때 약간 길었다. 길었다고 해도 몇 초 차이지만.

입을 연 그녀는 약간 수수께끼 같은 울림을――처음으로 감정 비슷한 것을 음색에 실었다. "사람의 마음을 읽어낸 것이 아니야." 난 깜짝 놀라 저도 모르게 뒤돌아볼 뻔했다. 그건 단순히 초능력 같은 것이 아니라 기술적으로 내 마음속을 분석했을 뿐이라는 말인데, 다른 의미로 놀랐다.

내가 인간이 아니라는 사실을 그녀는 꿰뚫어 봤다는 것인가?

"――자, 질문에 답해." 레나에게 있어 그건 중요한 것이 아닌 건가, 더이상 추궁하지 않고 최초 질문으로 돌아갔다. "당신은 어디의 누구이고, 왜 저 애를 미행하는 거지?"

"난 리로이의 파트너다." 어차피 다 알고 있다면, 하고 난 사실을 말했다. "그녀하고는 우연히 알게 됐다. 현재는 멀리서 지켜보는 보호자 역할이다."

"그는 죽었나?" 내가 누구인지를 알아도 그녀의 목소리에 동요는 없었다. 다만 자신이 함정에 빠뜨렸던 상대가 어떻게 됐는지는 파악하고 있는 듯했다.

"죽었기를 바라나?" 그녀를 책망할 생각도 없고 어떤 감정을 이끌어내고 싶지도 않았지만, 난 그렇게 물어봤다. 예전에 똑같은 문답을 레나와 릴리가 나눴던 것을 떠올렸다.

"별로." 돌아온 답은 상상 이상으로 냉담했다. 어찌 되든 상관없다는 감정조차 존재하지 않을 줄이야.

"지독하군." 이 정도면 리로이가 불쌍하게 생각됐다. 두 사람 사이에 무슨 일이 있었는지는 모르겠지만, 이러면 리로이가 있으나 마나 아닌가.

아직 살아 있긴 하지만.

"적어도 증오라도 받는 게 나았을 것 같군." 이 말에 돌아온 것은 침묵이 아니었다. 아니, 말이 없었기 때문에 침묵이긴 했지만, 지금까지 하고는 다른 작은 소리가 첨부돼 있었다.

공기가 희미하게 새어 나오는 듯한 소리.

콧방귀를 뀐 건가.

그것을 확인할 방법은 없었다. 바로 그때 주문했던 홍차가 왔다. 콧구멍으로 방금 우린 홍차 향이 들어왔다.

나는 뒤를 돌아봤다.

그곳에 그녀의 모습은 없었다.

그렇겠지, 그럴 것 같았지만, 왜 그런지까지는 몰랐다.

창밖에는 테라스에 앉아 있는 세스타와 스웨인한테 레나가

다가가고 있었다.

내 추측이 맞다면 세스타한테 위험은 없겠지만, 카렌한테 두 사람을 부탁받은 이상 이곳에서 홍차를 마실 수만은 없을 것이다. 아쉽지만 홍차에는 손도 대지 못하고 재빨리 가게를 나섰다. 빠른 발걸음으로 다가오는 내 모습을 발견한 스웨인이 놀라움과 함께 안도의 표정을 지었다.

하지만 세스타 쪽은 의자에서 일어나더니 얼굴이 빨개져서 나를 규탄했다.

"몰래 숨어서 우릴 따라다닌 건가요?!"

"그래." 난 숨기지 않고 말했다.

"사생활 침해예요!" 그녀는 손가락 끝으로 내 얼굴을 가리키며 주장했지만, 나는 어깨를 으쓱였다. "사생활보다 안전을 우선했다. 안심해. 대화는 엿듣지 않았으니까."

"그런 문제가……!" 울분을 터뜨리는 듯한 모습으로 세스타는 부들부들 몸을 떨었다.

"거기까지." 레나가 그녀의 머리를 만졌다. 그리고 어쩔 줄 모른 채 굳어버린 스웨인한테 시선을 보냈다.

흠칫, 하고 소년이 몸을 움찔한 것은 눈앞의 여자가 너무 아름다워서 그런 걸까, 아니면 비인간적일 만큼 감정이 결여돼 있음을 느껴서 그런 걸까.

"동생을 구해준 것 같더구나." 하지만 스웨인한테 얘기하는 목소리에는 약간의 온기가 느껴졌다. "감사하게 생각한다."

"아, 아니요……." 스웨인은 귀까지 빨개졌다.

뭐, 어떻게 해야 하나, 할 수 없지.

하지만 그것을 용서하지 않는 작은 악마는 테이블 밑에서 있는 힘껏 소년의 발을 밟았다.

비명을 지르는 스웨인은 통증과 당황한 마음에 눈물이 맺혔다.

"——가자." 여동생의 폭거를 보고 눈을 가늘게 뜬 레나는 세스타의 귀를 잡아당겼다. "어, 벌써 가는 거야?" 귀의 통증 때문에 얼굴을 찡그리면서 세스타는 방금 처벌을 감행한 상대방을 쳐다봤다. "적어도 오늘 하루는." 그녀는 애원했지만 레나는 고개를 살짝 가로저으며 조용히 부정했다. 세스타는 크게 난동을 부릴까 생각했지만 의지를 상실한 듯 고개를 숙였다.

아마도 언니한테는 거역할 수가 없는 듯했다.

하지만 이렇게 나란히 있는 모습을 보니 나는 그렇다 치더라도 리로이도 몰랐던 것인지 궁금했다. 풍성한 금발과 보석 같은 비취색 눈동자뿐만 아니라 높은 콧대와 예쁜 입술, 아름다운 호를 그리는 눈썹 등, 비슷한 점은 얼마든지 있었다.

그리고 세스타는 리로이와 언니의 불화를 알고 있었기 때문에 그런 태도였던 것이다.

난 얼결에 말려든 건가.

"——리로이와 나는 그렇다 치고." 그래도 입이 험악하긴 해도 세스타는 아직 어린애다. 의기소침해진 모습을 보니 동정심이 생겼다. "의식주를 해결해준 상대한테 인사는 하고 가는 게 예의잖아?"

이 말을 들은 레나는 아무 말 없이 여동생을 쳐다봤다. 그녀는 살짝 고개를 끄덕였다. "카렌이라는 바르하라의 사원이 있어. 아주 잘 대해줬어."

"알았어." 레나는 여전히 감정이 결여된 목소리로 승낙했다. "안내해."

"아니, 그게."

당장이라도 가려고 하는 레나를 내가 막았다.

"카렌은 바쁘고 밤늦게나 돌아올 거야." 카렌이 나간 것은 사실이다. 밤늦게 돌아올지 어떨지는 모르지만. "인사를 하러 갈 거라면 오늘 밤이나 내일이나 가능할 거야."

"……." 레나의 눈빛은 이쪽의 마음속을 꿰뚫어보는 듯한 예리함이 있다. 하지만 내 말은 완전한 거짓말이 아니라, 단지 모를 뿐이었다.

"그래." 결국 레나는 맥이 빠질 정도로 깨끗하게 받아들였다. "그럼 조만간 찾아가도록 하지." 그렇게 말하고 세스타와 이곳을 떠나려고 했다. 세스타는 딱 한 번 자신의 손을 끌어당기는 언니에게 저항했지만, 받아들여지지 않을 것을 깨닫고 바로 포기했다.

스웨인은 무슨 말이든 하고 싶었지만 어떻게 말해야 할지 모른 채 우두커니 서 있었다.

“너의 여동생은——.” 난 레나의 등에 대고 말했다. “스웨인과 리로이가 구해준 후 쭉 바깥 구경을 못했어.” 자연스럽게 파트너의 이름을 덧붙였다. “「크림슨 디스페어」의 존재 때문에 위험하니까.”

레나는 발을 멈췄다.

“하지만 리로이가 사실상 「크림슨 디스페어」를 괴멸했기 때문에 이렇게 거리를 돌아다닐 수 있게 됐어. 조금은 자유롭게 해주는 건 어떨까.” 내 제안에 눈을 동그랗게 뜨고 놀란 표정을 지은 건 세스타였다. 막돼먹게 대했던 상대가 자신의 편을 들어줄 거라고는 상상도 못했기 때문이리라.

뭐, 리로이라면 이랬을 거라는 생각으로 해봤을 뿐이다.

다만 리로이라면 시비조로 말했겠지만, 난 어디까지나 이지적으로 진행했다. 감정을 겉으로 전혀 드러내지 않는 레나한테는 정서적으로 접근할 게 아니라 논리정연하게 말하는 편이 효과적일 것이다.

“걱정이 돼서 그런 거라면 너와 내가 호위를 하면 될 것 같은데. 멀리서 말이야.”

“——좋아.” 레나는 내심이 어떤지는 전혀 알 수 없었지만 표면상으로는 긍정했다. “다만 호위는 나 혼자서 충분해.” 그녀는 내 등 뒤를 그 아름다운 손가락 끝으로 가리켰다. “당신은 돌아가.”

"그럴 순 없지." 돌아가라는 말을 들었다고 네, 알겠습니다, 라며 받아들일 수도 없는 노릇이다. 나한테도 책임이라는 것이 있다.

"그럼." 레나는 말했다. "당신은 저 소년을 데리고 마음껏 돌아다니도록 해. 난 여동생을 데리고 갈 테니."

그건 의미가 없다.

"난 두 사람의 보호를 부탁받았어. 스웨인만이 아니라."

"세스타한테는 나라는 진짜 보호자가 나타났기 때문에 당신은 이제 필요가 없는 거잖아."

"으음. 아니, 하지만……." 난 말문이 막혔다. 그녀의 말은 전부 이치에 타당했다. 이젠 솔직하게 스웨인한테 포기하자고 말할 수밖에 없는 건가.

"저기——." 당사자인 스웨인이 레나를 쳐다봤다. 레나는 자신보다 키가 많이 작은 소년의 얼굴을 내려보고 다음 말을 기다렸다. 그건 아마도 엄청난 압박임에 틀림없다. 저 차가운 눈빛은 대부분의 인간의 마음을 꺾어버리는 힘이 담겨 있었다.

"좀 더 안 될까요?" 소년의 목소리는 희미하게 떨렸지만 그것을 겁먹었다고 말할 수는 없었다. 오히려 용감하다고 박수치면서 칭찬해주고 싶을 정도였다.

하지만 레나는 아무런 답도 하지 않았다.

평소라면 바로 죽였을지도 모른다.

스웨인은 노력했다. 많이 부족하다고 여겼는지 목을 작게 떤 후 다시 한번 자신의 의사를 전달했다.
"조금만 더 여동생과 얘기를 나눠도 될까요?"
"언니." 세스타도 언니의 하얀 블라우스 소매를 잡아당겼다. "나도 조금만 더 부탁할게……."
레나는 소년과 소녀를 말없이 쳐다봤다.
고문 같은 침묵은 실제로는 겨우 몇 초였지만, 훨씬 길게 느껴졌다.
"좋아."
짧은 대답임에도 여전히 감정은 담겨 있지 않았다.
그 때문인지 두 사람은 순간 허가를 받았다는 사실을 이해하지 못했다.
한 박자 늦게 이해한 후 기쁨보다는 해방감을 느끼는 표정을 지었다. 스웨인은 쓴웃음과 쑥스러운 표정이 섞인 듯한 얼굴이었다.
하지만 남자로서 훌륭하다고 생각했다.
그리고 난 도움이 안 됐다.
애초에 레나가 만에 하나 적의를 가지고 다가왔다면 어떻게 됐을까. 호위로서, 어른으로서도 전혀 도움이 되질 못했다.
그런 기능은 없지만 구토가 나올 것 같은 느낌이 들었다.
"저기."

나와 레나는 두 사람을 이 가게에 남겨두고 거리를 두려고 했다.

그런 나한테 다가온 것은 세스타였다.

"뭐야?"

"고마워." 매우 작은 목소리로 빨리 말했기 때문에 처음엔 기분 탓인 줄 알았는데 그렇지는 아닌 것 같다. 그녀가 감사의 말을 한 것이다.

"대체 왜 그래?" 난 깜짝 놀라 경직됐다. 감사, 라고? 난 청각을 관장하는 센서의 고장마저 의심했다. 하지만 그녀는 분명하게 말했다. 고맙다고.

"배라도 아픈 거야?" 최초의 충격이 지나간 후 이번엔 그녀의 건강이 걱정됐다. 아직 그만큼 음식은 먹지 않았지만, 그녀는 오늘을 엄청 기대하고 있었기에 어떤 의미로 스트레스에 기인한 건강 이상이 오더라도 이상할 게 없다.

"실례잖아요." 하지만 세스타는 눈을 부릅뜨고 정강이를 걷어찼다. 그리고 중얼중얼 욕설을 내뱉으면서 가버렸다. 의미를 알 수 없었던 나는 고개를 갸웃하며 레나와 다른 방향에 섰다. 아무래도 그녀와 함께 저 둘을 지켜보는 것은 정신적으로 힘들었다.

홍차를 그대로 두고 왔던 가게로 돌아가긴 거북해서 그 가게에서 두 칸 옆의 가게를 골랐다. 조금 멀지만 마찬가지로 테라스가 있어서 두 사람을 확인하는 데 문제는 없었다.

어느 순간 레나의 모습은 사라져버렸다.

어디를 둘러봐도 보이지 않았지만 틀림없이 어딘가에 있을 것이다.

난 스웨인과 세스타의 모습을 시야에 두고 오감을 가동했다.

리로이가 잠든 침대 옆에 내 본체가 있다. 본체가 있으면 그 주변의 데이터가 수집 가능하다.

병원으로 옮긴 릴리는 그대로 입원했기 때문에 지금은 침실에 리로이가 혼자 자고 있다. 카렌의 호의로 침대 위에 잘 있었다.

침실 문은 열려 있었고 그곳에서 거실이 보였다. 아마도 카렌은 이미 돌아온 듯했다.

「에에――, 난 싫어――!」

불만스러운 듯 볼을 부풀린 사람은 바르하라의 철실술사 레니였다. 「애초에 벌써 늦은 거 아니야? 지금부터는 쫓아가도 소용없어.」 그녀는 소파에 깊숙이 앉아 양손으로 무릎을 껴안고 있었다.

「네, 그래서 차를 준비했습니다.」 그렇게 말한 이는 리젤이었다. 「근처에 다른 임무를 수행하던 튤 씨가 차량을 가지고 오면 함께 추적 임무에 참가하겠습니다.」

「오――! 그 무뚝뚝 군이 오는 거야……?」 레니는 천장을 바라본 채 관심 없다는 듯 중얼거렸다.

「어느 쪽이든 목적이 너무 애매해.」 쓴소리를 한 사람은 카렌이었다. 「납치된 것으로 보이는 카틸의 신병을 탈환, 납치한 자의 목적지를 특정하고 가능한 생포하라니, 무슨 말인지 모르겠다니까.」

「전무의 지독한 끈질김이 느껴지네——.」 두 명의 여성은 작게 한숨을 쉬었다. 아마도 바르하라는 카틸의 생존 가능성을 버리지 않은 듯했다.

그를 납치한 자——라면 생각할 수 있는 것은 레이디 뫼베나 아슈간 정도일까.

「뭐, 이젠 우리 넷이서 할지 말지를 결정해야겠네.」 카렌의 말은 주눅 든 것처럼 들렸지만 그렇진 않을 것이다. 상대방의 전력을 모르는 이상 낙관적으로 보지 않는 그녀의 신중함이다. 갑자기 리로이하고의 전투에 임할 정도로 그녀 역시 대담함을 갖추고 있다.

「뭐예요, 카렌 씨. 세 명이잖아요.」 그렇게 말한 것은 리젤이었다. 「전 전력이 안 되니까요.」

「튼튼하니까 방패로는 쓸 수 있지 않나?」 레니가 히히히, 하고 괴상한 소리로 웃었다. 리젤은 쓴웃음을 짓고 「그래도 아픈 건 느낀다고요.」라고 항의했지만 내가 본 바로는 분명 매우 튼튼한 게 틀림없다.

「뭐, 그래도 튤 군은 정말 강해.」 리젤이 내는 항의의 목소리는 무시하고 레니는 몸을 앞뒤로 흔들었다. 「제일 큰 문제는 생포라는 것 아닐까.」

「그렇지…….」

리젤이 탄식했다. 「그렇겠죠.」

뭐가? 라고 묻는 카렌한테 레니가 「그는――.」 하고 나른한 말투로 말했다.

「가족들이 다크 원한테 죽은 거죠?」

「마을 하나가 통째로 사라진 것 같아요.」 리젤이 보충했다. 튤이라는 그 사원은 그 마을의 유일한 생존자로 곧바로 바르하라의 시설에 들어가 기믈레의 일원이 됐다. 매우 우수했지만 「다크 원」을 직접 보면 멈출 줄을 몰랐기 때문에 다루기 힘든 인재인 것 같다.

「같은 기믈레 출신인데도 몰랐어?」

「기믈레는 여러 개가 있어서 모두를 알 수는 없어.」 레니 옆에서 단정하게 앉아 있던 카렌은 손 안에 수증기가 피어오르는 머그컵으로 시선을 떨어뜨렸다.

「하지만 다크 원이 원수라는 건 드문 일도 아니지 않나?」

분명 그렇다. 가족, 친구, 지인, 연인 등을 「다크 원」한테 살해당해 그 계기로 군인이나 기사, 용병 등이 되려는 사람은 적지 않다.

「아니, 뭐, 그렇긴 해도.」 레니는 손톱 끝을 휙휙 흔들었다. 「그는 츠베르크(연구실) 소속이야!」

카렌의 숨 삼키는 소리가 들려왔다.

「실험에 자원했던 것 같아요.」

「설마.」 카렌의 얼굴이 긴장됐다. 리젤은 조용히 고개를 가로저었다.

「거기는 대개 돈 때문에 팔려온 사람이나 범죄자, 아니면 세상을 비관하는 사람들의 종착점 같은 곳인데. 그는 분명히 지원했어요.」 자연스럽게 인신매매가 언급됐지만 카렌과 레니는 반응하지 않았다.

바르하라에서는 그것이 당연한 일인 걸까.

리젤은 선글라스 테를 검지로 올렸다.

「"그레이프닐" 피체험자 1호 중에 유일한 적합자가 그였어요.」

「그거 분명히 파기된 프로젝트였지?」 카렌은 머그컵을 입으로 가져갔다. 「성공했었구나.」

「유일, 합니다.」 리젤은 조용하게 수정했다. 「그 이외에는 단 하나도 성공 예가 없습니다. 이어지는 것은 백 건 이상의 실패였어요.」

「백 건 이상?」

깜짝 놀란 카렌이 중얼거렸다. 의도적으로 숫자만 입에 담았지만, 그 말은 결국 백 명 이상의 사람이 실험 실패로 목숨을 잃었다는 것이다.

한 기업의 인체실험으로 그렇게 많은 수의 사망자가 나오는 것은 이상하다.

「사장은 알고 있어?」 카렌의 목소리가 살짝 딱딱해지는 것은 울분 때문일까.

「전무가 공을 들여 진행한 프로젝트니까요. 모를 것 같아요.」

리젤의 말을 듣고 카렌은 조금은 안도한 것처럼 보였다.

아냐, 모르냐는 것은 프로젝트가 아니라 참가한 사람의 죽음 쪽인 걸까. 두 사람의 말투로는 그렇게 느껴졌다.

「그래서 화제를 되돌릴게요.」 레니는 혼자서 맥이 빠진 표정과 말투를 바꾸지 않았다.

「튤 군은 그 그레이프닐을 사용하기 위해 이곳으로——.」라며, 그녀는 자신의 머리를 가리켰다. 「뭔가 기계를 박아 넣는다고 하던데. 그리고 뭔가 엄청나게 많은 약도 먹었어. 그래서 뭔가 좀 위험한 것 같아——.」

「뭔가가 너무 많아.」 카렌은 불쑥 중얼거린 후 미간을 손가락 끝으로 꾹꾹 눌렀다. 「평소에 커뮤니케이션이 잘 되는 거야?」

「무뚝뚝하고 과묵한 편인데.」 레니가 어깨를 으쓱였다. 「하지만 "다크 원"이 나오면 그걸로 끝. 어떤 스위치가 켜진 것처럼 몰살 모드가 돼버려…….」

「전부 정리가 되면 원래대로 돌아가는 거야?」 마치 일말의 바람을 밝히는 듯한 카렌의 질문에 리젤은 매정하게도 고개를 가로저으며 부정했다.

「그는 구속복(拘束服) 착용이 의무화돼 있어요. 전투 행위가 끝났다고 판단된 시점에 그것을 기동시켜서 움직임을 제지――.」그는 뭔가를 때리는 듯한 동작을 취했다.「약으로 진정시킨다고 하더라고요.」

그 말을 들은 카렌은 손바닥으로 얼굴을 가리고 긴 한숨을 내쉬었다.

「엉망이구만.」

「그렇다니까――.」레니는 동의했지만 그 표정과 말투를 보면 카렌의 고뇌까지는 공유할 수 없는 듯했다.

「뭐, 이런 상황이라서 말하는 건데요.」혼자 서 있던 리젤이 부엌을 향하면서 말했다.「튤 씨의 마을을 공격한 것은 인간의 형상을 하고 있었기에 인간형을 보면 더더욱 앞뒤 분간이 없어지는 것 같아요.」

「――절망적인 정보를 줘서 고마워.」힘없는 감사의 말은 바닥 위로 떨어졌다.「왜 그렇게 다루기 힘든 아이를 보내려고 하는 걸까.」

「실제 운용의 경험치를 바란 거겠지.」카렌의 푸념에 리젤은 착실하게 답했다.

「변경이라면 피해가 발생하더라도 알려지지 않게 만들 수 있다――전무가 생각할 만한 일이죠.」

「잠깐, 레니. 전무 좀 암살하고 와.」

「우와――! 재밌겠다.」레니가 실실대며 웃었지만, 순간 그

활발한 눈동자에 어두운 그림자가 드리워진 것을 나는 놓치지 않았다.

그 전무라는 놈을 진심으로 싫어하는 듯했다.

「자자, 배가 고프면 기분이 더 나빠질 테니 뭐라도 만들어 먹죠.」 리젤이 부엌 테이블 위에 둔 봉투를 열기 시작했다. 일부러 요리 재료를 사온 건가.

레니는 자리에서 일어나 가벼운 발걸음으로 리젤한테 다가갔다.

「뭔가 달콤한 게 있으면 좋겠는데――.」

「또 뭔가라고…….」 카렌은 혼잣말처럼 중얼거리고 어깨를 축 늘어뜨렸다. 아무래도 상식이 있는 사람에게는 여러 모로 힘든 직장이다. 동정의 마음이 들었다.

「카렌 씨는 먹고 싶은 게 있나요?」

리젤은 앞치마까지 꺼내며 매우 적극적이었다.

「――그래.」 고개를 숙이고 있던 카렌은 얼굴을 들었고, 그 표정에서 우울함을 지우려는 듯 볼을 가볍게 때렸다. 「뭐든 좋아. 영양가 많은 걸로 부탁해. 체력을 보충해야만 할 테니.」 무거운 기분을 전환하려는 것처럼 카렌은 벌떡 일어났다. 「이 일이 무사히 끝나면 유급휴가를 받아 마음껏 놀아야지.」

「아하, 그거 좋네――.」 장바구니 안을 바라보던 레니가 고개를 숙인 채로 찬성했다. 「나도 이번엔 본가에 들러볼까.」

「좋겠네요.」 리젤이 고개를 끄덕였다. 「효도를 하고 싶을 때는 이미 부모는 안 계실 수도 있으니까요.」

그 말에 고개를 든 레니는 부엌으로 향하는 리젤의 등 뒤에 대고 말했다.

「어라, 리젤은?」

「어머니는 살아계세요.」 그런 리젤의 목소리는 왠지 평소 이상으로 감정이 빠져 있었다. 「지금은 몸 상태가 안 좋아서 요양 중이긴 하지만요.」

「어머——.」 심각한 표정 같은 건 존재하지 않을 거라고 생각했던 레니의 경박한 얼굴에 처음으로 타인을 배려하는 표정이 나타났다. 「빨리 쾌차하셔야 할 텐데.」

「감사합니다.」 리젤이 작게 고개를 숙였지만, 그 입가에 떠오른 미소는 왠지 공허해 보였다.

그것을 보고 있던 카렌이 고개를 살짝 갸웃거렸다.

"——실례."

갑자기 내게 건네진 말을 들은 난 본체 쪽으로 의식 대부분을 기울이고 있었기에 살짝 반응이 늦었다.

테라스 자리에 앉은 내 앞에 한 명의 남자가 서 있었다.

장신이다. 리로이와 비슷하거나 약간 크다. 길고 검은 머리카락을 세 갈래로 땋았고 가죽 셔츠의 가슴팍에는 뼈와 이빨, 보석 같은 것을 사용한 목걸이가 흔들리고 있었다.

"무슨?"

내가 묻자 그는 인사를 했다.

"나는 펜릴――레나의 파트너다." 30대 전반 정도일까, 장년의 남자――펜릴은 내 정면에 있는 의자를 가리켰다. "앉아도 될까?"

"괜찮아."

내가 허가하자 그는 짐승 가죽으로 만든 겉옷을 벗고 의자에 앉았다. 은색 털이 아름다운 명품이다. 새로운 손님을 재빠르게 발견하고 다가온 종업원한테, "커피를 블랙으로."라고 주문했다.

이 녀석도 커피파인가.

"리로이 슈발처의 파트너라고 하던데."

그는 그렇게 묻고 황금 눈동자로 나를 직시했다. 레나하고는 전혀 다른 의미로 모든 것을 꿰뚫어보는 듯한 깊고 넓은 눈빛이었다.

난 말없이 고개를 끄덕였다.

펜릴도 고개를 끄덕였다.

"과연. 그녀한테서 들었는데 넌 정말 인간은 아닌 것 같군."

그는 확신을 가진 듯했다.

이 홀로그램은 꽤나 정밀하다. 가까이서 보고 만지더라도 내가 인간이 아니라는 것을 간파하는 자는 없을 터다.

"인간이 아니면 뭐일 것 같은데?"

난 굳이 부정하지 않았다.

뭘 근거로 그렇게 단언하는 것인지는 궁금했지만, 사실대로 말하자면 들켰다고 해서 불편할 것은 없다.

"병기" 펜릴은 말했다.

티컵을 든 내 손가락 끝이 아주 살짝 떨렸다.

그는 그것을 바라보면서 말을 이었다. "인간이 「다크 원」에 대항하기 위해 만들어낸 병기——그것이 너의 정체지, 라그나로크."

"누구냐?"

이 시대에 정확하게 내 존재를 인식하는 자는 결코 많지 않다. 그리고 그 많은 수가 인간보다 훨씬 오랜 수명을 지닌 「다크 원」인 것도 사실이다.

그럼 펜릴은 「다크 원」인가?

그는 적의가 없다는 것을 알리려는 듯 가볍게 양손을 들었다.

"난 천랑(天狼)족이다——라고 말하면 이해가 될까?"

"설마."

난 저도 모르게 부정의 말을 입에 담았다.

천랑족은 옛날에 인간들과 함께 「다크 원」과 싸웠던 맹우다. 절대적인 전투 능력을 자랑하는 그들이었지만 절대수가 적었기에 점점 그 수가 줄어들었고 수천 년 전에 절멸 직전이었다.

지난 수백 년 동안에는 나도 그들을 본 적이 없었다.

"아니——." 그때 뭔가 떠올랐다. 레나 옆에 있던 거대한 은빛 늑대를. "그거였구나."

펜릴은 미소를 지었다.

일설에는 천랑족이야말로 수인의 시조라고 일컬어지고 있다. 하지만 수인이 인간에서 짐승으로 모습을 바꾸는 것과는 반대로 천랑족은 짐승의 모습에서 인간으로 변화한다――눈 앞의 남자는 그 거대한 늑대가 진짜 모습인 것이다.

"분명 천랑족은 기억을 계승한다고 들었는데." 그들의 수명은 수백 년으로, 인간과 비교하면 굉장히 길다. 게다가 선조 대대의 기억을 수천 년 분이나 계승한 채로 태어난다고 한다.

일반적인 감각으로는 그 정도의 데이터를 가진 채로 태어나면 정보 과다로 미쳐버릴 것 같지만, 그렇지도 않은 것 같다.

옛날에 나도 천랑족과 함께 싸운 적이 있지만 그때 그는 이렇게 말했다.

데이터가 들어간 외부 기억모체를 가지고 태어날 뿐이고 항상 그 기억이 뇌리에 떠오르는 것은 아니다. 필요할 때 검색해 꺼낼 뿐이고 평소에는 전혀 의식하지 않는다고.

하지만 그것이 원인으로 드물게 일어나는 현상이 「선조 소환」이다.

과거의 기억에 현재의 정신이 오염돼 인격이 변해버리는 기이한 병으로, 일단 그렇게 되면 방대한 데이터가 폭주해 원래 인격으로 수복하는 것은 거의 불가능하다고 들은 적이 있다. 미숙한 젊은 층이나 3백 년을 넘게 산 자가 발병할 확률이 높다고 한다.

펜릴은 과거의 데이터를 통해 내가 누군지 알아낸 것 같다.

그 기억은 함께 싸웠던 그들, 그녀들의 것이다.

매우 불가사의한 감개가 들었다.

“나를 확인하려고 온 건가?”

레나 역시 내가 인간이 아니라고 파악했다는 건가.

“네가 적대적인 존재가 아니라는 것은 그녀도 알고 있다. 하지만 여동생 주변에 정체를 알 수 없는 자가 있는데 태연하게 있을 수는 없는 것이다.”

“태연해 보였는데.”

나한테는 그녀가 동요하거나 겁을 먹는 모습을 상상할 수 없었다.

“그렇게 보였을 뿐이다. 마음까지 얼어붙은 게 아니다.” 펜릴은 그렇게 여겨지는 것이 불쌍하기라도 한 듯 얼굴이 어두워졌다. “오히려 그렇다면 다행이라고 생각할 정도다.”

그의 날카로운 얼굴과 황금빛 눈동자가 보여주는 인상은 성실함과 높은 지성이었다. 잠깐 대화를 나눈 것만으로도 그것이 틀림없다는 게 느껴졌다.

그런 그의 말을 신용 못 하는 것은 아니지만, 지금까지 레나를 본 바로는 펜릴의 말에 순순히 고개를 끄덕이는 것도 어려웠다.

그런 생각이 표정으로 드러났는지 펜릴은 씁쓸한 표정으로 덧붙였다. "그녀의 마음의 상처는 다른 사람에겐 보이지 않는다. 보지 못하면 인간은 없다고 판단한다. 할 수 없는 일이지."

"난 인간이 아니기 때문에 뭐라고 할 말이 없군."

내 파트너를 등 뒤에서 찔렀던 인간한테 동정해야만 할 의리는 없다. 그런 완고한 태도가 느껴졌는지, 펜릴은 약간 곤란한 듯 볼을 손가락 끝으로 긁었다.

"이미 알고 있을 거라고 생각하지만 레나는 여동생을 납치당해서 어쩔 수 없이——."

"정식 의뢰였다면 반드시 거절했을 거라고?"

그의 말을 막은 나한테 펜릴은 더이상 되받아치지 않았다. 그것이 웅변처럼 모든 걸 말해줬다.

다만 적어도 그의 솔직함은 의심할 여지가 없었다.

"뭐, 찔린 당사자가 신경 쓰지 않는다면 제삼자가 이러쿵저러쿵 말할 문제는 아니지 않은가." 그는 그렇게 말하며 어깨를 으쓱였다. 적어도 리로이가 진심으로 레나한테 위해를 가할 생각이었다면 감금당했던 그 집에서 해후했을 때 반드시 행동으로 옮겼을 것이다.

펜릴은 목례를 했다.

눈치가 빠른 남자다.

"뭐, 가능하면——." 난 무리한 주문인지도 모른다고 생각하면서도 입에 담았다. "사죄까지는 몰라도 여동생을 구한 것에 대한 감사의 인사 정도는 해도 좋을 것 같은데."

"전달해두지."

펜릴은 쓴웃음을 지으며 종업원이 가지고 온 커피 컵을 손에 들었다.

그 커피를 마시고 얼굴을 찡그렸다.

"쓰군."

"――블랙이니까." 난 살짝 어이가 없다는 듯 말했다. "쓰다고 생각한다면 설탕이라도 넣어보는 게 어때?"

"음." 그도 그 말을 알아들었으면서도 약간 곤란한 듯 검은 액체에 시선을 떨어뜨렸다. "하지만 설탕이나 우유를 넣는 것은 어린이뿐이라고 들었는데."

"레나가 그렇게 말한 건가?"

펜릴은 고개를 가로저었다. 그렇다면 작은 악마 쪽인가.

"리로이는 항상 잔뜩 넣고 마셔. ――어린이만 그런 게 아니라는 증거로 부족한가?"

"과연."

펜릴은 속았다는 것을 알았음에도 불쾌한 기색 없이 살짝 웃었다.

그리고 쓴 커피를 다시 한 입 마신 후 나를 바라보고 고개를 갸웃했다.

"그러고 보니 신경 쓰였던 게 있는데――."라며 펜릴은 약간 어색하게 말을 꺼냈다. “오늘 입은 옷은 조금 이상하지 않나? 내 기억하고는 꽤나 다른 것 같은데.”

아마도 난 뭘 입고 있든 이상한 시선을 받을 운명인 것 같다.

“그 모습으로는 너무 눈에 띈다고 들어서.” 그래도 지금 입은 복장이 이상하다고 느끼는 상대는 나쁘지 않다. “그래서 할 수 없이 초라하게 입은 거야.”

“고생이 끊이질 않는군.” 펜릴은 쓴웃음을 지었다. 그도 그 나름대로 인간이 아닌 자가 인간 사회에서 살아가는 것의 어려움을 커피 건뿐만이 아니라 통감하는 일이 꽤나 많은 게 분명하다.

서로의 파트너가 매우 특이하다는 공통점도 있다.

말이 통할 것 같았다.

“즐거워 보이네.”

등 뒤에서 얼음장 같은 목소리가 들렸다.

기척도 없이 발해진 그 목소리에 그야말로 찬물이라도 끼얹어진 것처럼 들떴던 내 기분은 가라앉고 말았다.

이렇게 온도가 낮은 음색은 내가 아는 한 단 한 명뿐이다.

고개를 돌려 노려볼까 생각했지만, 그런 짓을 한들 그녀의 차가운 눈빛에 얼어붙을 뿐이다.

난 돌아보지도 않은 채 크게 한숨을 내쉬었다.

“왜 뒤에서 나타나는 거야. 사람을 놀리는 게 그렇게 재밌어?"

"사람이 아니잖아?" 그녀는 담담하게 말하고 스웨인과 세스타 쪽을 가리켰다. "둘이 이동할 거야."

"나중에 또 대화를 나누자고."

펜릴은 남은 커피를 단숨에 마시고 그 쓴 맛만큼 미간을 좁히며 자리에서 일어났다.

이어서 자리에서 일어난 나에게 레나가 중얼거렸다.

"아무 때나 돌아가도 상관없어."

"——친절함에 몸둘 바를 모르겠군."

내 가시 돋친 대답에도 그녀의 표정은 조금도 변하지 않았다. 그 인간을 넘어선 미모는 그녀 안에 있는 인간적인 면모를 모조리 부정하는 것처럼 보였다.

정말로 보이지 않는 상처라도 있는 걸까.

그리고 있다고 한다면 대체 뭘까.

펜릴한테는 미안하지만 나에게는 그녀를 배려할 이유가 없다.

진즉에 질려버렸지만 사명감만으로 내 발을 움직였다.

리로이가 일어나면 불만을 잔뜩 털어놔야지——난 그렇게 결심했다.

릴리가 입원한 병원에서 사라진 것은 그날 밤의 일이었다.

3

“내 감시가 부족했어. 미안해.”

카렌은 나에게 깊이 고개를 숙였다.

릴리가 입원한 병원에서 모습을 감췄다는 연락이 온 것은 날짜가 변하려는 자정 무렵이었다. 릴리는 오늘 낮에는 의식을 되찾고 조금이지만 식사도 했다고 한다. 의식 장애도 없었고 문답도 확실하게 했으며 현재 상황을 정확하게 인식했다고 했다.

밤의 순찰로 병실을 방문한 간호사가 그녀가 방에 없다는 것을 알았다.

병실이 어지럽혀진 흔적도 없었고 병원복은 깨끗하게 포개져 있었다고 한다.

“네가 사과할 필요는 없어.” 난 미안해하는 카렌한테 말했다. “그녀가 이 도시에서 납치당했을 리는 없을 것 같고 스스로 나간 거겠지.”

“하지만 어디에?” 카렌은 고개를 갸웃했다.

그렇다. 거점이었던 지하도시는 붕괴됐고 지저호 속에 잠겨버렸다. 「크림슨 디스페어」가 조직적으로 괴멸상태가 된 이상 그녀에게는 갈 곳이 없을 터였다.

거점과 별도로 시내에 집을 보유하고 있나? 그렇다면 찾아내는 것은 어려울 것이고, 애초에 찾을 필요는 있는 걸까. 자신의 집으로 돌아갈 인간을 어떻게 할 권리는 우리들에게 없다.

"일단 경찰한테 신고를 해둘까?"

카렌은 걱정했지만, 난 그렇지 않았다.

덫에 빠져 독으로 쓰러졌던 리로이를 발로 차던 모습을 봐서 그런 것일지도 모르지만, 그 나이에 조직의 중심에 서 있던 그녀다. 우리들이 그렇게까지 배려할 필요성을 크게 느낄 수 없었다.

그런 말을 하면 박정하다는 소리를 듣게 될까?

"그럴 필요는 없어." 나와 같은 의견은 침실 쪽에서 들렸다. 계속 자고 있던 리로이가 그곳에 서 있었다. "이곳의 경찰은 도움이 안 된다. 찾으려면 내가 나간다."

그렇게 말하며 크게 하품을 했다. 자는 동안 뻗친 머리카락에 아직 완전하게 뇌가 각성하지 않은 졸린 눈이었다. 며칠 전 인간이 아닌 것으로 변하면서 날뛰었던 모습은 남아 있지 않았다.

"이제 일어나도 괜찮은 거야?"

카렌은 리로이가 카틸하고의 전투로 힘을 다 썼다고만 들었다. 전라였지만 상처 하나 없는 그 몸을 보고 의문점도 가진 듯했지만, 특별히 더이상 추궁하지 않았다.

"그래." 리로이는 고개를 끄덕인 후, 자신의 왼팔을 올려 손가락을 쥐었다 폈다를 반복했다. "오, 생겨났네."

그 중얼거림을 들은 카렌은 리로이가 아니라 나한테 말했다.

"괜찮지 않은 거 아냐?"

"저 정도의 착란은 항상 있는 일이야."

카렌은 리로이가 아그날한테 왼팔이 잘려버린 것을 몰랐다. 그대로 모르는 편이 여러 모로 편할 것이다.

리로이는 부엌 쪽으로 비틀비틀 걸어갔다.

"샌드위치라면 그쪽 선반에 있어." 리로이가 배가 고프다는 것을 알았는지, 카렌이 부엌 선반을 가리켰다. "마실 것은 저쪽 포트에 물이 있으니까."

"고맙군." 리로이는 포트에서 글라스로 물을 따르고 그것을 단숨에 마셔버렸다. 두 잔째도 곧바로 마신 후 빵을 선반에서 꺼내 집어 들었다. "좋아, 가볼까."

"그 모습으로?"

카렌한테 지적을 받고 나서야 리로이는 자신이 평소의 모습이 아니라는 것을 깨달았다. 전혀 이상할 게 없는 수수한 잠옷이었다. "아아, 그렇지." 자신이 맹수화됐을 때는 입고 있던 것이 다 찢어져버린다는 것을 기억해낸 것 같다.

그리고 몰라도 될 것까지 깨달아버렸다.

"누가 이걸 입혔지?"

"당신의 파트너." 카렌이 나를 곁눈질했다.

그때 리로이는 뭐라고 해야 할까, 희로애락이 미묘하게 섞인 지금껏 본 적 없는 표정을 짓고 있었다.

카렌이 저도 모르게 내뿜고 말았다. "뭐야, 그 표정은?"

"아무것도 아니야." 리로이는 그렇게 말하고 방안을 빙 둘러봤다. "손님이라도 왔던 거야?"

카렌은 리로이와 마찬가지로 방을 둘러봤다. 낮에는 리젤과 레니가 방문했고, 밤에는 레나가 세스타를 보호해준 것에 대한 감사 인사를 하러 왔다.

특별히 그것을 알려주는 흔적은 없었다.

"세스타의 언니를 찾았어." 카렌은 리로이와 레나의 인연을 몰랐고, 또한 그녀가 「콜드 블러드」라고 불리는 엄청난 실력의 암살자라는 것도 몰랐다. 다만 그 행동거지를 보고 평범한 일반인은 아니라고 생각했을 뿐이다.

"그래. 그거 다행이군." 리로이는 솔직하게 기뻐했다. 결국 레나와 세스타는 리로이한테 한 마디 감사의 말도 하지 않았다. 자고 있었기 때문에 어쩔 수 없는 일이긴 했지만, 그렇더라도 리로이는 전혀 신경 쓰지 않는 눈치였다.

"있잖아, 어떻게 손님이 왔는지 알았어?" 그게 궁금했는지 카렌이 다시 한번 방안을 둘러봤다. "혹시 깨어 있었어?"

"아니." 리로이는 소파 부근──레나가 앉았던 부근──을 애매하게 손가락으로 가리켰다. "왠지 체온 같은 게 남아 있잖아. 흐릿하게 보이지 않아?"

네 눈은 *서모그래피인 거냐.

"——보일 리가 없잖아."

카렌도 수상쩍은 눈빛으로 리로이를 쳐다봤는데, 그 말투에는 살짝 주저함도 있었다.

이 남자라면 혹시——라고 생각하는 것도 어쩔 수 없는 일이다.

"스웨인은 힘들어하지 않았어?" 그는 지금 리로이도 잤던 침실의 이불 속에서 잠들어 있었다.

"조금은." 카렌은 다정한 쓴웃음을 지었다.

헤어질 때도 스웨인은 멋졌다. 미련으로 가득한 표정도 아니었고, 그렇다고 너무 태연한 표정도 아니었다. 그런 표정이라면 필요 이상으로 세스타를 슬프게 만들지 않는 데다가 아쉬운 마음도 전달할 수 있다. 그렇게 계산한 것도 아닐 것이고, 만약 계산한 것이라면 무서운 일이지만, 그것이 스웨인의 본래 모습일 것이다.

이 시대의 주요 통신수단은 편지다. 대국의 일부에서는 이미 유선에 의한 전신이 실험단계에 들어갔지만, 일반인이 그것을 사용하는 것은 아직 먼 일이다.

세스타는 카렌한테서 바르하라가 경영하는 시설에 대해 이것저것 물어봤기 때문에 재회의 시간은 그리 멀지 않을 수도 있다.

*서모그래피(thermography) : 적외선에 의한 체표면 온도 측정 장치.

리로이는 그것만 확인하고 항상 입던 옷으로 갈아입었다.

항상이라고 해도 전부 내가 새로 사둔 것이다.

다른 색을 사볼까 하는 충동을 억누르는 게 매우 힘들었던 것은 내 마음속에 접어두도록 하자.

"찾다니, 짐작 가는 곳이라도 있어?" 밖으로 나가려고 하는 리로이의 등에 대고 카렌이 물었다.

"일단은." 리로이는 그렇게 말하고 문을 열었다.

호텔에서 나서자 주저하지 않고 걷기 시작했다. 적어도 그 움직임에 불편함은 없어 보였다.

"그래서, 그 후로 어떻게 되었어?"

질문을 들은 난 리로이가 맹수화된 뒤로 지금까지 있었던 일을 간추려서 설명했다.

리로이가 카틸을 때려눕힌 것, 아슈간이라는 「다크 원」의 출현, 바르하라는 카틸이 생존해 있고 아슈간에게 납치당했다고 생각한다는 것, 그리고 그 추적을 시작하려고 한다는 것 등등을 레이디 뫼베의 존재만을 숨기고 말했다.

리로이는 아직 레이디 뫼베가 「다크 원」이라는 것을 모른다.

특별히 그녀의 입장을 지켜주려는 마음이 있는 건 아니지만, 리로이가 자기 자신의 눈과 귀로 확인해야 할 일이라고 생각했기 때문이다.

스웨인과 세스타의 전말도 말했다. 잠깐 말하지 않는 게 좋을까 싶기도 했지만 난 솔직히 말했다.

"세스타의 언니는 그 레나였어."

그러자 리로이의 발이 멈췄다.

말은 하지 않았다.

아마도 머릿속에 여러 가지 감정과 말이 섞이고 있을 것이다.

마침내 다시 걷기 시작한 리로이는 단 한 마디, "과연."이라고 중얼거렸다. 세스타가 어째서 그런 태도를 취했는지 이해한 것이 분명했다.

"대답하고 싶지 않으면 상관없지만." 난 그렇게 전제를 깔았다. "무슨 일 있었어?"

리로이는 바로 대답하진 않았다.

집에서 들고 온 샌드위치를 먹으며 한동안 걸어갔다.

마침내 돌아온 답은 짧았다.

"믿지 않았어."

그것만으로 두 사람 사이에 무슨 일이 있었는지는 알 수 없었지만, 그 말투만으로 알 수 있는 것도 있다.

이 남자가 놀랍게도 후회를 하고 있다는 것을.

그래서 난 "그렇군."이라고만 말했다. 화제를 전환할 겸 레나의 파트너인 펜릴이 천랑족이라는 것도 천랑족이 어떤 존재인지까지 포함해 가르쳐줬다.

"그 녀석, 말을 할 수 있어?"

"인간의 모습일 때는 성대로 말을 할 수 있으니까." 늑대일 때는 인간과 성대의 모양이 다르기 때문에 우리들과 똑같은 언어를 사용할 수가 없다.

그 대신 정신 감응을 통해 직접적으로 뇌에 언어 데이터를 보내는 것이 가능하다. 그래서 천랑족끼리는 짖거나 신음 소리는 의사소통이 아니라 단순한 감정의 표현으로만 기능한다.

"뭐야?" 리로이는 투덜거렸다. "그런데도 입을 다물고 있었던 건가."

"너와 얘기를 해서 얻을 게 전혀 없으니까."

난 코웃음을 쳤다.

과연 이지적인 천랑족이라고 해야 할까.

리로이는 되받아치지 않고 살짝 웃은 후 샌드위치를 먹었다.

그것을 다 먹은 후 근처에 늘어선 가게에서 테이크아웃을 차례차례로 주문하고 걸어가면서 순식간에 뱃속으로 집어넣었다. 리로이가 하루에 먹는 양을 평범한 인간이 섭취하면 틀림없이 고도비만이 될 것이다.

수분은 술이다. 리로이의 신체에는 독이 효과를 발휘하기 힘들지만, 이건 술에 관해서도 마찬가지다. 간 기능이 뛰어나기 때문에 알코올 대부분을 분해해서 취하는 것을 본 적이 없다.

취하는 일이 없는 그 발은 붕괴된 곳을 향하고 있었다.

붕괴된 그날로부터 그 주변은 사람들이 끊이지 않고 찾아왔다. 그것을 노리고 심야 늦게까지 영업하는 가게도 많아졌다.

대부분은 구경꾼이다. 크게 붕괴된 구멍을 통해 지저호를 바라볼 수가 있다. 일단 현장 부근은 출입금지가 돼 있었고 경찰의 모습도 보였지만, 구멍 주변에서 아래를 쳐다보려는 사람들을 제지하지는 않았다.

리로이는 구멍 주변을 천천히 걸었다. 가끔 구멍 안쪽에서 사람이 나타났다. 지하도시의 대부분은 붕괴됐지만, 아직 일부가 남아 있었고 그곳으로 들어가 돈이 될 만한 것을 들고 나오는 것이었다.

당연히 남은 부분이 언제 붕괴될지 알 수 없고 그렇게 되면 죽게 될 테지만——실제로 단편적인 붕괴는 계속 일어났다——위험보다 돈을 선택한 것이다.

혼잡을 노린 도둑들은 리로이와 마주하고 순간 깜짝 놀란 듯 멈춰 섰지만, 이쪽이 아무런 반응을 하지 않았기 때문에 빠른 걸음으로 자리를 떠났다. 리로이도 굳이 그들을 신경 쓰지 않았다.

바람이 불기 시작했다.

이 계절의 바람은 차갑고 건조하다.

그 소녀는 구멍 주변에서 바람을 맞고 있었다. 왼팔은 고정됐고 삼각건을 두르고 있었다. 오른발의 바짓단이 부풀어 있는 것은 깁스 때문이다. 그녀는 목발을 짚고 초연히 구멍 밑을 내려보고 있었다.

리로이는 살짝 보조를 늦췄다.

소녀——릴리는 이쪽을 봤다. 난 그녀가 갑자기 덤벼들 수도 있다는 것을 예측했지만, 리로이를 한 번 쳐다보더니 다시 구멍 밑으로 시선을 돌려버렸다. 그 눈동자에 분노나 증오는 없었다. 있는 것은 허무뿐이었다. 리로이는 그녀 옆에 섰다.

"뛰어들지 않아 다행이야." 그렇게 섬뜩한 일을 태연히 입에 담았다. 릴리가 그러지 않은 것은 그저 놀랐기 때문일 뿐이고, 오히려 리로이의 말이 계기가 돼 행동으로 이어질지도 모른다. "그럴 리 없잖아." 릴리는 퉁명스럽게 말했다. "기왕 할 거면 당신을 떨어뜨릴 거야." 증오를 담아 말했지만, 역시나 그 말에 힘은 없었다.

"춥지." 리로이는 가죽재킷을 벗어 릴리의 어깨에 걸쳤다. 그녀는 반사적으로 "필요 없——." 거부하려고 했지만 어깨에 걸쳐진 무게 때문에 비틀거렸다. 리로이가 당황스럽게 그 몸을 받쳐줬다.

"이건 뭐야?" 릴리는 의심스러운 듯 미간을 좁혔다. 그리고 곧바로 자신의 등에 둘러진 리로이의 손을 뿌리쳤다. 그러자 당연히 재킷의 무게를 견디지 못하고 엉덩방아를 찧었다. 상처에 울렸는지 작은 비명을 내질렀다.

특수한 섬유를 사용한 대도방탄(對刀防彈) 사양의 재킷에 열이나 충격을 줄여주는 천이 사용됐다. 보기에는 평범한 것과 다를 바가 없지만 중량이 다르다. 어린이의 근육으로 버티지 못하는 게 당연하다.

"미안해. 깜빡했어." 리로이는 릴리가 벗어던진 재킷을 주웠다. "그럼 갈까?"

"뭐?"

릴리는 리로이의 말을 이해하지 못하고 멍한 표정으로 올려봤다. 리로이는 땅에 떨어진 목발을 잡고 몸을 앞으로 내밀며 구부렸다. "여기 있다간 몸이 식을 거야. 어디든 가서 따뜻한 것을 먹어도 좋고 돌아갈 집이 있으면 그곳에 데려다줄게."

"뭐——." 이번엔 마른 웃음이 그녀의 입술에서 떨어졌다. "돌아갈 곳이라면 물 밑이야." 릴리는 어두운 눈동자로 리로이를 노려봤다. "데려다줄 거야?"

"좋지." 리로이는 주저하지 않고 고개를 끄덕였다. 릴리의 트집을 잡는 듯한 말에 전혀 빈정대지 않았다. 그녀가 그렇게 바란다면 리로이는 진심으로 그렇게 할 것이다.

"——적당히 해." 주저앉은 채 릴리는 고개를 돌렸다. 목소리에 힘이 없었다. 아무래도 카틸이 행방불명이고 거점이 괴멸된 상태이기에 심지가 굳었던 그녀의 마음도 꺾여버린 걸까.

"여기서 쭉 구멍을 바라보면서 살 거야?" 여전히 리로이의 말투는 용서가 없다.

상처 입고 쓰러진 인간한테는 일어설 때까지의 시간이 어쩔 수 없이 필요하다. 어떤 상황에서도 곧바로 일어서는 너 같은 사람은 거의 없다는 것을 이제는 이해해줬으면 좋겠다.

"내버려둬." 그렇기 때문에 릴리의 이 말은 그녀의 본심이라는 것을 안다.

"감기 걸려." 그것을 내버려두지 못하는 게 바로 이 남자다. 사람의 기분을 전혀 고려하지 않는 방약무인함이 사람을 도와줄 때도 적용된다. 얽혀버린――그녀의 경우는 스스로 얽매인 것이지만――쪽은 가만히 있을 수가 없다.

"배, 고프지 않아?"

"…………." 릴리는 아마도 무시하기로 마음 먹은 듯했다.

리로이는 곤란한 표정으로 아직도 뻗쳐 있는 머리카락을 긁어댔다.

그리고 어떡할지를 생각하다가 그녀 옆에 주저앉았다.

"조옴――." 릴리는 저도 모르게 소리 질렀다. 하지만, "카틸은 너에게 어떤 존재냐?" 리로이의 급작스러운 질문에 할 말을 잃었다.

침묵이 바람을 타고 흘러갔다.

난 대답은 없을 거라고 생각했다. 그녀가 리로이한테 마음속을 밝힐 것 같지 않았기 때문이다.

"은인이야." 그래서 그녀가 혼잣말처럼 중얼거렸을 때는 깜짝 놀랐다. "내가 나로서 있을 수 있는 것은 그 사람 덕분이야." 릴리는 담담하게 말했다. 그녀는 태어난 지 얼마 안 돼 양친한테 팔려 어떤 조직에서 성장했다. 그 조직은 애들한테 모든 암살기술을 가르쳤다. 탈락한 아이는 용서 없이 버려지는 그런 곳이었다.

몸속에서 생성된 약물이 땀샘에서 땀과 함께 공기 중에 퍼지는 릴리의 체질은 그곳에서 만들어졌다. 같은 경우의 아이들이 그 과정에서 계속 죽어갔다.

그녀는 그곳에서 완전히 도구로 쓰였다.

하지만 어느 날, 조직은 아무런 전조도 없이 괴멸됐다. 카틸이 단신으로 뛰어들어 조직의 간부를 전부 죽여버렸던 것이다. 그녀는 갑자기 해방돼 자유롭게 됐다.

"태어날 때부터 도구로 사용됐는데 갑자기 자유로운 인간이 됐어도, 어떻게 해야 할지." 자조적인 미소가 릴리의 아직 어린 볼을 일그러뜨렸다. 카틸은 조직의 하부 구성원들한테 선택지를 줬다. 이대로 카틸의 부하로 남을 것인지, 떠날 것인지——릴리는 고르지 않았다. 지금까지 선택해본 적이 없었기 때문에 당연하다면 당연했다.

"그 사람은 말했어." 릴리의 중얼거림이 미소로 바뀌었다. "함께 자신을 찾아보자, 고."

그렇군, 리로이는 고개를 끄덕였다.

"당신이 나한테서 그 사람을 빼앗았어." 릴리는 붕괴된 흔적을 쳐다보면서 갈라진 목소리로 그렇게 내뱉었다. 리로이는 다시 한번 고개를 끄덕였다.

"그렇지."

"그런데 당신은 나를 구하려고 하고 있어." 그녀의 미간에 주름이 생겼고 입끝이 흔들렸다. "머리가 이상한 거 아니야?"

"자주 듣는 말이야."

리로이는 웃었다. 그 반응을 들은 릴리는 작게 혀를 차며 고개를 돌려버렸다.

"그러고 보니 전에 말했던 바르하라라는 회사 말인데." 하지만 리로이는 상관하지 않고 말을 이어갔다. "카틸이 살아 있다고 하는 것 같아."

릴리가 고개를 들었다.

그 피곤에 지친 얼굴에 희망의 빛이 떠올랐다. "저——." 첫마디를 하다가 바로 입을 다물고, 자신을 진정시키려는 듯 숨을 살짝 내쉬었다.

그리고 기도하듯이 물었다.

"정말로?"

"바르하라는 그렇게 생각하는 것 같아." 자신의 눈으로 본 것이 아니기 때문에 리로이는 단언하지 않았다. 아니, 그보다 이 얘기를 릴리한테 할 거라고 생각하지 않았기에 난 약간 당황스러웠다. 리로이가 바라는 그녀의 미래에는 카틸이 죽고

「크림슨 디스페어」가 괴멸하는 편이 좋았던 게 아닐까.

"지금, 어디에?" 지금까지하고는 전혀 다르게 애원하는 듯한 릴리의 눈빛을 보고 리로이는 결코 멋대로 비난하지 않았다.

"「다크 원」한테 납치당한 것 같아." 똑같은 말투로 이어갔다. "바르하라 놈들은 납치한 놈과 당한 놈을 둘 다 포획할 생각으로 움직이고 있어."

"포획해서 어쩌려고?" 릴리의 목소리에는 예감이 담긴 듯했다.

리로이는 그녀의 눈을 봤다. "알잖아."

릴리는 입술 끝을 꽉 물고 두 눈동자에 분노의 불꽃을 담았다.

"이런 데서 감기나 걸릴 상황이 아니야." 리로이는 일어났다. 그 기세에 빨려든 것처럼 릴리도 목발을 사용해 일어났다. "너도 그렇게 생각하지?" 리로이는 그렇게 말했지만 그건 릴리한테가 아니다. 파편 뒤에 숨어 있던 인물한테다.

"네 얘기가 전부 진실이라면." 수상한 말을 허스키한 목소리로 말한 사람은 장신의 여자였다. 긴 흑발을 뒤로 묶고 단단한 육체를 간편한 복장 안에 감추고 있었다. 허리에 찬 칼에 살짝 손을 얹으면서 여자――프리지아는 천천히 다가왔다. "카틸 님이 살아 있다는 증거는 있는 거야?" 「스칼렛 레이디」 이후로 처음 만나는 건데 아마도 그녀는 지하도시의 붕괴에 휩쓸리지 않았던 것 같다.

“증거? 없는데.” 리로이는 어깨를 으쓱였다. “특별히 꼭 믿어달라는 건 아니야.”

“………….” 프리지아는 입을 다물었다. 하지만 그 손가락 끝이 칼 손잡이에서 천천히 멀어져 갔다. “납치한 것은 카틸 님과 비슷한 놈이야?”

“뭐야? 봤었던 거야?” 리로이는 그렇다면 얘기가 빨라질 거라고 생각했지만 프리지아는 달랐다. 그녀는 공포에 가까운 눈빛을 리로이와 같은 검은 눈동자에 띠고 있었다.

“그건——.” 거기서 일단 말을 멈췄다. 아슈간의 모습을 봤다는 것은 맹수화한 리로이도 봤다는 얘기가 된다.

그녀는 그게 뭐냐고 물어보고 싶은 게 틀림없었는데, 질문을 바꿨다.

“넌 대체 뭐야?”

이 질문에 고개를 갸웃한 것은 릴리였다. 그녀는 바로 옆에 있었지만 기절한 상태였고 아슈간도, 맹수화된 리로이도 보지 못했다. 그랬다면 왜 이제 와서 그런 질문을 하는 걸까? 라고 의아해 하는 것도 당연하다.

“자유계약 용병 리로이 슈발처다.” 리로이는 성실하게 답했다. “달리 또 묻고 싶은 것은?”

당당한 태도의 리로이 앞에서 프리지아는 주저했다.

“잠깐 기다려.” 그때 릴리가 끼어들었다. “프리지아, 당신은 봤어?" 자세한 사정까진 모르지만 어느 정도의 상황 파악은 된 듯했다. "카틸 님이 납치당하는 것을 그냥 쳐다보기만 한 거야?" 릴리는 목발을 사용해 프리지아한테 다가갔다. "왜 도와주지 않고?!"

"미안해." 프리지아는 고개를 숙였다. "그 사람의 모습을 놓치고 말았어."

"이 쓸모없는……!" 릴리는 감정적으로 내뱉었다. 내가 들은 바로는 원래부터 릴리는 프리지아한테 적개심 같은 것을 안고 있었다.

응어리졌던 그 감정에 불이 붙은 것이리라.

"미안해." 프리지아는 숙인 고개를 들지 않고 다시 한번 사죄했다. 릴리는 그녀 앞에 도착한 후, "사과한다고!"라고 소리치면서 목발을 치켜들었다.

그리고 정지했다.

릴리는 그것으로 프리지아를 때리려고 했을 것이다. 하지만 그 의도를 알고서도 미동도 하지 않는 그녀의 모습을 보고 차마 내리치지 못했다.

그러다 균형을 잃은 릴리가 쓰러졌다.

프리지아가 곧바로 그녀를 껴안았다.

"알고 있어." 릴리가 프리지아의 귀에 속삭이듯이 말했다. "쓸모없는 것은 나야."

"아직 끝나지 않았어." 프리지아는 릴리의 등을 다정하게 두드리면서 리로이를 봤다. “너한테 의뢰할 게 있어.”

그 말을 들은 리로이가 고개를 번쩍 들었다. “프리지아!” 이 상황이라면 그녀가 리로이한테 뭘 의뢰할지 모를 리가 없다.

“나는 봤어, 릴리.” 프리지아의 표정은 굳어 있었다. 맹수화한 리로이와 아슈간의 전투를 직접 봤다면 누구라도 같은 생각일 것이다.

대체 어떤 사람이 그곳에 끼어들 수 있을까.

“나나 네가 백 명이 있어도 카틸 님을 납치한 그 괴물은 절대로 감당할 수 없어.” 프리지아는 릴리가 반발할 것을 알고도 감정을 배제한 냉철한 말투로 말했다. “아무래도 이 남자의 능력이 필요해.”

“카틸의 구출을 의뢰하는 건가?” 리로이가 먼저 말하자, 프리지아는 입을 다문 채 고개를 끄덕였다. “보수는 지불할 수 있어?” 난 비싸다고, 라고 말하는 리로이에게 프리지아는 다시 한번 고개를 끄덕였다.

“조직의 돈이 있어.”

“그것을 전부 낼 수 있어?”

얼마가 있는지는 묻지 않았다. 「크림슨 디스페어」가 모은 자금이라면 상당한 금액이라고 예측 가능하다. 예상대로 릴리가 입을 동그랗게 열고 놀란 표정을 짓고 있었다.

“그런 터무니없는――.” 저도 모르게 말을 한 릴리였지만 리로이는 그것을 듣고 쓴웃음을 지었다.

"아니, 아니, 너희들이야말로 터무니없이 법과 무관한 곳에 있었잖아. 이제 와서 무슨 말이야."

리로이는 빈정거리는 것이 아니라 단순히 재밌다는 듯 웃었지만 릴리의 볼은 빨개졌다. 프리지아도 잠깐 미소를 지었지만, 곧바로 표정이 굳어졌다.

"전부 내겠다." 프리지아의 대답은 처음부터 정해져 있었던 것처럼 보였다. 릴리는 깜짝 놀란 듯 그녀를 쳐다봤지만 부정의 말은 나오지 않았다.

알고 있는 것이리라.

카틸이 돌아오지 않는 이상 아무리 돈이 많아도 의미가 없다는 것을.

"돈만으로는 부족하다." 하지만 리로이는 용서 없이 궁지에 몰린 그녀들에게 후속타를 때렸다.

"이 이상 뭘 더 달라는 거야!" 릴리가 비난 섞인 목소리로 말했다. 리로이가 그 말을 듣고 씨익 웃었고, 그녀는 뭔가를 깨달은 듯 표정이 일그러졌다.

"비열한……."

"아니." 프리지아가 조용히 말했다. "내놓을 수 있는 것은 전부 내놓겠다. 그 사람을 구하기 위한 거라면." "난——." 싫다고 말하려고 했지만, 말을 잇지 못한 것은 역시나 카틸의 구출이 뇌리에 스쳤기 때문일 것이다.

아랫입술을 깨물고 입을 다물었다.

“아니, 그게 아니라.” 리로이는 이상한 방향으로 왜곡된 것에 당황하면서 말했다. “——내가 그렇게 쓰레기 같은 놈으로 보이는 거냐?” 그건 혼잣말 같은 중얼거림이었지만, 릴리는 작게 고개를 끄덕였고, 프리지아는 고개를 돌렸다.

평소의 언동이 너무도 인간답지 않았기 때문에 이런 오해는 어쩔 수 없다.

“그런 건 내놓지 않아도 돼.” 리로이는 한숨을 쉬면서 고개를 저었다. 두 사람의 얼굴에 안도의 표정이 떠올랐다.

“내가 원하는 것은 확약이다.” 그런 두 사람을 노려보면서 리로이는 말했다. “카틸을 구출하면 「크림슨 디스페어」를 해체하고 두 번 다시 조직을 만들지 않을 것을 맹세해.”

릴리와 프리지아는 그 말을 듣고 할 말을 잃었다.

부정의 말조차 나오지 않았던 것이다.

충분히 고려할 수 있는 조건이라고도 생각되지만 그녀들은 거기까지 생각이 미치지 못했던 듯했다.

앞선 오해도 그렇지만 리로이가 너무도 악랄한 탓에 왠지 한통속이라고 생각한 부분도 있었다.

“그건——.” 간신히 입을 연 것은 프리지아였다. “우리들끼리 결정할 얘기가 아니다.”

“너희들의 의사를 묻고 있는 거다.” 리로이는 물러서지 않았다. “확실하게 답해라. 그 답 여하에 따라 의뢰를 받을지 말지 결정한다.”

릴리와 프리지아는 서로를 바라봤다. 얼버무리는 게 가능한 상대가 아니라는 것을 두 사람 다 알고 있었다. 그 얼굴에 고뇌의 빛이 퍼져갔다.

"난——." 먼저 입을 연 것은 릴리였다. "난 그래도 괜찮아."

프리지아는 그런 결단을 내린 소녀의 얼굴을 한 번 보고 고개를 살짝 끄덕였다.

"나도 그렇게 할게." 자신의 입으로 그렇게 말하고 나서 마음이 편해진 걸까. 프리지아는 안온한 표정이 됐다. "그 사람을 구할 수 있다면 그래도 괜찮아."

"하지만." 릴리가 도전하는 눈빛으로 리로이를 쳐다봤다. "만약 카틸 님이 그 조건을 받아들이지 않으면 어쩔 거야?"

"계약 불이행이라." 리로이는 왠지 즐거운 듯 두 눈을 반짝였다. "그건 체면에 관련된 문제가 되니까." 그런 것을 신경 쓴 적도 없는 주제에 유들유들하게 말했다. "목숨을 건 싸움을 하게 되겠지."

그 답을 어느 정도 예상했는지, 릴리는 놀라지 않았다.

프리지아 역시 항의하는 발언을 덧붙이지 않았다.

"계약 성립이군."

리로이는 그것이 이행되지 않기를 바라는 것처럼 입끝을 치켜올렸다.

제2장

1

그것은 차라기보다 장갑차라고 하는 편이 어울리는 위용을 뽐냈다.

증기기관 엔진이 들어간 차체에서는 금속제 파이프가 좌우로 네 개씩 튀어나와 있었다. 그것은 강철로 보강된 차체 측면부터 뒷부분까지 이어졌고 비스듬히 절단된 구멍에서 하얀 연기를 내뿜고 있었다.

정숙 성능을 전혀 고려하지 않았는지 보일러에서 나온 에너지로 상하 운동하는 실린더의 굉음이 대기를 흔들었다.

"어떠신가요? 저희 회사가 자랑하는 증기자동차 슬레이프닐 3호는."

여덟 개의 바퀴를 가진 거대한 장갑차를 가리키며 슈트 차림의 바르하라 사원, 리젤 질바는 득의양양하게 콧대를 치켜올렸다. 옆에 나란히 서서 바라보던 리로이는 "크군."이라고 중얼거린 후 고개를 살짝 갸웃했다.

"1호, 2호는 실패한 건가?"

"네." 리젤은 선글라스를 검지로 올리며 답했다. "승무원까지 함께 폭발해버렸습니다."

"그런 것에 사람을 태우는 거야?" 리로이는 분개한 듯 말했지만, 카렌 일행한테 고용되거나 부탁을 받은 것도 아니고 멋대로 동승하려는 것이어서 그렇게 말할 자격은 없었다.

"무서우면 안 타도 돼." 그래서 차를 소유하고 있는 바르하라 쪽이 그렇게 말하는 것도 마땅한 일이다. 하지만 카렌이 살짝 짓궂게 말한 것은 같이 타려고 하는 내 파트너를 질책하려는 것은 아니다.

주된 원인은 리로이 옆에 있는 프리지아와 릴리다.

두 사람이 리로이와 행동을 함께 하는 이유는 말할 것도 없이 감시다.

그녀들한테 카틸의 구출을 의뢰받은 리로이는 우선 카렌한테 그 의뢰를 솔직하게 밝혔다. 바르하라가 차로 아슈간을 추적한다고 나에게 들었던 리로이는 함께 태워줄 수 있냐고 부탁했다.

어떻게 리로이가 그것을 알고 있는지 의심했던 카렌의 입에서 거절하기 전에 나온 말은 "진심이야?"였다. 당연하다. 바르하라는 아슈간과 카틸의 포획이 목적이지만, 프리지아와 릴리는 당연히 카틸의 구출이 목적이다. 비슷하면서도 다른 목적을 지닌 자를——최종적으로는 반드시 대립하게 될 상대방을 왜 일부러 데리고 갈 필요가 있을까.

적은 인원으로 추적하는 것에 대한 불만과 위험을 느끼고 있는 그녀였지만, 그것을 배제하더라도 리로이의 부탁은 비상식적이라고 말할 수밖에 없다.

하지만 그렇더라도 일단 리젤 일행에게 말을 전달해줬기 때문에 리로이는 최대의 감사를 카렌에게 해야만 한다.

"괜찮지 않을까?"라고 말한 것은 레니였다. 상대방의 전력이 불분명하기 때문에 전력은 많을수록 좋다. 어쨌든 아슈간을 제압하는 것이 최우선이고 그 후의 일들은 가위바위보라도 하면? 그렇게 주장했다.

그 가위바위보는 추측건대 피비린내가 날 게 분명하다.

임기응변이라기보다는 되는 대로 내놓은 레니의 제안은 의외로 리젤의 찬성을 받았다. "괜찮을 것 같은데요." 그는 기쁜 듯 그렇게 말했다. "여행은 길동무, 세상살이에는 인정이 중요한 법이잖아요."

난 적어도 리로이한테 인정을 요구하는 것은 치명적인 실수라고 생각했다.

"난——." 카렌은 리로이의 동행을 받아들일 수밖에 없는 흐름이 되자 완강한 말투로 말했다. "가위바위보에는 참가하지 않을 거야. 괜찮지?"

「스칼렛 레이디」에서 갑자기 싸움을 걸었던 그녀답지 않은 태도였지만, 그때하고는 상황이 다르다.

"그렇게 부담 갖지 않아도 될 것 같은데? 리젤도 말했잖아. 여행은 길동무가 중요하다고." 레니는 부담을 아예 느끼지 못하는 듯 느긋한 표정으로 웃었다. "뭐, 저승길만 되지 않는다면 다행인 거지."

그런 웃을 수 없는 농담을 한 그녀가 슬레이프닐 1호와 2호의 말로를 듣자마자 카렌 뒤에서 살짝 손을 들었다.

"난 무서우니까 안 타도 되지?"

"괜찮아요!" 생각이 복잡한 카렌과 달리 리젤은 태평한 표정으로 튼튼해 보이는 차체를 손바닥으로 가볍게 때렸다. "3호는 주행거리가 천 킬로미터가 넘었고 안정성은 발군입니다. 1호, 2호의 희생은 헛되지 않았던 거죠."

"그건 모르겠고 희생물이 되고 싶진 않아."

어린애처럼 입술을 뾰족 내민 레니를 돌아본 카렌은 두 눈을 고양이처럼 가늘게 떴다. "저승길만 되지 않으면 다행인 거잖아?"

"우와——! 그 농담은 웃을 수가 없어……!"

레니는 어깨를 축 늘어뜨렸다.

"그러고 보니 아그날은 어디로 간 거야?" 리로이가 갑자기 SS급 용병의 이름을 입에 담았다. "그 녀석은 안 가는 거야? 바르하라의 뭐라뭐라고 하지 않았나?"

"특별고문입니다." 뭐 하나 똑바르게 아는 게 없는 리로이의 말을 리젤이 조용히 수정했다. "물론 그한테도 요청은 했지만 거절했습니다. 자신의 발 이외에는 신용할 수 없다고 하셨습니다."

"그건, 그냥 도망친 거잖아."

이것만은 나도 리로이의 의견에 찬성이다.

SS급도 폭발의 위험성이 있는 것에 타고 싶지는 않은 것이리라.

"그 수염 녀석……."

레니가 원망스러운 듯 말했다.

리로이는 옆에 있는 두 사람을 쳐다봤다.

"어쩔래? 신용이 안 가면 억지로 탈 필요는 없어."

리로이로서도 프리지아와 릴리는 없는 편이 움직이기 편할 것이다.

하지만 그렇게 물어보는 말투에는 귀찮은 사람으로 취급하는 냉랭한 울림이 없었다.

"신용할 수 없어도." 릴리는 약간 불안한 표정으로 증기자동차의 커다란 기체를 올려봤지만, 그 목소리에 주저함은 없었다. "탈 수밖에 없으니까."

"그래." 프리지아도 고개를 끄덕였다. "선택의 여지가 없지."

두 사람의 의지는 역시나 굳건했다.

릴리는 움직이기 편한 블라우스와 바지를 입었고 작은 가방과 허리에 주머니를 차고 있었다. 그것만 보면 가벼운 산책이라도 나가는 듯한 옷차림이었지만 부러진 팔은 여전히 삼각건으로 묶어뒀고 목발이 없으면 걸을 수 없는 상황이다.

한편 프리지아는 전투를 상정했는지 벨트에 칼을 차고 투박한 부츠와 두꺼운 겉옷을 걸치고 있었다. 리로이와 비슷한 휴대용 배낭을 손에 들고 긴 흑발이 방해가 되지 않게끔 뒤로 묶은 모습은 범죄조직의 일원이라기보다 용병에 가까웠다.

두 사람의 결의를 확인한 리로이는 "원망은 저 선글라스한테 해."라고 말하며 이제부터 적을 추적하려는 심각한 상황인데도 왠지 즐거운 듯한 표정으로 리젤을 가리켰다.

선글라스가 자신을 가리킨다는 것을 깨달은 리젤은 프리지아와 릴리를 보고 고개를 끄덕였다.

"여행은 사람이 많을수록 즐거운 법이니까요."

살짝 상황에 어울리지 않은 말을 하며 미소를 지었다. 여행은 사람이 많을수록 즐겁다는 그 말에 과연 프리지아와 릴리는 정말 포함돼 있는 걸까.

리젤은 가벼운 발걸음으로 운전석에 다가가 문을 노크했

다.

문이 열리고 젊은 남자가 나타났다. 눈처럼 하얀 머리카락이 눈길을 끌었지만 그보다 더 눈에 띄는 것은 복장이었다.

한 마디로 표현한다면 구속복이라고 해야 하나. 그냥 보면 하얀 외투지만 소매나 몸통에도 벨트와 버클 여러 개가 매달려 있었다. 회색 바지도 마찬가지였다. 그 모든 것을 채워버리면 그는 옴짝달싹 못하게 될 것이다.

폭주하면 구속한다고 리젤이 말했던 것은 틀림없이 그에 대한 얘기다.

"사람이 많네." 그——튤은 그곳에 서 있는 사람들을 쳐다보고 담담하게 말했다. "어떻게 된 거지?" 바르하라의 인원들 가운데 제일 젊을 터인데 그렇게 생각할 수 없는 건방진 말투였다.

"상황이 변하게 돼서." 리젤이 사태의 흐름을 설명했다. 그가 솔직히 리로이나 프리지아, 릴리의 사정을 설명했기에 튤은 의심스러운 듯 미간을 좁혔다. 하지만 반론은 하지 않았다. 그건 선배의 체면을 세워주는 것인지, 아니면 아무래도 상관없다는 것인지. 턱을 약간 당기며 알았다는 뜻을 전한 후 말없이 운전석으로 돌아가려고 했다.

그런데 발을 멈췄다.

돌아본 그의 연노란색 눈동자가 리로이를 포착했다. 노려봤다고 해도 좋을 것이다.

“너——.” 튤은 몸을 돌려 리로이에게 다가갔다. 그 무심한 듯한 발걸음이 내뿜는 불온한 분위기가 그곳의 공기를 얼어붙게 만들었다.

제지해야 할지를 주저하는 듯 카렌이 몸을 움직였다.

하지만 뭘 제지해야 하는 걸까.

하얀 청년은 리로이의 간격으로 파고 들더니 고개를 살짝 들었다. 그의 키는 리로이보다 15센티미터 정도 작았다. 유리구슬 같은 무기질 눈동자가 리로이의 검은 눈동자를 꿰뚫듯이 쳐다봤다.

“리로이 슈발처냐?” 말투에 감정은 없었다. 기계적이었고 정보를 집어넣는 듯했다.

“그렇다.” 호의적이라곤 말하기 힘든 튤한테 리로이는 평소 모습 그대로였다. “잘 부탁해.”

“튤 바이스다.” 의외로 튤은 오른손을 내밀었다. 리로이는 놀라지도 않고 악수에 응했다. 동시에 아주 살짝이지만 미간을 좁혔다. 하지만 쥐고 있던 손은 아무 일 없이 떨어졌다. 튤은 몸을 돌리고 차 운전석으로 돌아갔다.

릴리가 작게 숨을 내뱉었다. 뭐라고 말하기 힘든 묘한 긴장감과 불길한 분위기 때문에 자기도 모르는 사이에 숨을 쉬기 거북했던 것이리라.

“그럼, 여러분, 타시죠.” 평소보다 명랑하게 리젤이 말한 것도 그 험악한 분위기를 불식시키려고 한 게 틀림없다.

하지만 의기양양하게 증기자동차의 문을 열었지만 누구도 타려고 하지 않았다.

폭발했다는 얘기를 듣고 용감하게 올라탈 자는 아무래도 없었다.

리로이는 돌아봤다.

조금 떨어진 곳에 서 있는 것은 큰 짐을 짊어진 스웨인이었다. 그 역시 동승자였지만 이중에서 혼자서만 중간에 내리기로 돼 있다. 대륙 철도 최남단 역에서 스웨인을 내려준 후 우리들은 추적을 계속하고 그는 마중을 나온 바르하라 사원과 함께 버나드 왕국으로 갈 것이다.

카렌은 자신이 스웨인을 데려다주고 싶었지만 업무 때문에 그럴 수 없었다. 그 대신 동행할 사원으로 그녀가 신뢰하는 인물을 선정한 듯했다.

스웨인은 증기자동차를 응시하고 있었다. 그 얼굴에 떠오른 것은 갑자기 열린 미래의 전망에 대한 불안과 고양감이었다.

"가볼까." 스웨인한테 다가간 리로이는 모자를 쓴 그의 머리에 손바닥을 얹었다.

"응." 힘차게 고개를 끄덕인 소년은 리로이의 뒤를 이어 증기자동차에 올라탔다. 내부는 차체의 골격이 드러나 있었고 쾌적하다고는 말하기 힘들었다. 마주 보고 앉을 수 있는 의자는 엄청 딱딱해 보였다.

다행히 넓기는 했다. 리로이가 서 있어도 머리가 천장에 닿지 않았다. 증기기관 엔진의 소형화가 이루어지지 않았기에 그것을 탑재하는 차체가 거대화될 수밖에 없다.

"뭔가 엄청나." 특별히 눈여겨 볼 내부는 아니었지만 스웨인은 흥미진진한 듯 둘러봤다. "난 이런 것에 처음 타봐."

"그래? 나도 처음이다." 리로이는 천장의 철판을 주먹으로 두드리면서 재밌다는 듯 웃었다. 이어 올라탄 카렌이 그 모습을 보고 어이없다는 듯 쓴웃음을 지었다. "정말 어린애 같아."

리로이는 특별한 반론도 하지 않고 좁은 창문을 통해 경치를 확인했다. 두꺼운 유리창이 들어간 창문이 차체 좌우에 있지만 그 폭은 간신히 두 눈으로 밖을 바라볼 수 있는 정도다.

"환기는 어떻게 돼?" 누구에게랄 것도 없이 물어본 이는 릴리였다. "창문을 열 수 없는 것 같은데."

"여기예요." 리젤이 손가락으로 가리킨 것은 측면에 있는 작은 자국이었다. 그곳에 있는 손잡이를 잡아당기면 얇은 철판이 슬라이드되고 차체에 있는 뚜껑을 통해 외부 공기가 유입된다.

지금은 시원한 계절이기 때문에 괜찮지만 여름에는 지옥 같은 더위를 느낄 것 같았다.

"더운가요?"

"아니, 괜찮아." 아마도 릴리는 자신의 체질을 신경 쓰는 것이리라. 분명 이 좁은 차 안에서 그녀의 몸에서 나오는 향기는 절대적 효과를 발휘할 게 틀림없다. 만에 하나 튤이 기절하면 사고로 이어질 것이기 때문에 그녀가 두려워하는 것도 당연한 일이지만 약물로 그것을 막을 수 있다고도 말했었다.

어쩌면 「크림슨 디스페어」가 괴멸돼서 약물을 입수할 수단이 끊어진 걸까.

"외부 공기를 마시고 싶으면 나한테 말해." 리로이도 그것을 눈치챘는지 무심한 말투로 말했다. "껴안고 차 지붕으로 올라가줄 테니."

"차를 멈추면 될 일이잖아."

릴리는 눈을 반쯤 감고 리로이를 올려봤다. "왜 달리는 차의 지붕에 올라간다는 거야. 위험하게."

"아니, 분명 재밌을 거야." 어떤 근거로 분명이라는 말이 나온 건지는 모르겠지만, 릴리의 동의는 얻을 수 없어 보였다. 대신에 스웨인이 천장을 올려보고 "아——!"라며 뭔가를 상상하면서 고개를 살짝 끄덕였다.

"오, 올라가볼래?" 리로이는 살짝 기뻐 보였다. 하지만 그것을 "출발해." 억양이 배제된 목소리가 막았다.

격렬한 진동이 발밑에서 느껴졌다. 증기자동차가 천천히 전진하기 시작했다. 리로이와 스웨인만이 좁은 창문에 달라붙어 탄성을 내질렀다.

바이덴에서 시작된 큰길은 돌바닥으로 포장돼 있지만, 차는 그 길이 아니라 비포장된 길로 달려갔다. 그 때문에 필요 이상으로 상하좌우로 차체가 흔들렸다.

“큰길은 마차를 위해 포장돼 있어요.” 격렬한 진동에 여성들이 항의하자 리젤이 그렇게 설명했다. “그 길을 이 차로 달리면 너무 무거워서 길이 다 파괴될 것입니다. 금방 익숙해질 테니 잠깐만 참아주세요.”

“익숙해진다니——거짓말이야.” 릴리가 프리지아의 팔을 붙잡은 채로 투덜댔고, “이거 차가 폭발하기 전에 내 위가 먼저 폭발할 것 같아.” 레니가 평소와 달리 어두운 목소리로 말했다.

“뭐야, 스웨인? 벌써 앉았네.” 출발하자마자 스웨인은 딱딱한 의자에 걸터앉았다. 그대로 서 있다간 금방 넘어질 거라고 판단한 것이다. 현명한 아이다.

“앉아서 괴로워하는 얼굴을 바라보는 것도 지루할 텐데.” 하지만 어리석은 내 파트너는 그렇게 말하고 받지 않아도 될 분노의 시선을 전부 받아냈다. 멍청한 것도 정도가 있지만 항상 있는 일이기에 화도 나지 않는다. “이럴 때야말로 몸을 단련해야지.” 여성들이 노려보는 것도 상관없다는 듯 리로이는 스웨인의 모자를 손가락 끝으로 튕겼다. “근육이 있어서 손해 볼 일이 없으니까.”

“그렇긴 한데.” 스웨인은 비뚤어진 모자를 고쳐 쓰면서 말했다. “트레이닝은 안전한 상태가 아니면 오히려 위험해.”

그야말로 정론이다.

그리고 급정거했다.

철이 삐걱대는 새된 비명이 엔진소리를 가르고, 리로이의 몸이 날았다. 의자에 앉아 있던 사람들도 전방으로 미끄러졌다.

그것을 의자 끝에서 받아낸 것은 프리지아와 카렌이었다.

리로이는 운전석 등받이에 격돌했고 부딪친 뒤통수를 어루만지면 으르렁댔다.

"몸은 어때?"

놀리는 것이 아니라 담담한 프리지아의 말투에 리로이는 되받아칠 말이 없었다.

"무슨 일이죠?"

리젤이 묻자 운전석의 튤이 돌아봤다.

그 얼굴에는 여전히 감정이 보이지 않았다.

"사람을 치었어."

그건 그런 표정으로 보고할 내용이 아니잖아. 리젤도 곧바로 그 말이 의미하는 바를 이해하지 못한 듯했다.

"갑자기 앞으로 튀어나왔어." 튤은 상황을 설명했다. "급제동을 하고 조정간도 꺾었지만 치였을 거야. 운이 좋으면 죽진 않았겠지."

"네가 할 말은 아니잖아."

리로이는 자리에서 일어나 문을 열고 차 밖으로 나갔다. 급정거를 하고 멈춰선 차바퀴가 대지를 팠고 모래바람이 시야를 막고 있었다.

그래도 금방 그 인물이 눈에 들어왔다.

인물이라기보다 눈에 들어온 것은 짐이었다. 등에 지고 있던 배낭은 빵빵했고, 양손으로 잡고 있는 가방은 당장이라도 떨어질 것 같았다. 리로이는 가까운 쪽의 가방 하나를 집어 들며 쓰러져 있는 인물에게 다가갔다.

노인이었다.

엎드린 상태로 누워 있었기 때문에 정확한 연령은 알 수가 없었지만 백발과 건조한 피부를 봤을 때 70살은 넘어 보였다.

"죽었나요?" 리로이를 뒤따라온 리젤이 노인 옆에 무릎을 꿇은 리로이 뒤에서 물었다. 리로이는 대답하지 않고 노인의 등에 있는 짐을 치우고 그 몸을 뒤집었다. 눈을 감은 그 얼굴은 까다로워 보이는 남성이었다. 70대, 라는 예측은 맞아 보였다.

"저기, 삽이라면 있습니다."

저걸 묻으라는 말인가. 태연한 표정으로 엄청난 말을 하는 남자다.

혹시 그 목소리가 들린 걸까.

노인이 눈을 떴다.

그리고 충혈된 눈을 움직이며 리젤을 노려봤다.

"아직 안 죽었다." 분명한 말투로 말했다. "죽었다고 하더라도 누군지도 모르는데 묻어버린다는 것이냐! 바보 같은 놈!"

그러고는 벌떡 일어나 옆에 있는 거대한 배낭을 다시 짊어지었다.

"다친 데는 없나?"

리로이가 묻자 노인은 내용물이 쏟아진 가방을 가리켰다. "저게 쿠션 역할을 해줬다. 정면으로 부딪쳤으면 위험했겠지."

"왜 차 앞으로 뛰어들었던 건가요?"

죽었다면 비밀리에 처리하려고 했던 죄책감이 전혀 없는지, 리젤은 태연하게 노인한테 말을 걸었다. 대단한 담력이다.

"음, 그건——." 노인도 지나간 일은 잊어버리는 성향인지 아무 일도 아니라고 답하려다가 말을 멈췄다. "응?" 그리고 리젤의 얼굴을 빤히 응시했다.

"왜 그러시죠?" 그 강렬한 눈빛에 주춤하는 리젤을 보고 노인은 시들어버린 손가락 끝을 내밀었다.

"너, 설마 리젤이냐?" 갑자기 자신의 이름을 들은 리젤은, "네?"라고 긍정의 말을 하다가 말을 끊었고, 이번엔 거꾸로 그가 노인의 얼굴을 주시했다. 하지만 짐작 가는 것이 없는 듯 미간을 좁혔다. "그런 당신은 누구신지?"

"닥터 헤파스." 노인의 대답보다 먼저 프리지아의 목소리가 그 이름을 말했다. “익숙한 목소리가 들리는 것 같았는데 당신이었어?”

“오오, 프리지아.” 노인――헤파스는 환하게 웃으며 손을 흔들었다. 그러고 보니 리로이가 붙잡혀 있었을 때 헤파스라는 이름이 대화 가운데 등장했던 것이 기억났다. 그 역시 「크림슨 디스페어」의 일원인가.

“다행이 무사했네.”

“호수에 떨어졌을 때는 솔직히 이젠 끝이라고 생각했는데.” 그 나이에 그렇게 높은 곳에서 떨어졌는데도 입수 순간의 충격을 견뎌낸 것을 보면 꽤나 튼튼한 노인이다. 어떻게든 호숫가로 헤엄쳐 나온 헤파스는 그대로 기절한 듯했다. 그의 말을 통해 판단하건대, 리로이와 카틸, 그리고 아슈간의 전투는 목격하지 못한 듯했다.

정신을 차린 뒤에는 호수에 떨어진 파편 속에서 쓸 만한 물건들을 며칠에 걸쳐 모았고 그 뒤에야 지상으로 향했다――라고 헤파스는 말했는데, 대단한 서바이벌 능력이다.

차 앞으로 뛰어든 것은 차로 올라타는 프리지아와 릴리를 봤기 때문이라고 했다.

“저 애한테는 이게 필요하니까.”

헤파스가 가방 속에서 꺼낸 것은 병에 들어간 알약이었다.

“앗――!” 차 안에서 상황을 살펴보던 릴리는 그 병이 뭔지 바로 알았다. 목발을 짚고서 최대한 빠른 속도로 달려와 헤파스의 손에서 빼앗았다. “고마워, 닥터!”

“그래.”

“닥터 헤파스——설마 그?” 리젤이 중얼거렸다. 릴리한테 약을 건네고 만족했는지 흩뿌려진 짐을 모으고 있던 헤파스가 돌아봤다. “오오, 기억났냐?”

“네, 오랜만이네요.”

리젤은 인사를 했다. “건강해보여서 다행이네요.”

“아는 사이야?”

“그는 바르하라의 「츠베르크」 일원이었어요.” 리젤이 설명하자 헤파스는 웃으면서 손을 흔들었다. “예전이지. 정말 옛날 이야기야.”

가방에서 튀어나온 짐을 모으면서 들은 바에 의하면 헤파스는 우수한 과학자로 바르하라에 있는 「츠베르크」의 부실장을 역임했다고 한다. 하지만 실장의 지시로 어떤 신약의 동물실험을 했고 흉폭하게 변한 한 마리가 우리를 부수고 탈주했다. 그리고 운 나쁘게도 사장이 귀여워하던 고양이를 물어죽였던 것이다.

“사장은 용서했지만 아무래도 있기 거북하더라고.” 그리고 리젤 왈, 사장한테 심취돼 있던 일부 사원들로부터 상당한 괴롭힘을 당했다고 했다. 그런 이유로 헤파스는 퇴사를 하고 그 후에는 세계 각지를 떠돌며 견문을 넓혔다——그런데 결국엔 범죄조직의 과학자가 됐으니, 대체 어떤 견문을 받아들였던 것일까.

“아주 젊었을 때 봤었는데, 네가 이렇게 멋지게 컸다니…… 응?” 감개무량한 기분에 빠지던 헤파스가 약간 의아한 표정으로 리젤을 바라봤다. “생각보다 안 늙었는걸?”

“언체인징에는 매일매일 신경 쓰고 있으니까.” 리젤은 농담조로 말했지만, 듣고 보니 그의 나이를 모른다. “그보다 닥터, 약을 가져다주기 위해 차 앞으로 뛰어든 건가요?”

“다른 이유가 뭐가 있겠어.” 나이든 과학자는 당연한 듯 말했다. “릴리는 저게 없으면 일상생활에 지장이 생기니까.”

“닥터는.” 그것을 들은 프리지아가 미소를 지었다. “매우 드물게 상식적인 사람처럼 말하는 게 재밌다니까.”

이 말은 평소엔 거의 비상식적인 인간이라는 말인가.

헤파스는 그녀의 소견에 대해 작게 어깨를 으쓱인 후 마지막으로 떨어져 있던 짐을 주웠다.

“그런데 너희들은.” 헤파스는 황홀한 표정으로 증기자동차를 바라봤다. “이런 것을 타고 어디로 가려던 거냐?”

“카틸 님을 구출하러 가는 거야.”

프리지아는 옆에 리젤이 있는데도 불구하고 당당하게 말했다. 리젤도 그것을 일일이 따지지 않았다.

“호오.” 헤파스는 헝클어진 머리카락을 긁어대며 눈을 크게 떴다. “그 녀석, 살아 있는 거야?”

“생존이 확인된 것은 아닙니다.”

리젤이 냉정하게 수정했고, 프리지아가 그를 곁눈으로 노려봤다. 얼굴이 아플 정도로 따가운 시선이 느껴지는데도 그는 조금도 주눅들지 않고 말을 이었다. "하지만 그를 데리고 간 자가 있다는 것은 확인됐기 때문에 추적하고 있었습니다."

"흐음." 헤파스는 잠시 생각을 하다가 길게 뻗은 턱수염을 훑으며 말했다. "위험하겠지?"

"이미 여러 명의 연락책이 죽었습니다."

그 얘기는 처음 들었다.

"아마도 매복이 있었을 것입니다."

"이건 정말 재밌겠어." 헤파스는 씨익 웃은 후 찢어진 가방을 리젤한테 떠넘기고 경쾌한 발걸음으로 차로 향했다. 그 뒤를 리젤이 서둘러 쫓아갔다.

"닥터?"

"나도 함께 간다." 뒤따라오는 리젤한테 헤파스는 장난기 가득한 미소를 보냈다. "설마 거부하진 않겠지? 사람을 친 데다가 증거 인멸을 위해 묻어버리려고 한 것을 그 사장이 알게 되면 어떻게 될지 너도 모르지는 않겠지?"

"아니, 그건 뭐……." 리젤은 말문이 막혀 우물거렸지만 곧바로 정신을 차렸다. "하지만 정말로 위험하다고요?"

"그래서 죽으면 그걸로 끝인 거지." 헤파스는 리젤의 명치를 손가락으로 찔렀다. "하지만 그렇지 않으면 인생이 재미없잖아?"

"――할 수 없죠." 리젤은 한숨을 내쉬고 증기자동차의 입구로 손을 흔들었다. 헤파스는 그 어깨를 가볍게 두드리고 의기양양하게 차 안으로 들어갔다.

"여행은 사람이 많을수록 즐거운 거잖아?" 리로이는 살짝 구부정한 자세로 서 있는 리젤의 등을 두드렸다. 그 기세로 고꾸라질 뻔한 리젤은 쓴웃음을 지으며 선글라스 위치를 조절했다. "네, 뭐." 변함없이 애매한 대답을 한 후 건네받은 가방을 들었다.

안에 있던 짐 하나가 떨어졌다.

"그런데 뭘 이렇게 많이 주워 온 거야?" 리로이는 질렸다는 표정으로 발밑에 굴러다니는 병을 들었다. 그리고 아무 생각 없이 내용물을 보다가 얼굴이 일그러졌다.

"왜 그래?" 그 표정을 보고 궁금해졌는지 프리지아가 끼어들었다가 병 속의 액체에 담겨 있는 물체를 보고 작은 비명을 질렀다.

그것은 장기――아마도 인간의 비장(脾腸)이 아닐까.

"어이, 조심해서 다뤄." 차에 올라탄 헤파스가 열려 있는 문으로 얼굴을 내밀고 소리쳤다. "그건 귀중한 재료니까 병을 깼다간 네놈의 뱃속에 있는 걸 대신 꺼낼 거야." "무슨 재료인데?"

리로이는 손에 든 병을 리젤이 안고 있는 가방에 쑤셔 넣었다.

"여러 가지로." 헤파스는 씨익 웃었다. "신선한 것을 많이 입수했으니까 요청이 있으면 알려주지 못할 것도 없지."

"신선?" 그렇게 중얼거린 후 뭔가를 깨달은 듯 얼굴이 굳어진 것은 릴리였다. "닥터, 또 한 거야?!"

"묘를 판 건 아니야." 질책하는 릴리한테 헤파스는 당당한 태도로 상대했다. "그곳에는 죽은 채로 방치된 시체가 엄청나게 많았다고. 그렇다면 유효하게 활용해야 하잖아? 분명 죽은 사람도 그러길 바랄 거야."

요컨대 지저호에 있던 시체에서 장기를 꺼냈다는 것이다.

"설마." 프리지아가 창백해진 얼굴로 헤파스를 노려봤다. "아직 살아 있는 사람한테서 빼낸 것은 아니겠지."

"넌 나를 어떻게 생각하는 거냐!" 말도 안 된다는 듯 헤파스가 거칠게 말했다. "더이상 구할 도리가 없는 자의 고통을 줄여주는 것은 살아남은 자의 책무잖아."

"——이제 와서."

포기한 듯한 릴리의 목소리에 리젤이 고개를 끄덕였다. "전혀 변한 게 없군요……." 그는 입속으로만 중얼거렸다.

"바르하라든 「크림스 디스페어」든, 똑같아." 리로이는 짐짓 진지한 표정으로 말했다. "제대로 된 놈이 적어야만 그런 조직이 굴러가는 건가."

"아마도 모두가 당신보다는 훨씬 정상적일 거야." 곧바로 릴리가 매도의 말을 했다. 그 의견에 대해 난 파트너로서 이의를 제기해야 하는 걸까, 저도 모르게 찬동하고 말 것 같아서 곤란했다.

"아니, 그건 아니지." 반쯤 웃어넘기며 부정하는 리로이였지만, "그럴걸."하고 프리지아가 진지한 얼굴로 반박하자 약간 머쓱해졌다. "난 묘를 파헤치진 않아."

"묘에 집어넣는 것이 전문이니까." 릴리의 지적에 리로이는 입을 다물었다. "당신, 그 도시에서 대체 몇 명을 죽였어?" 책망하는 것이 아니라 담담하게 물었고, 리로이는 고개를 갸웃했다.

"글쎄."

"것 봐, 맞지." 나이에 어울리지 않게 시니컬한 미소를 지은 릴리는 양손을 펼쳤다. "인간의 목숨을 함부로 생각하는 것은 당신도 마찬가지야."

"어이, 너희들." 차 운전석에서 문이 열린 것은 바로 그때였다. "버려두고 간다." 튤의 말투에는 짜증이 느껴지지 않았다. 그런데도 불구하고 바로 버리고 가버릴 것 같은 위험함이 느껴졌다.

리젤 일행은 서둘러 차로 돌아왔다.

늦게 걷기 시작한 리로이는 살짝 침울한 모습으로 불쑥 중얼거렸다.

"몇 명인지 세봤어야 했나?"

"그 말이 아니야."

내가 해줄 수 있는 말은 그것뿐이었다.

2

"그것 참 힘들었겠네."

레니가 탄식했다.

왜 스웨인이 이 차에 타게 됐는지 헤파스를 태우고 달리기 시작한 지 얼마 지나지 않아 카렌이 설명해줬기 때문이다.

스웨인의 부친이 「크림슨 디스페어」에 의해 암살당했다는 것은 입에 담지 않았다. 프리지아와 릴리가 함께 타고 있기도 했고, 일부러 말할 필요가 없다고 생각했을 것이다.

"뭐, 그래도 이젠 안심이야. 우리 시설은 평판이 좋으니까."

싱글벙글 웃으며 레니는 스웨인의 머리를 쓰다듬었다. 스웨인은 귀까지 빨개졌다. 카렌은 친절하고 심리적으로도 가까웠지만, 레니는 굳이 말하자면 육체적인 거리가 가까웠다. 스웨인을 완전하게 어린애로 여기고 있기 때문일까. 사춘기 소년이 적잖게 동요하는 것은 어쩔 수 없는 일이었다.

"난 공부는 못했지만 열심히 공부해서 우리 회사로 들어와. 바르하라, 복지후생이 잘돼 있는 회사야. 전무 이외에는." 그럼 공부를 못했던 그녀는 어떻게 들어온 걸까? 그런 의문이 생겼지만, 그건 물론 철실을 쓰는 기량 때문일 것으로 귀결됐다.

"대학을 졸업하면 간부 후보생이 돼." 조용히 대화를 듣고 있던 헤파스가 말했다. "과학에 흥미는 있느냐? 해부는 아주 재밌다." 그건 마치 악의 길로 유혹하는 악마의 속삭임처럼 들렸지만 스웨인은 고개를 힘차게 가로저었다.

"난 신문기자가 되고 싶어요."

"호오오!" 헤파스는 감탄한 듯 눈을 살짝 크게 떴다. "진실의 해부를 좋아하는구나."

"이 녀석의 부친이 기자였어." 리로이가 그렇게 말한 순간 카렌이 위험을 느낀 표정으로 몸을 뒤척였다. "『크림슨 디스페어』에 대해 조사하던 도중 카틸한테 살해당했어." 하지만 그녀가 어떻게든 사태를 정리하려고 행동을 취하기도 전에 리로이는 그렇게 말해버렸다. "그래서 부친의 뜻을 이어받으려고 하는 거야."

그 말에 프리지아와 릴리의 얼굴이 굳어졌다. 그녀들로서는 자신들의 조직이 어떤 짓을 했는지 무겁게 이해하고 있고, 애초에 스웨인 부친의 죽음에 직접, 또는 간접적으로 관여돼 있을 가능성도 있었다.

그렇기 때문에 카렌은 그 부분을 말하지 않았던 것이다. 사실이 어떻든 지금 이 순간 차 안에서는 불필요한 정보라고 판단했던 것이다. 논리적으로 옳은가 아니가를 떠나 합리적인 생각이었다.

아쉽게도 리로이는 논리도 이성도 갖추질 못했다. 이 상황에서 그것을 입에 담으면 어떻게 될지를 전혀 생각하지 않았다. 그래서 두 사람의 거동이 명백하게 불편해진 것조차 깨닫지 못했고, 분위기를 해치는 발언에 대해 화가 난 카렌의 모습을 보고서도 왜 그런지 몰랐다.

“어린데 대단하구나.” 살짝 불온한 분위기가 피어오르기 시작할 때 헤파스가 감탄한 듯 말했다. “내 조수로 삼고 싶지만 그런 사정이 있다면 할 수 없지. 열심히 해라.”라고 잘난 듯이 말했지만 자신도 「크림슨 디스페어」의 일원이라는 것을 잊고 있는 걸까.

알고서 이런 태도를 취하는 거라면 정말 대단한 걸물일 것이다.

“——괜찮아?”

릴리는 스웨인 옆에 앉아 있었기에 더더욱 마음이 불편해 보였다. 그것을 몸 상태가 안 좋아서 그런 거라고 착각한 스웨인이 고개를 숙인 릴리의 얼굴을 쳐다봤다.

처음 차에 올라탈 때부터 그녀가 신경 쓰였다. 스웨인이 처음으로 릴리를 본 것은 내가 전라의 리로이와 함께 지저호에서 돌아왔을 때였다. 그때는 결국 병원으로 데리고 갈 때까지 그녀가 정신을 잃고 있었기에 대화를 나눈 적은 없었다.

지금 현재 그때의 소녀가 어른들 가운데 유일한 자신의 동년배로서 함께 타고 있다. 신경이 쓰이는 것도 당연한 일이다.

하지만 릴리가 말 걸지 마, 라는 분위기를 강력하게 발산했기 때문에 스웨인도 지금까지 말을 걸기가 어려웠다.

"잠깐 기분이 나쁠 뿐이야." 자신을 걱정해서 나오는 배려를 무시할 정도로 릴리도 뻔뻔하진 않은 듯했다. 애매한 표현으로 얼버무리려고 했다.

"그냥 멀미야." 하지만 리젤이 걱정스러운 표정으로 일어났다. "잠깐 동안만 차를 멈추게 할까?"

"그 정도는 아니니까 신경 쓰지 마." 릴리가 서둘러 고개를 가로저었다. 오히려 그녀의 본심은 조금이라도 빨리 카틸한테 달려가고 싶을 터였다. 이런 곳에서 쉬는 것을 바라지 않았다.

"그거라면 좋은 약이 있지." 헤파스가 가방 안을 뒤지기 시작했다. "아니, 필요 없어." 릴리가 막아도 상관하지 않고 헤파스는 알약과 가루약, 병에 든 탁한 액체 등을 차례차례로 꺼냈다. "자, 마음에 드는 것을 먹도록 해."

"——하지만 쓰잖아." 릴리는 얼굴을 잔뜩 찡그리며 말했다.

"쓴 건 먹기 싫지." 스웨인이 고개를 힘껏 끄덕였다. 그러자 자신이 너무 어린애 같은 말을 하고 말았다는 걸 인식했는지 릴리의 볼이 빨개졌다.

"쓰고 안 쓰고의 문제가 아니라." 그렇게 말하고 복잡한 표정으로 약을 바라본 것은 카렌이었다.

"그거 먹으면 편해지는 거야?"

"사람한테 좋은 것들만 들어가 있어." 헤파스는 천연덕스럽게 말했지만, 차 안에서 그 말을 믿는 사람은 한 명도 없었다.

"혹시——." 대화의 중심이 헤파스의 약으로 향하는 것을 보고 스웨인은 릴리한테 말을 걸었다. "너도 바르하라의 시설에 가는 거야?"

"설마." 저도 모르게 강하게 부정한 릴리는 손바닥으로 입을 가렸다. 그 눈이 힐끔 리로이한테 향한 것을 난 놓치지 않았다. 릴리는 작게 헛기침을 하고 "나한테는 그것보다 꼭 해야만 하는 일이 있어."라고 애매한 말로 얼버무렸다.

"흐음." 스웨인은 신문기자였던 부친의 피가 뛰기 시작했는지 살짝 수상쩍은 눈빛으로 릴리를 곁눈으로 봤다. "그 상처는? 많이 아팠겠다."

"맞아. 힘들어." 릴리는 살짝 말투를 세게 했다. "그러니까 너하고 말할 여유가 없어."

"차에만 타고 있을 뿐인데." 스웨인이 고개를 돌리고 중얼거렸다. 그 말을 들은 릴리가 덤벼들었다.

"뭐야, 불만이라도 있는 거야?"

"아니, 없는데." 스웨인은 릴리를 쳐다봤다. 정면에서 시선을 받은 릴리는 약간 머쓱해졌다. "기분이 나쁜 게 나 때문이야?"

"아, 아니야." 급하게 부정하면서 벌레라도 씹은 듯한 표정이 됐다. 그렇다고 말해버리면 소년하고의 거리를 유지하려고 했던 걸 알게 될 것이다.

"용서해줘." 그렇게 말한 것은 프리지아였다. "이 아이는 동년배의 친구가 없어. 주변에 질 나쁜 놈들이 많아서 약간 거칠긴 해도 나쁜 아이는 아니야."

"잠깐, 무슨 말을 하는 거야?!"

릴리는 거칠게 프리지아의 옆구리를 팔꿈치로 때렸지만, 그녀는 미동도 하지 않았다. "짧은 시간이지만 웬만하면 사이좋게 지내라고." 스웨인한테 살짝 고개를 숙였다.

"왜 멋대로 그런 부탁을 하는 건데?" 릴리는 프리지아의 입을 막으려고 했던 것 같지만, 아무래도 체격 차가 너무 컸다. 결과적으로 그녀한테 달라붙은 것으로만 보였다.

"응, 좋아." 그런 그녀를 쳐다보면서 스웨인이 고개를 끄덕였다.

"너도 멋대로 맞장구치지 말고!" 울분을 터뜨리는 릴리를 바라보고 있던 리로이가 웃었다.

"뭐야, 벌써 사이가 많이 좋아졌잖아."

"옹이구멍!!" 너무 화가 난 나머지 욕설의 말이 모자랄 정도였다.

"뭐야, 생각보다 건강한걸." 헤파스는 살짝 아쉬운 듯 약을 가방 안에 집어넣기 시작했다. 그중에 하나 알약이 들어간 작은 병을 손에 든 것은 레니였다.

"정말 효과 있어?" 그렇게 묻는 그녀의 안색은 좋지 않았다. 방금 전까진 태연했는데.

"타기만 하면 멀미를 하는 거야?" 카렌은 의외인 듯 놀란 표정을 지었다. 레니는 힘없이 고개를 가로저었다. "배도 열차도 괜찮은데, 차는 안 되더라고."

"그럼 이것을 먹어보도록 해." 헤파스는 타원형 알약을 레니한테 내밀었다. 슬쩍 본 느낌으론 특별히 이상한 점은 없어 보이는 하얀 알약이었다.

"이거, 재료는 뭐야?" 레니의 질문에 헤파스는 미소 지었다.

"천연, 자연에서 얻은 것으로만 만들었지."

그렇다고 안심이라는 이론이 성립되는 건 아니었지만, 레니는 납득한 듯했다.

약을 입안에 털어 넣고 와드득와드득 씹어 먹었다.

그리고 다음 순간, 몸을 젖혔다. 바닥에 쓰러져 데굴데굴 굴렀다.

"써!" 레니가 비명을 질렀다. "이거 너무 써!"

"역시, 쓰구만." 어디서 꺼냈는지 모를 수첩에 헤파스가 뭔가를 적기 시작했다.

"설마 인간이 복용하는 게 처음은 아닌 거겠지?" 카렌의 지적에 헤파스는 어깨만 으쓱이며 말했다.

"모든 일에 처음이 존재하는 건 이 세상의 법칙이지."

"그런 일은 먹기 전에 말했어야지."

리젤이 항의했지만 헤파스는 상관없다는 듯 말했다. "어차피 죽으면 땅에 묻히고 끝인 거잖아. 삽도 있다며?" 그렇게 말하고 씨익 웃었다. 그런 말을 들은 리젤도 더이상 되받아칠 말을 찾을 수 없었다.

"——먹지 않아서 다행이었네."

전율하는 레니를 내려보면서 스웨인이 릴리한테 말했다.

"진짜야."

릴리는 고개를 끄덕인 후 약간 거북한 듯 시선을 돌렸다.

"하지만 닥터의 약은 효과가 좋아." 특별히 도와줘야겠다는 생각은 없었지만, 프리지아가 말했다. 그건 릴리가 먹고 있는 체질 억제의 약을 제조했던 것만 봐도 알 수 있다. "우리 쪽엔 체력만은 남아도는 사람들이 엄청 많으니까." 하지만 그런 말을 들었다고 안심할 사람은 없을 것이다.

"과학의 발전에는 희생이 따르는 법이야."

헤파스는 득의만면했지만 희생이 된 사람 입장에서는 참을 수 없는 일이다.

"무, 물……!"

사막에서 조난이라도 당한 것처럼 갈라진 목소리로 애원했다.

"여기." 리로이가 항상 사용하던 물통을 내밀자, 레니는 그것을 낚아채듯 빼앗더니 단숨에 들이켰다.

그대로 입속의 쓴맛을 씻어내려는 듯 계속 마셨다.

하지만 잠시 후, "흠어흐."라고 의미 불명의 소리를 내더니 천장을 바라보며 드러누워 버렸다. 카렌이 서둘러 안아 일으켰지만 레니는 완전히 눈이 뒤집어져 있었다.

"뭘 먹인 거야?"

"술." 물이랑 비슷하잖아, 라고 리로이가 말했지만, 그건 당연히 사람에 따라 다르다. 본인도 그 정도는 알고 있는지, "혹시 술이 약한 거야?"라고 물었지만, 솔직히 이미 뒷북을 치는 얘기다.

"약하기도 하지만." 카렌은 질책할 요량으로 말했다. "멀미가 난 사람한테 술은 당연히 안 되지."

"그런가." 리로이는 약간 곤란한 표정으로 머리를 긁으며 짧은 한숨을 내쉬었다. "——손이 많이 가는 사저(師姐)로구만." 그리고 할 수 없다는 듯 차 뒷부분에 쌓여 있던 물자에서 물통을 꺼냈다.

기절해 있는 레니는 자발적으로 뭔가를 마실 상황이 아니었다.

어떡할까를 봤더니, 기절한 레니의 입을 억지로 열고 카렌이 막을 틈을 주지 않고 그곳에 물통의 입구를 쑤셔 박았다.

모든 일에는 적량이라는 것이 있다.

갑자기 쏟아져 들어온 대량의 물은 역류했고 입과 콧구멍으로 뿜어져 나왔다. 레니는 숨이 막혀 몸을 펄떡이며 벌떡 일어났다. 대체 자신의 몸에 무슨 일이 일어났는지를 모른 채 멍한 상태로 격렬하게 기침을 해댔다.

눈물이 줄줄 흘러내리던 눈이 리로이의 손에 있던 물통을 포착했다.

어떻게 된 사정인지 알게 된 걸까, "이——, 이이!"라며 어떤 말을 하고 싶었던 것 같지만 기도에 가득한 물 때문에 제대로 말을 못했다. 리로이한테 욕을 내뱉지 못한 채 다시 드러누웠다.

"써, 써어." 그녀는 자신의 목을 양손으로 누르며 외쳤다. "목이 써!!"

물로 밀어낸 약의 성분이 기도로 들어간 걸까, 기도에 미각은 없다. 구강 안쪽에 남은 쓴 맛 때문에 착각하는 것이리라.

"시끄러운 여자로군." 리로이는 발밑에서 괴로워하는 레니를 보고 질렸다는 듯 말했다. 그런 리로이 옆에서 카렌이 믿을 수 없다는 눈으로 응시하고 있었다.

"제길은 이럴 때 내뱉으라고 있는 말이야. 분명."

릴리가 중얼거렸다. 스웨인도 긍정했다. "지금은 좀 심한 것 같아."

"그래?" 리로이는 받아들이지 못한 듯했다. "물도 제대로 줬잖아." 그 행동 하나가 어떻다는 게 아니라 일련의 언동에 대한 비난인 것이지만, 아무래도 이 남자는 모르는 듯했다.

"아무래도 차를 한 번 세우도록 하죠."

리젤이 운전석의 튤한테 차를 세우라고 말했다. 멀미에 쓴 약, 술의 대미지까지 더해져 레니는 더이상 일어날 기력이 없어 보였다.

"진짜 세워도 돼?" 운전석의 튤이 돌아보지도 않고 말했다. "여기서 공격하는 거야?"

"뭐?" 리젤은 그가 한 말의 의미를 전혀 이해하지 못했지만, 리로이는 달랐다. 운전석으로 다가가더니 앞유리창 너머를 둘러봤다.

증기자동차는 큰길에서 벗어난 황야를 달리고 있었다.

바이덴에서 북쪽으로 가려면 숲을 지나든가 황야를 뚫고 지나가는 두 가지 선택지가 있지만, 자동차는 숲속에서 꺾어진 길을 지나가기가 쉽지 않다. 할 수 없이 황량한 땅을 선택하고 전진했던 것이다.

계속 똑같은 풍경이었다.

그런 가운데 튤은 뭔가를 발견했고, 리로이도 그것을 본 것이다.

"이대로 전진해." 리로이는 튤의 어깨를 두드리고는 차문을 열었다. 문을 통해 들어온 바람이 모두의 얼굴을 때렸다.

"어떡하려고요?" 얼굴 앞에 팔을 들어 바람을 막으면서 리젤이 소리쳤다. 열려진 문을 통해 바깥으로 몸을 내민 리로이는 "특등석에서 볼 거야."라고 말하면서 문틀을 잡았다. "문을 닫아." 그리고 팔힘으로 몸을 들어올려 물구나무서는 요령으로 차 지붕으로 올라갔다.

건조한 바람이 검은 머리카락과 가죽재킷의 옷자락을 격렬하게 나부끼게 만들었다.

진행방향에 우뚝 서 있는 것은 무리였다. 대충 봤을 때 백 마리는 돼 보였다.

"저것들을 전부 날려버리기는 힘들 거야."

내가 말하자, 리로이는 자신이 타고 있는 차의 지붕을 주먹으로 두드렸다. "이걸로 단번에 없앨 수 있지 않을까."

튤이 말한 것처럼 차를 세운 후에 공격하는 것보다는 차로 치어 죽이는 것은 어느 정도 현실적인 부분이 있다. 문제는 강도다. 얼핏 보면 이 차는 장갑차와 비슷하지만 과연 그것에 어울릴 정도로 튼튼할까.

내가 그런 우려를 입에 담자, "해보면 알겠지." 리로이는 그렇게 말하고 즐거운 듯 웃었다. 뭐가 저렇게 재밌는 건지 난 전혀 모르겠다.

"무리 한가운데 멈춰 서지만 않으면 좋겠는데."

경고를 하고 돌아보니 리로이가 코웃음을 날렸다.

"그렇게 되면 평소대로 싸우면 될 일이야."

뭐, 분명 그렇게 되겠지만.

왜 항상 그렇게 되는 건지 생각해볼 마음은 없는 듯했다.

"어이, 튤." 내 생각은 무시한 듯 리로이는 운전석 창문을 두드렸다. 창문이라고 해도 마찬가지로 매우 작았다.

"왜?"

창문을 열어도 운전석의 튤은 거의 보이지 않았다. 목소리만 돌아왔다. "우선 이 차로 수를 줄일까 하는데——." 리로이는 손바닥으로 운전석 문을 난폭하게 두드렸다. "돌격해줄 수 있겠어?"

"거절한다." 즉답이었다. 망설일 것 정도는 예상했을지 모르지만, 이렇게까지 확실한 거절은 예상 밖이었을 것이다. 리로이는 순간 굳었다가 다시 정신을 차려 문을 더 세게 두드렸다.

"이봐, 가서 받아버리라고. 재밌을 거야!"

그런 일을 재밌다고 느낄 사람은 너 정도일 거라고 난 마음속으로 말했고, 튤이 "무슨 말을 하는 거야. 너 바보야?"라고 냉정하게 답하는 것을 듣고 박수를 치고 싶어졌다.

하지만 리로이는 그 정도로 물러서지 않았다.

"할아버지를 친 게 그렇게 충격적이었던 거냐? 섬세한 놈일세." 어이없다는 듯 말했다. "저기, 앞을 잘 봐. 노인하고는 달리 힘찬 놈들만 가득하지? 저놈들을 차로 밀어버리는 거야, 안 할 이유가 없잖아."

"차에 불필요한 손상이 생겨." 역시나 퉁명스러운 답이었다. 리로이는 낮게 으르렁댔다. 그런 행동으로 설득이 될 거라고 생각하는 걸 보면 어딘가 이상한 놈임에 틀림없다.

"튤 씨." 구조선은 차 안에 있던 리젤이 보냈다. "지금은 우선 리로이 씨의 제안을 들어보죠." 차 안에 있는 리젤한테도 갈 길을 막아선 무리가 보이기 시작했던 것이다. 저 수를 앞에 두고 아무래도 겁을 먹은 듯했다.

"그건 특례 조치야?" 튤의 음색은 변함없었고, 동료가 겁먹은 것을 질책할 마음은 없는 듯했다.

"네? 특례요?" 리젤은 약간 곤란한 듯했지만, 점점 가까워지는 백이 넘는 무리를 앞에 두고 주저할 상황이 아니라고 생각했다. "마, 맞아요. 특례로 부탁합니다."

"알았어." 그 목소리와 동시에 차는 급가속했다. "여러분, 아무거나 꽉 잡아요!" 리젤의 비명에 가까운 경고는 더욱 격렬해진 증기기관의 엔진 소리에 잡아먹힌 듯 들렸다.

차는 이쪽을 포위하려고 했던 무리 한가운데를 뚫고 들어갔다. 차체 앞부분에는 엔진을 보호하기 위한 두꺼운 강판이 붙어 있다. 아마도 이 차에서 제일 튼튼한 부분일 것이다.

충돌의 순간 차체가 흔들렸다. 피가 튀었고 살덩어리가 섞여 있었다. 적갈색 털이 가득 자란 길고 튼튼한 팔이 공중에 떴다. 차에 치여 날아간 덩치는 후두부에서 등에 걸쳐 구릿빛 비늘로 덮여 있었고 꼬리는 도마뱀과 완전히 똑같았다.

충격으로 벗겨 떨어진 비늘이 리로이의 볼을 때렸다.

놈들은 차의 돌격을 피하지 않았다.

그럴 지능이 없는 것인지, 아니면 강렬한 공격성의 발현 때문인 건지——겁먹지 않고 차례차례로 덤벼들었다. 충돌 직전에 도약한 한 마리는 차체 앞부분의 강판에 무릎이 부서졌고 앞유리창에 안면부터 부딪쳤다. 그 머리는 개와 비슷했지만 귀 뒷부분에 뿔이 자라 있었다. 길게 뻗은 콧구멍에서 이빨과 피가 뒤섞인 타액이 흘러내려 질퍽하게 유리창에 달라붙었다.

양손이 붙잡을 것을 찾는 듯 앞유리창 위를 훑었다.

그 머리에 리로이가 위에서 검을 내찔렀다. 머리를 관통한 검신을 비틀자 긴 팔에서 힘이 빠져버린 그 괴물은 굴러떨어졌다.

그것과 교대라도 하는 것처럼 여러 마리가 뛰어들었다. 날카로운 손톱이 자란 다섯 손가락을 사용해 차체를 붙잡으려고 했지만, 속도가 붙은 차를 붙잡는 것은 쉽지 않았다.

한 마리는 붙잡기는커녕 차와 격돌하더니 튕겨나가 버렸다. 머리부터 떨어져 땅바닥에 격돌한 충격으로 척추가 부러졌는지 마치 인형처럼 굴러갔다. 그 다음 괴물은 간신히 뭔가를 붙잡았지만 금방 손이 미끄러져 떨어진 후 차 밑으로 빨려들어갔다.

차바퀴가 여러 번 튀었다.

뒤를 보니 찢겨진 발과 튀어나온 내장을 양손으로 안은 괴물이 멀어져갔다.

세 번째와 네 번째 괴물은 차체로 올라와 지붕 위에 도달했다. 직립하면 일반적인 성인 남성 정도의 체구였지만, 몸의 균형이 앞으로 쏠려 있어서 살짝 작게 보였다.

물론 인간이 아니라 「다크 원」이었다. 코볼트라고 불리는 하급 권속은 두껍고 긴 팔을 내지르는 일격으로 인간의 뼈를 쉽게 깨부수고, 그 턱은 목젖을 단숨에 뜯어낼 수 있다. 흉포함으로는 오니 못지않은, 「다크 원」 중에서도 무리의 규모가 큰 것으로 알려져 있다.

다만 주로 산속에서 동굴 등에 서식하는 코볼트와 이런 황야에서 조우하는 건 약간 기묘한 위화감이 있다.

"이건 매복이 틀림없어." 난 확신을 가지고 말했다. 「다크 원」을 분류한 것은 인류이고 반드시 그것이 「다크 원」의 생태와 합치하지는 않지만, 힘이 센 권속이 하위로 여겨지는 권속을 다루는 모습은 여러 번 목격됐다. 지금 상황을 보더라도 이 코볼트들이 아슈간의 명령으로 길을 막아선 것은 확실할 것이다.

"매복이라." 리로이는 코웃음을 쳤다. "그런 것치곤 조잡하군."

하급 권속이라고는 해도 백 마리 이상의 「다크 원」 정도라면 보통은 군대가 맡아야 할 일이다. 그것을 조잡하다고 말하는 것은 이 남자만이 가능한 일이다.

지붕 위로 올라온 코볼트가 침을 흘리며 짖어댔다. 놈들이 인간의 언어를 이해할 지능은 없기 때문에 자신들이 바보 취급을 당했다는 것을 이해했을 리는 없겠지만, 표정을 통해 전달됐을지도 모른다.

앞쪽으로 몸을 기울인 자세로 두 마리가 동시에 덤벼들었다.

그 타이밍에 차체가 크게 기울어졌다. 계속해서 코볼트와 부딪치던 차바퀴가 격렬하게 튀어 오른 것이다.

두 마리의 코볼트는 재빨리 반응해 양손으로 지붕 가장자리를 붙잡아 떨어지는 것을 피했다.

리로이는 상관하지 않고 전진했다.

코볼트의 탁한 눈동자에 리로이가 보였겠지만, 그와 대적할 자세가 아니었고 반응 가능한 신체능력을 갖춘 것도 아니었다.

내리쳐지는 검을 그대로 맞았다. 비스듬히 내리쳐진 참격은 코볼트의 두개골을 절단했고, 안면을 쪼갰다. 파괴된 뇌가 튀었고 부서진 얼굴에서 안구가 떨어졌다. 그래도 지붕을 붙잡은 손가락 끝의 힘을 보면 대단한 생명력이지만, 리로이가 발로 차버리자 그대로 굴러떨어지고 말았다.

그리고 두 번째 놈을 향했다.

동시에 튀어 오른 차바퀴가 땅에 닿았고 격렬한 진동이 차체를 뒤흔들었다.

두 번째 괴물의 발이 미끄러져 하반신이 공중에 떴다. 리로이는 출발 때의 급정거 때문에 나자빠졌던 것과는 전혀 다른 모습으로 발군의 안정감을 보이며 지붕 위를 내달렸다.

그것에 맞춘 것처럼 차가 급격하게 감속했다.

차축이 기이한 소리를 냈고 차체가 오른쪽으로 진행했다.

리로이의 양쪽 발이 지붕에서 떠올랐다.

코볼트는 이미 손을 놓쳐 공중을 날고 있었다. 격렬하게 상하로 흔들리면서 미끄러져 가는 차를 내버려 두고 리로이는 공중에서 코볼트를 붙잡았다.

검을 거꾸로 들고 적갈색 털이 가득한 가슴팍에 꽂았다.

코볼트는 턱을 크게 벌리고 우렁차게 외쳤다. 괴력을 자랑하는 팔이 리로이의 어깨를 붙잡았다.

하지만 이미 코볼트의 등은 땅바닥에 격돌하기 직전이었다.

리로이는 코볼트 위에 올라탄 상태로 착지했다.

순간 있는 힘껏 검을 밀어 넣었다.

검끝이 딱딱한 지면에 부딪혔다. 코볼트는 등이 뚫려 반동으로 튀어 올랐다.

검은 매우 날카로웠다.

코볼트의 신체는 튀어 올라 찢겨졌고 가슴에서 가랑이까지 정확히 두 갈래가 돼버렸다. 내장과 피를 흘리며 굴러가 동료들 속으로 사라졌다.

리로이는 검을 빼고 천천히 몸을 일으켰다.

주변을 둘러봤다.

리로이는 포위돼 있었다.

백 마리가 넘는 적진 한가운데서 있는 것이다.

차는 완전하게 멈춰 섰고 마찬가지로 포위된 상태였다.

문이 열리고 누군가가 뛰어나왔다. 레니였다. 그녀는 당장이라도 쓰러질 것 같은 발걸음으로 차 뒤로 돌아갔다.

그리고 몸을 구부리더니, 구토를 했다. 그 기절할 정도로 쓴 약도 효과는 없었던 것 같다. 뭐, 그 뒤에 리로이의 처치가 더해졌고 마지막엔 격렬한 자동차의 움직임이 최후의 일격을 가했던 것 같다.

“정말 도움이 안 되는 사저라니까.” 그것을 보고 있던 리로이는 큭큭대며 웃었다. 이런 상황에서 웃는 것을 보면 제정신이 아닌 것 같지만, 애초에 이 남자가 하는 행동은 거의 제정신이 아니다.

“웃을 상황이냐?” 그래도 난 평소대로의 전개에 평소와 마찬가지로 파트너로서 해야 할 책무를 했다. “네 사지의 손가락과 발가락으로 다 셀 수 없을 수야. 대신 세어줄까?”

“『다크 원』은 죽인 수를 세지 않아도 되잖아.” 리로이는 입끝을 치켜 올렸다. 릴리가 말한 대로 상대가 인간이라면 죽인 숫자를 셌을 거라는 말인가?

뭐, 어차피 곧 잊어버릴 것이다.

코볼트들은 증기자동차를 넓게 포위했다. 한 번도 본 적이 없었던 것에 경계심이 있는지 곧바로 덤벼들 것 같지 않았다.

하지만 리로이는 달랐다. 코볼트들의 입장에서 보면 딱 좋은 먹잇감이다. 서로의 몸이 부딪치는데도 거리낌 없이 밀려들었다.

“서두르지 마라.” 리로이는 기쁜 듯 중얼거렸다. “죽고 싶은 놈들부터 똑바로 줄 서라.”

그리고 살짝 허리를 낮춤과 동시에 으르렁댔다. 검 끝이 먼 쪽으로 이동한 후에 단숨에 원을 그렸다.

그 궤도 위에 있는 코볼트의 육체가 모조리 절단됐다.

몸이 두 갈래로 절단된 한 마리는 그럼에도 불구하고 등골이 간신히 상반신과 하반신을 이어주고 있었는데 뒤에서 격돌해온 동료에 의해 뼈가 부러져 맥없이 쓰러졌다. 흉부가 반쯤 절단된 한 마리는 분출되는 피를 큰 손바닥으로 막았지만 손가락 사이로 뿜어져 나오는 것까진 막을 수 없었다. 뒤에서 밀려드는 동료들에게 피를 뿌리면서 쓰러져 밟혔다.

목이 찢긴 한 마리는 나가떨어졌고 피가 기도로 역류해 질식 상태가 돼 매우 괴로워했다.

또 다른 놈은 아래턱이 깨져 몸이 젖혀졌다. 피와 이빨의 파편이 섞인 침을 흘리며 헛발을 디디다 밀려드는 동료가 방해라는 듯 날려버렸다.

리로이는 휘두른 검을 거두고 정면을 향해 내질렀다. 울음소리를 지르며 뛰어든 코볼트의 입에 검신이 파고들었다. 검 끝은 후두부의 비늘을 가르며 다시 나타났다.

리로이는 그대로 전진했다.

코볼트의 뒤통수로 튀어나온 검 끝을 다른 한 마리의 안면에 찔러 넣었다. 코가 뚫린 그놈은 뇌가 파괴됐는데도 손가락 끝을 리로이한테 뻗었다.

코볼트의 손톱은 사방팔방에서 육박했다.

리로이는 코볼트 두 마리를 찌른 채 검을 옆으로 휘둘렀다.

동료의 몸통에 맞은 앞쪽의 코볼트가 넘어졌고 검이 빠지자 두 마리의 몸통이 날아갔다. 옆에서 덤비던 코볼트가 그것들과 격돌해 나자빠졌다.

리로이는 계속 전진했다.

파고들면서 내려친 일격으로 코볼트의 머리를 양단했다. 칼은 목까지 찢은 후 곧바로 뽑아졌다.

그리고 뒤로 돌려 육박해오던 코볼트의 몸통을 내리쳤다. 칼은 하급 권속의 몸체를 완전하게 절단했고 그 위력으로 상반신이 회전하면서 뛰어들던 여러 동료들과 부딪쳤다. 하반신은 땅바닥 위에 나뒹굴었고, 코볼트들은 발 디딜 곳을 잃으며 차례차례로 넘어졌다.

몇 마리가 도약했다.

동료를 발판으로 삼아 리로이의 머리 위로 뛰어들었다.

동시에 낮은 자세로 코볼트 몇 마리가 돌격해왔다.

리로이는 질주해오는 한 마리하고의 간격을 좁히고 검이 아니라 손끝을 내질렀다. 단단한 손이 코볼트의 가슴팍을 붙잡고 갈비뼈를 부쉈다. 부러진 뼈가 심장을 찔러 코볼트의 신체가 펄떡였다.

그리고 머리 위로 공격해 들어오던 코볼트와 격돌해 뼈가 부서지고 살점 뭉개지는 소리를 내면서 무리들 머리 위로 낙하했다.

리로이는 디딤발을 축으로 들어 올린 발뒤꿈치를 회전하면서 다른 코볼트를 내려쳤다. 펑펑한 정수리를 직격한 발뒤꿈치에 머리가 함몰되고 그대로 땅바닥에 처박혔다. 위아래로 가해진 충격을 피할 도리가 없었던 코볼트의 머리는 콧구멍과 귓구멍, 입에서 피와 뇌수를 내뱉었다.

상공에서는 당장이라도 어금니를 박을 것처럼 여러 마리의 코볼트가 급강하했다.

리로이는 검을 거꾸로 쥐더니 그대로 투척했다. 전력은 아니었다. 힘을 조절한 일격이었지만 코볼트의 복부를 후벼 팠고 그 몸뚱이를 날려버렸다.

그 옆에서 떨어져 내려오던 코볼트는 무기를 잃은 리로이에 대해 자신이 우위에 섰다고 느꼈을지도 모른다.

아주 잠깐이나마.

그놈이 리로이의 간격으로 들어왔을 때 이미 파트너의 손은 새로운 무기를 손에 쥐고 있었다.

코볼트였다.

낮은 자세로 뛰어들던 한 코볼트의 발목을 붙잡고 곤봉처럼 휘둘렀던 것이다.

무기 대신으로 사용된 코볼트는 엄청난 속도로 동료의 복부에 처박혔다. 뼈 부러지는 소리는 무기 대용 코볼트의 목에서 울려 퍼졌다. 복부를 맞은 코볼트는 대량의 피를 내뱉으면서 추락했다.

목뼈가 부러져도 코볼트는 즉사하지 않았다. 경추라는 지지대를 잃은 머리가 대롱대롱 매달린 상태로 리로이를 움켜잡으려고 발악했다.

더해서 몇 마리가 리로이의 등 뒤와 옆에서 육박해 왔다.

검에 복부가 뚫린 코볼트가 리로이의 발밑으로 떨어진 것은 바로 그때였다.

웅크린 듯한 모습으로 땅바닥에 격돌한 그놈의 등으로 검이 튀어나와 있었다. 만약 리로이가 전력으로 투척했다면 검은 코볼트의 몸을 관통하고 공중으로 날아갔을 것이다.

리로이는 곤봉 대신으로 썼던 코볼트를 튀어나온 검 끝 위로 내던졌다. 두 마리의 등이 격돌했고 아래에 있던 놈의 목이 단말마의 비명을 내질렀다.

그 목에 리로이의 발차기가 작렬했다.

차올려진 두 마리의 코볼트는 꼬치구이가 된 채로 회전했고 리로이의 눈앞에 검 손잡이가 나타났다. 그것을 붙잡고 꽂혀 있던 두 놈이 쓰러지기 전에 휘둘렀다.

등 뒤에서 덤벼들던 코볼트의 목을 절단해 머리를 날려버렸다. 공중으로 떴다가 낙하하는 개의 머리는 증기자동차 근처로 굴러갔다.

흐릿해진 눈동자는 차 운전석 문이 열리고 하얀 무언가가 내려오는 것을 봤을까? 주변 상황을 살펴본 틈은 코볼트를 무시하고 차 밑으로 미끄러져 들어갔다.

연이어 차에서 내린 이는 카렌과 프리지아였다. 카렌은 차 뒤에 쭈그리고 앉아 있는 레니한테 갔다.

"좀 편해졌어?"

걱정해주는 카렌에게 레니는 쇠약한 표정으로 고개를 가로저었다. "뱃속이 맹렬하게 뒤집히는 것 같아서 그냥 막 괴로워."

"물은 마시는 게 좋아. 천천히라도."

카렌은 쓴웃음을 지으며 손에 들고 있던 물통을 내밀었다. 레니는 감사의 말을 입에 담으며 그것을 받았다.

"그쪽은 어때?"

"역시나 바퀴에 뭔가 끼인 것 같아." 차체 밑을 바라보던 프리지아가 답했다. "치우면 괜찮을 것 같아." 그 말을 들은 카렌이 안도의 숨을 내쉬었다.

아마도 리로이를 지붕에서 튕겨버린 차의 움직임은 치어 죽은 코볼트의 시체가 차바퀴에 끼어버린 게 원인인 듯했다.

"어느 정도 걸릴까." 카렌은 바싹바싹 다가오는 코볼트들을 바라봤다. 전혀 겁먹은 것 같진 않았지만, 아무래도 코볼트의 숫자가 귀찮다고 얼굴에 적혀 있었다.

"다 치웠어." 차 밑에서 기어 나온 튤이 기쁠 것도 없다는 듯한 표정으로 보고했다. "바로 출발할 거야. 차 안으로 들어가."

"에에——! 싫어어!!" 우는 소리를 한 이는 레니였다. "정말 죽을 것 같아."

"그래?"

튤은 고개를 끄덕이더니 운전석으로 들어가 버렸다.

그 모습을 아무 말 없이 바라본 레니는 물통의 물을 입에 머금고 천천히 마셨다.

"봤어? 저 태도." 화가 났다기보다 슬픈 듯한 표정의 레니의 어깨가 축 처졌다. "선배에 대한 태도의 문제가 아니라 인간으로서도 취급받지 못했다는 느낌이 절절히 전달되고 있어……."

"지나친 생각이야."

일단 대답을 한 카렌이었지만 입 끝이 살짝 굳어졌다.

"생각은——." 프리지아가 천천히 칼을 뽑았다. "나중에 하는 게 좋을 것 같아."

지금까지 주변을 포위만 하고 있던 코볼트들이 스멀스멀 그 범위를 좁히기 시작했다. 지능이 낮은 하급 권속이 그녀들의 대화를 이해했다고 보긴 힘들지만, 익숙하지 않은 물체에서 나온 것이 익숙한 인간이라는 게 놈들의 경계심을 풀게 만들었던 것 같다.

"너는 좀 쉬고 있어, 레니."

카렌은 손을 허리 뒤쪽으로 뻗었다. 재킷 자락을 제치며 나온 것은 두 자루의 단검이었다.

"고마워." 레니는 차바퀴를 등받이 삼아 앉아 창백해진 얼굴로 작게 미소를 지었다. "그래도 조금은." 그리고 손끝을 복잡하게 구부렸다.

코볼트의 머리가 떨어졌다.

그것도 십여 마리가 한꺼번에.

목의 절단면에서 분출되는 선혈이 피의 벽을 만들었다.

"――너, 철실술사였냐?" 프리지아가 놀란 표정으로 레니를 봤다. 그녀는 손을 힘겹게 흔들고, "더이상은 무리."라며 힘없이 중얼거렸다.

"충분해."

카렌은 고개를 끄덕이고는 질주했다.

레니한테 목이 절단된 코볼트들이 무너질 때 카렌은 무리 속으로 뛰어들었다.

그 속도에 덤벼들려고 했던 코볼트들이 전혀 대응하지 못했다.

카렌이 반복해서 내지른 단검은 코볼트의 목을 꿰뚫었다.

빠르게 칼을 움직여 상처를 벌렸다.

혈관이 절단돼 대량의 피가 뿜어져 나왔지만 카렌은 그 피에 닿지 않았다. 피가 땅바닥에 떨어졌을 때 그녀는 벌써 다른 놈에게 뛰어들고 있었다.

거꾸로 쥔 단검 끝을 코볼트의 정수리에 꽂아 넣었다. 후벼 파면서 칼을 뺌과 동시에 역수로 쥔 단검으로 옆에서 육박해 오던 코볼트의 안구를 찔렀다.

뒤에서 양팔을 펼치고 카렌을 붙잡으려고 했던 코볼트한테 발뒤꿈치를 날렸다. 딱딱한 신발 밑창이 코볼트의 가랑이를 강타했다.

공중에 떠오른 그 복부에 무릎으로 궤도를 바꾼 발차기가 처박혔다.

동료들을 넘어뜨리며 코볼트는 나뒹굴었다.

카렌은 디딤발을 딛고 뛰어올랐다.

착지와 동시에 왼손에 거꾸로 쥐고 있던 단검을 등 뒤로 휘둘렀다. 두꺼운 칼은 적갈색 체모로 덮인 코볼트의 왼팔을 꿰뚫었고 그대로 짓이겨 뼈째로 심장을 파괴했다.

칼을 뽑으며 카렌의 몸이 회전했다. 움켜잡으려고 덤벼들던 코볼트의 손가락을 오른손의 단검으로 잘라내고 왼손의 단검을 볼에 박아 넣었다.

뽑아내고 안면에 일격.

마지막으로 목을 후벼 팠다.

비틀거리는 코볼트에게 등을 돌린 카렌은 낮은 자세로 다른 코볼트의 발을 차버렸다. 뒤로 넘어지는 놈의 심장을 찌르고 그것의 배를 밟아 전방으로 도약했다.

착지한 것은 앞으로 기울어진 자세를 취한 코볼트의 어깨 위였다.

후두부에 양손의 단검을 연속해서 찔러 넣었다.

무릎부터 무너져 내린 그 코볼트가 쓰러지기 전에 카렌은 다시 공중으로 떠올랐다.

그 낙하지점을 향해 코볼트들이 쇄도했다.

카렌은 공중에서 그녀를 붙잡으려고 뛰어든 코볼트의 팔을 왼손의 단검으로 잘라냄과 동시에 오른손 단검을 어깨에 찔러 넣었다.

그리고 그것을 뽑아내기 위해 공중에서 다시 한번 높게 뛰어올랐다.

밀려들던 코볼트들을 뛰어넘어 그 등 뒤에 착지한 카렌은 한 놈의 머리를 꿰뚫었고, 다른 한 놈의 등골에 칼끝을 박아 넣었다.

뇌가 파괴된 놈은 그 자리에서 무너지며 경련했다. 하지만 등골이 부서진 쪽은 곧바로 양손을 등 뒤로 돌려 단검을 쥔 카렌의 팔을 움켜쥐려고 했다.

카렌의 눈앞을 폭풍이 휩쓸었다.

폐 부분이 절단된 코볼트의 양팔이 땅바닥에 떨어졌다.

“쓸데없는 짓을 한 건가?” 눈을 가늘게 뜨며 그렇게 말한 이는 프리지아였다.

“도움이 됐어. 고마워.” 카렌은 미소를 지으며 답했다.

동시에 그 자리에서 홱 물러섰다.

두 사람에게 쇄도하고 있던 코볼트들은 표적을 잃고 볼썽사납게 격돌했다.

그것을 바라보면서 프리지아는 도약의 기세를 살린 채로 착지점에 있는 코볼트한테 칼을 내리쳤다. 두꺼운 강철검은 벤다기보다 깨부순다고 하는 편이 어울릴 것이다. 칼 끝이 땅바닥에 도달하고 그것을 파는 굉음이 참격의 끝을 알렸다.

코볼트의 머리는 검격의 압력으로 안쪽으로 찌부러졌다. 두 갈래로 나뉜 얼굴이 양쪽으로 기울어졌다. 그대로 검신은 가랑이까지 갈랐고 몸 안에 있던 내장이 성대하게 튀어나왔다.

두 갈래로 나뉜 코볼트의 몸은 바깥쪽으로 천천히 무너졌다.

흘러나온 장기와 선혈을 쳐날리며 다른 코볼트가 정면으로 돌격해왔다.

땅바닥을 향하고 있던 칼이 튀어 올랐다.

이번엔 거꾸로다.

가랑이를 파괴하면서 들어간 두꺼운 검신이 「다크 원」의 몸을 내달렸다. 정수리까지 칼이 지나간 충격으로 목이 파열됐고 갈라진 머리가 뇌수를 흩뿌려댔다.

높이 올려진 칼은 잠깐도 멈추지 않고 내리쳐졌다.

몸을 가르고 왼손 하나만으로 비스듬히 뒤쪽으로 내찔러진 칼은 덤벼들던 코볼트를 공중에서 포착했다. 어깨에 격돌한 일격은 뼈를 부수고 살을 뭉개며 몸 안으로 침입했고, 그 여력으로 코볼트의 몸을 땅바닥에 처박히게 만들었다.

프리지아는 곧바로 칼을 뽑으려고 했지만 아직 숨이 남아 있던 코볼트가 양손으로 칼을 붙잡았다. 움직임이 순간 멈췄다.

그때 다른 코볼트들이 몰려들었다.

프리지아는 자신을 움켜잡으려는 놈에게 팔꿈치를 먹였다. 그 위력에 긴 콧대가 반으로 압축됐고 프리지아의 어깨를 쥐어 비틀려고 했던 손끝이 느려졌다.

팔꿈치를 한 번 더 박아넣자 안면이 그대로 함몰됐다.

비틀거리는 그 몸을 젖히고 다른 한 놈이 덤벼들었다.

프리지아는 구부리고 있는 팔꿈치를 펴고 튀어나온 코를 다섯 손가락으로 쥐었다.

꽉 쥔 손끝 안에서 이빨 부서지는 소리가 울렸다.

코볼트는 괴성을 지르며 프리지아의 팔에 손톱을 박아 넣었지만 그녀는 안색 하나 변하지 않았다. 코를 쥔 채로 다른 손으로 코볼트의 몸을 들어 올리고 몰려드는 코볼트들을 향해 내던졌다.

한쪽 손으로, 그것도 백 킬로그램 이상은 돼 보이는 코볼트를 던진다는 것은 엄청난 힘의 소유자다.

게다가 그냥 던진 게 아니다.

탄환처럼 쏴버린 것이다.
안면이 부서진 코볼트와 선두에 서서 달려들던 코볼트가 격돌했다.
머리와 머리가.
그들의 두개골은 프리지아의 팔이 만들어낸 에너지를 버텨낼 수가 없었다.
맞는 순간 뼈가 부서졌고 두 개의 뇌가 찌부러졌다. 피와 뇌수가 충격파로 미세한 입자로 변해 사방팔방으로 비산했다.
튕겨지듯 날아간 두 놈을 쳐다보지도 않고 프리지아는 칼을 집어 들었다. 코볼트가 달라붙은 상태였다. 그녀는 상관하지 않고 뛰어드는 코볼트의 옆구리에 참격을 날렸다. 고속으로 휘둘러진 칼을 피하는 것은 불가능했는지 몸이 반 정도 찢어진 상태로 나뒹굴었다.
놈은 땅바닥에 튕겨졌다가 정차돼 있는 차의 측면에 격돌했다. 모래먼지가 잔뜩 묻은 강철 차체에 끈적끈적한 피와 내장이 들러붙었다.
그러자 운전석이 열렸다.
차에서 내린 튤은 코볼트가 부딪친 차체 부분을 가만히 쳐다봤다. 약하게 경련하고 있는 코볼트는 쳐다보지도 않았다.
다시 운전석 안으로 들어가더니 뭔가를 손에 들고 다시 나타났다. 뭘 하는가 봤더니 차체에 붙은 피를 닦아내기 시작했다.

"어이, 튤!" 외친 것은 프리지아였다. 그 목젖을 물어뜯으려고 덤벼드는 코볼트를 왼손으로 밀어젖히면서 일사불란하게 차를 닦고 있는 하얀 복장의 튤을 노려봤다. "이쪽이나 좀 도와달라고?!"

튤의 움직임이 멈췄다.

돌아보고 아무런 표정 없이 답했다.

"난 차의 운전과 보수, 점검의 임무만 받았어."

더이상 할 말이 없다고 주장하는 것처럼 등을 돌리고 작업을 속개하려고 했다.

프리지아는 짜증 난 듯 소리쳤고 축 처져 앉아 있던 레니는 쓴웃음을 희미하게 지었다.

"아아, 이런!" 그렇게 말하고 차에서 뛰어나온 것은 리젤이었다. "튤 씨, 그건 바이덴에 도착할 때까지의 임무입니다."

"그래?" 별로 놀라지도 않고 불만을 표명하지도 않았다. 그는 차체에 붙은 피를 닦던 손을 멈추고 리젤을 쳐다봤다. "그럼 새로운 임무는 뭐지?"

"「다크 원」의 요격입니다." 리젤은 주변의 코볼트들을 가리켰다. "우리들의 일을 방해하는 「다크 원」을 전멸하세요."

"알았다." 튤은 피를 머금은 걸레를 아무렇게나 내던지고 코볼트 무리를 쳐다봤다.

그 구속복 같은 하얀 코트 소매에서 주르륵 줄이 내려왔다.

은색의 기묘한 그 줄은 마치 유기물처럼 표면이 희미하게 물결쳤다. 그 끝은 특별히 예리한 곳이 없어 보였고 두께는 인간의 손가락보다 약간 두꺼운 정도였다.

그것이 움직였다. 튤의 팔이 움직인 것 같지 않았는데 줄 모양의 무기는 공격을 준비하는 뱀처럼 몸을 꼬았다.

그리고 땅바닥을 기듯이 질주했다.

빠르다.

줄이 지나간 지면이 그 궤적에 모래연기를 피워 올렸다.

튀어 오른 것은 프리지아의 발밑이었다.

그녀는 덤벼드는 코볼트를 밀어내고 다른 놈에게 칼을 내려치려는 중이었다.

뒤로 밀려난 코볼트가 다시 프리지아한테 덤벼들려고 했는데 튤의 소매에서 뻗어 나온 은색줄이 붙잡았다. 낮은 위치에서 튀어 오른 그것은 코볼트의 가랑이를 꿰뚫었다.

그것이 세로로 기어올라 비명을 지르려고 했던 목으로 튀어나왔다.

그 끝은 창끝처럼 날카롭게 변해 있었다.

그리고 또 다른 변화를 보였다.

줄 모양이었던 그것이 얇고 예리한 칼처럼 모습이 바뀌었다.

코볼트의 육체를 안쪽에서 절단했는데 아무런 저항이 느껴지지 않았다. 스륵, 하고 그것이 빠져나오자 아름답다고까지 말할 수 있는 단면을 보이며 양단된 코볼트가 무너졌다. 그 몸이 지면에 부딪치는 충격으로 잊고 있었던 것처럼 피가 튀었다.

얇은 칼이 됐던 그것은 스스로를 진동해 피와 지방을 떨어뜨렸다.

꼼짝 않고 기묘한 무기를 바라보던 프리지아의 눈에 그것은 가속하며 호를 그렸다.

프리지아를 중심으로 한 원이었다. 그것은 10겹, 20벽으로 그녀를 감쌌다. 엄청난 속도로 회전한 그 궤적에는 20마리 정도의 코볼트가 있었다.

그 모든 코볼트의 목 부분이 절단됐다.

같은 종족이라고는 해도 각각의 체격은 다르고 자세도 달랐다. 게다가 움직이고 있는 놈들의 목을 고속으로, 게다가 정확하게 절단한다는 것은 경탄할 수밖에 없는 기량이었다.

보통의 날붙이에 비해 몇 배는 얇은 그 무기에 베인 코볼트들은 모두 멍한 표정으로 눈을 깜빡였다. 자신의 목이 이미 절단됐다는 것을 깨닫지 못했던 것이다.

그걸 모른 채 움직인 순간 절단면이 스치면서 머리는 중력에 이끌려 떨어졌다.

그것들이 지면에 도달했을 때는 이미 여러 겹으로 원을 그리고 있던 얇은 칼은 나선형으로 변해 튀어 올랐다. 나선에서 한 줄의 줄 모양으로 모습이 변한 그것은 이번엔 수십 개의 줄로 분열됐다.

그것이 쏟아진 곳은 카렌의 머리 위였다.

가는 은색 비는 각자가 정확하게 코볼트들의 정수리에 꽂혔다. 방금 전에는 매우 얇았지만 이번엔 매우 가늘었고, 그 접촉을 코볼트들은 느끼지 못했다.

카렌은 물론, 가는 은실을 보고 미간을 찌푸리면서도 코볼트의 날카로운 손톱을 종이 한 장 차이로 피하고 그 품으로 뛰어들었다.

양손으로 쥔 단검으로 몸을 후벼 팠다. 내리치는 듯한 찌르기에 코볼트는 크게 비틀거렸다.

그 얼굴이 떨렸다.

안구가 바쁘게 이곳저곳으로 시선을 보냈고 크게 열린 입에서 혓바닥이 튀어나왔다. 귀와 콧구멍에서는 액체가 흘러넘쳤다.

"——뭐야?" 카렌은 재빨리 주변을 둘러봤다. 그녀를 포위하고 있는 코볼트들이 전부 똑같은 모습으로 우뚝 서서 머리를 떨고 있었다.

그 은색 실이 놈들의 두개골 내부에 침입해 뇌를 직접 휘젓고 있는 듯했다. 뇌가 잘게 썰린 코볼트들은 차례차례로 무너져 내렸다.

순식간에 카렌과 프리지아 주변에서 코볼트들이 사라졌다.

"호오오, 엄청나군." 어느새 차 밖으로 나온 헤파스가 감탄한 듯 중얼거렸다. "설마 「그레이프닐」이 실용화됐다니. 역시 닥터 익스야."

"아직 위험합니다, 닥터." 리젤이 막는 것도 듣지 않고 헤파스는 튤한테 다가갔다. 이미 그 줄 모양의 무기——그레이프닐은 그의 소매 속으로 사라졌다. 헤파스는 그한테 달라붙어 소매 속을 들춰보려고 했다.

"조금 더 보여줄 수 없나?"

"기업 비밀이다." 튤은 쌀쌀맞게 거절했다. 헤파스는 애원하는 것 같더니, "흠, 그럼 어쩔 수 없지."라며 깨끗하게 물러섰다.

이번엔 가방을 손에 들고 첩첩이 쌓여 있는 코볼트들의 시체에게 다가갔다.

뭘 하는가 봤더니, 가방 안에서 차례차례로 수술, 또는 고문에 쓰일 것 같은 험악한 기구를 꺼내기 시작했다.

"닥터?" 프리지아가 의아한 목소리로 물었고, 헤파스는 날카로운 메스를 쥔 손으로 그녀가 다가오지 못하게 하려는 것처럼 들어 보였다.

"현장에서 일하는 것은 오랜만이야. 잠깐 내버려뒀으면 하는데." 일방적으로 그렇게 내뱉더니 훌륭한 손놀림으로 코볼트의 흉부에 메스를 찔러 넣기 시작했다. 살과 근육을 나누고 늑골을 제거하고 순식간에 심장에 도달했다. 이미 움직이지 않는 심장을 꺼낸 헤파스는 전율하는 표정으로 쳐다봤다.

"역시 방금 죽어 생생한 건 아름다워."

"뭐야, 저 사람?"

카렌이 프리지아한테 귓속말을 했다. 프리지아는 쓴웃음을 지으며 고개를 살짝 옆으로 돌렸다. "과학적 탐구심이 극도로 강한 사람이야. 저렇게 되면 막을 수가 없어."

"막을 수 없으면 내버려 둘 뿐."

튤은 담담하게 말하고 운전석으로 돌아갔다. 차체에 붙은 코볼트의 피와 내장은 쳐다보지도 않았다. 명령이 바뀌긴 했지만 정말 비인간적인 태도 전환이다.

그 등을 바라보던 카렌이 차 문 근처에 멀뚱히 서 있는 리젤한테 걸어갔다.

"인간형을 보면 분별력을 잃는다고 하지 않았어?"

"그랬죠."

리젤은 수긍했다.

카렌은 고개를 갸웃했다.

"냉정해진…… 거라고 생각되는데요."

분명 튤은 명령을 엄수해 전투에 참가하지 않았다. 인간형을 보면 정신을 잃는다는 얘기는 뭐였을까.

"그건 말이야, 카렌." 땅에 누워 있던 레니가 근처에 굴러다니고 있는 코볼트의 몸을 가리켰다. "저게 인간형 같지 않아서 그런 것 같아."

코볼트는 분류적으로는 인간형에 속하지만, 인간과 비슷하냐고 묻는다면 미묘하다. 머리가 개랑 비슷한 원숭이라는 편이 맞을지도 모른다.

카렌이 잠깐 생각을 하다가 애매한 미소를 지었다.

“아, 그런 애매한 기준인 거야?”

“그런 것 같군요.” 리젤은 닫힌 운전석을 바라보면서 말했다. “아무래도 트라우마를 자극하는 포인트 같은 게 있지 않을까요?” 곤란한 듯 그는 눈꼬리를 내렸다. “본인이 완고하게 말하려고 하지 않아서 인간형이라는 큰 테두리 말고 자세하게는 모릅니다.”

“——어렵네, 어려워.” 카렌은 눈을 가늘게 떴다. 그 속의 눈동자가 험악하게 반짝였다. “실제로 운용하려고 생각한 놈을 끝장내버리고 싶어.”

“그렇다니까.”

여전히 힘없이 누워 있던 레니가 천천히 일어났다. “뭐, 털이 숭숭 나 있는 놈들한테 반응하지 않는 거라면 너희들의 대장 카틸도 괜찮을 것 같네.” 그녀는 그렇게 말하고 프리지아를 보고 실실 웃었다.

“뭐가 괜찮다는 거야?” 그렇게 되묻는 프리지아의 목소리는 자제하고 있지만 약간의 험악함이 서려 있었다. 민감하게 그것을 느낀 카렌이 두 사람 사이로 자신의 몸을 반쯤 끼어넣었다.

“뭐냐면.” 레니는 둔한 건지, 아니면 일부러 그러는 건지,

누워 있을 때 묻은 모래를 털어내면서 말했다. "튤 군한테 갑자기 공격당하진 않을 거라는 말이야."

"그한테 부여된 명령은 「다크 원」의 섬멸이잖아." 프리지아가 마음속의 짜증을 억누르면서 평정심을 유지한 채 말했다. "애초에 카틸 님이 공격당할 이유가 없어."

"응?" 레니는 물음표를 머리 위에 띄운 듯한 표정으로 고개를 갸웃했다. "그래서 노려진다 해도 공격당하진 않을 거라고 말한 건데."

"그 말은." 프리지아의 손끝이 칼 손잡이로 향했다. "카틸 님이 「다크 원」이라고 말하고 싶은 거야?"

"어……." 레니는 놀란 듯이 눈이 동그래졌다. "아니야?"

이 반응에 프리지아는 칼 손잡이를 움켜쥐었다. 칼집에서 검신이 살짝 드러났다.

"둘 다 거기까지." 카렌이 두 사람 사이로 완전히 끼어들었다. "가위바위보라면 여기서 할 필요가 없잖아."

"가위바위보?" 의심스러운 표정으로 프리지아가 미간을 좁히자, 카렌은 자신의 실언을 깨닫고 볼이 살짝 빨개졌다.

"서로의 목적도 조건도 다른 것을 알고 있는 상태로 공동작전을 하는 중이야. 그렇다면 다소 불쾌한 부분은 참아야 하지 않을까." 약간 빠른 말투로 강하게 말했다. 그리고 돌아보면서 레니한테도 못을 박았다. "쓸데없는 말을 하지 않는 것도 중요해."

"네에." 그다지 반성한 기운은 없어 보이는 레니의 대답이었지만, 프리지아를 향해 순순히 고개를 숙였다. "미안."

"아니." 프리지아는 짧게 대답하고 칼 손잡이에서 손을 뗐다. "나도 너무 열을 냈어. 미안하다." 그렇게 말하고 고개를 살짝 숙였다.

"뭐야? 싸우는 거야?" 그때 리로이가 다가왔다. 그녀들은 퉅을 포함해 전투가 끝난 듯 행동했는데, 리로이만은 방금 전까지 싸우고 있었다. 차 주변의 코볼트는 퉅이 전부 해치웠지만 그가 의도한 것인지는 모르겠지만, 리로이한테 모여 있는 적은 건드리지 않았기 때문이다.

"적당히 좀 하라고. 어차피 나중에 진심으로 싸우게 될 테니까."

그런 상황을 만든 본인이 유들유들하게 지껄여댔다.

아니나 다를까, 카렌과 프리지아가 사나운 눈빛으로 노려봤지만, 리로이의 관심은 벌써 헤파스로 옮겨져 전혀 알지 못했다.

헤파스는 코볼트를 해부하고 장기를 몇 개 유리병에 넣고 있었다. 리로이는 그 옆에 웅크리고 앉았다.

"이것도 뭔가의 재료가 되는 거야?"

"될지 안 될지 지금부터 알아봐야지." 헤파스는 반짝거리는 눈빛으로 병에 넣은 코볼트의 내장을 바라봤다. "지금까지 없었던 독을 만들어낸다면 그보다 더 기쁜 일은 없지."

"약이 아닌 거야?"

리로이가 딴지를 걸자, 퍼뜩 정신을 차린 듯 헤파스는 웃으며 말했다.

"독과 약은 본래 같은 것이다. 난 과학자이기 때문에 독이라고 말한다. 의사는 약이라고 하면 되는 것이고."

"그래? 몰랐어."

리로이는 몰랐던 것을 알아서 만족한 듯했다.

"그보다." 카렌이 두 사람을——아니, 헤파스를 뒤에서 내려봤다. "스웨인의 치료는 저것으로 괜찮은 거야?"

"무슨 일이 있었어?"

리로이의 표정에 전투 때도 거의 볼 수 없는 긴장감이 흘렀다.

카렌의 설명에 의하면 리로이가 지붕에서 떨어져 나간 그 순간 차 안에 있던 사람들도 성대하게 내던져졌던 것이다.

그때 벽에 격돌할 뻔했던 릴리를 막은 스웨인이 부상을 입었다.

"뭐, 가벼운 뇌진탕과 타박상이야. 누워 있으면 금방 좋아질 거야." 헤파스는 그렇게 말하면서 꺼내놓은 기구 중 하나를 손에 들었다. 과학자가 사용하는 물건이라기보다 목수가 사용할 법한 실톱이었다. "뭐, 원한다면 머리를 열고 진찰해도 괜찮아."

"당신의 머릿속에 뭐가 들었는지가 훨씬 궁금해."

카렌은 그렇게 말하고 등을 돌렸다. 헤파스는 어깨를 으쓱이고 수집한 것들을 주섬주섬 가방 안에 집어넣기 시작했다. "최근의 젊은 처자는 노인한테 엄격하다니까."라고 말하면서도 뭐가 재밌는지 히죽대며 웃었다.

분명 머릿속이 제대로 돼 있는 것 같진 않았다.

"정말 괜찮은 거야?" 리로이가 확인하자, 헤파스는 정리하던 손을 멈추지 않은 채 고개만 옆으로 돌렸다. "만약 뇌에 이상이 있더라도 지금 기술로는 어쩔 도리가 없어. 가능한 게 있다면 바르하라의 츠베르크 정도일 거야."

그는 모든 것을 가방 안에 집어넣고 천천히 일어났다.

"뭐, 저 꼬맹이는 혹이 난 정도니까. 안심해라." 그렇게 말하고 리로이의 허리 뒤를 말라비틀어진 손으로 두드렸다. "그런데 바로 여자애를 구하려고 했어. 꽤나 괜찮은 놈이야."

"그렇지?"

리로이는 기쁜 듯 웃었다.

하지만 그 얼굴은 금방 굳어졌다.

차가 리로이와 헤파스를 두고 움직이기 시작해서였다.

리로이는 곧바로 차를 쫓아가려고 달려갔지만, 세 발짝을 떼다가 급정지하고 몸을 돌렸다. 멍하니 서 있는 헤파스한테 등을 대고 웅크리고 앉았다. "자, 올라타. 꾸물대지 말고."

그 말을 들은 헤파스는 깜짝 놀라 눈을 크게 떴다.

"달려서 차를 따라잡겠다고? 나를 업고서?"

"날아갈 순 없으니 달려야겠지."

지극히 당연한 리로이의 대답에 헤파스는 "그렇구만."이라며 웃었다. 그리고 혼잣말처럼 덧붙였다. "어거지가 통하면 이치가 물러난다고들 하는데, 그럼 안 통하게 되는 건 누구의 이치일까?"

"뭐라고?"

리로이가 물어봐도, 헤파스는 "그냥 농담이야."라며 잡아떼며 정확한 대답은 하지 않았다.

3

격렬하게 진동하는 대지가 충격을 차바퀴로 전달했고 거구를 자랑하는 차체가 크게 뛰어올랐다.

순간 차 안이 무중력 상태가 됐고 전원의 몸이 공중에 떠올랐다.

차바퀴가 땅에 닿는 것과 동시에 중력에 이끌려 바닥으로 내동댕이쳐졌다. 난잡하게 놓여 있던 물건들도 날아다녔고 비명이 교차됐다.

차바퀴는 상정 외의 탑승 인원 때문에 무거워져 굉음을 울리며 모래바닥을 후벼 팠다. 피어오르는 모래바람을 흐트러뜨리며 차체가 비스듬히 기울어진 상태로 수십 미터를 미끄러졌다. 차를 지탱하는 프레임이 삐걱댔고 그것을 덮고 있는 금속판이 귀가 아플 정도로 찌그러질 것 같은 불협화음을 연주했다.

작은 창문 너머로 밖을 보니 솟아오른 벽면이 다가오고 있었다.

차바퀴가 간신히 지면에 접지가 된 것은 충돌 직전이었다.

부딪치지는 않았지만 차체 측면이 암벽에 접촉해 불꽃이 튀었다. 암벽 깨지는 소리가 차를 흔들어댔고 좁은 창틀의 유리창이 깨져버렸다.

차는 그대로 속도를 올려 벽면과 맞닿은 채로 질주했다.

"이, 이거 괜찮을까요?" 리젤의 목소리가 떨린 것은 차가 끊임없이 흔들려서뿐만은 아니었다. 차 안 좌석에 달라붙어 비뚤어진 선글라스를 황급하게 고쳐 쓰는 그의 표정은 극도의 긴장과 불안으로 굳어졌다.

"괜찮지 않아 보이는군." 대답하는 리로이의 목소리는 차분했다. 그의 양팔은 스웨인과 릴리를 안고 있었다. 스웨인은 그렇다 쳐도 릴리마저도 불평 한 마디 없이 옆구리에 안겨 있는 것은 앞서 자신을 보호해준 스웨인이 부상 당한 것을 신경써서 그런 것이리라.

리로이는 리젤을 내려보면서 입 끝을 치켜올렸다.

"짓밟히든가 부서지든가겠지. 어느 쪽이 마음에 들어?"

"어떻게 그런 말을 즐거운 얼굴로 말할 수 있어?"

카렌은 질린 표정으로 두 눈을 가늘게 뜨고 리로이를 노려봤다.

이 차에는 안전벨트가 없다. 그래서 앉아 있는 것보다 서 있는 편이 자세 제어가 편한지 리로이뿐만 아니라 카렌과 프리지아도 일어나 있었다. 그 발에 달라붙어 바닥에 웅크리고 있던 레니는 창백한 얼굴로 "그러기 전에 죽어."라며 힘없이 중얼거렸다.

"괜찮아, 할아버지?" 리로이가 말을 걸자 좌석에 앉아 있던 헤파스가 손을 살짝 들었다. 이런 상황에서 그가 앉은 채로 있을 수 있는 이유는 초인적인 균형감각의 소유자이기 때문은 아니었다. 그는 자신의 몸에 가죽으로 만든 멜빵을 장착하고 좌석과 자신을 로프로 묶어놨던 것이다.

간이안전벨트라고 하면 될까.

왜 그런 것을 들고 다니는 것인지는 수수께끼이지만.

"그래도 이렇게까지 흔들리니까 힘드네." 헤파스는 난처한 모습으로 천장을 올려봤다. 비록 나뒹굴진 않았지만 몸에 느껴지는 부담은 똑같았다.

그때 다시 굉음이 이어졌고 아래에서 솟아오르는 듯한 충격이 몰려왔다.

차 뒷부분이 떠올랐다.

경사가 만들어진 차 안에서 리젤이 굴러가 운전석에 부딪쳤다. 차는 앞으로 기울어진 채로 달렸고 위로 올라간 뒷부분은 천천히 지면으로 내려왔다.

속도와 차바퀴의 회전수 차이가 접지한 순간 어긋났다.

뒷바퀴가 튀고 차의 직진성이 사라지며 꾸불꾸불 나아갔다. 운전석까지 내던져진 리젤이 좌우로 흔들리며 틀과 부딪쳤다.

간신히 균형을 유지하고 있던 차체가 그 순간 급격하게 흔들렸다.

운전대를 놓쳤던 것이다.

고속으로 직진했던 차체는 차바퀴의 갑작스러운 움직임에 대응하지 못했다. 차를 왼쪽으로 움직이려고 했지만 그것을 전진하는 힘이 막아섰다. 차바퀴가 헛돌았고 차체가 옆으로 흘렀다.

그리고 눈에 보이지 않는 벽에 충돌한 것처럼 튀어 올랐다.

차체는 회전하면서 공중에 떠올랐다.

“릴리를.” 차체가 튀어 오른 순간 리로이는 프리지아한테 릴리를 맡겼다. 맡겼다고는 해도 조심스럽게 넘겨줄 여유는 없었다. 프리지아의 대답도 기다리지 않고 그녀를 향해 소녀의 몸을 내던졌다.

받아냈는지 여부는 확인하지 않았다. 프리지아의 신체능력이라면 틀림없이 받아낼 거라고 확신했기 때문이다.

그때 차체는 완전하게 위아래가 거꾸로 돼 있었다.

리로이는 스웨인을 안은 채 바로 옆에 있던 카렌의 허리로 손을 뻗었다. 이 상황에서 그녀한테 불손한 행동을 하려고 한 것은 아니다.

카렌이 허리 뒤에 차고 있는 단검을 뽑기 위해서였다.

그것을 사용해 이미 좌석에서 떨어져 공중에 떠오른 헤파스의 멜빵과 이어진 로프를 절단했다. "문을 열어!" 특별히 누구에게랄 것 없이 외치면서 과학자의 신체를 붙잡았다.

그 발밑을 카렌이 질주했다.

등에는 레니가 업혀 있었다.

그런데도 마치 준민한 맹수처럼 회전하는 차체를 내달려 문에 도달했다. 그 기세 그대로 이어 발차기를 내질렀다.

금속제 문은 그녀의 일격으로 표면이 함몰됐고 차체에서 날아가 버렸다.

그때 눈에 들어온 것은 하늘과 지면이 교차되는 광경이었다.

이미 차는 지면을 향해 호를 그리고 있었다.

문을 발로 차 열어버린 카렌이 제일 먼저 뛰쳐나갔고 프리지아, 리로이가 그 뒤를 이었다.

공중에서 뛰어나온 일행의 머리 위를 거대한 그림자가 드리워졌다.

리로이 일행의 등 뒤에는 차가 지면에 격돌하고 있었다. 강철이 찌그러지는 소리가 들렸고 모래먼지가 나선을 그렸다. 몇 번이고 땅과 부딪쳤고 그때마다 대지에 의해 찌그러졌다. 튀어 오를 때마다 외장이 벗겨졌고 프레임이 일그러졌으며 차량으로서의 형태를 잃어갔다.

그것을 그림자의 주인이 상공에서 공격했다.

거인이었다.

10미터가 넘는 거구가 공중으로 튀어 오른 증기자동차한테 주먹을 내질렀다. 그 주먹에서 팔에 걸쳐 건틀렛처럼 덮여 있는 것은 경질화된 피부——외골격이었다.

그것은 마치 철추 같았다.

차체 측면에 격돌한 주먹은 단 일격으로 프레임을 휘어버렸다. 차체를 덮은 강판은 마치 종이처럼 쉽게 함몰됐고 변형됐다. 장방형이었던 차가 접혔고 부서진 차체 일부가 떨어져 나가면서 땅바닥과 충돌했다.

힘들게 착지한 리로이 일행의 발밑이 흔들렸다.

증기가 대량으로 뿜어져 나왔다. 차체 앞부분이 찌그러져 증기기관이 파손된 것이다.

피어오르는 증기 속에 거인은 착지했다. 증기의 열은 아무런 영향을 주지 못했다. 양손으로 땅바닥에 처박힌 차체를 붙잡았다.

"받아."

리로이는 멋대로 빌렸던 단검을 카렌한테 내던졌다.

그것이 공중에 있는 동안 리로이는 거인의 발밑에 도달했다. "할아버지, 조금만 힘내." 리로이가 말했다.

하지만 대답은 없었다.

마음의 준비가 없는 상태로 굉장한 가속에 놀라 헤파스와 스웨인은 약간의 쇼크 상태가 생겼던 것이다.

하지만 리로이는 그것에 개의치 않았다.

헤파스의 대답을 기다리지 않고 그 몸을 머리 위로 있는 힘껏 내던졌다.

스웨인은 멍한 채로 아무 말도 못하고 입을 연 채 헤파스의 행방을 눈으로 따라갔다. 과학자는 천천히 회전하면서 거인의 등을 넘어 상승했다.

리로이는 그쪽은 쳐다보지도 않고 검을 뽑아 들었다.

그리고 거인의 무릎 뒤쪽을 때렸다.

움직이는 부분에는 딱딱한 외골격이 없다. 칼은 거인의 살을 찢었고 뼈를 잘랐다. 다리 그 자체의 두께와 무릎 부분에 있는 외골격 때문에 완전하게 잘라내진 못했지만, 리로이도 처음부터 그것을 노렸던 것은 아니다.

참격을 때리고는 곧바로 신체를 반전하더니 무릎 앞쪽으로 일격을 박아 넣었다. 외골격이 있는 장딴지를 벤 칼은 그것을 잘라내고 살을 후벼 팠다. 뼈까지 도달했다는 딱딱한 감촉이 전해졌다.

거대한 신체가 비틀거렸고 들고 있던 증기자동차가 손끝에서 미끄러져 떨어졌다.

추격의 호기였지만 리로이는 그것을 선택하지 않았다.

튀어 오르듯이 뒤로 후퇴했다.

뛰어오른 리로이가 방금 전 있던 장소로 거대한 무게가 떨어졌다. 굉음이 공간을 흔들었고 대지가 갈라졌다.

차를 파괴한 것과는 다른 거인이 리로이를 밟아 짓이기려고 한 것이다.

리로이는 검을 칼집에 넣으면서 전진했고, 거인의 무릎을 발판으로 삼아 도약했다.

헤파스가 그곳으로 떨어졌다.

리로이는 과학자의 몸을 공중에서 잡더니 양발이 부러져 엎드린 거인의 등을 밟고 다시 한번 크게 뛰어 물러났다.

거인은 차를 때려 부순 하나만 있는 게 아니었다.

좌우의 높은 벽에 끼어 있는 협곡이었다. 약 10킬로미터 정도가 쭉 이어지는 그 길은 매복하기에는 절호의 위치라고 할 수 있다. 본래라면 피했어야 할 루트지만 이곳을 빠져나가면 스웨인의 목적지인 대륙 철도의 최남단 역이 있다.

협곡을 우회했을 경우 약 이틀 정도 늦어진다. 지금 상황에서 이틀의 연장은 추적하기가 더욱 힘들어질 것이다. 사실 그보다 먼저 바르하라가 파견한 연락원한테 받은 정보에 정확성이 떨어지기 시작했다. 그리고 우회했다고 해서 반드시 그쪽에 아슈간의 손길이 미치지 않으리란 보증도 없다.

위험을 예지한 상태로 협곡을 지나가기로 한 것에 대해 반대하는 자는 없었다.

그곳에 대기하고 있던 것이 바로 이 거인들──「다크 원」의 중급 권속, 강철 거인 타이탄이다.

아마도 중급에 속하는 권속 중에서도 지능은 가장 낮을 것이다.

하지만 그 거대한 질량이 만들어내는 파괴력은 지금 눈앞에서 보여주고 있듯이 거대한 증기자동차를 고철로 만들어버릴 정도다. 전신을 갑옷처럼 덮고 있는 외골격의 강도는 대전차 로켓탄도 튕겨낼 정도다.

놈들이 발을 내디딜 때마다 대지가 흔들렸다.

압도적인 존재감이다.

중급 권속쯤 되면 용병 길드에서는 이른바 C급 이하는 의뢰를 받을 수 없다. B급도 권속에 따라 다르지만 단독 임무는 금지돼 있었다. 덧붙여 타이탄 하나가 상대라면 B급은 5명에서 8명, A급이라면 두 명 이상이 움직이는 게 관례다.

거대하기도 하지만 뭣보다 장갑이 문제다. 그 강도에는 웬만한 무기와 기량으로는 대미지를 줄 수 없다.

하지만 리로이는 어떤가.

비범한 기량과 훌륭한 무기를 가지고 있다.

다만 양손에 비전투원을 안고 있기 때문에 빠져나갈 수가 없었다.

어느 쪽을 던져야 하는데.

지축의 울렁임과 함께 타이탄이 육박해왔다. 양발을 다친 놈도 기듯이 이쪽을 향해 다가왔다.

"저기, 나——." 스웨인이 가는 목소리로 말했다. "나도 던질 거야?" 눈앞에서 헤파스가 던져지는 것을 봤으니 그런 생각에 불안해지는 것은 당연하다.

"던져지고 싶어?" 리로이가 눈을 가늘게 뜨며 묻자, 스웨인은 급하게 고개를 저었다. "농담이야." 리로이는 육박해오는 거인을 직시하면서 말했다. "던지는 것은 노인네뿐이야."

"호오, 왜 그렇지?" 헤파스는 특별히 겁먹어 보이지 않았다. 리로이는 그를 던지기 위해 가죽 멜빵을 붙잡고 빙그레 웃었다. "앞길이 창창한 젊은이를 위해 죽는 것은 바라는 바잖아."

제멋대로인 해석에 대해 헤파스의, "흠, 과연. 그건 옳은." 이라는 대답은 높이높이 올라갔다. 대답을 마지막까지 듣지 않고 리로이는 그를 투척했다.

그 과학자를 스쳐 지나가면서 타이탄의 강철 주먹이 내려쳐졌다. "입을 다물어라." 리로이는 스웨인한테 그렇게 말하고 땅을 박찼다. 소년의 눈에는 리로이가 육박해오는 거대한 주먹에 스스로 맞으려고 뛰어드는 것처럼 보였을 것이다.

하지만 거인의 주먹은 표적을 놓친 것처럼 리로이 옆으로 아슬아슬하게 통과했다. 풍압에 스웨인의 머리카락이 흩날렸고 얼굴이 일그러졌고, 신음 소리가 흘러나왔다.

타이탄의 조준은 정확했다.

리로이도 정확하게 그 주먹을 종이 한 장 차이로 피하는 움직임을 보였다.

등 뒤로 강철 주먹이 대지를 파고들었다.

리로이는 그 충격이 발에 전해지는 것보다 빨리 도약했다.

대지에 꽂힌 거대한 팔을 내달렸다. 타이탄은 결코 우둔한 덩치가 아니다. 첫 번째 주먹이 빗나가자 곧바로 다른 손으로 리로이를 붙잡으려고 했다. 인간을 으스러뜨릴 수 있는 거대한 손이 다섯손가락을 펼치고 다가왔다.

그 박력에 스웨인의 목이 신음 소리를 내뱉었다.

거인의 어깨 위에서 리로이는 몸을 가볍게 움직였다. 타이탄의 손가락 끝을 아슬아슬하게 피하고 잡히기 직전에 몸을 회전시키며 이동했다. 거체가 통과하자 스웨인은 목이 옥죄이는 것처럼 괴로운 신음 소리를 냈다.

리로이는 그 앓는 소리를 잘라버리는 것처럼 검을 세로로 내려쳤다. 칼이 거인의 손가락을 보호하는 외골격에 접촉된 순간 불꽃이 튀었다. 검지는 아무런 저항 없이 절단됐고 중지도 마찬가지로 잘려나갔다. 약지까지 잘라냈을 때 참격의 기세가 어느 정도 약해졌다. 칼이 새끼손가락 뼈에 닿으면서 멈췄다. 절단된 세 개의 손가락이 공중으로 떨어졌고, 탁한 액체가 튀면서 콧구멍을 찌르는 자극적인 냄새가 났다.

리로이는 검을 거인의 새끼손가락에서 빼자마자 빠르게 몸을 뒤집었다.

그리고 거꾸로 쥔 검 끝을 타이탄의 관자놀이에 찔러 넣었다. 거인의 머리도 투구 같은 외골격이 지키고 있었지만 날카로운 검은 그것을 무시한 듯 관통했다. 검신의 반 정도가 들어갔다.

거인이 포효했다.

가까이서 들으면 고막이 찢어질 정도의 음량이었다. 대기가 흔들렸고 몸 전체를 두들겨 맞는 듯한 충격이 전해졌다.

리로이는 검 손잡이에서 손을 떼고 도약했다. 포효로부터 도망친 것은 아니었다. 내던져진 헤파스가 바닥으로 떨어졌기 때문이다.

공중에서 그를 잡고 착지했다.

그 순간을 노렸던 것은 리로이가 양발을 잘라낸 타이탄이었다. 고통을 느끼지 못하는지 무릎을 댄 낮은 자세로 덤벼들었다. 펼쳐진 양손이 착지점의 리로이를 노리고 좌우로 맹렬하게 다가왔다.

정말 찰나의 순간——착지와 동시에 전방으로 뛰어든 리로이의 몸을 아슬아슬하게 비켜가며 거대한 손바닥이 맞부딪쳤다.

완전하게 몸을 피했는데도 리로이의 신체가 전방으로 날아갔다.

타이탄의 손과 손이 격렬하게 부딪치면서 충격파가 생겼던 것이다. 그것이 리로이의 등을 때렸고 발을 걸었다. 옆구리에 안고 있던 스웨인과 헤파스는 비명을 지르더니 그대로 기절했다. 뇌진탕이 일어났을 것이다.

리로이는 발군의 균형감각으로 앞으로 고꾸라질 뻔한 신체를 제어하면서 안전하게 착지했다. 그리고 그대로 스피드를 살려 질주했다.

등 뒤에서 손가락을 잘린 타이탄이 바싹 뒤따랐다. 관자놀이에 박아 넣은 검만으로는 죽일 수가 없었다.

지금 상황에서 할 말인지 모르겠지만, 리로이는 약간 경솔하게 검을 내던지는 경우가 많다. 없어져도 돌아오는 편리한 무기라고 생각하는 게 아닐까.

――그렇게 생각하는 것 같아서 화가 났다.

조금은 그것 때문에 고생을 해봐야 한다며, 타이탄의 관자놀이에서 리로이를 내려보고 있던 내 눈에 이쪽을 향해 다가오는 카렌의 모습이 들어왔다.

그 등에 레니는 없었다.

그녀는 리로이와 스치면서 그대로 타이탄의 간격으로 파고들었다. 거인은 곧바로 공격 대상을 변경했다. 달리는 속도를 유지한 채 단단한 주먹을 카렌의 머리 위로 때려 넣었다.

속도와 중량이 가산된 타격에 대지가 폭발했다. 충격으로 지면이 내려앉았고 지표면이 갈라지고 대량의 모래먼지가 피어올랐다.

카렌의 모습은 모래먼지에 삼켜져 사라졌다. 타이탄은 연이어 주먹을 내리쳤다. 이미 그녀의 모습은 보이지 않았는데도 상관하지 않고 연속으로 주먹을 내질렀다.

강철 주먹에 의해 대지는 폭쇄했다.

모래먼지가 굉음과 함께 휘날렸고 대기가 찢어지는 것처럼 격렬하게 진동했다.

이런 맹타를 맞으면 인간 따윈 형태도 남지 않을 것이다.

대량의 먼지로 시야가 완벽하게 가려진 상태인데도 타이탄의 주먹은 멈추지 않았다. 집요하다기보다 으깨어버린 적의 시체를 확인할 수 없었기 때문에 공격을 계속했을 뿐이다.

언제 끝날지 알 수 없는 우둔한 행위는 갑자기 정지했다.

거구가 들어 올린 주먹을 멈춘 채 무릎 꿇었다. 발밑이다. 비처럼 쏟아지던 연타를 멋지게 피한 카렌이 그곳에 있었다.

타이탄의 무릎이 잘려있었다. 단검의 검신은 짧고, 일격으로 타이탄의 거대한 육체를 파괴하는 것은 힘들다.

그런데 그녀는 숫자로 보충했다.

엄청난 연격으로 외골격을 부쉈던 것이다.

그녀의 신체능력을 감안하면 불가능한 일이 아니지만, 그렇다면 그녀가 손에 든 투박한 단검은 상당한 물건이라는 얘기다. 평범한 칼이라면 외골격을 파괴하는 것보다 먼저 부러졌을 터였다.

타이탄은 무너진 신체를 유지하기 위해 손가락이 없는 손을 땅바닥에 대고 다른 손으로 카렌을 붙잡으려고 했다. 카렌은 무릎을 구부리고 도약하는 자세를 취했다. 거인도 그것을 알았던 것 같다. 곧바로 붙잡지 않고 위에서 쳐내려고 손동작을 변화시켰다.

이 정도로 거대한 몸체인데도 불구하고 타이탄의 반응속도는 생각 외로 빨랐다.

그 눈을 의심케 하는 반응을 카렌은 넘어섰다. 으스러지는 것을 피하려고 뛰어오르면 분명히 머리 위에서 내려오는 타격에 맞을 것이 틀림없었다.

그녀는 뛰어오르기 직전 타이탄의 팔 움직임이 변하는 것을 간파했다. 이미 발은 바로 위로 떠오를 힘을 지면에 전했지만, 바로 직전 발끝으로 강력하게 그 힘을 비틀었다. 전방으로 구르듯 몸을 내던져 거대한 손바닥을 피했다.

손바닥이 대지를 때리는 충격에 타이탄의 밑으로 뛰어들던 카렌의 신체가 튕겨졌다. 하지만 곧바로 자세를 제어하더니 다시 충격의 여운에 떨고 있는 타이탄의 손등으로 질주했다.

그것을 발판삼아 뒤로 훌쩍 뛰었다.

그곳에는 한쪽 무릎을 꿇고 엎드려 있는 타이탄의 아래턱이 있었다.

양손의 단검을 그곳에 박아 넣었다.

왼손의 칼은 턱과 목을 지키는 외골격을 때렸다.

하지만 오른손의 그것은 장갑의 틈으로 들어갔다. 타이탄의 살을 후벼 파고 검날 밑까지 찔러 들어갔다. 거인은 재빨리 대지를 때린 손으로 카렌을 붙잡으려고 했지만 그 손가락 끝을 그녀는 슬쩍 피했다. 박아 넣은 단검을 딛고 몸을 들어 올렸던 것이다. 그리고 외골격에 발을 대고 단숨에 정수리에 도달했다.

거인의 손가락이 따라왔지만 그녀는 단검을 칼집에 넣더니 타이탄의 뒤통수로 돌아갔다.

몸을 거꾸로 한 상태의 그녀는 외골격을 붙잡고 몸을 측면으로 돌렸다.

그곳에 있는 것은 리로이가 박아 넣었던 검──나다.

그녀가 무엇을 하려는 것인지를 깨닫고 조금은 항의의 목소리를 내려고 했지만, 설령 그랬다고 한다면 그녀를 놀라게 만들 뿐이다.

입을 다문 나는 카렌의 신발에 있는 힘껏 차여 날아갔다.

싸구려 검이라면 손잡이가 부러지든가 칼날이 부서질 정도로 강력한 일격이었다. 충격으로 칼은 타이탄의 두개골을 부쉈고 안구를 으깨면서 튀어나왔다. 탁한 액체와 뇌수를 흩뿌리며 검은 회전하면서 날아갔다.

리로이는 다른 타이탄과 교전 중이었다.

거인의 머리에 달라붙어 떨쳐내려고 하는 손바닥을 발로 찼다. 그리고 품에서 총을 꺼내더니 총구를 타이탄의 눈에 조준했다.

동공도 홍채도 없는 검은 안구를 납 탄환이 파열시켰다. 그대로 두개골을 쪼개고 뇌를 관통해 뒤통수의 외골격에서 멈쳤다.

거구가 비틀거렸지만 숨이 끊어지진 않았다.

양손으로 리로이를 으스러뜨리려고 손가락 끝이 뻗어왔다.

기절한 스웨인과 헤파스를 리로이는 안지 않았다.

두 사람은 레니와 릴리와 함께 우뚝 선 절벽을 배경으로 누워 있었다. 프리지아와 리로이가 네 명을 지키는 형태로 덤벼드는 타이탄을 요격했다.

과연, 이러면 스웨인을 옆구리에 끼고 헤파스를 내던지는 것보다 훨씬 편하다.

오히려 처음부터 이런 형태로 하지 않았던 것이 리로이의 리로이다움인 건가.

방금 전까지 두 손이 봉쇄돼 있어서 자유롭게 검을 휘두르지 못했지만, 막상 지금은 자유로워진 손에 무기가 없었다.

모든 것은 자기 자신의 얕은 생각이 초래한 결과다. 그래도 두꺼운 주먹을 뻗어 총격을 먹인 눈구멍에 팔을 박아 넣었다. 거인은 괴성을 내지르며 리로이의 다리를 잡아 빼려고 했지만, 열심히 움직인 리로이의 손끝 힘이 이겼다.

탄환이 열어젖힌 두개골의 구멍을 벌리고 뇌 안으로 침입했다.

부드러운 뇌가 버틸 도리는 없다.

리로이의 손가락은 두개골 안에서 날뛰었다. 뇌는 으깨졌고 헤집어져 형태와 기능을 잃어버렸다.

그제야 간신히 타이탄은 리로이를 손가락으로 빼냈다. 다리를 잡은 손을 들어 올려 땅바닥에 처박으려고 했다.

그때 내가 도달했다.

리로이의 눈은 회전하면서 날아오는 검을 정확하게 포착했다.

뻗어진 손이 손잡이를 꽉 붙잡았다.

“자꾸 나를 내버려두니까 이런 꼴인 거야.”

불만은 산처럼 많았지만, 짧은 한 마디로 끝냈다.

“시끄러워.”

하지만 리로이는 귀찮다는 듯 내뱉었다.

난 한 마디 더 내뱉을까도 생각했지만, 그보다 먼저 칼이 타이탄의 손목으로 들어갔다. 가동 부분인 손목에는 당연히 외골격이 없다. 검이 두꺼운 살과 뼈를 절단해 떨어뜨렸다.

하지만 리로이의 발을 붙잡은 손가락은 그대로였다.

생각지 못한 무게에 리로이는 공중에서 균형을 잃었다. 하지만 그런데도 착지에 지장은 없었다.

새로운 타이탄이 돌격하지 않았다면.

이놈은 뇌가 파괴돼 무너질 것 같은 동족을 발로 차버리며 덤벼들었다.

돌진의 기세 그대로 주먹을 내리쳤다.

인간의 신체를 가루로 만들어버릴 소름 끼치는 타격이었다.

리로이는 육박해오는 주먹에 대응해 자신을 붙잡고 있던 타이탄의 손목을 그대로 둔 채 발을 휘둘렀다. 외골격과 외골격이 고속으로 격돌했다. 딱딱한 피부는 부서졌고 리로이의 발을 붙잡고 놔주지 않던 손가락이 충격으로 느슨해졌다.

주먹과 주먹의 충격으로 리로이의 신체는 날아갔지만, 곧바로 때리려고 덤벼든 거인의 손등에 손에 든 검을 박아 넣었다. 그리고 그 위로 내려서더니 즉시 검을 빼낸 후 질주했다. 주먹에서 어깨로, 그래서 휘두르고 있는 도중의 팔 위를 내달렸다.

어깨에 도착한 순간, 검을 옆으로 휘둘렀다.

검은 거인의 목을 지키는 외골격을 부수고 목에 파고들었다. 갈라진 외골격째로 살에 처박힌 검신은 거인의 목을 지탱하는 딱딱하고 두꺼운 목뼈를 절단했다.

빼낸 검신의 궤적을 하얀 비말이 채색했다.

열려진 타이탄의 입에서 단말마의 파편이 내뱉어졌다.

타이탄의 발은 그래도 멈추지 않았다. 그 진동으로 머리가 굴러떨어졌다. 절단면에서 탁한 액체가 간헐천처럼 분출됐다.

리로이는 이미 뛰어내려 다음 거인한테 향하려고 했다.

"리로이!" 내 경고에 리로이는 돌아봤다. 머리를 절단당한 타이탄이 머리가 없어지면서 오히려 통제가 안 되는지 아까보다 더 기세 좋게 달리기 시작했다. 하지만 그 이상의 짓이

가능했던 게 아니었고 내버려 두면 곧 무너져내릴 것이다—
—리로이뿐만 아니라 나도 그렇게 예측하고 있었다.

기세 좋게 달리고는 있지만 그 몸은 급격하게 기울어졌고 어떤 방향을 향하고 있었다.

그런데 그 앞에 스웨인 일행이 있었다.

리로이가 몸을 돌리고 땅을 박찼을 때는 벌써 타이탄의 거구가 절벽에 격돌했다. 스웨인 일행은 밟혀 뭉개지진 않았지만 머리 위로 부서진 절벽의 파편과 넘어지는 거인의 몸이 쏟아져 내렸다.

"스웨인, 릴리를!" 리로이의 목소리는 그 검은 그림자보다 아주 조금 빠르게 소년의 귀에 도달했다. 스웨인은 곧바로 소녀를 밀어 넘어뜨리고 자신의 몸을 그 위에 덮었다.

리로이의 속도라면 암석과 타이탄한테 짓눌리는 것보다 빨리 소년과 소녀를 안고 이탈하는 것도 가능했다. 하지만 그럴 경우 인간의 한계를 넘어선 리로이의 가속에 두 사람의 육체가 견디지 못할 거라는 문제가 생길 수도 있다.

안긴 상태에서의 가속과 가속한 상태에서 감속 없이 껴안는 것은 신체에 걸리는 부담이 전혀 다르다.

최악의 경우 목뼈가 부러질 수도 있다.

리로이는 릴리를 덮고 있던 스웨인 위에 몸을 내던졌다. 자신의 생명을 바쳐서라도, 같은 생각으로 움직인 것이 아니다. 스웨인과 릴리가 리로이의 가속에 견뎌낼 가능성보다 자신의

몸이 타이탄과 암석의 파편을 견뎌낼 가능성이 더 높다고 판단한 것이다.

옆에 있던 레니와 헤파스는 주저하지 않고 버렸다. 순간의 판단이기 때문에 어쩔 수 없었던 게 아니라 고려할 시간이 있었다 하더라도 같은 판단을 했을 것이다.

이럴 때의 결단은 일어났을 때가 아니라 이미 내려놓았기 때문이다.

거대한 질량이 리로이의 등을 덮친 건 바로 다음 순간이었다.

부서진 절벽의 파편과 타이탄의 거구가 리로이한테 덮쳐졌어야——했다.

"오오." 헤파스가 흘린 경탄의 한숨에 희미하게 떨어진 작은 돌의 파편이 이어졌다.

리로이는 바로 현상을 파악하고 스웨인과 릴리를 대충 안고 내달렸다.

절벽의 바위와 쓰러지던 거인의 신체는 전부 공중에서 정지해있었다.

리로이는 두 사람을 낙하 범위 밖으로 옮긴 후 아무렇게나 내던지고는 몸을 돌렸다. 시간이 멈춘 것처럼 움직이지 않는 바위와 거인을 감탄 가득한 모습으로 바라보고 있던 헤파스를 옆구리에 끼고 레니한테 달려갔다. "움직여도 괜찮겠어?"

"괜찮지 않으면 버리고 갈 거잖아." 안색이 너무나도 안 좋은 레니였지만 빈정거릴 여유는 있는 듯했다.

거대한 바위나 타이탄의 낙하를 막고 있었던 것은 그녀의 철실이었다. 그 손가락 끝에서 뻗어 나온 철실이 떨어지던 모든 것을 엮어 고정시켰던 것이다.

어떤 원리로 그것이 가능한 것인지 나로서는 전혀 알 수가 없었다. 지난번에도 파편을 들어 올렸지만 날카로운 철실을 어떻게 사용하면 이런 재주가 가능한 걸까.

리로이도 같은 의문을 품었을 게 분명하지만 그런 걸 물어볼 상황이 아니었다.

등 뒤에서 카렌과 프리지아를 제치고 접근하는 것이 있었다. 땅을 울리며 육박하는 거구 때문에 정지돼 있던 바위와 타이탄의 신체가 살짝 흔들렸다.

생각에 빠질 여유 따윈 없었다.

그리고 생각 없는 행동은 리로이의 가장 자신 있는 분야다.

곧바로 움직이면 여유를 가지고 육박해오는 타이탄을 회피했겠지만, 리로이는 아슬아슬할 때까지 거구를 유인했다. "잠깐!" 너무도 여유를 부리고 있어서 레니가 불안한 목소리로 말했다.

리로이는 손끝을 위로 향했다. "상관없으니까 떨어뜨려." 그렇게 말하자마자 레니의 가는 허리에 팔을 둘렀다. "으학!" 그녀의 작은 비명을 그 자리에 남기고 리로이는 질풍처럼 눈앞에 닥친 타이탄한테로 뛰어들었다.

그 직전, 거구는 도약했다.

양손을 쥐고 들어 올렸다. 거대한 손을 해머처럼 내리쳐서 리로이 일행을 으깨려고 한 것이다. 그 움직임을 간파한 리로이는 거구의 발이 땅바닥에서 떨어지기를 기다렸다가 땅을 차버렸다.

발밑을 빠져나간 검은 바람을 타이탄도 느꼈는지 모르겠지만 날아오는 신체는 어찌할 수가 없었다.

타이탄은 이미 내리친 도중이었던 주먹을 멈추지 못했다.

앞으로 고꾸라지는 자세로 내리쳐진 타격은 그야말로 대지를 흔들어대는 위력을 발휘했다. 직격을 받은 지표면이 함몰됐고 충격이 암반을 파헤쳤다. 굉음과 함께 지면이 벗겨졌고 균열은 절벽을 내달렸다.

철실이 풀어진 것은 그때였다.

목이 없는 타이탄이 앞으로 고꾸라지고 있는 동료 위로 엎어졌고, 정지해 있던 바위들이 차례차례로 굴러떨어졌다. 다양한 크기와 모양의 절벽 파편이 타이탄의 등을 때렸다. 외골격으로 보호되고 있지만 그 충격이 거인의 움직임을 막고 일어서려고 하는 그 거구를 대지에 못박히게 만들었다.

타이탄의 타격으로 균열이 생긴 벽면이 광범위에 걸쳐 어긋났다. 파편이라고 하기엔 큰 그것은 무거운 마찰음을 내면서 천천히 미끄러져 떨어졌다. 타이탄은 동족의 시체를 밀어내고 무겁게 쌓이는 바위덩어리를 치우며 몸을 일으키려고 했다.

얼굴을 들 여유도 없었다.

거대한 질량이 거인을 짓눌러 으깨고 있었다. 뱃속을 울리는 진동이 발밑에서 기어 올라왔다. 고막을 때리는 것은 바위가 눌려 깨지는 딱딱한 비명이었다.

지표면에 도달한 벽면은 그 형태를 유지하지 못하고 스스로 깨져갔다. 대량의 모래먼지가 회오리치며 파도처럼 밀려왔다.

스웨인 일행과 합류하려고 했던 리로이 일행도 이것에 휩싸였다. 레니와 릴리의 비명이 거슬거슬한 모래 열풍에 삼켜져버렸다.

리로이도 눈만 뜨고 지켜볼 상황은 아니었지만, 그 귀는 놓치지 않고 소리를 포착했다. 거대한 발소리가 여러 개 다가왔다.

"이봐, 이제 그만 좀 내려줄래?" 기침을 하면서 레니가 약간 상기된 목소리로 말했다. "난 옆구리가 약하다고." 아마도 그녀는 간지러워서 웃음이 나오는 것을 간신히 참고 있는 듯했다. 그러고 보니 그녀의 신체가 희미하게 떨리고 있었다.

하지만 리로이는 그 호소를 무시하고 레니와 헤파스, 두 사람을 안은 채 모래먼지가 휘날리는 속으로 이동했다.

향한 곳은 스웨인과 릴리가 있는 곳이었다.

스웨인은 자신이 할 수 있는 일이 없었지만 릴리를 지키려는 듯 그녀 앞에 서 있었다. 리로이는 미소를 살짝 지으면서 그곳에 도착해서야 레니를 내려줬다.

갑자기 해방됐기 때문에 레니는 곧바로 반응하지 못했다.

그 결과 땅바닥에 얼굴부터 떨어졌고 개구리가 짓눌린 것 같은 소리를 냈다.

덧붙여 헤파스 역시 아무렇게나 내던져졌지만, 이쪽은 레니의 말로를 봤기 때문에 안정된 자세로 착지했다.

"왜, 왠지 나만 험하게 취급하는 것 같은데?" 레니는 분한 듯이 말했지만, 리로이는 그녀의 불평을 전혀 듣지 않았다. "너는 여기서 세 명을 지켜라." 이유를 불문하겠다는 말투였다. 땅의 울림이 그들의 신체를 위아래로 흔들었다. "무리라면 두 사람을 지켜라." 리로이의 손가락은 스웨인과 릴리를 가리켰다.

당사자를 앞에 두고 본인보다 먼저 다른 사람을 지켜라라고 말하는 것은 정말 대담한 심장이다.

그 비정한 지시에 레니가 어떻게 반응할지가 궁금했지만 아쉽게도 그보다 빨리 모래먼지를 꿰뚫으며 타이탄이 덤벼들었다.

두 놈이 있었다.

리로이의 정면과 측면이었다. 발소리로 위치는 파악됐다. 리로이는 살짝 앞서 있는 측면을 요격했다.

하지만 그때 세 번째 놈이 나타났다.

타이탄은 아니었다.

신장이 3미터 정도 되는 거대한 곰이었다. 모래먼지를 두른 그 거대한 곰은 리로이를 정면에서 때리려고 했던 타이탄의 발에 온몸을 부딪쳤다.

무작정 몸을 부딪친 것은 아니었다.

비스듬한 뒤편에서 무릎 뒤를 어깨로 격돌한 것이었다. 타이탄의 발걸음이 뒤틀렸고 자세가 흐트러져 땅이 울리는 소리와 함께 넘어졌다. 곰은 곧바로 그 몸에 올라타 가장 효과적으로 손상을 주는 머리를 노렸다.

그것을 곁눈으로 바라보던 리로이도 타이탄의 간격 안으로 뛰어들었다. 그 곰이 뭐가 됐든 타이탄을 상대로 해주는 거라면 이용해야만 한다. 나중을 신경 쓰지 않고 싸운다는 것은 바로 이런 걸 두고 하는 말이리라.

하지만 리로이는 혀를 찼다.

눈앞의 타이탄 너머로 다시 무거운 발소리가 들려왔다.

모래장막을 밀어젖히며 세 번째 거인이 나타났다.

공포에 휩싸여 절망의 신음 소리를 낸 것은 아마도 스웨인일 것이다.

리로이는 속도를 더했다.

내려쳐지는 거인의 주먹을 피하고 밟더니 눈앞에 있는 무릎에 칼을 박아 넣었다. 후벼 파고 옆으로 당기자 파괴된 무릎은 자신의 무게를 견뎌내지 못하고 꺾였다.

그것을 발판 삼아 뛰었다.

검 끝은 뒤쪽에 활처럼 당겨졌다. 줄 대신으로 도약의 기세와 몸의 원심력을 이용했다.

밑에서 타이탄의 목줄기로 내달린 참격은 외골격과 함께 절단했다. 7할은 칼에 베였고 남은 3할의 살과 피부는 머리의 무게를 감당하지 못했다. 근육이 찢어지는 소리를 마지막으로 지면에 떨어졌다.

리로이의 신체는 검격의 기세를 그대로 살려 상승했고 앞으로 고꾸라지고 있는 타이탄의 등에 착지했다.

신발 뒤꿈치가 그것을 밟은 것은 아주 짧은 순간이었다.

나중에 따라온 타이탄의 주먹이 조준을 마친 듯이 발사됐다. 그것은 목을 잃은 거인의 등에 격돌했고 외골격이 부서졌다. 등뼈가 부러졌고 주먹에 짓눌린 살은 피부를 찢으며 흩어졌다.

찰나의 순간 도약하면서 그 주먹을 피한 리로이를 또 다른 한 놈이 습격했다. 놈은 공중에 있는 리로이를 때리지도 붙잡지도 않고 온몸으로 돌진했다. 손이나 발이 아니라 신체 전체로 육박했기 때문에 공중에서 몸놀림이 힘들어진 리로이에게 위험한 상황이었다.

리로이는 그런데도 거인한테 검을 휘두르기 위해 자세를 잡았다. 검을 꽂아 넣으면 그 순간에 검을 발판 삼아 움직일 수 있다. 보통 인간이라면 격돌의 충격으로 즉사하겠지만, 그것을 뛰어넘는 몸놀림을 리로이는 갖추고 있었다.

후방에서 뭔가 날아온 것은 바로 거대한 질량이 리로이를 덮치려고 한 바로 그때였다.

리로이의 머리카락을 풍압으로 흩날리게 만든 그 물체는 타이탄의 안면을 붙잡았다.

외골격이 충격으로 일그러졌고 강력한 타격이 거인을 비틀거리게 만들었다.

날아온 것은 타이탄의 머리——투척한 것은 놀랍게도 그 곰이었다. 곰은 타이탄의 머리를 있는 힘껏 뜯어내고 발톱을 외골격에 걸고 만들어낸 추진력으로 내던졌던 것이다.

착지한 리로이 옆에 거인의 머리가 육중한 울림을 내며 떨어졌다.

안면을 강타당한 타이탄은 기가 죽지 않았다. 외골격이 변형했고 아마도 안면의 뼈가 부서질 정도로 아팠을 텐데도 전혀 신경 쓰지 않고 리로이한테 덤벼들었다.

리로이는 힐끗 스웨인 일행을 쳐다봤다. 연기로 자욱한 시야 가운데 그들한테 다가가려는 타이탄의 두 발목이 찢어지고 앞으로 고꾸라지고 있었다. 그 충격으로 아이들의 신체가 떠올랐다.

보행을 할 수 없게 된 거인은 양손을 사용해 기어서 전진했다.

동시에 그것을 뛰어넘는 형태로 다른 한 마리가 습격했다.

미리 합을 맞출 지능은 없기 때문에 각자가 본능으로 행동한 결과가 멋진 연대 공격을 만들어냈다.

대치하고 있는 타이탄의 주먹을 피한 리로이가 놈의 간격으로 들어가지 않고 스웨인 일행이 있는 쪽으로 방향을 틀었다.

하지만 검은 두 눈동자에 비친 것은 공중에서 사지가 찢겨진 타이탄과 땅을 기고 있는 타이탄의 머리가 절단되는 광경이었다.

레니의 철실이다.

본인은 일어날 기력조차 없었지만, 지면에 누운 채로 그 손가락 끝만 간신이 움직였던 것이다.

그 얼굴에 긴장감이 내달렸다.

사지를 절단당한 타이탄의 양손이 하필이면 그녀들이 있는 쪽으로 떨어졌던 것이다. 악취를 내뿜는 흐릿한 액체를 흩뿌리며 그것만으로도 인간을 으깰 수 있는 팔이 회전하면서 날아왔다.

리로이는 이미 질주하고 있었다. 따라오는 타이탄을 무시하고 당장이라도 스웨인 일행을 덮치려고 했던 튼튼한 팔을 두 갈래로 절단했다.

또 하나는 레니가 간신히 실로 묶었다. 지난번 리로이를 공격했던 때의 기량이었다면 애초에 절단한 일부가 그들 쪽으로 날아들진 않았을 것이다.

그런 의미로는 지면에 낙하한 몸통에 맞은 발이 이쪽으로 튀어 오른 것도 불운인 걸까, 아니면 그녀의 실책인 걸까.

리로이는 반전해 추격해오는 타이탄을 향하려던 참이었다.

레니는 손가락을 움직였지만 역시나 정밀함이 부족했다. 매우 가는 철실은 날아오는 발을 비스듬하게 절단했지만, 그 궤도는 바꾸지 못했다.

이번엔 리로이가 말하지 않아도 스웨인이 릴리를 밀쳐내고 그 위로 몸을 날렸다.

헤파스가 앞으로 나섰다.

왜, 라고 생각할 여유도 없었다.

그는 자신의 몇 배가 넘는 거인의 발을 양손으로 받아냈다. 두 발이 지면에 박혔고 모래와 마찰하며 후퇴했다. 그 신체는 등골이 부러질 것처럼 뒤로 젖혀졌지만 마지막 순간 막아내고 있던 발을 뒤쪽으로 내던지고 그대로 하늘을 바라보고 뻗어버렸다.

대체 무슨 일이 생긴 걸까.

레니는 할 말을 잃고 있었고 리로이는 단순히 위협이 해소됐다는 것만 인식하고 타이탄의 목젖에 검 끝을 쑤셔 넣었다.

그리고 헤파스처럼 대자로 뻗었다.

타이탄의 이마에서 은색의 창끝이 튀어나왔기 때문이다. 만약 몸을 빼내지 않았다면 틀림없이 리로이의 안면을 꿰뚫었을 것이다.

은빛은 모래먼지를 꿰뚫고 살아남은 거인을 차례차례로 도륙했다. 외골격을 꿰뚫는 딱딱한 울림과 살을 후벼 파는 둔중한 소리만이 점점 옅어져 가는 모래먼지 속에서 이어졌다.

마침내 모래먼지가 거의 다 사라졌을 때 그곳에 움직이는 거인은 하나도 남지 않았다. 어느샌가 그 곰도 사라졌다. 리로이는 잠시 주변을 둘러보고 귀를 쫑긋 세워봤지만, 적이 전부 없어졌다고 판단한 뒤에야 검을 칼집에 집어넣었다.

거인 너머에서 천천히 걸어온 것은 튤이었다.

그는 타이탄들의 숨이 끊어진 것을 확인하는 것처럼 거대한 시체를 둘러보고 있었다. 몸에 걸치고 있는 구속복은 매우 튼튼한 것인지 그 차 안에 있었음에도 별다른 손상이 없었다. 하지만 하얀 천에 피가 묻어 있었다. 그의 백발도 빨갛게 물들었고 그 출혈량은 상당했다.

"너, 괜찮은 거냐?"

리로이가 걱정스럽게 말했지만 막상 본인은 태연했다. "이미 수복됐다. 문제없어." 마치 자신의 신체를 물건으로 여기는 것 같은 말투였는데, 만약 그가 사용하는 그레이프닐이 내가 알고 있는 그것과 같은 거라면 특별히 이상할 것도 없는 말투다.

"그래?" 물론 리로이한테 그레이프닐의 지식 같은 건 없지만 그 한마디로 문답은 끝났다. 냉담한 게 아니라 냉정하게 그의 말투나 움직임을 통해 판단하고 문제없다고 납득한 것이다.

“리젤은 어떻게 됐어?” 리로이가 묻자 그는 말없이 완전히 파괴된 차량을 가리켰다. “그렇군.” 이번의 납득은 단순한 포기다. 리로이는 튤한테 등을 보이며 헤파스한테 걸어갔다.

“할아버지, 괜찮아?” 뒤집어진 채로 움직이지 않는 헤파스를 내려봤다. 그는 죽지 않았고 의식도 잃지 않았다. “음.” 고개를 끄덕인 후 곤란한 듯 눈꼬리가 처졌다.

“몸이 안 움직여.”

“뭘 한 거야?”

“이거 아냐?”

누운 채로 식은땀을 흘리던 레니가 손가락 끝으로 뭔가를 집어 올렸다. 비어버린 주사기였다.

“아까 뭔가를 주사했잖아.”

“약간의 근육강화제를.”

아니, 저건 그런 레벨의 것이 아닌 것 같은데.

“몸에 엄청 안 좋을 것 같은데.” 레니의 감상에 나도 마음속으로 수긍했다. 인간의 육체에 저 정도로 순간적인 변화를 부여했다면 상당한 약이다.

“옛날부터 스스로 이것저것 시험해 왔거든.” 꼼짝도 못하는 과학자는 왠지 자랑스러운 미소를 짓고 있었다. “아마도 뭔가가 내 육체에 작용하고 있는 것 같은데, 실은 나도 왜 그런 건지 모르겠어. 뭘 섭취하면 어떻게 되는지는 알고 있지만.”

"잘도 살아 남았구만, 당신."

드물게도 리로이가 질린 듯 말했다. 분명, 그 말대로다.

"있잖아."

리로이가 헤파스를 어깨에 짊어지고 있는 옆에서 그렇게 말한 것은 릴리였다. "언제까지 이럴 거야?" 릴리는 스웨인한테 안긴 채 지면에 누워 있었다. 스웨인은 "앗!" 하고 깜짝 놀란 소리를 냈다. 급하게 그녀한테서 몸을 떼낸 스웨인은 비뚤어진 모자를 그대로 손에 잡고 시선을 아래로 떨구었다. "미, 미안."

"그렇게 사과까지 할 건 없어. 나를 구하려고 그런 거니까." 릴리의 목소리는 평안했다. "그런데 또 이런 짓은 하면 안 돼."

"왜?"

스웨인은 그녀의 말을 이해하지 못한 듯 눈을 깜빡였다.

"왜긴."

진의를 말할 마음은 없는지, 그녀의 음색이 살짝 험악해졌다. 스웨인은 미간을 좁히며 납득하지 못했다는 표정을 지었다.

자신의 뜻이 전달되지 않았다고 판단했는지 릴리는 작게 한숨을 내쉬었다.

"나한테는 네가 목숨을 걸 만한 가치가 없어."

"정말 가치가 없는 인간은──." 소년은 진지하게 말했다.

"그런 말 하지 마."

이 항변에 릴리는 목에서 튀어나올 것 같은 말을 삼키고 작게 중얼거렸다. 자신의 말이 옳다는 것을 증명하려면 필사적으로 스웨인의 부친과 연관된 얘기를 할 수밖에 없다. 그렇지 않아도 자신이 얼마나 다른 사람을 괴롭혀 왔는지, 그것을 입에 담는 것은 정말 힘든 일이다.

자업자득이지만 그것을 질책하기에 그녀의 몸은 너무나 작았다.

"모두 무사한 거야?"

그래서 카렌이 다가와 말을 걸자 친한 사이도 아닌데도 불구하고 그녀는 살짝 안도의 표정을 보였다.

"할아버지가 움직이지 못하게 된 정도야." 리로이의 말에 카렌이 얼굴을 찡그렸지만 이유를 듣자 걱정해야 할지, 어이없어해야 할지 그 선택이 힘든 표정이었다.

"프리지아는 어딨어?"

"갈아입을 옷을 찾으러 차에 갔어." 카렌이 가리킨 방향에는 원형을 찾아볼 수 없을 정도로 변형된 차가 널브러져 있었다.

"옷을 벗지도 않고 변신했던 거야?" 무심코 내뱉은 리로이의 한 마디에 깜짝 놀란 것은 카렌뿐만 아니라 릴리도 그랬다. 그 반응에 리로이 쪽이 살짝 곤혹스러워졌다. "그 곰은 그녀석인 거잖아? 아니야?"

"어떻게 알았어?" 릴리는 의아한 표정이었다. 하지만 그건 프리지아가 그 곰으로 변신했다는 것을 인정하는 표정이기도 했다.

"그건 냄새가——." 당연한 듯 대답하려던 리로이는 거기서 말을 끊었다. 예전에 카렌의 냄새를 따라 추적했을 때 내가 말한 충고가 생각난 것 같은데, 이미 늦었다.

차가운 모멸의 표정을 짓는 카렌과 릴리의 시선이 리로이를 꿰뚫었다.

"대단하군." 하지만 단 한 명 헤파스만은 리로이의 어깨에 걸쳐진 채로 칭찬하는 말을 했다. "인간은 유전자 레벨의 냄새를 맡아 구분한다는 고문헌이 있는데, 설마 그게 진짜일 줄이야." 내 입장에선 그 고문헌이라는 것을 어디서 봤냐고 물어보고 싶었지만, "그런 말은 하지 마." 카렌한테 일축당하고 말았다.

"맞아." 릴리도 카렌한테 붙었다. "문제는 이놈이 사람의 냄새를 맡고 기뻐하는 변태라는 거야."

"잠깐 기다려." 두 명의 여성이 험악한 표정인데도 헤파스는 물러서지 않았다. "수인이 짐승으로 변하는 프로세스에 있어서 유전자의 변화, 조직 변화가, 말하자면 수천 년이 걸리는 변모를 순식간에 해낸다는 점이 놀라운 거야. 그런데 이 남자가 냄새를 느낀 것이 사실이라면 적어도 냄새에 관한 유전자만은 변하지 않았다는 얘기가 되는 거야. 이건 어쩌면 우리가 상정하고 있는 수인화의 프로세스가 완전히 틀렸을 가능성마저 시사하고 있는 거야." 헤파스는 강한 어조로 떠들어댔다. "실은 나 자신, 수인화 프로세스에는 새로운 착상을 얻었지만, 아직 관측되지 않은 또 하나의 나선이 존재한다――즉, 3중 나선은 아닐까, 그런 가설이 되는데――."

"무슨 말인지 하나도 모르겠어요." 카렌은 냉담하게 헤파스의 말을 끊었다. "지금은 그런 것보다 앞으로 어떡할까야."

"리젤은 그렇다 쳐도 차가 부서진 것은 아까운걸." 매정한 말을 하면서 리로이는 대파한 차량을 쳐다봤다. 뭐, 리젤을 잃었다고 해도 이 추적에 지장은 없지만, 차가 없으면 기동력이 현저히 저하되는 것은 분명했다.

"우선은 당초 예정대로 역으로 가죠." 카렌은 레니한테 어깨를 빌려주면서, 리로이한테 말했다. "그 뒤는 그곳에서 회사와 연락한 다음에 정하죠."

"열차를 이용해 돌아가는 건 어때?" 밉살맞은 빈정거림이 아니라, 리로이는 그렇게 제안했다. "그렇게까지 해야만 하는 임무인 건가."

리로이한테 악의가 없다는 것은 이해하고 있지만, 그렇다고 해서 화가 나지 않는 것은 아니다. 카렌은 살짝 짜증 난 것처럼 목소리가 굳어졌다. "당신도 일을 하는 거잖아."

"난 싫은 일은 받지 않으니까." 리로이는 어디까지나 자기 자신한테 정직하고 심플하다. 그런 모습을 조직에 속한 자의 입장에서 보면 때때로 선망, 또는 질투나 증오로 느껴지는 경우도 있다.

카렌은 약간 시니컬한 미소를 입가에 띠었다.

"솔직히 그 자유로움이 부러워."

"그럼 회사를 관두고 용병을 해."

리로이는 자못 당연한 얘기를 하는 듯 말했지만, 그것을 들은 카렌은 소리 높여 웃었다.

"자유로운 것은 용병이라는 직업이 아니야." 그녀는 고양이처럼 목을 울렸다. "당신이라면 우리 회사에 들어와도 자유로울 거야."

"그러면 하루 만에 잘릴걸." 어깨를 빌려줬지만 거의 끌려갈 정도로 약해진 레니라도 적확한 딴지를 거는 것만은 잊지 않았다.

리로이는 레니를 곁눈으로 노려보고, "네가 일할 정도면 나도 충분해."라고 반론했다. 하지만 그녀는 피곤에 지친 표정으로 미소 지었다.

"난 꽤나 착실한 직원인데?"

"착실함의 기준도 꽤나 내려갔나보군."

리로이는 코웃음을 쳤지만 아쉽게도 나도 그녀들과 같은 의견이다.

이 남자는 어디서 뭘 하든 자유롭고 어떤 족쇄에 얽매이게 되면 반드시 그것을 깨부수고 만다. 많든 적든 누구나 지니고 있는, 자신을 어떤 형태에 맞추는 능력이 결정적으로 결여돼 있기 때문이다.

조직과 어울리지 않는다기보다 있어선 안 될 인간이라고 말해야 할까.

"있잖아." 리로이들보다 조금 뒤에서 걷고 있던 스웨인이 릴리한테 말을 걸었다. "프리지아라는 사람이 그 큰 곰인 거야?" 덧붙여 릴리는 스웨인한테 기댄 상태로 걷고 있었다. 그녀가 혼자서 걸으려면 목발이 필요한데 아마도 차 안에 부러져 있을 것이다.

"맞아." 릴리는 고개를 끄덕였다. 그 눈이 힐끗하고 스웨인의 얼굴을 쳐다봤다. "무서워?" 그건 단순히 거대한 곰이 무섭냐는 질문은 아니었다.

인간에서 맹수의 모습으로 변신하는 수인은 인류에게 「다크 원」보다 더 가까운 위협 중 하나다.

수인은 프리지아가 곰인 것처럼 늑대나 사자, 표범 등의 맹수로 변신한다. 게다가 본래 맹수보다 훨씬 능력치가 높다. 보통은 인간과 다를 게 없는 모습이지만 일단 변신하면 흉포한 야생의 힘을 있는 힘껏 드러내는 그들을 인간들이 받아들이기는 쉽지 않은 일이다.

예전에 수인들은 도시에서 쫓겨나 산속에 공동체를 만들고 살아간 적도 있었지만 그 마을도 가끔 공격을 당하는 등 고난의 역사가 있었다.

인류는 어느 시대든 이웃을 사랑하지 못했다. 지금도 인간과 멀리 떨어진 장소에 숨어서 살고 있는 수인들은 적지 않지만, 대부분은 스스로가 수인인 것을 숨기고 살고 있다.

하지만 그런 그들이 그 능력을 마음껏 발휘할 수 있는 장소가 있다.

용병 길드와 범죄조직이다.

범죄조직은 말할 것도 없지만 용병 길드는 힘이 전부이기 때문에 설령 수인이라 하더라도 받아들이고 있다. 애초에 S급 이상의 용병은 수인이 아니더라도 이미 인류의 범주를 벗어난 존재들이다. 맹수로 변신해 초상적 전투능력을 자랑하는 수인은 오히려 인기가 많은 인재였다.

하지만 수인에 대한 혐오감이나 공포는 여전히 뿌리가 깊다. 용병을 가업으로 삼는 자들 전원이 수인을 받아들이는 것도 아니고 일반인은 더욱 심하다.

릴리가 묻는 무섭냐는 질문은 바로 그런 의미다.

"그렇게 큰 곰이 갑자기 눈앞에 나오면 깜짝 놀랄 수밖에 없지만." 스웨인은 솔직히 그렇게 말했다. 릴리의 표정이 살짝 어두워졌다. "하지만." 스웨인은 그걸 모른 채 말을 이어갔다. "저 사람은 나를 상처 입힌 것도 아니니까, 별로 무섭진 않아."

"어째서." 릴리의 목소리가 조금 딱딱해졌다. "상처 입히지 않을 거라고 생각하는 거야?"

“어째서냐면…….” 질문을 받은 스웨인은 곤혹스러운 표정이 됐다. “방금 전에도 나를 지켜줬고, 저 사람은 나쁜 짓은 안 할 것처럼 보여.”

“사람을 보는 눈에 자신이 있구나.”

실제는 그렇지도 않지만, 그랬으면 좋겠네, 라고 말하는 것처럼 릴리는 가는 한숨을 내쉬었다. 스웨인은 왜 그녀가 그런 반응을 하는 건지 이해하지 못한 듯했지만, “그게 아니라.” 자신감 없게 말했다. “무서운 사람이라면 많이 봐왔으니까.”

“──정말 무서운 사람은 말이지.” 자신의 속에 있는 죄책감과 싸우고 있는지, 릴리의 목소리에는 괴로운 울림이 있었다. “그렇게 안 보이는 거야.”

“그럴지도 모르지만.” 스웨인은 점점 당혹스러운 모습으로 미간을 좁혔다. “프리지아 씨는 나쁜 사람인 거야?”

“글쎄, 어떨까.” 내뱉는 듯 말한 릴리는, 잠시 후 고개를 돌려 목소리는 내지 않고 입술만으로 말을 이어갔다. 난 나쁜 인간이지만, 이라고.

“응? 뭐라고?”

당연히 스웨인한테는 들리지 않았다.

“아무것도 아니야.”

“모두 무사한 거지?” 마침 그때 프리지아가 차 안에서 나타났다. 다행히 갈아입을 옷을 찾은 듯 심플한 블라우스와 바지 차림이었다. 그녀는 모두의 생존을 확인하더니 살짝 표정이 풀어졌다.

“피해가 차만으로 끝나서 불행 중 다행이야.”

“아니, 한 명 죽었다는 것을 잊지 말라고.”

리로이가 불쌍하다는 듯 말했다.

“아니요, 아무도 안 죽었는데요.”

그때 죽었다고 여겨졌던 인간——리젤의 목소리가 들렸다. 목소리는 들렸지만 모습은 안 보였다.

“저기, 발이 끼어서 움직일 수가 없어요.” 짓눌린 운전석 틈으로 불쌍한 목소리가 흘러나왔다. 리로이는 파괴된 증기자동차를 가만히 바라보고 있는 튤을 노려봤다.

“살아 있으면 그렇다고 말했어야지.”

처음에 튤은 이 항의를 무시하려고 생각했지만, 리로이를 쳐다보지도 않고 조용히 중얼거렸다. “죽었다고는 한 마디도 말한 적 없어.”

분명 그랬다.

리로이는 작게 혀를 차고 리젤을 구해주기 위해 차로 다가갔다. “너도 도와줘.” 도중에 튤에게 말을 하는 것도 잊지 않았다. 구속복을 입은 청년은 특별한 거부 없이 리로이를 따라갔다.

운전석은 거의 원래 모습을 다 잊어버릴 정도로 압축되고 일그러졌다. 사고로 문의 모양이 변해 움직이지 않는 것은 이해가 되지만, 이런 경우 운전석 부분이 완전히 찌그러져서 탈출할 방법이 없다는 얘기가 되는데.

"오히려 이 상황에 발만 끼었다는 게 비상식적일 정도야." 리로이는 발끝으로 문이었던 부분을 가볍게 차봤다. "보통은 온몸이 끼어서 죽었을 텐데."

"옛날부터 운은 좋았습니다." 고철덩어리 안에서 왠지 자랑스러운 듯한 리젤의 목소리가 들렸다. 그것이 짜증이 났는지 리로이는 살짝 강하게 차를 차버렸다. "안 되겠는걸, 이거. 꺼내지 못하겠어."

"네? 잠깐만요." 리젤의 목소리가 불안과 초조함으로 떨렸다. "저, 앞으로 쭉 여기 이렇게 갇혀 있어야만 하는 건가요?!"

"안심해라. 굶어 죽을 테니까 쭉은 아니야." 리로이의 목소리는 차갑고 잔혹했다. 그 말을 들은 리젤의 목소리에 비장함이 감돌았다. "제가 이래 보여도 칼로리 소비량이 적은 체질입니다. 쉽게 죽진 않을 텐데요……."

"뭐가 이래보여도야. 알게 뭐야." 내뱉듯이 말하면서 리로이는 방금 전까지 문이었던 금속판을 붙잡았다. 부서지지 않은 상태라면 힘만으로 차체에서 뜯어내는 것도 가능하지만, 이렇게까지 찌그러지면 그것도 힘든 일이다.

"——어이." 옆에 우두커니 서 있을 뿐인 튤이 그때 처음으로 자발적으로 입을 열었다. "저걸 당기면 꺼낼 수 있잖아."

"그렇군." 리로이는 고개를 끄덕였다. "뭐, 어차피 고철이 됐으니까 모두 함께 부숴버릴까.”

“저까지 부수지는 말아주세요.”

리젤의 한심한 목소리를 듣고 리로이는 빙그레 웃었다. “운은 좋다고?”

차 안에서 슬픈 울음소리가 들려왔다.

“나 혼자서 충분하다.” 튤이 중얼거렸다. 구속복의 소매에서 그레이프닐이 나타났다. 그 형태가 코볼트들을 깔끔하게 절단했던 얇은 칼 모양으로 변형됐다.

“안 보이면 자르기 힘들 텐데.” 리로이의 걱정을 들으며 튤은 어깨를 살짝 흔들었다. 아니, 으쓱인 걸까.

“조금쯤은 베어도 괜찮다.”

“아니아니, 괜찮지 않아요?!” 리젤의 필사적인 호소를 무시하고 그레이프닐이 빠르게 움직였다. 엄청나게 얇은 칼날이 강철의 차체에 격돌한 순간 불꽃이 화려하게 궤적을 그렸다.

공기를 찢는 새된 소리가 증기자동차의 몸체를 내달렸다.

리젤의 작은 비명이 절단되는 금속의 비명과 겹쳐졌다. 안에 사람이 있다는 것을 고려하지 않은 듯한 칼부림이었다.

고철덩어리가 돼버린 운전석 부분이 바깥쪽 강판부터 잘려나가면서 점점 작아져 갔다. 파편이 돼버린 차체 일부가 비처럼 쏟아졌다.

마침내 남은 것은 사람 한 명이 간신히 수납될 정도의 강철의 잔해였다.

그곳에 몸을 웅크리고 있던 리젤이 오체만족 상태로 들어가 있었다. 그렇게 빠른 속도로 잘라냈는데 그의 신체를 조금도 건드리지 않았다.

마지막은 리로이가 힘으로 리젤을 빼냈다.

“가, 감사합니다.” 고마움을 표하는 그 목소리는 아직도 떨리고 있었다.

“걸을 수 있겠어?” 리로이의 확인은 그를 걱정해서가 아니었다. 리젤은 천천히 일어나서 몸 상태를 확인했다. 슈트의 상태는 지독했지만 몸 자체에는 심각한 대미지가 없어 보였다.

“괜찮은 것 같아요.” 리젤은 고개를 끄덕였다.

“운이 좋은 게 아니라 튼튼한 거야, 너는.” 저렇게 심하게 파괴된 차 안에서 거의 아무런 상처가 없다는 것은 운만으로는 설명이 안 된다. 그런데 얼마나 튼튼한 육체여야 그 충격을 견뎌낼 수 있는 걸까.

수상하게 생각한 것은 나뿐만이 아니었다.

방금 전부터 튤이 리젤을 직시하고 있었다. 그 눈동자에는 험악한 예리함이 담겨 있었다. 그 시선을 깨달은 리젤은 깜짝 놀란 듯 얼굴이 굳어졌다.

“왜 그래요, 튤 씨?”

“확실히 너무 튼튼하군.” 목소리 자체에는 아무런 감정도 담겨있지 않았다. 다만 단순히 사실을 입에 담았을 뿐이다.

그런데도 리젤의 얼굴에서 핏기가 사라졌다. 그는 황급히 튤을 제지하는 것처럼 양손을 내밀며 고개를 가로저었다.

“기, 기다려요. 전 정말로 초건강 우량아일 뿐이에요! 그리고 타고난 운이 어쩌다 이런 형태의 결실을 맺었을 뿐이라고요!”

“뭘 그렇게 당황하는 거야?” 리로이는 의아한 표정이 됐지만, 리젤의 모습에 민감하게 반응한 것은 카렌이었다. 레니를 눕히고 차 안에서 쓸 만한 물건을 찾고 있던 그녀가 긴장한 표정으로 이쪽으로 천천히 걸어왔다. 누워 있던 레니도 몸을 일으키지 않은 채 손가락을 움직이기 시작했다.

“만약 그레이프닐이 없었다면 난 차 안에서 죽었을 거야.” 튤은 담담하게 말했다. “그레이프닐의 육체강화가 있어도 격렬한 파손에 휩쓸려 수복에 많은 시간과 에너지가 필요했다.”

“그건…… 힘들겠군요.” 리젤은 어떻게든 친근한 미소를 지었지만, 볼이 경련을 일으키고 있었다. 튤은 유리구슬 같은 눈동자로 너덜너덜해진 슈트 차림의 리젤을 쳐다봤다. “같은 조건인데, 왜 너는 무사한 거냐?”

“무사――한 것이 아니에요. 봐요.” 리젤은 슈트 천이 찢어진 곳을 펼쳐 보이며 피가 묻은 피부를 가리켰다.

그것을 본 튤의 눈동자에 처음으로 감정이 번뜩였다.

살의였다.

“――얘기는 끝났어?” 그것을 포착한 카렌이 온화한 말투로 끼어들었다. 편안한 언동이었지만, 오른손은 단검 손잡이로 가 있었다. “이제 슬슬 출발하고 싶은데, 괜찮겠어?”

“너, 인간이 아니구나.” 튤은 카렌을 완전히 무시했다. 그녀 쪽을 쳐다보지도 않았다. 살의로 가득한 두 눈이 강한 집착의 시선으로 리젤을 붙들고 있었다. “대답해라. 너는「다크 원」이냐?” 구속복의 소매에서 주루룩 뻗어 나온 그레이프닐이 먹이를 앞에 둔 뱀처럼 머리를 쳐들었다.

날카로운 은색 칼끝이 리젤의 선글라스에 비쳤다.

“그게 뭐라고, 상관없잖아.” 유기적이면서도 무기질을 연상케 하는 그레이프닐에 검 끝이 닿았다. 재빠르게 검을 뽑아 든 리로이는 튤의 얼굴을 보고 미소를 보냈다. “아직 적이 아니야. 죽이기엔 너무 빠른 것 같은데.”

“인간의 모습을 한「다크 원」은 적이라는 것을 안 후에 대처하면 늦어.” 튤의 목소리에도 증오가 스며들기 시작했다. 그것이 깨끗한 수면에 먹물 한 방울이 떨어진 것처럼 확산됐다. “죽기 전에 죽여야 한다.” 그의 눈은 리젤을 투과해 다른 뭔가를 노려보는 것 같았다.

볼이 일그러진 것은 회한 때문인가, 아니면 숙원 때문인가.

갈라진 목소리는 당장이라도 깨져버릴 것처럼 침통했다.

“그렇지 않으면 누나는 지킬 수 없어.”

리로이는 미간을 좁히고 카렌과 레니를 봤다. 두 사람은 함께 고개를 살짝 옆으로 돌렸다.

사정을 모르는 리로이도 하얀 청년이 위험한 곳으로 들어가고 있다는 것을 깨달았던 것이다. “이곳에 너의 누나는 없어. 잠꼬대를 하는 거야?”

그런데 어쩜 저렇게 무신경한 말을 할 수 있는 걸까.

카렌은 리로이를 책망하는 것도 잊은 채 크게 혀를 찼다. 온몸의 근육에 긴장감이 내달렸다. 언제든 톱스피드로 이동할 수 있게끔 그녀의 신체가 임전태세로 들어갔다.

“없다고?” 튤이 그때 처음으로 시선을 리젤한테서 뗐다. 엄청나게 겁을 먹었는지 리젤은 크게 한숨을 내쉬었고, 자신이 갇혀 있던 운전석의 일부에 비틀거리며 등을 기댔다.

튤의 눈동자가 리로이를 노려봤다.

“무슨 생각이냐, 리로이 슈발처——.”

“그건 내가 할 말이야.” 짜증 난다는 듯 리로이는 난폭하게 내뱉었다. “네 누나인가 뭔가가 어디 있다는 거야? 눈을 크게 뜨고 주변을 둘러보라고.”

튤의 감정 따윈 전혀 배려하지 않고 현실을 박아 넣었다. 튤은 그의 말을 따르지 않고 신경이 곤두선 듯 눈을 좁혔다.

구속복을 입은 온몸에서 무시무시한 기운이 감돌았다.

양손의 소매에서 총 10개의 그레이프닐이 주르륵 내려왔다. 완전하게 임전태세로 들어갔다.

“너냐.” 중얼거리듯 악문 치아 사이로 말을 쥐어 짜냈다. “네가 죽인 거냐?”

"잠깐, 어디서 머리라도 부딪친 거냐?" 리로이는 자신의 관자놀이를 손가락으로 누르며 도발적으로 코웃음을 쳤다. "뇌의 혈관이 찢어진 거 아니야? 지금 당장 할아버지한테 진찰을 받아봐."

"음, 뇌졸중은 조기 발견이 중요하지."

헤파스는 아직 움직일 수 없는 듯 리로이가 데려간 장소에 누운 채였다.

당연히 튤은 그도 쳐다보지 않았다. 그레이프닐을 발밑에 드리운 채 높은 위치에 있는 리로이의 검은 두 눈을 꿰뚫기라도 하려는 듯 노려봤다.

"——한 가지 물어봐도 될까?" 그건 매우 불길한 울림이 담긴 음색이었다. 카렌이 말없이 고개를 가로저었지만, 멈출 수 없었다.

"뭐냐?" 당장이라도 폭발할 것 같은 목소리였다. 튤의 호흡은 얕고 빨랐다. 리로이는 그런 튤을 내려보면서 재미없다는 듯 물었다.

"이미 죽은 인간을 어떻게 지켜야 하지?"

"………………!" 소리 없는 격노의 포효가 허공을 진동시켰다.

그레이프닐의 날카로운 끝부분이 리로이를 향해 튀어 올랐다.

동시에 하얀 구속복의 벨트가 그의 전신을 순식간에 세게 조였다.

살이 짓눌렸고 뼈가 삐걱대는 소리가 울렸다.

양손 양발이 묶여버린 튤은 그대로 쓰러졌다. 그 목에도 또 다른 벨트가 조여졌다. 순식간에 그의 얼굴이 빨갛게 물들었다.

"리젤?!" 이대로라면 튤이 목 졸려 죽을 것이다. 카렌이 서둘러 몸부림치며 뒹구는 튤에게 달려갔지만, 벨트에 의한 구속은 생각보다 강력했고 그녀의 손끝은 튕겨져나갔다.

"알고 있습니다." 리젤은 어딘가에서 주사기를 꺼내더니 침착한 동작으로 그것을 튤의 목에 주사했다.

효과는 즉각적이었다. 그의 얼굴에 떠오른 고통의 표정은 사라지고 의식을 잃었는지 고개를 떨구고 몸도 움직임을 멈췄다. 그것을 확인한 리젤은 손바닥에 쏙 들어갈 정도의 기계를 조작했다. 그러자 구속복의 벨트가 풀어졌고 튤의 안색이 천천히 원래대로 돌아갔다.

카렌은 튤의 무사함을 확인한 후에 일어났다.

그리고 리로이 앞에 섰다.

갑자기였다.

그녀의 주먹이 리로이의 볼을 때렸다.

사정없이 체중이 실린 일격이었다.

둔중한 소리에 밀린 것처럼 리로이가 비틀거렸다.

카렌은 입을 열었다. 뭔가 욕을 쏟아부으려고 했을 것이다.

"——당신한테 기대하는 것은 잘못일지도 모르지만." 하지만 카렌은 욕을 내뱉지 않고 조용히 말했다. 마음속에 회오리치는 분노를 억누르고 있는지 평소보다 목소리가 낮았다. "조금은 다른 사람의 마음을 생각하라고."

볼을 맞은 리로이는 약간 겸연쩍은 듯 몸을 조금 움직였다. "미안해." 그리고 생각보다 순순히 사과했다.

아마도 리로이는 정당한 인간한테 정당한 질책을 받으면 의외로 반항하지 않는 것 같다. 만약 리젤이나 레니였다면 리로이도 어떤 말대답을 하거나 비웃었을 것이다.

그런 생각을 하다가 난 불쑥 어떤 것을 깨달았다.

리로이가 내 충고에 전혀 귀를 기울이지 않는다는 것을.

"이 앞에 작은 마을이 있습니다."

내가 깜짝 놀라고 있을 때 리젤이 어딘가에서 꺼낸 지도를 펼쳤다.

"거기까지는 해가 지기 전에 걸어서 도착할 수 있을 것 같습니다. 여기로 갈까요?"

"목욕은 할 수 있을까? 목욕." 레니는 누운 채로 힘없이 중얼거렸다. "목욕하고 싶어~."

"정말 그래." 카렌도 동조했다. 리로이에 대한 분노는 이미 사라진 듯했다. "호텔까지는 아니더라도 숙박시설이 있기를 바라보죠."

말을 꺼내진 않았지만 프리지아와 릴리도 찬성한 듯했다.

“그 마을은 가본 적이 있어.” 리로이는 리젤이 펼친 지도를 옆에서 쳐다봤다. “분명 작은 마을이지만, 여관은 아름다웠고 밥도 맛있었어.”

그 말을 들은 여성들은 눈을 반짝였다.

“당신의 말을 듣고 처음으로 희로애락의 희와 락이 환기됐어.” 카렌이 그렇게 신랄한 말을 내뱉었다. 그 말을 들은 당사자는 잠깐 그 의미를 이해하지 못한 듯했지만, 깨닫고 나서 씁쓸한 표정을 지었다.

그것을 본 카렌이 장하다는 듯 미소를 지었다.

난 내가 정당하다고 인식되지 않고 있다는 사실에서 아직도 헤어 나오지 못하고 있었다.

제3장

1

완만한 언덕을 넘어서니 잔잔하게 흐르는 강 옆으로 평야가 나타났다.

그 강을 따라 작은 마을이 있었다. 작다고 표현되는 만큼 인구는 2백 명 정도다. 대부분이 낙농이나 축산, 농경으로 생계를 유지하고 있었다. 특별히 내세울 게 없는 어디에서나 볼 법한 마을이다.

태양은 마을에서 한창 먼 곳에 있는 산맥 너머로 사라지고 있었다.

각각의 집에는 등불이 켜졌고 저녁식사라도 준비하고 있는지 연통에서 가는 연기가 어둠이 내려앉기 시작한 하늘로 올라가고 있었다.

"드디어 목욕…… 맛있는 밥……."

레니가 비슬비슬 앞으로 걸어갔다. 차를 잃은 지점에서 카렌이나 리로이의 등에 업힌 채로 이동했던 그녀는 드디어 자신의 발로 걸을 수 있을 정도로 회복했다. 마치 술이라도 취한 듯한 걸음걸이로 그녀는 마을로 향했다.

"왜 그래?" 모두가 레니를 따라 언덕을 내려가기 시작했을 때 카렌이 리로이한테 말을 걸었다. 리로이가 약간 복잡한 표정을 짓고 있었기 때문이다.

"왜라고 이유를 말하긴 어렵지만." 드물게도 조심스럽게 말했다. "뭔가 이상하지 않아?"

"그러니까 그 뭔가를 묻는 거잖아."

적어도 내가 지각하고 있는 바로는 눈앞의 마을에 이상한 점은 하나도 보이지 않았다. 다가가면서 저녁 식사 반찬으로 먹을 고기 굽는 냄새와 담소를 나누는 목소리가 들렸다. 어디에나 있는 매우 평범한 저녁 풍경.

"뭐라고 해야 하나." 리로이는 고개를 갸웃했다. 아마도 동물적 감각이 논리로는 설명할 수 없는 이변을 감지하고 있는 것이겠지만, 아쉽게도 인간적인 지성을 갖추지 못했기 때문에 그것을 언어화하지 못했던 것이다.

"야생의 감이라고들 하는데." 약물에 의해 육체를 순간적으로 강화한 탓에 움직일 수 없게 된 헤파스도 지금은 자신의 발로 제대로 걷고 있다. "요점은 인간보다 뛰어난 오감이 아주 미세한 위화감에 반응하는 것이다. 감이라는 것처럼 애매한 것도 없지."

"그럼 뭔가 있다는 말인가요?" 약을 먹고 잠든 튤을 업고 있는 것은 리젤이었다. 의외로 체력이 좋은 듯 별로 피곤해 보이지 않았다.

"그건 몰라." 헤파스는 고개를 가로저었다. "그 미묘한 변화가 우리들한테 어떤 의미가 있을지, 아니면 전혀 관계가 없는 일인지, 그것이 실제 현상으로 나타나지 않는 한."

"그럼 의미가 없잖아."

릴리는 차에서 목발을 잃어버렸기 때문에 스웨인의 어깨에 기대어 걷고 있었다. 스웨인이 피곤해 보일 때만 프리지아가 업어줬다. 자신이 명백하게 짐이 돼버렸다는 것을 자각하고 있는 듯 불평불만을 말하진 않았지만, 리로이가 대상이 되면 혀가 움직이는 듯했다.

"잘 모르겠으면 조용히 좀 있어. 괜히 사람들 시끄럽게 만들지 말고."

"아니, 아무도 시끄럽진 않은데."

모두 걷느라 피곤해졌기 때문에 조용하다면 조용한 상태였지만 그것을 일부러 지적하는 것이 어른스럽지 못했다. 릴리는 살짝 얼굴이 빨개져서, "시끄러워."라고 힘없이 중얼거렸다.

"그러고 보니 리로이의 파트너——라그나로크는 아직 합류하지 않은 거야?" 스웨인이 불쑥 화제를 바꿨다. 변함없이 참한 소년이다.

나를 잊지 않은 점도 훌륭하다.

"아, 맞아." 자신이 질문을 해놓고 답에 관련된 뭔가가 떠오른 듯 소년은 곤란한 표정을 지었다. "우리들이 이 마을에 있는 것을 그는 모르는 거잖아."

난 다른 일로 별도 행동을 하는 것으로 얘기가 돼 있다. 대략적인 여정은 알고 있기 때문에 가능하면 합류한다는 것으로.

"무리일까."

"그러게." 리로이는 어깨를 으쓱였다. "조만간 불쑥 나타날지도 몰라."

뭐, 여기 있기 때문에 나타나려고 마음만 먹으면 언제든 가능하다.

"있잖아." 카렌이 눈썹을 좁히고 리로이한테 귓속말을 했다. "당신의 파트너 이름, 라그나로크였어?"

"으응." 리로이가 고개를 끄덕이는 것을 봐도 그녀의 눈썹 주름은 풀어지지 않았다. "본명이야?"

"그런 것 같아." 정확하게 말하면 내 본명은 제조번호다. 라그나로크는 인간으로 치자면, '어느 국가의 인간' 정도의 의미일까.

카렌은 흐음, 하고 애매한 대답을 하고 물러났다.

그 입술이 웃뿐만 아니라, 라고 작은 목소리로 말을 이어가는 것을 나는 놓치지 않았다.

"그런 건 어찌 되든 상관없고." 마을에 들어서자마자 선두에서 비슬비슬 걸어가던 레니가 리로이를 기다리고 있었다. "빨리 안내해, 목욕."

"너는 저쪽 강가에서 충분하잖아." 리로이는 얄밉게 말하면서도 선두에 서서 걷기 시작했다. 사실은 정말로 아무 데나 던져넣어도 상관없었지만 피곤한 기색이 짙어진 스웨인의 등을 보고 있자니 그런 일로 시간을 보낼 수는 없었다.

아직 해가 완전하게 지지 않은 시간대다. 길에도 사람들은 있었다. 여행자가 빈번하게 방문할 만한 곳이 아니기 때문에 지나갈 때마다 사람들이 신기하다는 시선을 보냈다. 그중에는 리로이를 보고 손을 흔들거나 고개를 숙이는 자도 있었고, 말을 걸어서 한두 마디 대화를 한 사람도 있었는데 이렇다 할 특이점은 보이지 않았다.

특별한 일 없이 리로이 일행은 한 주점에 도착했다. 1층은 식당 겸 주점이었고 2층이 숙박시설이다. 이런 작은 마을에서 자주 볼 수 있는 여관이었다.

"어서 오세요." 힘찬 목소리는 카운터 너머에서 요리를 만들고 있던 중년여성의 것이었다. 그녀는 가게 입구로 시선을 보내다가 놀란 듯 눈을 크게 떴다. “어머나! 당신!” 그녀는 요리하던 손을 일단 멈추고 앞치마로 젖은 손을 닦으면서 카운터를 돌아 이쪽으로 다가왔다.

“누군가 했더니 리로이잖아. 오랜만이야!”

“잘 지냈어, 키라?” 이 가게의 주인인 키라의 숨김없는 미소를 보면서 이유 없는 위화감을 느낀 리로이도 우선은 미소 지었다.

“보는 대로야.” 그녀는 양팔을 펼쳤다. 풍채가 좋은 여성이다. 리로이와 마주하고 있으니 작은 듯이 보였지만, 여자 혼자 힘으로 애를 다섯 명이나 키웠다는 듬직함이 온몸에서 넘쳐흘렀다. “당신은 물어볼 필요도 없어 보이네.” 그녀는 친근함을 담아서 리로이를 포옹한 후 뒤에 서 있는 사람들을 쳐다봤다.

그리고 튤을 보더니 염려스러운 듯 어두워진 표정이 됐다. “환자야?”

“아니, 잠들었을 뿐이야.” 차마 약으로 얌전하게 만들었다고는 말할 수 없었기에 리로이의 말에 이의를 제기할 자는 없었다.

“그럼 다행이지만.” 그녀는 찌푸린 얼굴을 펴고 다시 리로이 일행한테 미소를 보냈다. “그렇다고 해도 엄청난 대가족이네. 호위 일이라도 하는 거야?”

“그런 셈이지.” 리로이는 애매하게 답하고 자신의 배를 만졌다. "우선 밥을 먹었으면 하는데. 그리고 목욕과 침실도 가능하겠지?"

"그야 쉬운 일이지." 우선 편하게들 앉아 있어라고 말한 그녀는 카운터 너머로 돌아갔다.

말을 건 것은 초로의 남성이었다. 주점의 자리는 반 정도 차 있었고 동네 사람들이 일을 마친 후 술을 즐기는 중이었다.

"당신, 그때의 용병이지?" 그는 햇빛에 그을리고 주름이 깊이 파인 얼굴로 친근한 미소를 지었다. "잘 왔구만. 이곳에서 당신은 영웅이야. 천천히 오랫동안 쉬다 가라고."

"과찬이야." 리로이는 쓴웃음을 지었지만 초로의 남성과 같은 테이블에 앉아 있던 백발의 노인이 "과찬이 아니지."라며 눈을 가늘게 떴다. "당신이 없었다면 이 동네는 지도에서 사라졌을 거야." 그 말에 찬성의 목소리가 곳곳에서 들려왔다.

"무슨 일이 있었던 거야?" 이렇게까지 칭송하는 것을 직접 보면 스웨인이 아니더라도 궁금해지는 게 당연했다.

"당신이 다른 사람들한테 도움이 됐다니, 정말 놀라워." 하지만 그의 옆에 앉아 있는 릴리는 코웃음 쳤다. 반론한 것은 리로이 본인이 아니라 방금 전 말했던 초로의 남성이었다. "그건 아니지, 아가씨." 그는 진중한 말투로 말하기 시작했다.

리로이에게는 지금까지 해왔던 의뢰 중 하나일 뿐이었다.

아니, 정확하게는 일이라고 할 수도 없다.

어쩌다 이 동네에 머물러 있을 때「다크 원」의 공격이 있었고 당연히 리로이가 그것들을 격퇴했던 것이다.

하지만 초로의 남자가 말한 것처럼 그때 어쩌다 리로이가 없었다면 어떻게 됐을까.「다크 원」은 절대적인 인간의 천적이지만, 항상 인간을 찾아 대륙 곳곳을 수많은 권속이 헤매고 다니지는 않는다. 어느 정도의 생식 영역이라는 것이 있고, 그것은 야생동물과 비슷하다. 그 점을 관측하고 연구해 비교적 출현률이 낮은 장소에 주거지를 만드는 것이 가능했다.

어쩔 수 없는 사정——지형상 교통의 요지거나 양질의 지하자원이 있는 장소이거나——으로「다크 원」의 생식 지역에 가까운 장소를 선택할 수밖에 없는 경우는 높은 벽을 세우고 군대나 용병을 많이 배치해서 생활을 지켜왔다.

그런데 절대적으로「다크 원」이 나타나지 않는 장소라는 건 존재하지 않는다.

그럼 이 동네처럼 군대나 용병을 상주시킬 정도의 재원이 없는 경우는 어떻게 할까.

대부분의 경우는 튼튼한 지하실을 만들어 그곳에 숨든가, 아니면 돌아가면서 보초를 세우고 놈들을 발견할 때마다 모든 것을 버리고 도망치는 정도일 것이다.

지극히 보통의 훈련 안 된 인간이「다크 원」의 하급권속을 쓰러뜨릴 수 있느냐고 묻는다면 수많은 희생을 치르고 한 개체를 잡을까 말까다. 이 동네의 규모라면 대처할 수 있는 것은 코볼트 두세 마리 정도고, 간신히 쓰러뜨렸다고 해도 주민의 수는 3분의 1, 이하가 될 것이다. 타이탄이라면 무조건 전멸이다.

그때 마을을 공격한 것은 하급권속 오글의 무리였다. 생식지가 대륙 전역에 걸쳐 있고 게다가 어느 정도의 범위를 이동하는 권속이다.

약 50마리 가까운 오글이 마을을 습격한 것은 해 뜨기 직전이었다.

리로이는 놈들의 접근을 먼저 알아차렸고 놈들을 요격했다. 하지만 혼자서 50마리를 상대하다 보면 놓치는 놈이 나온다. 마을 사람 중에 키라 등이 각 가정에 있는 피난소에서 나오지 않도록 지시했지만 그렇다고 완벽한 방비는 되지 않았다.

손질을 게을리해 약해진 문을 파괴당한 몇 명이 목숨을 잃었다.

리로이는 그것을 잘 기억하고 있다. 마을 사람들은 물론 그 누구도 리로이를 책망하지 않았다. 대부분의 사람들이 오글의 무리에 포위당했던 상황에서 죽음을 각오했던 것이다. 듣기 거북할 수 있지만 단 몇 명밖에 사망자가 나오지 않았다는 것은 기적에 가깝다.

그것이 가능했던 것은 리로이의 존재가 있었기 때문——이라고 모두가 이해했다.

하지만 그럼에도 리로이는 그 몇 사람을 구하고 싶었다. 그렇기 때문에 환영을 받고 영웅처럼 취급받는 것에 내심 부끄러운 마음이 드는 것일지도 모른다.

"넌——." 초로의 노인 말이 끝나고 가게 안에 리로이 일행만 남게 됐을 때 그렇게 중얼거린 것은 튤이었다. "도망칠 생각은 들지 않았냐?" 어느샌가 잠에서 깬 그는 그 광기 어렸던 기운이 사라진 상태였다. "이 마을 사람을 구할 의리는 너한테 없었을 텐데."

"의리는 없지만 능력이 있으니까." 리로이는 아무래도 상관없다는 듯이 어깨를 으쓱였다. "그리고 구할 수 있는데 구하지 않는 것도 이상하니까."

리로이의 말을 듣고 튤은 기묘한 표정을 지었다. 그게 어떤 표정인지는 정확하게 알 수가 없었다. 울면서 웃는 것처럼 보였지만, 그 내면에 있는 것은——분노일까.

리로이도 그 표정의 진의를 알 수 없는 듯했다.

"그럼 안 돼?" 말다툼이나 의논을 하고 싶었던 건 아니다. 리로이의 말투는 확실하게 그런 마음을 전하고 있었다.

"아니." 튤은 고개를 살짝 흔들었다. 그리고 천천히 일어났다. 순간 리젤과 카렌이 자세를 취했지만 그의 움직임에 위험한 징후는 없었고, 그대로 훌쩍 주점에서 나가려고 했다.

"밥 안 먹어? 여기 맛있는데." 리로이가 만류하자 튤은 딱한 번 발을 멈췄다.

돌아보지는 않았다.

"네가 그때──." 말을 마지막까지 하지 않고 끊었다. 하얀 뒷모습이 어둠 속으로 사라졌다.

"어머, 저 사람은 안 먹는 거야?" 그때 마침 키라가 마실 것과 식사를 가지고 왔다. 능숙한 손놀림으로 테이블 위에 늘어놓았다. "밖에 나가봤자 아무것도 볼 게 없는데."

"좀 희한한 놈이거든." 리로이는 맥주가 들어간 잔을 들었다. "배가 고프면 돌아올 거야."

"그러고 보니 당신, 그 여자애 기억나?" 따뜻한 김을 피워 올리는 스프를 리로이 앞에 두면서 키라가 말했다. "그 왜 당신을 잘 따르던 티아라는 여자애."

"어, 기억나."

리로이는 맥주를 마시면서 고개를 끄덕였다. "머리카락이 짧아서 내가 남자라고 착각했다가 가랑이를 발로 차였던 여자애잖아."

"맞아." 키라가 소리 내며 웃었다. "그 후에 당신의 엄청난 모습을 봤기 때문에 아무도 그 애를 건드리지 못했어."

"그건 멋진 발차기였으니까."

리로이는 그 상황이 떠올랐는지 쓴웃음을 지었다.

나도 그녀는 기억이 났다. 리로이는 남자라고 착각했지만 단정한 얼굴의 소녀였다. 활발하고 밝고, 그러면서도 이 마을의 평안하고 평범하면서 폐쇄된 생활에 대해 싫증이 난 것처럼 보였다.

그런 그녀에게 리로이라는 존재는 매우 자극적이었을 것이다.

자유계약 용병에 대한 이미지는 사람에 따라 다른데, 티아라는 소녀에게는 자유의 상징으로 비친 게 틀림없다. 소녀는 결코 화술에 능하지 않은 리로이의, 의태어와 의성어가 가득한 더듬거리는 말을 눈을 반짝이며 들었다.

「다크 원」이 공격해 왔을 때도 함께 싸운다고 말하길래 키라 등이 목을 붙잡고 지하 피난소로 끌고 가야만 했을 정도다.

"그녀가 어쨌는데?"

"그 아이, 마을을 떠나버렸어." 키라가 마지막 접시를 리로이 앞에 두면서 말했다. "그 길로 용병이 돼버렸어."

"길드에 들어간 거야?" 리로이의 표정은 굳어 있었다. 카렌이 요리를 먹으면서 곁눈으로 그 표정을 보았다. 키라는 고개를 끄덕였다.

"그곳만은 우리 모두가 확실히 말렸지만 말이지."

"그래, 그나마 안심이네." 리로이의 표정이 풀어졌다. 맥주잔을 기울이면서 그 모습을 바라보던 카렌이 한쪽 눈썹을 살짝 치켜 올렸다.

"──왜?" 리로이가 뭔가 할 말이 있어 보이는 카렌을 봤다. 그녀는 어깨를 살짝 으쓱이면서 치킨에 포크를 찔러 넣었다. "길드와 크게 싸우고 그만둔 사람이니까 지인이 들어가는 것도 싫어할 거라고 생각했는데, 그렇지도 않나 봐."

SS급 자리를 차버리고 길드를 관둔 리로이는 그 일로 이름이 알려진 부분도 있다. 하지만 길드를 나온 이유를 아는 사람은 없다. 길드 상층부와 어떤 갈등이 있었고, 그 때문에 뛰쳐나왔다는 애매한 이야기만 옳다는 듯 알려져 있다.

"갑자기 혼자서 용병을 시작하면 그야말로 자살행위니까." 크게 싸웠다는 말을 부정하지 않고 리로이는 말했다. "길드에 들어가면 어느 정도 훈련도 받을 수 있고, 처음에는 간단한 임무를 부여받으니까 경험치도 쌓을 수 있지. 가입하는 데 돈이 드는 것도 아니니까 들어가서 손해 볼 일은 없어."

"그런데 왜 관둔 거야?" 그렇게 물어본 이는 카렌이 아니라 릴리였다. 특별히 빈정대는 느낌이 아니었고 순수한 호기심인 것 같았다.

하지만 카렌이나 리젤의 표정에 긴장감이 흘렀다. 조금이라도 리로이를 아는 사람이라면 왜 길드를 관둔 건지에 대해서 많든 적든 관심이 있어도 이상할 게 없다.

리로이는 특별히 동요도 하지 않았고, 분노를 표출하거나 기분이 상한 것 같지도 않았다. "소문대로야." 담담한 말투였다. "높은 사람하고 싸우고 짜증 나서 관둔 거야."

그 답을 들은 카렌과 리젤은 약간 낙담한 모양이었지만, 릴리는 "싸움의 원인은?"이라며 되물었다. 그 정도로 리로이한테 관심이 없기 때문에 별다른 부담 없이 물을 수 있었을 것이리라.

"시시한 일이었어. 기억도 안 나." 리로이는 그렇게 말하고 맥주잔에 남은 맥주를 전부 마셨다. 릴리는 그 이상 추궁하지 않고 작게 콧소리를 낸 후 식사를 이어갔다.

그녀는 알지 못했지만 카렌과 리젤, 두 사람은 간파했다. 리로이의 말투에는 그것을 시시하다고 생각지 않는, 괴로운 뭔가가 포함돼 있음을.

"그러고 보니 얼마 전에 티아한테서 편지가 왔어." 키라도 물론 리로이의 얘기를 흥미진진하게 들었기에 리로이의 말투에 포함된 뭔가를 민감하게 느낀 듯했다.

"크게 다친 데 없이 잘 지내는 것 같아. 괜찮은 동료도 만난 것 같고." 두 번째 맥주를 가져다주면서 명랑하게 웃었다.

"그거 잘됐군." 리로이도 기쁜 듯 웃었다. "동료가 생겼으면 괜찮은 거야. 혼자보다 그런 편이 좋지."

"당신은——." 아마도 릴리는 그 뒤로 '혼자잖아?' 또는 '친구 없는 거 아니야?'라고 말하려고 했던 게 틀림없다.

하지만 멈췄다.

리로이의 얼굴을 봤기 때문이다.

그 미소 뒤에 있는 깊고 어두운 그림자가 그녀의 말을 앗아갔다.

"내가 뭐?" 리로이가 묻자 릴리는 열린 입에서 다시 한번 멈춰버린 말을 이어가려고 했지만 그럴 수 없었다. "——아무것도 아니야." 그녀는 빠른 말투로 그렇게 말하고 살짝 기분이 상했는지 입을 뾰족 내밀었다. 그 반응의 의미를 모른 채 리로이는 눈썹을 좁혔다.

자신은 전혀 깨닫지 못했다. 타인의 말을 뺏을 것 같은 표정을 하고 있다고는 꿈에도 모를 것이다.

가끔.

옛날이야기를 할 때, 리로이는 가끔 이런 표정을 짓는다. 그것은 마음속 깊은 곳에 맺혀 있는, 잊은 줄 알았던 감정이 자연스럽게 말을 통해 환기되기 때문일까.

"내 생각엔 말이야." 그때까지 열심히 밥을 먹고 있던 레니가 갑자기 입을 열었다. "이 사제는 살짝 이상한 것 같아."

"호오!" 리로이는 사정없이 볼을 찡그렸다. "전혀 도움이라곤 되지 않는 사저가 무슨 말을 하고 싶은 걸까?"

"넌 명백히 인간이 아닌 거지." 리로이의 도발적인 태도를 무시하고 레니는 내뱉었다.

카렌은 목이 메었다. 레니는 기침을 해대는 그녀를 전혀 신경 쓰지 않고 말을 이어갔다. "사람의 마음은 알 수 없는 일이고 알려고도 하지 않아. 애초에 인간으로서 갖춰야 할 올바른 감정 같은 것을 가지고 있지 않잖아."

"가지고 있지 않다니. 갖고 있어." 갑작스러운 비방에 리로이는 당연히 되받아쳤다. 마음에 없어서 그런지 말에 힘이 실리지 않은 것처럼 들렸는데, 분명 기분 탓이리라.

"그런데 왜 그런 걸까?" 리로이의 항변을 완전히 무시한 레니는 고개를 갸웃했다.

"왜 별것 아닌 인연이 있을 뿐인 타인을 신경 쓰는 척을 하는 거야?" 그녀는 천천히 고개를 좌우로 흔들면서 얇은 미소를 지었다. "이렇게 하면 인간이 될 거라고 흉내만 내는 거 아니야? 사실은 어찌 되든 괜찮은 거잖아?" 릴리는 입을 반쯤 벌린 채 그것을 듣고 있었다. 리로이한테 딱딱하게 대하는 그녀도 이렇게까지 신랄한 말을 하지는 않았다. 담담하게 식사를 이어가던 리젤도 어떻게 따라가야 좋을지 모르겠다는 듯 심각한 표정이었다.

"앗." 카렌이 소리쳤다. 레니의 태도가 너무 이상했기 때문에 그녀가 마신 글라스를 들고 냄새를 확인한 것이다. "이거, 술이잖아!"

"어머, 혹시 마시면 안 되는 거였어? 미안." 추가된 요리와 음료를 준비하던 키라가 사죄했다. 카렌은 쓴웃음을 지으며 고개를 가로저었다. "괜찮아요. 못 마시는 게 아니라, 마시면 마음에도 없는 말을 떠들 뿐이니까." 어설픈 변명이었지만, 카렌을 책망할 수는 없었다. 알코올 섭취에 의해 일어난 갈등은 취했다는 이유로 면책될 수 있는 문제가 아니기 때문이다. 멀쩡하든 취했든 레니 발언의 책임은 전부 그녀의 몫인 것이다.

"난 술 같은 거 마시지 않았어." 레니는 고개를 가로저었다. "물만 마셨다고." "네가 물이라고 생각한 게 술이야." 카렌은 참을성 있게 말했다. "알았어? 넌 취한 거야."

하지만 레니는 키득대며 웃었다.

"뭐가 술이고 뭐가 물인지 정도는 안다고——."

"모르니까 그렇게 된 거잖아." 리로이는 짜증 난다는 듯한 표정을 지었다.

"흐음." 자신 앞에 있는 접시를 깨끗하게 비운 프리지아가 맥주를 마신 후 납득한 듯 고개를 끄덕였다. "취해서 하는 헛소리는 아닌 것 같아. 꽤나 예리해. 인간을 흉내 낼 뿐이라. 묘하게 설득이 돼."

"결국 짐승이라는 얘기잖아? 맞는 것 같은데." 레니의 매도에 압도당했던 릴리도 평소의 자신을 되찾았다.

"호호오." 헤파스는 의미심장한 표정으로 릴리와 프리지아를 차례로 쳐다봤다. 그는 식사는 거의 하지 않고 적당히 수분만 섭취했다. 레니처럼 술과 물을 혼동하진 않았다. "인간의 흉내, 짐승이라. 과연. 그렇군."

"잠깐, 뭐야! 뭔가 할 말이 있는 것 같은 말투는." 릴리가 노려보자 헤파스는 만족한 표정으로 빙긋 웃었다. "아니, 그건 정말 카틸을 말하는 것 같아서 말이야. 분명 이 남자와 그놈은 비슷한 면이 있으니까."

그 발언에 프리지아와 릴리가 발끈했다.

"아무리 닥터라고 해도 그 발언은 취소해야 할 거야. 모욕이야."

"해서 될 말과 안 되는 것이 있다고?!"

"…………." 이번엔 간접적으로 욕을 하는 형태다. 리로이의 표정이 험악해졌다.

"그래?" 두 사람한테 질책을 당해도 헤파스는 전혀 동요하지 않았다. "난 닮았다고 생각하는데."

"안 닮았어!" 두 사람의 대답은 멋지게 겹쳐졌다.

리로이는 맥주를 꿀꺽꿀꺽 마시면서 "난 그렇게 털이 많지 않아."라고 모두를 향해 중얼거렸다.

"이야아── 떠들썩하니 좋네요." 험악한 분위기를 파악했는지 리젤이 말했다. "업무 성격 때문에 혼자서 먹는 일이 많은데요. 가끔은 이렇게 먹는 것도 좋네요."

분위기 파악까지는 좋았지만 얼토당토않는 말은 겉돌기만 해 효과가 없었다. 게다가 "저것도 업무 성격 때문인가?"라고 레니한테 확인사살까지 맞고 말았다.

"참 나. 에잇."

찌그러져버린 리젤을 무시하고 릴리는 헤파스를 연이어 질책했다. "닥터한테는 여러모로 도움을 받았지만 발언이 너무 경솔하잖아."

"경솔?" 헤파스는 살짝 놀란 듯 눈을 크게 떴다. "경솔하다고? 내가?"

"뭐가——." 헤파스가 자신의 본심을 숨기고 있다고 생각했는지, 릴리는 연이어 질책하려고 했다.

하지만 곧바로 퍼뜩 정신을 차리고 옆자리의 스웨인을 봤다. 지금까지의 여정의 피로가 그녀한테서 경계심을 앗아갔다. 옆에 스웨인이 있는 것을——잊었다기보다 그의 부친을 암살한 게 자신들이라는 사실을 잊었던 것이다.

그의 앞에서 카틸하고의 인연이 있다는 것을 밝히는 발언을 한 것은 분명 경솔한 일이었다.

다행인 것은 스웨인 역시 이동의 피로가 쌓여 있다는 점이다.

스웨인은 의자에 등을 기댄 채 꾸벅꾸벅 졸고 있었다.

그 모습을 보고 긴장됐던 릴리의 표정이 안정을 되찾았고 긴 안도의 한숨을 내쉬었다. 곧바로 헤파스를 노려봤다. "닥터?"

"물론 그가 잠이 들었다는 것을 알고 한 발언이었다. 난 경솔하고는 거리가 먼 사람이다."

노과학자는 빙그레 웃었다. 릴리는 반사적으로 거친 말이 튀어나올 것 같았지만 스웨인이 선잠을 자고 있다는 생각이 들어 입을 다물었다.

"키라, 침대는 있지?" 리로이가 일어났다. "마음에 드는 것으로 써." 그녀의 대답을 확인하는 것보다 빨리 스웨인의 몸을 한 손으로 들어 어깨에 짊어졌다.

"재우고 올게." 혼잣말처럼 말하고 2층으로 올라갔다.

당연하다는 듯 나를 버려두고 갔다.

일류 용병이라면 무기는 항상 휴대하고 다닌다는 상식이 리로이한테는 없다. 대개의 사태에 맨손으로 대처가 가능하다는 것은 사실이지만, 기본적으로 모든 일에 주먹구구식이다.

남겨진 이곳에는 미묘한 분위기가 감돌았다.

바르하라와 「크림슨 디스페어」는 최종적인 목적으로 반드시 충돌할 것이다. 그 과정에 대해서만 협력관계인 것이다. 같은 테이블에 앉아 있더라도 편하게 담소를 나눌 관계는 결코 아니다.

"대답하고 싶지 않으면 대답하지 않아도 괜찮은데." 포문을 연 것은 카렌이었다. 그녀는 「크림슨 디스페어」의 3인——릴리, 프리지아, 헤파스를 순번으로 쳐다보고 최종적으로 프리지아를 쳐다봤다. "어째서 그——리로이를 납치했던 거야? 죽이려고 했다면 이해가 되지만."

"와오! 과격!" 취객이 킥킥대며 웃었다. 프리지아는 표정의 변화가 전혀 없었다.

"카틸 님의 바람이었다."

아마도 그녀는 그것으로 대화를 끝낼 생각이었을 것이다.

"당신들도 이미 알고 있겠지만." 하지만 헤파스가 말을 이어갔다. “카틸은 보통 인간이 아니야.”

그래서 다시 프리지아와 릴리가 항의의 말을 했지만 노과학자는 그것을 완전히 무시했다.

“그래서 그 남자는 우리 같은 인간들만 주변에 두게 됐어. 암살의 도구로 자란 여자애나 동족을 죽인 수인, 그리고 제정신이 아닌 과학자를.” 목 안에서 웃음을 삼키면서 헤파스는 눈을 가늘게 떴다. “그래서 그 남자를 원했을 거야. 자신과 마찬가지로 인간의 흉내를 내고 있는 짐승을.”

“닥터 헤파스.” 유일하게 양쪽 진영에서 연결고리가 있는 것은 리젤과 헤파스다. 리젤은 평소의 느긋한 표정을 찡그리며 선글라스 너머에 있는 오랜 지인인 노인을 바라봤다.

“당신은 리로이 씨가 어떤 사람인지 아는 건가요?”

“몰라.” 헤파스의 대답은 매우 짧았다. “본래라면 붙잡고 난 후 여러 가지로 조사를 해볼 생각이었는데.” 물이 들어간 컵을 손으로 매만지며 그는 아쉬운 듯 고개를 좌우로 흔들었다. “그 강인한 육체에 메스를 넣을 수 있다면 얼마나 즐거울까. 분명 안에도 멋질 게 틀림없어.” 그 장면을 상상한 것인지 노인의 눈에 황홀한 빛이 떠올랐다. “시험해 보고 싶은 약도 여러 가지가 있는데…….” 그리고 살짝 억울한 듯 중얼거렸다.

그 모습을 본 카렌은 잠깐 멈칫했지만, 리젤은 질문을 이어갔다. “당신은 그 지저호에 있었던 건 같은데요. 그곳에서 대체 뭘 봤나요?”

"호오." 헤파스가 한쪽 눈썹을 치켜올렸다. "실신했기 때문에 아무것도 못 봤다고 말했을 텐데?"

"그때 정체를 알 수 없는 맹수의 포효가 울려 퍼졌습니다." 부정하는 헤파스의 말을 무시하고 리젤은 말을 이어갔다. "지저호에는 뭔가 있었던 거예요, 닥터 헤파스."

"왜 내가 뭔가를 봤다고 생각하는 거지?" 리젤의 추궁에 곤란한 듯 헤파스는 쓴웃음을 지었다. 리젤은 드물게도 미소 하나 짓지 않았다.

"당신이 이곳에 있기 때문입니다." 규탄이라고 할 정도로 강한 말투가 아니라 오히려 온화한 지적이었지만, 헤파스는 놀란 듯이 눈을 크게 떴다. "릴리 씨한테 약을 전해주러 왔다고 말하지 않았습니까. 그건 거짓말이죠? 당신이 누군가를 위해 위험을 무릎 쓰고 차를 막았을 리가 없습니다."

"말이 너무 심하구만."

헤파스는 탄식했지만, 리젤은 사과도 하지 않고 오히려 조용히 몸을 내밀었다.

"당신이 우리들과 동행하려고 한 것은 리로이 씨가 있기 때문이 아닌가요?" 그건 의문이 아니라 확신이 담긴 말이었다. "당신은 지저호에서 뭔가를 봤고, 그리고 리로이 씨한테 강한 흥미를 갖게 됐고, 그가 지하도시를 떠나자 서둘러 쫓아온 거예요――아닌가요?"

"왜 그래, 리젤. 취한 거야?" 리젤답지 않은 모습에 레니가 눈을 동그랗게 뜨며 말했지만, 리로이가 있었다면 네가 취한 거라고 딴지를 걸었을 것이다.

"——너는 옛날부터 이랬지. 사람 안 변한다니까." 헤파스는 회한에 잠긴 듯 미소를 지었다. 그리고 서글픈 표정으로 머리를 흔들었다. "인간의 흉내가 제일 서투른 것은 너잖아, 리젤."

의외의 말에 리젤은 할 말을 잃었다. 그 얼굴을 보고 헤파스는 소리 높여 웃었다.

"정말 솔직한 놈이라니까. 그것만은 너의 유일하게 좋은 점일지도."

"당신은 여전히 나쁜 사람이에요." 리젤은 깊은 한숨을 쉬었다. 옛 지인을 꼼짝 못하게 만든 것에 만족한 헤파스는 잔에 남은 물을 단숨에 마셔버렸다.

"아가씨, 물 좀 더 줬으면 하는데."

"네." 키라는 물이 들어간 병과 함께 과일도 가지고 왔다. "할아버지, 아까부터 아무것도 안 먹었죠? 조금이라도 뭘 먹지 않으면 장수는 힘들 거예요."

눈앞에 놓인 여러 색깔의 과일을 바라보면서 헤파스는 어깨를 으쓱였다. "이미 충분히 오래 산 것 같지만 배려에는 매우 감사하네." 살짝 고개를 숙이고 먹기 좋게 잘린 과일을 하나 먹었다. 빙그레 미소 지은 키라가 카운터를 정리하러 간 것을 확인한 그는 프리지아한테 시선을 이동했다. "프리지아,

너희들 수인의 기원에 대해서 알고 있나?"

자신이 수인이라는 것이 화제에 오르자 프리지아는 멈칫했다. 이미 모두가 그녀가 수인이고, 그 거인의 목을 찢어버린 곰이 그녀라는 것을 알고 있었다.

"프리지아 씨, 수인이었나요?" 리젤이 깜짝 놀라 물었다. 그러고 보니 이 남자는 증기자동차 운전석에 껴 있어서 무슨 일이 일어났는지 전혀 보지 못했다.

"설마 곰과 인간이 만나서 자신이 태어났다고 생각하지는 않겠지?" 헤파스는 리젤에게 설명할 수고를 줄여줬다.

"당연하지." 프리지아는 얼굴이 빨개졌다. "하지만 애초에 확실한 기원 같은 건 들은 적이 없어."

"일설에는 아주 먼 옛날에 천랑족과 교류하던 일부 인간이 시조라고 하던데." 프리지아가 아니라 카렌이 말했다. "천랑족은 늑대에서 인간으로 변화하는 종족이라고 일컬어지고 있습니다. 그래서 수인을 가리켜 인랑(人狼)을 의미하는 라이칸슬로프라는 말이 사용된다고 하던데요." 그리고 고개를 옆으로 돌렸다. "설령 그 얘기가 사실이라고 해도 어떻게 인간이 동물로 변신하는 기술을 익혔는지, 그 부분에 대한 논리적인 설명을 난 들어본 적이 없습니다."

"흠. 꽤나 상세히 알고 있구만." 헤파스는 감탄한 듯 고개를 끄덕였다. "수인의 생체에 흥미가 있나 보지?"

"――업무상의 이유로 여러 가지." 확실한 답을 피한 카렌은 흥미가 있다는 것을 굳이 숨기지 않았다. "그러고 보니 변신 과정에 대한 가설이 어떻다고 말했는데요. 당신은 뭔가를 알고 있나요, 닥터 헤파스?"

"바르하라에 있을 때 재밌는 문헌을 읽은 적이 있어." 헤파스는 과일을 먹으면서 말했다. "아주 먼 옛날——수천 년도 전에 번영했던 고대 문명의 이야기였어."

"전(前)시대 문명 말이죠?"

덧붙인 것은 리젤이었다. "뷔그리즈라는 이름의, 고도로 과학이 발전됐고 지금은 사라진 문명사회——그 흔적은 세계 곳곳에서 발견되고 있습니다."

"우리들보다 훌륭한 문명인데 왜 멸망한 거야?"

프리지아의 의문은 당연했다.

그 질문에 대한 답은 한 마디로 끝난다.

"「다크 원」." 헤파스는 당연한 듯 말했다. "인류는 놈들에게 한 번 멸망 당했다."

"그쪽도 상당한 타격을 입었던 것 같은데요." 다시 리젤이 보충했다. "상처만 남은 무승부라고 할 수 있겠죠."

"문명 그 자체는 거의 괴멸됐지만 다행히 살아남았다. 그리고 다시 조금씩 발전했지만, 지금도 「다크 원」에게 생명과 생활을 위협당하고 있어——이 결과와 현상을 어떻게 생각하느냐에 따라 달렸지."

"있잖아." 그때까지 침묵한 채 대화를 듣고 있던 릴리가 헤파스 앞에 놓인 과일에 손을 뻗으면서 끼어들었다. "역사 수업이라도 시작할 셈인 거야?"

"원한다면 아침까지 계속해도 상관없어." 키라의 호의가 담긴 접시를 릴리 쪽으로 밀어주면서 노과학자는 장난기 가득한 웃음을 지었다. 릴리는 오렌지를 집더니 말없이 그것을 헤파스의 얼굴 앞에 내밀었다.

그리고 손에 힘을 주었다.

찌부러진 과육에서 즙이 튀었고 그것이 헤파스의 눈으로 들어갔다.

"…………!"

안면을 손으로 가리고 비틀거리는 노인을 보고 릴리는 키득대며 웃었다.

그 모습을 보고 있던 카렌이 고개를 갸웃했다.

"별로 신경이 안 쓰이나 봐."

"뭘?"

릴리는 찌부러뜨린 오렌지를 입안에 집어넣었다. 카렌은 힐끗 리젤을 곁눈으로 봤다. "우리 바보가 여러 가지를 알려줬거든."

"아아, 약? 신경 안 써." 포도를 하나 집어 들면서 릴리는 어깨를 으쓱였다. "내가 먹던 약을 가지고 와서 굉장히 도움이 됐긴 하지만 애초에 이 사람한테 그런 일반적인 양식은 기대하지 않으니까."

"꽤나 신랄한걸." 헤파스는 물수건으로 눈을 닦으며 낮은 신음 소리를 냈다. "이래 봬도 난 아슬아슬하게 인간의 영역에 들어가기 때문에 적어도 양심은 있고, 오렌지즙이 눈에 들어오면 아픔도 느낀다고."

"미안."

마음이 거의 담겨 있지 않은 사죄를 한 릴리는 포도를 먹었다.

이마도 이대로 얘기가 다른 곳으로 흘러갈 분위기였다.

난 헤파스에게 확인하고 싶은 것이 있었다.

그래서 가게 밖에서 홀로그램 모습을 만들어냈다. 로브를 여러 겹으로 걸친 은발의 미청년이 그곳에 나타났다. 난 로브의 옷자락을 가볍게 흔들며 가게 안으로 발을 내디뎠다.

"어서오세── 어머."

인사를 하던 키라가 나를 보더니 미소를 지었다. "당신도 온 거야?"

"별도로 행동했는데, 지금 온 거야."

난 가볍게 손을 들며 답한 후 헤파스 일행이 있는 테이블로 향했다.

"별 건은 해결했어?" 카렌이 비어 있는 자리를 권했다. 난, "뭐……."라며 적당히 답하고 자리에 앉았다.

"그런데 용케도 알고 찾아왔네."

"파괴된 차를 봤어." 난 키라한테 홍차를 부탁하면서 말했다. “거기에서 걸어서 이동 가능한 마을은 여기뿐이니까.”

“아아, 과연.”

카렌은 납득한 듯했다.

그리고 테이블을 둘러싼 면면들에게 나를 소개했다. 자기소개는 장기라서 스스로 해도 좋았겠지만, 배려를 해준 것이리라.

“아아, 괜찮아.” 카렌은 이어서 나에게 그들을 소개하려고 했지만, 한쪽 손을 들어 막았다. “이미 알고 있어.”

“어, 그래?”

카렌은 놀란 듯했지만, 어떻게 알고 있는지를 물으면 대답할 도리는 없었다.

시키는 대로 소개를 받는 편이 원만했나?

“리로이한테 들었거든.” 대충 그렇게 얼버무리고 난 쓸데없는 말이 끼어들기 전에 헤파스를 쳐다봤다. “당신이 닥터 헤파스?”

“그런데.” 오렌지즙 때문에 눈이 빨개진 헤파스가 고개를 끄덕였다. “네가 라그나로크인 거냐? 과연.” 뭔가 의미심장한 말투였지만 그건 흘려버리고.

“방금 수인이나 전시대 문명에 관련된 얘기가 밖에까지 들리던데.”

“흠.” 헤파스는 고개를 끄덕이면 긍정했다. “관심이 있나 보지?”

"약간." 내가 대답하자, 헤파스가 크게 웃었다. "약간이라고? 재밌군."

"뭐가 재밌다는 거지?"

눈썹을 좁히며 바라보자, 그는 크게 손을 흔들며, "아무것도 아니야."라고 얼버무렸다. "수인 얘기 말인데." 그러고는 곧바로 말을 이어가려고 했다.

"수인의 기원."

"흠." 헤파스는 프리지아를 힐끗 쳐다봤다. "방금 인간과 곰이 만나서라는 얘기를 했는데." 그녀가 살짝 불쾌한 표정을 지었지만, 노인은 신경 쓰지 않고 말을 이었다. "결론부터 말하면 곰과 인간이 교접을 하더라도 아무것도 태어나진 않아."

"그야 그렇겠지." 프리지아의 목소리는 어이가 없는 듯했다.

"그건 왜지?" 틈을 주지 않고 헤파스는 질문했다. "왜냐니……." 프리지아는 당황한 듯 눈을 깜빡였다. "그냥 그런 거잖아."

"그런 것이라니?" 헤파스는 계속 추궁했다. 프리지아는 말문이 막혔고, "그렇게 물어봐도……."라며 곤란한 표정으로 쓴웃음을 지었다.

"그건 낮에도 말했지만 유전자가 다르기 때문이야." 헤파스가 물로 목을 적신 후 테이블의 모두를 둘러봤다. "말하자면 유전자는 설계도야. 남자와 여자가 각자 지니고 있는 것을 합치면 하나가 되고, 그것이 새로운 생명의 설계도가 돼.” 거기까지 말하고 다시 한번 이해했는지를 확인하는 것처럼 모두의 얼굴을 둘러봤다. 그는 만족한 듯 고개를 끄덕였다.

“그리고 곰과 인간의 설계도는 완전히 형태가 달라서 합치될 수가 없어. 그래서 곰과 인간은 새로운 생명을 만들어낼 수가 없는 거야.”

“아하.” 카렌과 프리지아가 이구동성으로 말하고 서로의 얼굴을 바라봤다.

“그런데 전시대 문명의 과학자들은 이 완전히 다른 설계도를 조합해 생물을 만들어보자고 생각했어.”

“그게 수인?” 포도를 전부 먹어버린 릴리는 사과로 손을 뻗었다. “뭣 때문에?”

프리지아의 말투에는 분노가 서려 있었다.

“물론 「다크 원」과 싸우기 위해서다.” 헤파스는 단정적으로 말했다.

그리고 그것은 옳았다. 「다크 원」에 대항하기 위해 여러 무기나 병기가 개발되는 가운데 그것들을 다룰 병사 자체의 강화에 도달하는 것은 자연스러운 흐름이었다. 약물 투여나 기계화를 지나 최종적으로 유전자 조작이 주류가 됐던 것이다.

인간과 동물의 *키메라(Chimera)는 그중 하나였다.

“결국.” 카렌이 유쾌하다고 할 수 없는 표정을 짓고 있었다.

*키메라(Chimera) : 그리스 신화에 나오는 괴수. 또는 유전학 용어의 하나로 생물의 한 개체 안에서 동종 혹은 이종(異種)의 별개체 조직이 공존해 있는 현상.

"수인은 인공적으로 만들어진 병사라는 얘기인 건가."
"불쾌해?"
헤파스는 카렌의 감정이 이해가 안 되는 모양이었다.
카렌은 뭔가를 말하려고 했지만, 하려던 말을 삼키고 입을 다물었다.
"그럼 카틸 님도 우리들하고 조상이 같다는 건가?" 대신에 프리지아가 말했다. 이쪽은 카렌과 달리 표정이 밝았다.
그리고 릴리는 아마도 카렌하고는 다른 이유로 혐오를 느끼고 있었다.
"카틸의 경우 생각할 수 있는 것은 인간과 호랑이의 키메라인데." 헤파스는 먹지도 않을 포도껍질을 벗기고 있었다. "인간의 모습을 유지한 채 맹수로 변신하는 예는 적다. 대개의 경우는 인간으로서의 자아를 유지하지 못하기 때문이다." 깔끔하게 벗겨낸 포도알은 옆에서 릴리가 뺏어갔다.
"그러다 미쳐버린 실패작의 데이터도 얼마든지 있다. 의식은 형태에 기인한다. 또는 혼의 형태는 그릇에 기인한 것일지도."
"결국 모른다는 말인가요?"
리젤은 살짝 아쉬운 듯했다. "어차피 추측이야." 헤파스도 뭔가 억울한 듯했다. "카틸을 해부할 수 있다면 뭔가 정보를 얻을 수 있을 것 같지만……."
그렇게 말한 순간 과학자는 비틀거렸다.

릴리가 다시 오렌지즙을 그의 눈에 뿌렸기 때문이다.

"해부할 거면 슈발처나 하라고."

파트너인 내가 이곳에 앉아 있지만 상관하지 않았다. "오렌지즙은 안 된다고 말했는데." 헤파스는 두 눈에 물수건을 대고 떨리는 목소리로 말했다.

"혼의 형태라." 프리지아가 자신의 손바닥으로 시선을 떨구고 중얼거렸다. 헤파스의 말에 의하면 인간의 모습과 곰의 모습을 지닌 그녀의 혼은 과연 어떤 형태를 하고 있을까.

"추측을 하는 김에." 눈 안에 들어온 오렌지즙과 격투를 벌이며 헤파스가 말했다.

"혹시——그러니까 거대한 악마 같은 괴물이 있다고 치고, 그놈의 혼은 어떤 형태일 것 같아?"

"그런 게 있을 리 없잖아."

릴리가 바로 답했다.

"그렇——."죠, 라고 이어가려고 했던 리젤이 뭔가를 깨달은 듯이 말을 끊었다. 선글라스 너머의 시선이 헤파스의 얼굴에 꽂혔다.

노인은 그저 빙그레 웃을 뿐이었다.

분명하다.

헤파스는 변신한 리로이를 봤다.

역시 리젤이 말한 것처럼 그 모습을 봤기 때문에 우리들과 동행하기 위해 목숨을 걸고 차를 정지시켰던 것이다.

그건 과연 지적 호기심 때문인 걸까.

"당신의 이론을 따른다면." 난 시험 삼아 말했다. "괴물로 안정된 상태라면 괴물의 혼인 건가?"

"그럴지도." 헤파스는 긍정했다. "하지만 그게 아니라면?"

난 살짝 고개를 갸웃하며 노인을 재촉했다.

"카틸도 그런 건데." 그가 그렇게 전제를 깔자, 프리지아와 릴리가 주시했다.

"괴물의 형태에 들어가 있는 혼이 비명을 지르고 부서지고 미쳐버리면서도 약간의 제정신을 붙들고 있는 건가." 그는 아주 살짝 슬픈 표정을 지었다. "아니면——." 이번엔 희열로 가득 찬 표정이었다. "아니면 괴물보다 강인한 혼이 그릇의 형태를 파괴하고 먹어버리고 자신의 광기로 다른 괴물을 만들어낸 걸까."

아니, 만들려고 하는 건가, 라며 헤파스는 입으로만 중얼거렸다.

"그거, 어느 쪽이 됐든 머리가 어떻게 된 거 아니야?"

릴리가 불평을 토로했다. "카틸 님은 이상하지 않아."

"인간의 정기만큼 위험한 것은 없어."

헤파스는 목을 울리며 웃었다.

"당신은 노과학자인 것 같은데." 난 홍차의 향기를 즐기면서 말했다. "마치 종교가처럼 말하는군."

"종교 따윈 과학의 한 형태일 뿐이니까."

자신의 생각을 말한 그는 무화과 열매를 옆에 둔 포크로 찍었다. "나도 항상 인간의 혼을 내 눈으로 보고 싶다고 바랐어. 하지만 인간의 신체를 열어젖혀도 발견할 수가 없어." 그건 그렇겠지, 라고 말하고 싶어졌지만, 아마도 그의 갈망은 진심인 것 같았다. 늙어버린 남자의 눈은 몸을 태우는 듯한 욕망으로 휘황하게 빛나고 있었다. "발견할 때까지는 종교도 놈들이 생각하는 대로겠지만, 언젠가 우리들의 것이 될 거야."

아쉽게도 그건 매우 어려운 일이다. 이대로 과학기술이 발전해 전시대 문명 수준까지 도달하더라도 불가능할 것이다.

"방금 전 말했던 문헌에 혼이 있는 곳은 적혀 있었나?" 답은 알고 있었지만, 난 물어봤다. 예상대로 그는 슬픈 듯 고개를 흔들었다.

"그 문헌은 어디서 읽었지?"

내가 알고 싶은 것은 바로 이것이다. 경계할까, 싶기도 했지만 헤파스는 전혀 개의치 않고 "바르하라다."라고 깔끔하게 답했다. 리젤 일행도 그것이 기밀정보라는 모습은 보이지 않았다.

"바르하라는 그런 것을 수집하고 있는 건가?"

그런 것, 이 말에 어떻게 반응할지 시험해봤다.

"네." 대답한 것은 리젤이었다. "유산의 발굴, 수집, 보전은 가장 중요한 임무 중 하나입니다."

"유산?"

내가 의아해하자, 카렌이 뒤따라 말했다. "뷔그리즈의 유산——전시대 문명의 것으로 여겨지는 물품이나 데이터를 말하는 거야. 전세계에 점재해 있는 유적이나 자산가의 창고, 또는 고물상의 상품——모든 곳에 유산은 잠들어 있어. 통상임무하고는 별도로 우리들은 그 수색이 의무화돼 있어."

"아하."

뭔가 즐거운 듯 맞장구를 친 것은 내가 아니었다.

위층에서 내려온 리로이었다.

"바르하라는 트레져헌터도 하는 거야?"

그리고 내 모습을 보더니, 뭔가 말하고 싶은 시선을 던졌다.

난 그것에 대답하지 않고 홍차를 마셨다.

"전시대 문명에 대해 알고 있나?" 다시 테이블로 온 리로이한테 헤파스가 물었다. 대답은 뻔했다. 이 남자한테 그런 교양은 없기 때문이다.

"조금은." 그래서 리로이가 그렇게 답한 것을 듣고, 난 내 귀를 의심했다. "의뢰를 받아 트레져헌터의 호위를 한 적이 있어. 유적에 들어간 적도 있고." 그것을 듣고 떠올랐다. 분명 몇 번인가 트레져헌터와 일을 한 적이 있었다. 용병 길드에 있을 무렵부터 알고 지냈다는 그녀는 꽤 독특했지만 확고한 지식과 기술을 지닌 초일류였다. 그때 그녀가 침입하는 유적에 대해 리로이에게 설명했는데, 설마 그것을 이 남자가 기억하고 있을 줄이야.

"유적이라. 대단하군." 헤파스가 흥분한 표정으로 달라붙었다. "진짜 듣고 싶은 얘기야."

"내가 덫에 걸려 죽을 뻔한 얘기를 듣고 싶다고?" 여러 가지가 떠올랐는지 리로이는 괴로운 표정을 지었다.

"삼류였던 모양이지?" 헤파스의 질문에 리로이는 씁쓸한 표정인 채로 고개를 저었다. "모든 덫의 구조를 꿰뚫어 보는 능력자였다." 알맞은 타이밍에 키라가 새 맥주를 가지고 왔다. 그것을 마시면서 리로이는 말을 이었다. "다만 간파한 덫을 작동시키지 않으면 직성이 풀리지 않는 성미라서 말이야." 그 탓에 몇 번을 죽을 뻔했는지 모른다, 고 중얼거리는 리로이와 달리 헤파스는 재밌다는 듯이 눈을 반짝였고, 릴리는 기쁜 듯 미소를 머금었다.

"뭐야, 재밌을 것 같은 얘기잖아." 리로이는 재촉받은 대로 자신이 고생한 이야기를 하게 되었다.

뭔가가 테이블을 때린 것은 리로이가 트레저헌터와 용병길드의 사정관한테 살해당할 뻔한 얘기를 했을 때였다. 소리의 원인을 보니 레니가 테이블에 엎드리는 바람에 난 소리였다. 방금 전부터 아무 말도 하지 않고 눈도 공허했었는데 드디어 한계가 온 것 같다.

"방에 데리고 갈게." 카렌이 그녀의 축 처진 몸을 껴안았다. "좀 더 얘기를 나누고 싶었는데, 잘자."

"잘자." 우리들의 목소리를 등지고 그녀는 레니를 안고 있다고는 생각할 수 없을 가벼운 발걸음으로 계단을 올라갔다.

그녀와 교대라도 하는 듯 몇 사람의 손님이 들어왔다. 그들은 바로 리로이를 발견하고 말을 걸었다. 모두 예전에 방문했을 때 얼굴을 봤던 마을 사람들이었다. 리로이가 마을에 왔다는 말을 듣고 그렇다면 여기일 거라며 찾아온 듯했다.

순식간에 테이블 위가 술로 가득 찼다.

마시고 떠드는 사이에 손님 수는 점점 늘어났다.

그 모두가 리로이를 만나러 왔다는 현실에 프리지아와 릴리는 살짝 동요했다. 그 초로의 노인 말이 사실이었던 것을 드디어 인식하기 시작한 것이다.

그러던 중 릴리의 눈꺼풀이 닫힌 채 열리지 않게 됐고, 프리지아가 그녀를 데리고 방으로 들어갔다.

날짜가 바뀔 무렵, 리젤이 자리를 떴다. "여러 가지 얘기를 듣게 돼 즐거웠습니다." 그는 인사를 하고 방으로 들어갔다.

그 뒷모습을 바라보던 헤파스가 "맞다."라며 뭔가 떠오른 듯 나를 쳐다봤다.

"너희들은 언제 어디서 알게 돼 파트너가 된 거냐?"

"그런 걸 알아서 뭐 하게?"

별로 말하기 싫은 건 아니지만, 그렇다고 다른 사람한테 들려줄 만한 얘기도 아니다.

"단순한 호기심이야. 그렇게 심각할 필요 없잖아."

헤파스가 웃었다.

난 별로 심각해 하지 않았다.

"주웠어." 환담을 나누던 리로이가 이 화제를 듣고 싱글거리면서 말했다. "빈털터리에 의뢰받은 일도 실패할 것 같은 게 불쌍해서."

"너한테 불쌍하다는 말을 들을 이유는 없어."

내가 살아가는 데 금전은 필요 없지만, 가끔은 홍차를 마시고 싶을 때가 있다. 그럴 때는 어떤 일이든 해서 돈을 벌었다.

리로이와 만났던 것은 그때였다.

"너무한 것은 네 쪽이지. 칼을 들이대는 인간을 용서 없이 죽여버렸잖아." 그렇게 말한 후, 그건 지금도 그렇다는 생각이 들었다. 그럼 뭐가 너무한 건가.

"아니 너무한 것은 얼굴인가."

"알기 쉽게 싸움을 걸었어." 리로이가 볼을 찡그렸는데, 생각해보면 분명 처음 만났을 무렵의 리로이는 지금보다 훨씬 지독한 얼굴이었다.

특히 눈빛이.

사람을 사람으로 여기지 않는 악당들조차 리로이가 한 번 노려보면 전의를 상실할 것 같은, 그야말로 악귀 같은 눈빛이었다.

어떤 경험을 하면 그런 얼굴이 되는 걸까.

"사실이야. 그렇게 화내지 마." 난 컵에 남은 홍차를 전부 마셨다. "그 무렵 자신이 어땠는지를 떠올려보면 납득이 될 거야."

"기억이 안 나는데. 그런 옛날 일은." 겸연쩍어서 그런 건지 겨우 몇 년 전의 일인데도 리로이는 모른 척했다.

"과연." 난 한숨을 쉬었다. "네 기억력이 얼굴 이상으로 지독한 것을 잊고 있었어."

"잘난 듯이 말하는 것치곤." 리로이는 코웃음을 쳤다. "네놈의 기억력도 대단할 건 없잖아."

뭐지? 내 비아냥을 몰랐다고 하더라도 그렇고, 알고서 역으로 되받아쳤다고 하더라도 그렇고, 짜증이 나는 이 느낌은.

"재밌어." 헤파스는 말 그대로 만면에 미소를 짓고 있었다. "정말 재밌어." 그리고 일어났다. "너희들은 정말 흥미진진한 콤비야."

말은 우리들을 향해 했지만, 어딘가 내향적인 울림도 있었다. "영원히 사이좋게들 지내라."

"왠지 기분 나쁜 말이로군." 리로이는 얼굴을 찡그렸지만, 헤파스는 그것을 웃어넘겼다. 난 2층 방으로 향하는 그의 뒷모습을 바라보면서 그의 말은 다른 비아냥이 담겨 있는 거라는 생각이 들었다.

그렇다면 그는 나를 알고 있다는 말이 된다.

전시대 문명에 대한 문헌을 열람할 수 있는 위치에 있었다면 이상할 것도 없지만…….

“왜 그렇게 답답한 표정인 거야?”

“바보라고 광고하고 다니는 얼빠진 얼굴보단 괜찮아.”

리로이의 말에 적당히 되받아쳤고, 그 말을 듣고 웃어대는 마을 사람들을 돌아봤다.

지난번에 방문했을 때와 다름없는 얼굴들.

하지만 위화감이 있다.

감은 뛰어난 오감이 있어야 발휘된다고 헤파스는 말했지만, 그 견본이 되는 기준은 경험과 기억이다. 그 전부가 인간과 똑같은——아니, 인간 이상의 정밀도로 갖추고 있는 나에게도 당연히 감이라는 감각이 존재한다.

그것은 분명 희미하게 경종을 울리고 있었다.

확실하게 뭐가 위험한 것인지는 몰랐다. 보이고 들리는 범위에 확고한 이변이 없었기 때문이다.

처음 위화감을 입에 담은 리로이는 지금도 뭔가를 느끼고 있을까.

관찰한 바로는 술을 마시고 바보 같은 경험담으로 들떠 있는 것으로만 보였다. 벌써 처음 느꼈던 위화감 따윈 어딘가로 사라져버린 듯했다.

주점은 웃음소리가 넘쳐났고 몇 시간이 지난 뒤에야 조용함이 찾아왔다.

나 이외의 모두가 의자 위, 또는 테이블에 엎드려서, 또는 바닥에 누워서 잠을 자고 있었다.

“아무런 변화도 없고 평온하지만 지루한 매일——그렇게 생각한 것은 티아뿐만은 아니지.” 아니, 나 이외에도 눈을 뜨고 있는 인간이 있었다. 키라였다. “그래서 당신들이 와준 게 기쁜 거야. 바깥 얘기에 굶주려 있으니까.” 그녀는 이미 늦은 시간인데도 피곤하지 않아 보였고 척척 정리를 하고 있었다.

“도와주지.” 난 우선 눈앞에 있는 맥주잔을 부엌으로 들고 갔다. “손님한테 시키는 건 미안하지만, 고마워.” 그녀는 웃었다. “오늘 하루 동안 몇 개월 분은 벌었어.”

“변함없는 생활이라.” 이리저리 생각해봐도 의미가 없었기 때문에 난 단도직입적으로 물었다. “요 근래 정말 아무런 일도 없었어? 우리들 외에 찾아온 방문자라든가?”

“아아, 그러고 보니 한 명 있었어.” 그녀는 설거지를 계속하면서 말했다. “아름다운 남자였는데 거의 말을 하지 않았고, 그냥 이 마을을 지나가는 길이었지만.”

“어디로 갔는지는 알아?” 이어서 물어보니, 그녀는 바로 대답하려고 입을 열었다.

그리고 고개를 갸웃했다.

“이상하네.” 그녀는 의아한 듯 중얼거렸다. “분명히 떠난 것은 기억이 나는데 어디로 갔는지는 기억이 안 나.”

“그 남자의 자세한 인상은 기억해?”

그녀는 고개를 끄덕였다. 단신의 그 남자는 손에 지팡이를 들고 있었고 검은 코트를 걸친 신사였다고 했다. 다만 여행을 하는 복장은 아니었다. 피부색은 눈보다 하얗고, 길고 검은 머리카락에 피처럼 빨간 눈동자와 입술을 한 그 남자는 짐도 없이 산책을 나온 차림으로만 보였다고 했다.

"그 남자에 대해서 뭐 아는 거라도 있어?"

"아니, 기분 탓이야. 잊어줘."그 남자의 정체가 뭔지는 추측의 영역이지만, 이 마을에서 느껴지는 위화감과 어떤 관계가 있을지도 모른다. 빨리 리로이한테 전달해두는 편이 좋을 것 같았다.

뭐, 지금은 엄청나게 코를 고는 중이지만.

"이 사람들은 아침까지 이대로겠지?"

"뭐, 일어나면 멋대로——."

키라의 말을 막은 것은 주점 문을 격렬하게 두드리는 소리였다. 내가 그녀를 보자 약간 겁먹은 표정으로 고개를 가로저었다. 문은 난폭하게 두드려지고 있었다. 평범한 손님 같진 않아 보였다.

"——키라는 카운터 뒤에 숨어."

숙면하던 리로이가 일어나 검을 칼집에서 뽑으면서 문 쪽으로 다가갔다. 그 움직임에는 술의 취기와 숙취로 인한 굼뜸도 없었다.

문 좌우에 있는 창문에는 두꺼운 커튼이 드리워져 있었다. 리로이는 그것을 걷고 밖의 모습을 살펴보더니 의아한 표정으로 돌아봤다.

"마을 사람들이야." 그렇게 말하는 동안에도 문이 당장 부서질 것 같은 기세로 두드려졌다. "이런 한밤중에 무슨 집회라도 있는 거야?"

"지금이 농담할 때야?!" 겁먹은 키라를 카운터 뒤에 데리고 들어가 가만히 있으라고 말한 후 리로이 옆으로 돌아왔다.

바로 그때 창문 유리가 깨졌다.

곧 대거 쳐들어올 것이다.

"뭐일 것 같아?" 리로이도 약간 곤란한 듯했다. 상대가 악당이나 「다크 원」이라면 주저할 것도 없지만, 주민의 의도가 뭔지 알 수가 없었다.

전원이 세뇌, 최면, 아니면 환각에 빠져 습격자가 됐다.

거꾸로, 우리들의 뇌가 뭔가의 침식을 당하고 있다.

고액의 보수를 미끼로 우리들의 포획, 또는 살해를 의뢰받았다.

인간한테 의태하는 「다크 원」, 또는 인간에 기생해서 조종하는 권속에 의한 습격이다.

그리고 최악의 경우——.

"일일이 확인할 여유는 없어 보이네."

깨진 창문에서 중년남성이 남아 있는 유리 파편에 피부가 찢어지는 것도 느끼지 못하고 뛰어들었다. 분명 그는 이 가게 근처에서 잡화점을 운영하는 남자였다.

그 뒤를 이어 들어온 청년은 양친과 함께 작은 목장에서 소와 양, 닭 등을 기르고 있었다.

그를 밀어젖히는 기세로 뛰어들어온 것은 눈을 가늘게 뜨고 손자가 노는 모습을 바라보던 노파였다.

리로이와 난 후퇴했다.

그 발밑에 만취해 있던 자들이 천천히 일어나기 시작했다.

카운터에 숨어서 상황을 살펴보던 키라가 비명을 내질렀다.

말없이 이쪽을 노려보는 그들의 눈동자는 피처럼 빨갛게 반짝이고 있었다.

2

리로이한테 발로 차여 날아간 테이블은 옆으로 굴러 바닥을 긁으면서 선두에 선 남자랑 격돌했다. 방금 전까지 리로이와 함께 마시던 농부 중 한 명이었다. 채소를 키우고 있지만 고기를 더 좋아한다며 웃던 이였다.

테이블에 발을 통타당한 농부 남자는 고꾸라져 얼굴을 바닥에 처박았다.

그 등을 밟고 전진한 것은 대장장이 아저씨였다. 술이 엄청 세서 마지막까지 리로이와 술을 마셨던 그는 검이나 갑옷을 만들고 싶지만 이 마을은 너무 평화로워서 냄비랑 요강만 고치고 있다며 불평을 늘어놨었다.

리로이는 의자를 잡아 그를 향해 던졌다. 대장장이 일로 단련된 육체와 부딪친 의자는 산산조각으로 부서졌다. 그 파편이 주변에 있던 사람들의 얼굴에 맞았지만, 그들은 꼼짝도 하지 않았다. 대장장이도 비틀거리긴 했지만 곧바로 균형을 잡고 리로이에게 덤벼들려고 했다.

리로이는 카운터로 뛰어넘어가 그곳에서 웅크리고 있던 키라를 어깨에 짊어졌다.

"미안. 가게 비품이 좀 부서졌어." 그럴 때가 아니라고 생각했지만, 키라도 왠지 순순히 고개를 끄덕였다. "마침 바꾸려고 생각하던 참이었어." 그녀의 목소리는 떨리고 있었다. 친숙한 이웃들의 변모는 생판 모르는 타인한테 공격당하는 것과는 다른 의미로 무서웠다.

그래도 제정신을 유지하는 것을 보면 키라는 대담하다.

리로이는 그녀를 안은 채 2층 계단으로 향했다. 나는 테이블이나 의자를 투척하면서 견제했다.

그들은 전혀 겁먹지 않았지만, 움직임이 둔했다. 재빠르다고 할 수 없는 정도라, 우리들은 쫓기는 일 없이 2층에 도달했다.

2층 계단 주변은 넓은 홀이 있고, 거기서 좌우로 통로가 뻗어 방들이 그를 따라 늘어서 있었다. 이미 홀에는 카렌과 프리지아가 소동을 듣고 나와 있었다.

"무슨——." 카렌은 상황을 확인하려고 했을 것이다.

하지만 계단을 뛰어 올라온 리로이가 돌아보지도 않고 중년여성——분명 남편이 사냥꾼이라고 했다——을 발로 차 떨어뜨리는 것을 목격하고 할 말을 잃었다.

"제일 넓은 방은 어디야?" 중년여성한테 휩쓸려 계단에서 굴러떨어지는 사람들을 바라보면서 리로이는 키라를 내려줬다.

"오른쪽 복도 끝."

"좋아. 잠자는 놈들을 깨워서 그쪽으로 가자."

카렌과 프리지아는 황급한 사태에 익숙한 만큼 장황하게 말을 늘어놓지 않았다. 재빨리 몸을 돌려 방안으로 뛰어들어갔다.

"스웨인을 부탁해. 세 번째 왼쪽 방이야."

"알았어."

난 키라를 재촉해 나아갔다. 하지만 곧바로 발을 멈추고 계단을 올라오는 사람을 용서 없이 발로 차 떨어뜨리는 리로이한테 말했다. "가능하면 한 명 붙잡아서 데리고 올 수 있겠어?"

"알았어." 그렇게 말하면서 내던진 것은 비장의 술을 손에 들고 몇 년 전 일의 감사 인사를 했던 예의 바른 촌장이었다. 콧등을 맞아 코피를 흘리면서 몸이 젖혀졌다.

그가 계단에 떨어지는 소리를 들으며 나와 키라는 세 번째 왼쪽 방으로 뛰어들었다.

"무슨 일이야?" 스웨인은 침대 위에서 일어나 눈을 비비고 있었다. 난 설명할 시간을 아끼기 위해 그에게 다가가자마자 아무 말 없이 그를 옆구리에 껴안았다. "어라? 라그나로크?" 잠이 덜 깬 눈이었지만 내가 누군지는 아는 것 같았다. "어디 가는 거야?"

"잠깐 방을 이동할 거야."

난 아무렇지 않게 말했지만 1층 주점에 차례차례로 침입해 오는 마을 사람들이 시끄러운 소리를 내고 있었고, 계단을 굴러떨어지는 소리도 귀에 들어왔다. 스웨인의 얼굴에서 잠이 싹 날아간 것이 느껴졌다.

"뭐, 뭐야?!"

"나중에 설명할게."

통로로 나오자 스웨인은 당연히 소리가 나는 쪽을 쳐다봤다. 그리고 리로이가 마을 사람들을 던지고 차는 폭행 현장을 보고 말을 잃었다.

난 키라를 앞에 세우고 통로를 지나갔다. 도중에 카렌 등과 합류해 안쪽 방으로 향했다. "무슨 일이 벌어진 건가요?" 시끄러운 소리에 눈을 뜬 리젤이 살짝 연 문틈으로 얼굴을 내밀었다. "조용히 따라와." 지나가면서 카렌이 말했다.

안쪽 방문을 밀어젖혔다. 그곳에는 이미 헤파스가 소파에 누워 있었다. 그는 쓴웃음을 지으며 고개를 움츠렸다.

"나이를 먹으니까 잠자리가 사나워서 힘들어."

"매우 편해 보이는데." 난 안고 있던 스웨인을 소파에 앉혔다. 그 옆에 릴리를 앉힌 프리지아는 칼을 뽑으면서 문 쪽으로 향했다.

"대체 무슨 일이 일어난 거야?" 카렌은 등에 업은 레니를 침대 위에 눕혔다. 철실술사는 이 국면에서도 도움이 안 될 것 같았다.

"마을사람들이 습격해왔어." 내 단적인 설명에 의미를 알 수 없다는 표정으로 카렌이 고개를 갸웃했다. 뭐, 나도 아직 알지 못하는 일이라 어쩔 수 없다.

"이럴 리가 없는데." 키라는 불안한 모습으로 넓은 방안을 걸어 다녔다. "이런 바보 같은 일이……."

"——그런데 공격당하고 있는 것은 사실 같네요." 창문으로 바깥의 상황을 살펴보던 리젤이 찡그리며 말했다. 나도 확인해봤지만 가게 앞의 길이 사람들로 가득했다. 혹시 마을 사람 모두가 밀려 들어온 것일까.

문이 난폭하게 열리고 격렬하게 닫히는 소리가 방에 울렸다.

"데리고 왔어." 리로이의 목소리에 그 등 뒤에서 문을 두드리는 소리가 겹쳐졌다. 프리지아가 문을 밀고 있었지만, 바깥쪽 압력으로 문이 휘어졌다.

"이놈을 어쩔 건데?" 리로이가 누르고 있는 것은 마을에 하나 있는 학교의 선생이었다. 30대인 그 남자는 격렬하게 발버둥 쳤다. 리로이가 누르고 있기에 마음대로 움직이지 못했지만 자유로워지면 피아를 가리지 않고 덤벼들 것이다. 빨간 눈동자에 이성은 보이지 않았고 신음 소리를 내는 입에서는 침이 넘쳐흘렀다.

"크리스, 어떻게……." 교사의 이름만 부를 뿐 키라는 더이상 말을 잇지 못했다.

"호오, 이건." 헤파스가 흥미진진한 듯 다가왔다. 크리스라는 남자는 그를 물어뜯으려는 듯이 고개를 내밀었지만 닿지 않았다. 전혀 겁먹지 않은 헤파스는 이상하게 변한 남성 교사를 자세히 살펴봤다.

"눈동자 색이 변화된 것은 단순히 안구의 혈관이 파열돼서가 아니야. 색소 침착인가?"

"바이러스의 활동이 여실히 드러난 것인데 홍채(虹彩)라고 불린다." 내 말을 들은 헤파스가 고개를 번쩍 들었다. "이 증상을 알고 있는 거야?"

"아마도." 난 헤파스 옆에 무릎을 꿇고 발버둥 치는 크리스의 손을 잡았다. "맥을 확인해봐."

헤파스는 의아한 표정을 지으면서도 남자의 손목에 손가락 두 개를 대봤다. "호오." 보통은 이런 상황에 깜짝 놀라겠지만, 그는 즐거운 듯 눈을 반짝였다.

"맥이 없어."

"——무슨 말이야?" 카렌이 눈썹을 좁히며 물었다. 맥이 없다는 것이 무슨 뜻인지를 물어본 것은 당연히 아니다.

"이 남자는 죽었어."

잠시 침묵이 흘렀다.

문을 두드리는 소리만 어딘가 비현실적으로 실내의 공기를 흔들었다.

"무, 무슨 말을 하는 거야." 웃어넘겨야 하나, 화를 내야 하나, 판단이 서지 않은 키라가 내뱉은 말은 흔들리고 있었다. "분명 이상하긴 하지만 움직이고 있고, 살아 있는 게 당연하잖아?"

"방금 전 바이러스라고 말했지?" 헤파스는 다시 크리스의 맥을 확인했다. "무슨 바이러스야?" 그가 바이러스의 존재를 이미 알고 있는 상태로 말하는 것에 놀라지 않았다.

"뱀파이어 바이러스라고 불리고 있어." 난 그렇게 말한 후 잠시 생각한 뒤에 말을 이었다. "닥터 헤파스, 당신은 그레이프닐이 어떤 무기인지 알고 있나?"

"음." 그는 고개를 끄덕였다. "츠베르크에 있을 때 자료를 읽은 적이 있어. 나노머신 군체라는 것이다."

"뱀파이어 바이러스는 나노머신과 매우 가까운 성질을 지니고 있다——고 말하면 이미지화가 쉬울 거야." 뱀파이어 바이러스, 이름 그대로「다크 원」중에서도 특별히 강력한 권속인 뱀파이어가 보유하는 특수한 레트로바이러스다.

태곳적부터 어둠의 마신으로 두려움의 대상이었던 뱀파이

어는 이름에 어울리게 인간을 흡혈했고 예속시키는 것으로 알려져 있다.

대체 어떤 방법으로 예속시키는 것일까.

그 답이 레트로바이러스다.

흡혈 행위 자체가 사실은 피를 흡수하기 위해서가 아니라 치아에서 유출되는 뱀파이어 바이러스에 감염시키기 위한 방법인 것이다.

통상의 레트로바이러스는 역전사 효소(逆轉寫 酵素)의 움직임으로 숙주의 유전자에 스스로가 포함되지만 뱀파이어 바이러스는 포함되는 것이 아니라 스스로가 주체가 되게끔 완전하게 바꿔버린다.

기생이 아니라 탈취다.

인간의 체내로 들어간 바이러스는 폭발적인 분열, 증식을 반복하고 불과 몇 시간 안에 숙주의 체내를 지배하에 둔다.

하지만 곧바로 마을 사람들처럼 정신을 잃거나 폭주하진 않는다. 바이러스는 보유자인 뱀파이어가 명령을 내릴 때까지 지금까지와 다를 게 없는 생활을 하는 것이다.

"그렇군. 결국 그레이프닐이 이식된 튤의 상태와 똑같다는 말이야."

헤파스는 아직도 돌아오지 않은 청년을 찾는 것처럼 창밖으로 시선을 돌렸다. "그럼 놈을 얌전하게 만드는 약이 있는 것처럼 뱀파이어 바이러스를 제어하는 방법이 있지 않을까."

"없어." 난 고개를 가로저었지만 정확히 말하면 이 시대에는 없다는 의미다.

바르하라가 전시대 문명이라고 불렸을 때에는 항바이러스제가 존재했다. 다만 뱀파이어 바이러스는 보유자에 따라 감염력이나 지배력이 달라지기 때문에 너무 강대한——예를 들면 레이디 뫼베 같은——존재는 어쩔 도리가 없다.

그럼 이 마을의 인간 2백 명을 지배하에 두는 뱀파이어는 어떨까.

명확한 기준이 있는 건 아니지만 리로이나 내가 아주 희미한 위화감만 느꼈을 정도의 지배력을 감안하면 아마도 약 천 년 단위를 살아온 엘더 급이 틀림없다.

"정말 치료가 안 되는 거야?" 키라는 공포와 슬픔이 담긴 눈빛으로 짓눌려서 신음 소리를 내는 크리스를 봤다. "계속 저 상태로 살아야 하는 거야?"

"뱀파이어 바이러스의 수명은 사실 그렇게 길지 않아."

내 말에 키라의 얼굴에 실낱같은 희망의 조짐이 보였다.

"일주일에서 10일 안에 새로운 바이러스를 주입하지 않으면 사멸해." 이어지는 내 설명을 들은 키라는, "그럼——."이라고 말하다가 카렌한테 막혔다.

"저 사람, 이미 죽었다고 말했잖아." 그녀의 표정은 냉엄했다. "뱀파이어 바이러스 같은 것에 감염됐을 경우 바이러스가 10일 정도면 죽는다고 했을 때 인간 쪽은 어느 정도 지나야 죽음에 다다르는 건데?"

"지배하에 놓인 시점에 이미 죽은 거야." 앞으로 벌어질 일은 말하기 힘들기 때문에 내 입장에서는 확실히 말해두는 편이 좋을 것이다. "우선 분명히 이 마을에 살아 있는 것은 우리들뿐일 거야."

"말도 안 돼……." 키라가 핏기없는 얼굴로 비틀거렸다. 그녀를 바라보는 카렌의 눈빛에는 온기가 없었다.

"죽은 사람을 다시 한번 죽여야 하는 건가?"

"머리를 깨부수든가 목을 절단해." 난 무릎을 꿇은 상태의 크리스를 내려봤다. "육체를 조종하는 것은 뇌에서 전해지는 신호야. 이것을 끊으면 움직일 수 없게 돼."

"거꾸로 말하면 그것 이외의 공격은 거의 의미가 없다는 말이겠네." 헤파스는 방에서 들고 온 가방을 주섬주섬 뒤지다가 주사기를 꺼냈다. "2차 감염도 되나?"

"전사(傳寫)는 한 번으로 끝나." 대개의 경우는, 라는 주석이 붙지만.

내가 아는 한 감염자로부터 새로운 감염자가 태어난다. 즉, 새로운 육체로 침입할 때마다 전사해 유전자를 바꾸는 레트로바이러스의 보유자는 레이디 뫼베뿐이다. 그녀는 단 한 명의 감염자를 보내는 것만으로도 백만 명이 거주하는 대도시를 괴멸시킨 적이 있다.

"다만 그렇기는 해도 조심히 취급해야만 해. 알고 있겠지만.”

“안심해. 이걸 자신의 몸으로 시험해 볼 것 같진 않으니까.” 그 말은 타인의 신체라면 시험해 본다는 말인가. “살아 있는 시체가 되면 이 세상의 진리에 도달할 수 없으니까.” 헤파스는 자신의 말에 작은 웃음소리를 내면서 크리스의 팔에 주사기를 신중하게 꽂았다.

“——그래서, 어떻게 하면 돼?”

강력한 압력을 받고 있는 문을 사수하고 있지만 프리지아의 목소리는 차분했다. “모두, 죽일 거야?”

이 말에 키라는 깜짝 놀라 몸이 경직됐다.

“그래.” 그리고 리로이가 검을 뽑는 것을 보고 비명을 질렀다. “잠깐 기다려. 정말 그 방법밖에 없는 거야?!”

키라에게 팔을 붙잡힌 리로이는 나를 바라봤다.

내 대답은 하나밖에 없다.

“안타깝지만 죽은 인간을 되살리는 방법은 없어.”

“알았어.”

리로이는 키라의 팔을 조심스럽게 풀고 한쪽 손으로 누르고 있던 크리스를 그대로 벽에 내던졌다. 등을 통타당한 크리스는 바닥을 바라보고 엎어졌지만 곧바로 사지를 사용해 기어왔다. 그대로 가장 가까운 누군가를 덮치려고 했지만 그때는 이미 리로이의 참격이 그 목에 박히고 있었다.

그의 머리가 데구르르 바닥을 굴렀다. 이미 죽었기 때문에 피가 튀어나오진 않았다. 새까맣게 변색된 액체가 주르륵 흘러나왔을 뿐이다.

그때까지 잠이 덜 깼던 스웨인은 절단된 인간의 머리로 시선이 못 박혔고 얼굴이 창백해졌다.

한숨을 쉰 것은 카렌이었다. 그녀는 단검 하나를 꺼내 키라에게 다가갔다.

"미안하지만." 카렌의 표정은 어두웠다. "당신만 무사했다고는 생각할 수 없어."

키라는 당연히 뒤로 물러섰다.

"그래도 확인은 해본 다음에 하죠?" 리젤이 서둘러 끼어들었지만 카렌은 분개한 듯 말이 거칠었다.

"당연하지."

그녀는 그렇게 말하고 키라에게 다가갔다.

키라의 풍채 좋은 몸이 허공을 난 것은 카렌의 손끝이 그녀에게 닿을까 말까 했던 순간이었다.

도약한 키라는 벽에 붙더니 그대로 천장으로 올라가 창문 쪽으로 갔다. 어이없을 정도로 가볍고 빠른 속도였다.

그대로 단숨에 창문을 깨부수고 탈출하려고 했지만 그 발이 카렌한테 잡혔다. 카렌은 그녀를 바닥에 질질 끌어 엎드린 자세로 만들고 그 위에 올라탔다. 빨간 눈으로 노려보는 키라의 목으로 단검을 가져갔다.

"당신의 요리는 정말 맛있었어." 그대로 목을 쳐내려고 한 카렌의 팔을 등 뒤에서 리로이가 막았다. 조금 놀란 모습으로 카렌은 리로이를 돌아봤다.

"막는 거야?"

"아니."

방금 전까지 겁먹고 탄식하던 모습도 사라진 채 이빨을 드러내고 위협하는 키라를 리로이는 조용히 바라봤다.

"내가 할게."

망설임은 없었다.

들어 올린 검을 내리쳐 키라의 목을 일격에 절단했다. 움직일 수 없게 된 키라를 쳐다보지도 않고 몸을 돌린 리로이는 쿵쾅 소리가 계속 이어지는 문으로 걸어갔다.

"넌 이곳에서 스웨인들을 지켜줘."

"잠깐." 평소라면 내가 고개를 끄덕이고 상황이 진행됐겠지만 이번엔 다른 방법도 있다. 난 리로이를 불러 방구석에서 조용히 귓속말을 했다.

"나라면 이 마을을 통째로 없애버릴 거야." 그 말의 의미가 리로이의 머리로 이해되는 데 몇 초, 기다렸다가 말을 이었다. "하지만 지금은 탈출에 전념하는 게 좋지 않을까."

"아니." 리로이는 역시나 주저함이 없었다. "내가 해야만 해."

이 남자는 왜 항상 이런 걸까.

어딘가로 멀리 도망친 뒤에 탄식해도 될 일이다.

적어도 난 비난하지 않을 것이다.

모든 것에 정면으로 마주할 필요는 어디에도 없으니까.

"——알았어." 하지만 난 리로이가 이렇게 말할 것을 알고 있었다. 이건 천성이고 삶의 방식이다.

그것을 굽히면 살아갈 수 없다.

그런 고지식함도 있다.

"좋을 대로 해."

난 어깨를 으쓱였다.

"그럴 거야."

리로이는 씨익 웃었다.

그러고는 몸을 돌려 문이 아닌 창문 쪽으로 갔다.

"설마 거기서 뛰어내릴 거야?"

문을 막고 있던 프리지아는 당연히 문을 통해 뛰어나갈 거라고 생각했기에 의표를 찔린 것 같은 표정으로 말했다.

"방으로 밀고 들어오면 귀찮아."

리로이는 일단 검을 칼집에 넣었다. "그리고 넓은 곳이 싸우기 편해." 수가 압도적으로 많은 상대와 싸울 경우, 한 번에 싸울 수 있는 상대가 적어지는 좁은 장소를 선택하는 게 정석이다. 하지만 2백 명에 가까운 수가 되면 휩쓸려서 짓눌려버릴 가능성이 있다.

"——확실히, 그렇군." 카렌이 동의했다. "당신은 어쩔 거야, 프리지아?"

"문은 다른 뭔가로 막아두면 버텨낼 수 있을 것 같아."

등에 느껴지는 압력을 계산하면서 프리지아는 시선으로 침대와 테이블을 가리켰다. 그 신호를 본 리로이와 카렌, 그리고 리젤이 바깥쪽에서 때려대는 바람에 흔들리는 문을 가구로 막아버렸다. 제일 큰 방이기 때문에 침대가 네 개에 서랍장, 테이블, 소파 같은 가구가 전부 갖춰져 있었다. 그 대부분을 문 앞에 쌓아두고 문이 흔들릴 때마다 삐걱이지 않을 정도로 만든 후에야 프리지아는 만족스럽게 고개를 끄덕였다.

"좋아, 이거면 됐어." 그리고 칼을 쌓아 올린 가구에 걸쳐 세웠다. 방에 남으려는 건 줄 알았는데 리로이와 카렌과 함께 창가로 향했다.

"저 숫자라면 검보다 발톱이 편해."

눈빛으로만 물어본 카렌의 질문에 프리지아가 자신의 다섯 손가락을 구부리며 답했다. 변신해서 곰의 모습으로 싸운다는 뜻인가.

"가능하면 옷을 찢고 싶지 않았는데." 작은 목소리를 덧붙였다. 벗은 후에 변신하면 될 일일지도 모르지만, 이곳에서 벗을 수도 없고 아래로 내려간 후에는 더욱 무리일 것이다.

"나중에 구해줄게." 카렌이 프리지아의 등을 두드렸다. 그녀는 힐끔 자신보다 키가 작은 프리지아의 얼굴을 쳐다봤지만, 고개만 끄덕일 뿐 입으로는 아무런 말도 하지 않았다.

리로이는 창문을 열어 아래를 확인하지도 않고 뛰어내렸

다. 카렌과 프리지아도 뒤를 이었다.

난 창가로 다가가 바깥 상황을 확인했다.

리로이는 몇 명을 한꺼번에 발로 차버리면서 정확하게 목을 쳐내고 있었다. 카렌은 양손에 쥔 단검을 멋지게 휘둘러 연속으로 목을 절단했다.

프리지아는 좀 더 대범하고 압도적이었다.

거대한 곰으로 변신한 그녀는 무리 지은 감염자들을 앞발의 일격으로 쓸어버렸다. 날카로운 발톱에 걸린 남자의 머리는 으깨졌고, 뇌가 터져버렸다. 튼튼한 앞발의 타격은 다른 젊은이의 안면을 함몰시켰고 중년여성의 목을 찢어버렸다.

발톱 끝으로 가슴이 꿰뚫린 장년의 남성은 앞발이 빠져나가자 가슴에 큰 구멍이 생긴 채로 날아갔다. 그리고 머리부터 떨어져 두개골 함몰과 목뼈 골절로 움직일 수 없게 됐다.

그 세 명한테 맡겨두면 잠시 후 마을은 본래의 모습——고요함을 되찾을 것이다.

문제는 감염자들을 조종하는 뱀파이어.

아직 어딘가에서 이 상황을 감시하고 개입할 타이밍을 엿보고 있지 않을까.

"저기, 잠깐." 주변을 살펴보던 난 자신을 부르는 목소리에 반응하는 것이 늦어졌다. 돌아보니 릴리가 내 로브를 잡아당기고 있었다.

"왜?"

"당신은 슈발처의 파트너가 된 지 오래됐어?"

왜 이런 질문을 하는 건지 알 수 없었지만 감출 만한 정보도 아니었다.

"5년——6년째가 됐군."

"저 녀석은." 그녀는 리로이 일행이 뛰쳐나간 창문을 바라보면서 눈썹을 좁혔다.

그리고 혼잣말처럼 중얼거렸다.

"인간의 감정을 가지고 있어?"

그건 취한 레니가 리로이에 대해 내던진 폭언이었다. 난 릴리의 눈이 머리가 절단된 돼 바닥에 떨어진 채로 방치된 키라한테로 이동하는 것을 봤다.

난 문을 막기 위해 이동시킨 침대에서 시트를 두 장 꺼내 크리스와 키라의 시체를 덮었다.

"——없는 것처럼 보여?" 그 정도로 감정의 토로가 격렬하고 감정대로 살아가는 인간도 많지는 않아 보이는데, 릴리가 말하는 것도 이해가 된다. 어떤 종류의 감정만은 놀랄 정도로 교묘하게 감춰버리기 때문에.

"가지고 있다면 저렇게 아는 사람의 목을 주저 없이 잘라낼 리가 없잖아." 소녀의 의견은 지극히 타당했다. 대부분의 인간은 그녀의 말에 고개를 끄덕일 것이다.

난 고개를 가로저었다.

"그렇게 보일 뿐이야."

"괴물의 껍질을 벗고 있을 뿐인 게 아니고?" 리로이를 깎아 내리는 것으로 들리는 릴리의 말이 나한테는 스스로에게 말하는 것처럼 느껴졌다. 그녀에게 있어 리로이는 어쩌면 카틸과 가깝고도 먼 기이한 존재일지도 모른다.

그렇기 때문에 욕설을 하고 거리를 두려는 것이다.

"그런가?" 크리스와 키라의 죽은 모습에 충격을 받은 스웨인이 불쑥 말했다. "어느 쪽이냐면 방금 전 리로이가 괴물의 껍질을 뒤집어쓰고 있는 것처럼 보였는데."

"뭐가?" 릴리의 대답은 날카롭고 차가웠다. 하지만 스웨인도 물러서지 않았다.

"그렇게 보일 뿐이라고 라그나로크도 말했잖아. 리로이가 그 상황에서 울어댔으면 납득이 갔겠어?"

내가 주장하면 반발했겠지만, 스웨인이 옹호를 하자 릴리는 반론할 말을 꾹 참고 삼켜버렸다. 그녀의 경우 리로이에 대한 무의식의 반항심을 그 파트너인 나한테 쏟아냄으로써 불만을 씻어내려고 한 것이기에 스웨인을 물고 늘어지는 것은 도리에 맞지 않는 것을 스스로도 알고 있는 듯했다.

그 이성을 가지고 리로이라는 남자를 판단하면 될 것을.

"리로이가 인간의 껍질을 뒤집어쓴 짐승이라고 한다면." 난 조용히 말했다. "짐승의 껍질을 벗겼을 때 뭐가 나오게 될까."

난 리로이에 대한 릴리의 비방과 중상을 쭉 들어왔다. 입을 다물고 들었을 뿐이었다. 그래서 이젠 얘기할 상황이 됐다는 생각에 그런 말을 한 것이다.

"…………!"

예상대로 릴리는 화가 난 나머지 할 말을 잃었다. 하지만 한 번 실패한 그녀는 똑같은 전철을 밟지 않았다. 옆에 스웨인이 있다는 것을 잊고 섣부른 말은 하지 않았다.

그렇기 때문에 목에 걸린 욕설을 얼굴이 새빨개진 상태로 참아냈던 것이다.

――어른스럽지 못했나. 그녀가 아니라, 내 쪽이 속이 시원해진 결과가 돼버린 것에 대해 약간 반성했다.

"왜 그래?" 스웨인은 어리둥절했다. 물론 대답할 수는 없을 것이다. "아무것도 아니야." 릴리는 볼이 빨개진 채로 고개를 돌렸다.

돌리려고 했다.

하지만 뭔가가 그녀의 시야에 들어왔던 것이리라. 고개를 돌리려던 그녀의 얼굴이 옆에 있는 소년을 빠르게 쳐다봤다.

나도 깨달았다.

스웨인 뒤쪽 공간이 신기루처럼 왜곡됐다.

거기서 검은 가죽장갑을 낀 손끝이 소년의 목덜미로 뻗었다.

나에게 리로이나 카렌 정도의 반사신경이 있었다면 늦지 않았을지도 모른다.

릴리는 곧바로 옆에 있는 소년을 밀어버렸다. 스웨인은 소파에서 굴러떨어졌고, 그가 있던 장소에 그를 밀어낸 소녀가 밀어낸 기세 그대로 넘어졌다.

긴 손끝이 릴리의 머리카락을 거칠게 움켜쥐었다.

그리고 공간의 왜곡으로 단숨에 끌어 당겨졌다.

달려가 내민 내 손끝은 그녀의 발목을 스쳤다.

릴리의 비명은 신기루에 삼켜져버렸다.

공간의 왜곡은 소실됐고 릴리의 모습도 방에서 사라졌다.

"바, 방금 그건——." 멍한 목소리로 중얼거린 것은 리젤이었다.

"뱀파이어는 공간을 건너." 난 자신의 손끝에 남은 감각을 가만히 바라보면서 말했다. "놈들은 공간의 이면을 자유자재로 활보하고 이쪽에 멋대로 간섭할 수 있어——신출귀몰한 이유지." 그것을 알고 있으면서도 이런 실태를 저지르다니.

하지만 여기서 당황해봤자 사태는 호전되지 않는다. 차분하게 대처해야만 한다.

"어, 어쩌지?" 스웨인의 얼굴은 핏기가 사라져 창백했다. 그 몸은 떨리고 있었다. 릴리가 밀어내지 않았다면 스웨인은 분명히 납치당했을 것이다. 그녀가 자기 대신 희생됐다고 이해한 소년은 격렬하게 동요했다.

"모두 가만히 있어." 난 바닥에 넘어진 채로 있는 스웨인을 일으켜줬다. "등을 마주하고 사각을 없애."

"공간의 이면은 대체 어떻게 돼 있는 거야?" 레니가 침대 위에 있었기 때문에 그녀를 소파로 옮긴 후 그 소파를 둘러싸듯이 나와 스웨인, 리젤, 헤파스가 나란히 섰다.

"들어가본 적이 없어서 몰라." 헤파스의 무신경한 질문에 난 퉁명하게 답했다. 차가운 대응인데도 헤파스는 신경 쓰지 않았다. 작은 목소리로 중얼중얼, "들어가고 싶어."라고 말했다.

기회가 있으면 내던져주지, 라고 난 마음속으로 결심했다.

"이대로 리로이 씨들이 돌아오는 것을 기다리나요?" 리젤은 불안한 듯이 주변을 두리번두리번 둘러봤다.

"무작정 뛰쳐나가는 것은 상책이 아니야." 레니가 취하지 않았다면 얘기가 달라지지만, 나 혼자서는 모두를 지켜낼 수 없다. "네가 전부 날려버린다면 가능하겠지만."

"우선은 기다리도록 하죠." 리젤은 즉답했다. 이 남자만은 예상한 대로 전혀 쓸모가 없다.

"저기." 옆에서 스웨인은 고개를 숙이고 주먹을 움켜쥐었다. "그녀, 구할 수 있겠지?"

"물론이다." 이럴 때는 주저하면 안 된다. 그의 어깨에 안심할 수 있게 손을 얹었다. "우리들은 그러기 위해 있는 거니까."

"사실은 내가 구하고 싶지만." 소년이 억울한 듯 말했다. "나는 싸우지 못하니까." 창피하다는 생각이 소년의 자존심을 아슬아슬하게 옥죄고 있는 소리가 들리는 듯했다.

이럴 때 리로이라면 뭐라고 말했을까.

"모두가 싸울 필요는 없어."

공간의 왜곡이 나타난 곳을 응시하고 있던 헤파스가 내 머뭇거림 때문에 생긴 빈틈을 찌르듯이 말했다. "적재적소에서 세계는 돌아가고 있어. 소년이여, 네가 싸울 장소는 정보의 전쟁터가 아니었냐?"

"——응." 스웨인은 고개를 살짝 끄덕였다, 그렇다고 모든 것을 납득한 것은 아닌 것 같았지만 스스로를 자책하는 마음이 조금은 풀어진 것처럼 보였다.

"나중에 그녀한테 사과해야 해."

"말을 할 거라면 사과가 아니라 감사의 말을 하는 편이 좋지."

내가 그렇게 말한 순간이었다.

누군가가 강한 힘으로 발목을 끌어당겼고 내 몸은 볼품없이 넘어졌다.

공간의 왜곡에 발밑의 바닥이 물처럼 물결쳤다. 거기서 뻗어 나온 가죽장갑을 낀 손이 내 발목을 붙잡고 있었다.

인간의 육체였다면 벌써 뼈가 으스러졌을 것이다.

스웨인과 리젤, 그리고 헤파스가 황급하게 내 로브를 붙잡고 끌어당기려고 했다. 하지만 뱀파이어의 위력은 보통이 아니다. 우리가 열 명이 넘고, 헤파스가 약으로 근육을 강화하더라도 끌려가는 나를 막아내는 것은 도저히 불가능할 것이다.

그랬을 텐데 내 몸은 갑자기 해방됐고 리젤 등과 함께 뒤로 굴러 넘어졌다.

뱀파이어의 손은 그곳에 있었다.

손목이 절단돼 나뒹굴고 있었다. 절단면에서 튀는 빨간 피가 공간이 흔들리는 바닥까지 이어졌다.

"미안." 소파 위에서 레니가 상반신을 일으켰다. "한 모금, 물을 마신 뒤로 기억이 없는데 뭐가 어떻게 된 거야?" 그 손끝은 강철의 실을 조종하는 중인지 기묘하게 움직이고 있었다. 그녀는 눈썹을 좁히고 입술을 내밀었다. "――음, 끊어졌나?" 아마도 공간의 이면으로 사라진 뱀파이어의 팔을 실로 추적했는데 왜곡된 공간이 닫히면서 실도 절단된 것이리라.

난 자리에서 일어난 후 그녀에게 사태를 설명했다. 아직 술기운이 남아 있는지 약간 풀어진 얼굴로 맞장구도 치지 않고 마지막까지 들었던 레니는 "으――음." 하고 혼잣말인 듯 말하고 느릿느릿 일어났다.

"여기서 가만히 있어봤자 비슷할 것 같으니 카렌네랑 합류하자."

"위험하지 않을까요?" 리젤은 선글라스 너머에 있는 바리케이드가 놓인 문 쪽을 불안한 표정으로 바라봤다.

그리고 늦게나마 깨달았다.

끊임없이 바리케이드 너머에서 흔들리던 문이 조용함을 되찾았다.

"위험하지 않아." 힘들어 보이는 발걸음으로 레니는 바리케이드로 다가갔다. 그러고는 쌓여 있는 가구가 차례차례로 공중에 떴다. 보이지 않는 거인의 손이 들어 올리는 것처럼 침대, 테이블, 옷장이 제거됐다.

장애물이 사라진 문을 그녀는 전혀 경계하지 않고 열었다.

리젤이 앗, 하고 소리 질렀다.

하지만 감염자가 몰려들 것 같진 않았다.

"거봐. 괜찮지." 레니는 씨익 웃으며 복도로 나갔다.

"가볼까." 난 스웨인의 등을 가볍게 밀며 레니의 뒤를 따랐다. 복도로 나선 소년은 비명을 삼키고 우뚝 멈춰섰다.

그곳은 시체로 넘쳐나고 있었다.

모든 감염자가 목이 절단돼 머리를 잃은 채로 뻗어 있었다. 일어나서 내 설명을 들으면서——아니면 뱀파이어의 팔을 잘라내면서——레니가 철실로 날려버린 듯했다.

전혀 볼 수 없는 문 건너편을 특별히 집중하는 모습도 보이지 않았는데 이 정도의 일을 해냈다는 것은 철실술사의 능력이 그야말로 일급이라는 증거였다.

그것을 조종하는 본체가 이렇게 망가져 있지만 않았다면 이곳까지 오는 과정이 조금은 더 편했을 텐데.

"실비오 이상의 실력자로군." 첩첩이 쌓여 있는 시체를 바라보던 헤파스가 감탄한 듯 중얼거렸다. “뭣보다 감염자라고는 해도 이만큼의 인간의 목을 날려버리고 웃을 수 있는 근성이 암살자다워.”

“저 칠칠치 못한 느낌만 해결되면.”

난 가능한 한 마을 사람들을 밟지 않으려고 조심하면서 복도를 걸어갔다.

선두에서 걷던 레니는 아래층에서 올라온 새로운 감염자들이 무리를 짓는 광경을 보았다. 놈들은 지금까지 친구였던 시체를 밟아 넘으며 철실술사한테 덤벼들었다.

그리고 다가오는 대로 목을 절단당해 시체를 하나, 또 하나 늘려갔다.

레니의 발걸음은 마치 산책이라도 가는 듯 가벼웠다. 마침내 본연의 모습을 되찾기 시작했는지 술이나 잠기운에 의한 위태로움이 사라졌다.

다만 겹쳐진 시체를 피하지 않고 울퉁불퉁한 길을 걸어가는 모습은 왠지 순수한 어린애처럼 느껴져서 오히려 뭐라 말할 수 없는 불온함이 보였다.

어찌 됐든 레니의 철실에 의해 키라의 가게에는 더이상 움직이는 감염자는 존재하지 않았다.

밖으로 나가니 그곳에도 시체가 굴러다니고 있었다.

맨 처음 눈에 들어온 것은, 리로이가 이 마을에서 뭘 했는지 릴리에게 말해줬던 그 초로의 남성이었다. 목이 찢겨있는 것을 보니 프리지아의 발톱에 당한 것 같았다.

"이쪽인가." 레니는 별로 고민하지 않고 오른쪽 방향으로 걷기 시작했다.

이 주변 일대의 감염자가 전부 사라진 것은 아니었다.

여관 안에서는 선두에 선 레니한테만 덤벼들었지만, 개방된 장소가 되면 옆이나 뒤쪽에서도 덤벼들었다.

옆에서 낮은 자세로 덤벼든 것은 마을에 하나뿐인 진료소에서 근무하는 간호사 여성이었다.

뒤에서 서로를 밀어내는 듯 육박해온 것은 잡화점의 부부였다. 그 뒤에 뒤처져서 기어서 덤벼든 것은 분명 양을 치던 청년이 아닌가.

하지만 그들, 그녀들은 우리들한테 다가오지 못했다.

보이지 않는 예리한 실이 차례차례로 목을 절단했다.

머리는 발밑 돌바닥에 나뒹굴었고 남겨진 몸은 나가떨어졌다.

레니는 그것을 쳐다보지도 않았다.

콧노래를 부르며 걸어갈 뿐이었다.

그녀가 조종한다기보다 자동적으로 반응하는 것처럼 보였다. 실비오는 범위권에 발을 들인 상대를 공격하는 기술을 사용했는데, 그것과 같은 실인 걸까. 적어도 그 전부를 정확히 머리만 잘라 떨어뜨리는 것을 봤을 때 매우 높은 정밀도의 기술이라는 것이 느껴졌다.

그 초절정의 기교와 레니라는 인물이 아무래도 이어지지 않긴 하지만.

"오." 그녀는 뭔가를 본 듯 기쁜 표정으로 종종걸음이 됐다. 그리고 모퉁이를 돌아 그곳에 있던 카렌한테 손을 흔들었다.

"합류 성공~!"

"정신이 들었어?" 카렌은 단검에 붙은 피와 지방을 시체의 옷으로 정성스럽게 닦아내는 중이었다. 「다크 원」하고의 전투 때는 태연했지만 지금은 달랐다. 안색은 안 좋았고, 표정은 굳어 있었다.

감염자라고는 해도 죄가 없는 사람들을 끝장내는 작업은 그녀에게도 정신적 부담이 매우 큰 것 같았다.

그런 그녀의 등 뒤, 건물의 그림자 속에서 한 명의 감염자가 뛰어나왔다. 목수였던 장년의 남자는 뛰어나와 두 번째 발을 내딛지 못했다.

목이 절단돼 운동기능의 통제를 잃어버린 몸은 앞으로 고꾸라졌다. 그의 뒤를 이어 몇 명의 모습이 보였지만 철실은 용서 없이 정확하게 목을 떨어뜨렸다.

"괜찮아 보이네?"

"——그런 것 같아." 카렌의 눈동자에는 통증이 있어 보였다. 하지만 그것을 교묘하게 감추고 말했다.

"그래서 정신이 들었다는 것을 알려주려고 일부러 나온 거야?"

"릴리가 뱀파이어한테 납치당했어." 레니한테 맡기면 장황해질 것 같아서 내가 단적으로 설명했다. "어쨌든 한번 모여서 대책을 생각하는 게 좋을 것 같아서."

"그건……." 카렌은 말을 하다 멈췄다.

그녀의 뇌리에 뭐가 스쳤는지 나는 손에 잡힐 듯 알 수 있었다. 하지만 나도 그녀도 그것을 입에 담을 정도로 멍청하지 않았다.

"――그래." 그녀는 목으로 나오지 않은 말을 삼키면서 조용하게 동의했다. "프리지아는 이 길 앞으로 가버렸어. 아주 멀리 가진 않았을 거야."

그녀가 말한 대로 손끝이 가리키는 방향에서 짐승의 포효 같은 것이 들렸다. 레니의 철실로 보호를 받으며 전진하니 길 한가운데 우뚝 선 거대한 곰이 무리를 지은 감염자들을 두꺼운 앞발로 쓸어버리고 있었다. 그녀의 완력 앞에 인간은 작은 날벌레에 지나지 않았다. 타격을 받은 인체는 흡사 찰흙인형처럼 형태를 잃고 살과 내장을 주변에 흩뿌렸다.

마침내 움직이는 것이 전부 사라지자 거대한 곰은 우리들을 확인하고 다가왔다. 아무래도 뒷발로만 걷는 것은 불안정하기 때문에 네 발로 이동했다.

프리지아가 곰으로 변한 것은 두 번째지만 이렇게 자세히 바라보는 것은 처음이라고 해도 좋을 것이다.

정말 아름다운 맹수다.

듬직하고 탄력 있는 육체를 덮고 있는 구릿빛 체모가 달빛을 받아 반짝이고 있었다. 다가오는 그 당당한 발걸음을 보고 스웨인이 한숨을 내쉬었다.

"어떻게 된 거야?" 날카로운 이빨이 늘어선 큰 입에서 프리지아의 목소리가 들려오는 것은 매우 기묘한 느낌이었다. 목소리가 살짝 갈라진 것은 맹수화에 의해 성대가 변화됐기 때문일 것이다.

난 카렌한테 한 것처럼 간결하게 설명했다.

프리지아는 콧등에 주름을 새기며 이빨을 드러내 낮게 으르렁댔다. 그 맹수의 눈에는 격렬한 분노와 회한, 그리고 카렌과 마찬가지로 말할 수 없는 생각이 서려 있었다.

그 뒤에 마지막으로 합류한 리로이는 내 말을 듣고 카렌과 프리지아가 보인 표정——비통함은 보이지 않고 조용히 고개를 끄덕였다.

"나와라, 뱀파이어 자식!" 그리고 조용하게 말했다. "몰래 숨어서 상황을 살펴보고 있잖아? 쑥스러워하지 말고 당당하게 나와라."

놀랄 정도로 냉정한 말투였다. 조용한, 그 말에 조급함과 분노는 보이지 않았다.

그런데 왜일까.

듣는 자의 고막을 찌르는 듯한, 심장을 쥐어짜는 듯한, 전율할 수밖에 없는 울림이 담겨 있었다. "도발치고는 비아냥이 살짝 부족하군." 귀를 때리는 웃음소리가 포함된 목소리는 윤기와 깊이가 풍부해서 도취될 정도다.

그는 천천히 모습을 드러냈다.

키라가 말했던 대로 칠흑 코트에 지팡이를 쥔 남자였다. 코트 안에는 연미복을 착용했고 머리에는 실크모자를 쓰고 있었다.

그 얼굴은 그야말로 아름다움을 실제 모습으로 만든 듯했다.

천재적인 재능을 지닌 조각가가 자신의 목숨을 걸더라도 만들지 못해 절망할 것 같은, 그야말로 정교하고 치밀함의 극치였다.

리로이 외의 면면은 그의 소행을 순간적으로 잊어버린 것처럼 숨을 삼켰다.

그는 모자를 들고 멋진 인사를 했다.

"너희들이 재밌게 즐기길 바라고 준비한 여흥이었는데, 마음에 들었는지 모르겠군."

"여흥?" 리로이는 코웃음을 쳤다. "네놈의 그 얼뜨기 같은 차림이 훨씬 재밌다."

"흐음." 뱀파이어는 우아한 동작으로 모자를 고쳐 쓰고 지팡이를 빙글 돌린 후 손바닥으로 가볍게 때렸다. 레니가 떨어뜨렸던 손은 아무 일도 없었다는 듯 붙어 있었다. "너희들한테 맞춘다고 차려입은 건데도 불구하고 너무 고상했나 보군."

"네놈은 그냥 피를 마시고 싶었을 뿐이잖아." 리로이는 아름다운 밤의 마신을 비웃었다. "숨겨도 네놈의 천박함은 다 보여. 흡혈달팽이 주제에."

"과연."

아름다운 남자는 목젖을 울리며 즐겁게 웃었다.

그리고 그 홍옥의 눈동자가 내게로 옮겨졌다.

"꽤나 거칠고 야만스러운 인간을 파트너로 골랐구나, 라그나로크."

모두의 시선이 나에게 집중됐다.

"저 흡혈 바퀴벌레랑 아는 사이야?"

"아니, 몰라." 난 고개를 가로저었다. 하지만 저쪽이 나를 알아도 이상할 건 없다. 뱀파이어는 실크모자의 챙에 손가락을 대고 지팡이 끝으로 가볍게 발밑을 두드렸다.

"내 이름은 카란디니. 처음 보는구나, 내 천적이여."

"천적?" 뱀파이어 카란디니의 미모에 시선을 떼지 못하던 카렌이 내 얼굴을 의아한 표정으로 바라봤다. "당신, 성직자 같은 거였어?" 지금도 뱀파이어가 신의 섭리를 벗어난 존재이고, 그래서 신이나 신을 모시는 인간한테 약하다는 편견은 강하다.

"아쉽게도 십자가나 성수는 안 가지고 있어." 카렌은 아마도 카란디니의 존재감에 빠져버릴 뻔했던 자신한테 화가 났기 때문에 일부러 농담처럼 말한 것이리라. 내 대답을 듣고 입술 끝이 살짝 풀어졌다.

"한심하군." 카란디니는 두 눈을 가늘게 떴다. "우리들의 권속을 수없이 없애버린 병기가 인간 흉내나 낼 줄이야." 기분이 상했는지, 뱀파이어는 아름다운 눈가가 살짝 일그러졌다. "우리들에 대한 조롱과 매도와 같은 어리석은 짓이다."

"귓가에서 웅웅대는 모기 같구나." 리로이는 귓구멍에 손가락을 꽂고 고개를 흔들면서 말했다. "네놈이야말로 인간의 흉내를 관둬라, 벌레 같은 놈이. 으깨서 죽여줄 테니." 그리고 카란디니에게 몇 걸음 걸어갔다. "자아, 납치한 애를 내놔라. 쓸데없는 말은 그만하고. 날갯소리만은 용서해주마." 거만하게 손을 내밀었다.

카란디니는 아름다운 붉은 입술을 움직였다.

"재밌군——." 윤기 있는 목소리는 투박한 소음에 묻혀버렸다.

총성이었다.

연속해서 발사된 여섯 발의 탄환이 뱀파이어의 아름다운 안면을 덮쳤다.

총을 뽑아 잡고 조준을 마치고 방아쇠를 당긴다——그 일련의 움직임은 너무도 빨라서 총성이 하나로만 들렸다.

카란디니는 비틀거렸다.

그 볼에 총상이 뚫려 있었다. 납 탄환이 뱀파이어의 살을 파고 그 안면의 뼈를 부순 것이다.

하지만 도달한 것은 그 한 발뿐이었다.

나머지 다섯 발은 카란디니한테 도달하기 전에 정지했다. 공중에서 멈춘 탄환은 회전을 정지하고 완전히 추진력을 잃었다.

뱀파이어는 공간을 조작한다.

카란디니는 공간을 압축해서 점도를 높이고 탄환을 붙잡아 그 에너지를 방출시킴으로써 정지시켰던 것이다.

"떠들지 말라고 말했다. 벌레한테는 좀 어려운 일인가?" 리로이는 새로 장전하지 않고 총을 주머니에 다시 넣었다. 설령 여섯 발 전부가 그의 안면에 명중했다고 하더라도 그것이 큰 대미지를 주지 못한다는 것을 알았기 때문이다.

그 증거로 자세를 고친 카란디니는 총격된 볼에 손가락 끝을 가져갔다.

터져나간 살 안쪽에서 찌그러진 탄두가 나왔다.

발밑에 그것이 떨어졌을 때 그 얼굴의 상처도 수복되기 시작했다. 부서진 뼈는 다시 이어졌고 날아가 버린 살은 부풀어 올라 찢어진 피부가 덮여졌다

뱀파이어의 재생능력은 「다크 원」 중에서도 보통을 넘어선다. 그들은 목만 남아도 그 목숨이 끊어지지 않는다고 알려져 있을 정도다.

물론 영원한 생명은 존재하지 않는다.

그가 나를 천적이라고 부른 것처럼 우리들은 그들 뱀파이

어를 멸하는 게 가능하다. 「존재의사」에서 이끌어낸 에너지에 의한 간섭은 그들의 재생능력을 넘어선다.

"재밌군." 방금 전 했던 말을 반복해 말한 카란디니는 웃었다. "오만불손하고 무지몽매하지만, 그런 만큼 그 얼굴이 공포와 절망, 그리고 비통으로 일그러지는 모습이 기대되는군." 그리고 코트를 펼쳤다.

그 안에 릴리가 있었다.

그녀는 멍한 표정으로 비틀거리며 걸어 나왔다. 눈을 깜빡이면서 우리들을 응시하더니 그 얼굴이 굳어졌다. 무의식일지도 모르지만 그 손끝이 자신의 목줄기에 닿았다.

그곳에 있는 것은 뭔가에 물린 흔적이었다. 릴리의 얼굴에 핏기가 사라졌다. 자신의 몸에 무슨 일이 생겼다는 것을 이해하고 희미하게 떨면서 고개를 숙였다.

우리들도 할 말을 잃었다. 카란디니는 두 눈을 가늘게 뜨고 우리들의 일거수일투족을 관찰하는 것처럼 지켜봤다.

이 얼마나 악랄한 짓인가.

하지만 릴리는 결연하게 고개를 쳐들었다.

그 눈빛은 리로이를 쏘아봤다.

말은 없었다.

그녀는 살짝 턱을 당겼다.

리로이는 주저하지 않고 고개를 끄덕였다. 천천히 칼집에서 검을 뽑아 들었다.

"스웨인." 그녀는 떨리는 목소리를 감추려는 듯 큰 소리로 말했다. "너한테 사과해야만 하는 일이 있어."

"뭐?" 사과, 아니면 감사의 말을 해야 할 것은 자신 쪽이라고 생각했던 소년은 당혹스러운 표정을 지었다.

하지만.

"난 「크림슨 디스페어」의 인간――카틸 님의 부하야." 그녀가 그렇게 말하자마자, 스웨인은 깜짝 놀란 표정을 감출 수 없었다.

"어, 무슨……."

"변명은 안 할게. 미안해." 릴리는 고개를 숙였다. 그녀가 갑자기 말한 사실을 완전히 이해하지 못한 스웨인은 눈을 크게 뜬 채로 고개를 살짝 가로저었다. 그리고 도움을 구하는 듯 리로이에게 애원하는 시선을 보냈다.

리로이는 그것을 거부하는 것처럼 예리하게, 되받아치는 듯이 스웨인을 쏘아봤다. 그리고 딱딱한 목소리로 말했다. "마지막까지 확실하게 들어라. 그녀의 마지막 말이다."

그 말에 스웨인은 할 말을 잃었다.

그리고 이번엔 나를 쳐다봤다. 하지만 어떻게 말해야 할지 알 수 없었다. 그렇다고 눈길을 피할 수도 없었다. 난 그저 그의 시선을 받아들이고 고개를 끄덕일 수밖에 없었다.

소년은 다시 릴리 쪽으로 시선을 보냈지만, 그 짧은 시간에 그의 동요가 진정될 리 없다. "나한테――." 그는 그녀의 눈을 바라보지 못한 채 중얼거렸다. "나한테 용서해달라는 거야?"

"용서할 수 없겠지?" 되묻는 릴리의 목소리는 이상할 정도로 차분했다.

스웨인은 고개를 숙인 채 주먹을 쥐었다.

릴리는 아주 살짝 웃었다. 그 표정은 어딘가 안도한 것처럼 보였다. 스웨인이 거짓 관용을 보이지 않았기 때문일까.

그것이 그녀 나름의 긍지라면 너무나도 서글펐다.

"——프리지아." 릴리는 거대한 곰 쪽으로 몸을 돌렸다. "카틸 님께 전해줘." 거기까진 말했지만, 그 뒤가 이어지지 않았다. 입술이 몇 번 움직였지만, 목소리가 나오질 않았다.

겨우 몇 초의 침묵——.

그녀는 곤란한 듯 부드럽게 웃었다.

"어쩌지, 뭘 말하면 좋을지 모르겠어."

"릴리." 프리지아의 목소리는 가라앉아 있었다. 곰의 모습이지만, 프리지아가 이 사태로 엄청난 심적 통증을 느끼는 것은 명백했다.

릴리는 작게 숨을 내쉬었다. "뒤는 당신만 의지할게." 그렇게 말한 그녀는 프리지아한테 다가가려다 당황하면서 뒤로 물러섰다.

그 행동이 뭔가를 떠올렸는지, "——맞아. 한 마디만." 그녀는 말했다.

"아——."

그러나 그 말은 지팡이 끝이 땅을 두드리는 소리에 갑자기 끊어졌다.

릴리의 머리가 갑자기 아래로 떨어졌다.

카란디니가 기품있게 손을 두드렸다.

"실로 대단하군." 그는 분명한 칭찬의 표정을 지었다. "자신의 마지막 말을 저렇게 냉정하고 다부지게 할 줄이야. 대부분의 인간은 꼴사납게 울어대는데."

프리지아가 분노의 울음소리를 냈다. 카렌도 혀를 차면서 그 손끝으로 단검의 손잡이를 꼭 쥐었다.

하지만 리로이는 카란디니의 도발적 발언에 반응하지 않았다.

다만 놀랄 정도로 차가운 눈빛으로 노려보고 있었다.

뱀파이어는 그런 반응을 즐기면서 더 맛을 보려는 듯 눈을 가늘게 떴다.

"거꾸로 너희들은 어떠냐? 그녀한테 창피하지 않을 태도를 유지할 수 있을까?" 지팡이 끝이 다시 땅을 때려 건조한 소리를 울렸다.

릴리가 곧바로 고개를 들었다.

헝클어진 머리카락 가운데 두 눈이 피처럼 빨갛게 빛나고 있었다.

그녀는 목으로 위협적인 소리를 내지르며 스웨인한테 덤벼들었다. 소년은 경악하는 목소리를 내며 뒤로 물러서려고 했지만 발이 미끄러져 넘어졌다.

살을 자르고 뼈 부러지는 소리가 들렸다.

몸체에서 잘려나간 릴리의 머리가 하늘로 떠올랐고, 몸체는 그대로 웅크리고 있는 스웨인을 덮쳤다.

"호오." 카란디니는 놀랐다는 듯 감탄의 숨을 내쉬었다.

일격으로 릴리의 목을 절단한 리로이는 그녀의 시체를 쳐다보지도 않고 뱀파이어를 쏘아봤다.

"눈썹 하나 꿈쩍하지 않는군." 카란디니는 실크모자를 들고 우아한 인사를 했다. "역시 내 천적이 선택한 인간이야. 지금까지의 무례함을 용서해라."

"만족했나?" 리로이의 목소리는 여전히 온화했다. 하지만 릴리의 몸을 안은 채 얼이 빠져 있던 스웨인은 귓가에서 누군가가 큰소리로 외친 것처럼 움찔하며 몸을 떨었다.

그뿐만이 아니었다.

리로이가 릴리를 일도양단한 충격으로 굳어버린 모두가 강렬한 따귀라도 맞은 것처럼 몸을 뒤로 젖혔다.

카린다니 역시 그것을 느낀 듯했다. "——물론." 하지만 그는 그것을 드러내지 않았다. 겨우 1초 정도 반응이 늦었을 뿐 아무 일도 없었던 것처럼 이어갔다. "놀랄 만한 일막이었어. 충분하다고 생각해."

"그럼 이번엔 우리들을 즐겁게 해줘." 리로이는 고개를 살짝 갸웃하고 뱀파이어를 보며 웃었다. "그렇지 않으면 불공평하잖아."

"흐음. 확실히." 카란디니는 실크모자를 머리에 얹고 고개를 끄덕였다. "뭘 원하지?"

"네놈이 돼지한테 먹히는 꼴을 보고 싶어."

리로이는 말했다.

그 말은 검풍에 실려 카란디니에게 쏟아졌다. 검 끝은 분명히 뱀파이어의 어깨에 박힌 것처럼 보였지만, 붙잡은 것은 코트자락이었다. 피가 튀면서 카란디니의 신체는 중력으로부터 해방된 것처럼 공중으로 높이 떠올랐다.

"역시 빠르군. 「블랙 라이트닝」." 카란디니는 어깨에서 가슴까지 이어진 코트의 찢어진 곳을 건드리며 칭찬했다. "고작 인간이라고 경시하는 것은 위험한가."

뱀파이어는 대개 자존심이 세고 거만한 권속이다. 그렇기 때문에 옷이 찢어진 것이 용서가 안 됐다.

그와 지상을 잇고 있는 공간이 흔들렸다.

"물러나!" 리로이의 경고와 거의 동시에 고막을 으깨버릴 것 같은 굉음이 머리 위에서 발밑을 향해 쏟아져 내렸다.

시야가 일그러졌다.

발밑의 포장된 길이 격렬하게 파도쳤다. 돌바닥이 깨지면서 튀어 올랐고 그 아래 있던 흙이 분수처럼 솟아올랐다. 대지가 함몰되고 국지적인 지진이라도 발생한 것처럼 격렬하게

흔들렸다.

좌우에 나란히 세워져 있던 집은 지붕이 소리를 내면서 안쪽으로 무너졌고, 이어서 외벽이 부서졌다. 집을 지탱하는 기둥은 아무런 저항도 못한 채로 꺾였고 천장과 바닥까지 함께 압축돼서 지면으로 빨려 들어갔다.

그 모습은 마치 종이로 만든 것처럼 약했지만 공간 자체가 흔들리는 파괴력에 저항할 수 있는 것은 거의 존재하지 않는다.

피어오르는 분진과 모래연기 속에 리로이는 스웨인과 헤파스를 양쪽 옆구리에 끼고서 범위 밖으로 탈출했다. 다른 동료들이 어떻게 됐는지는 확인이 안 됐다.

"그럼──." 높은 곳에서 카란디니의 목소리가 내려왔다. "제2막을 시작해볼까."

3

그때 바람이 불었다.

시야를 덮어버린 분진이 순식간에 바람을 맞아 사라졌고, 공중에 정지해있는 뱀파이어의 모습이 드러냈다.

그는 코트를 뒤집었다.

그곳에서 고속으로 날아온 것은 은색으로 빛나는 줄 모양의 무기──그레이프닐이었다.

은빛 유선이 모래먼지를 꿰뚫고 공중을 질주했다.

그것에 끌려 나오듯 코트 안에서 모습을 드러낸 것은 튤이었다.

구속복은 이미 그 형태를 잃었다. 잘게 찢어진 천조각이 돼 튤의 신체를 간신히 가리고 있었다.

완전히 드러난 그의 등에 보이는 것은 기묘한 장치였다. 아마도 그레이프닐의 심장부일 것이다.

그 원형의 장치를 중심으로 나노머신이 튤의 피부를 기어 돌아다니고 있었다. 그것은 마치 온몸을 그레이프닐이 구속하고 그레이프닐이 튤을 조종하는 것처럼 보였다.

리로이는 재빨리 물러났다. 그를 좇아 그레이프닐이 차례차례로 돌바닥에 꽂혔다. 땅에 박힌 끝부분은 그대로 땅속을 팠고, 다음엔 발밑에서 튀어 올랐다. 다섯 개의 그레이프닐이 비처럼 쏟아져 돌바닥 길은 원래 형태를 유지하지 못한 채 부서져버렸다. 리로이가 집 뒤로 돌아가자 그레이프닐은 그것을 추격했는데, 그 움직임은 직선이었다.

벽을 피하지 않고 똑바로 찔러 들어갔다.

목제 외벽을 깨부수고 회반죽을 흩날리면서 육박하는 그레이프닐을 리로이는 낮은 자세로 피했다. 하지만 그것에 맞춰 두 번째, 세 번째, 정확한 궤도 수정이 이루어졌다. 최종적으로 리로이는 그것을 빠져나가기 위해 땅 위로 몸을 날렸고 그것을 기다렸다는 듯 땅에서 기는 듯한 움직임으로 그레이프닐이 들이닥쳤다.

흙먼지를 피우며 덤벼드는 은빛 줄을 등지고 리로이는 눈 앞에 육박한 집의 벽을 발로 차버렸다.

그 충격을 이용해 신체를 후방으로 띄우고 그 아래로 그레이프닐이 통과하는 것을 눈으로 확인하면서 회피했다.

하지만 착지하는 순간을 노린 것처럼 세 개의 은빛 창이 머리 위에서 내리쳐졌다.

리로이는 그것을 알았을까.

그레이프닐의 공격은 리로이한테 집중됐고, 확인이 안 된 카렌 등은 그렇다 치고 근처에 있던 나는 쳐다보지도 않았다.

리로이는 위에서 내려오는 공격을 최소한의 몸놀림으로 피하는 것 같더니 양손으로 안고 있던 스웨인과 헤파스를 나를 향해 내던졌다.

역시 알았던 것 같다.

나는 두 사람을 안전하게 받아내고 휩쓸리지 않을 정도의 거리를 뒀다. 그레이프닐은 이쪽은 관심도 없다는 듯 리로이를 따라갔다. 머리 위와 양쪽에서 퇴로를 막은 듯 겹쳐진 공격을 하면서 사각으로 날아온 하나가 낮은 위치에서 찔러 들어왔다.

리로이는 검을 뽑았다.

전후좌우의 창끝을 쳐내고 사각에서 날아온 공격은 쳐다보지도 않고 옆으로 뛰어서 피했다.

튕겨져나가 기세를 잃은 은빛 창은 곧바로 최고속도로 허공을 꿰뚫었다.

뛰어올라 공중에 뜬 그 순간을 놓치지 않았다.

리로이는 첫 번째 창을 때려 피하고 그대로 검 끝을 땅바닥에 꽂았다. 그것을 지렛목 삼아 머리 위로 몸을 들어 올렸다.

그레이프닐은 직각으로 튀어 올라 그것을 좇았다.

리로이는 몸 전체를 회전해 은색 창끝을 도려내는 듯 칼을 휘둘렀다. 검과 은빛 창의 격돌은 금속끼리 부딪칠 때 나는 새된 울림이 아니라 무거운 타격음에 가까운 소리를 냈다. 나노머신의 집합체인 그레이프닐은 끝의 일부분만 경질화돼 있었고, 그 외에는 자유롭게 신축하는 움직임과 충격을 흡수하기 위해 고무 같은 탄력성을 지니고 있었다.

튕겨지긴 하지만 절단하는 것은 어렵다.

그렇다면 이 방법으로는 계속해서 도망 다닐 수밖에 없다.

그것을 인지한 리로이는 착지하자마자 질주했다. 그레이프닐의 추격을 따돌리는 속도로 그레이프닐의 본체──튤한테 달려갔다.

튤은 엎드린 상태로 그것을 응시하고 있었다.

리로이가 간격으로 들어올 때까지 조금도 움직이지 않았다.

하지만 그 검 끝이 닿는 거리에 리로이가 뛰어든 순간, 튤이 튀어 날아갔다.

아니, 그렇게 보였다.

실제로는 그의 온몸에서 수많은 그레이프닐이 뻗어 나온 것이다. 엄청난 양의 은빛 창에 리로이는 혀를 차면서 요격했다. 많은 수의 상대방이 지근거리에서 충격을 가하는 것과 같았다. 그것을 쳐내고 튕겨내고 흘려보내면서 리로이의 검 끝이 점점 속도를 올려서 보이지 않게 됐다.

하지만 잘라내지 못했다.

오히려 리로이가 후퇴할 수밖에 없었다.

수십 개의 은빛 창에 의한 쉴 새 없는 공격은 리로이의 의지하고는 상관없이 그 신체를 타격력으로 밀어내기 시작했다.

마침내 하나의 창이 리로이의 대퇴부를 갈랐다. 피부와 살이 도려졌고 은빛 유선이 빨갛게 물들었다.

“내려줘도 괜찮아.” 어떻게 도와줄 수 있을까를 고민하던 나에게 헤파스가 말했다. “아마도 우리들은 안중에도 없는 것 같으니.”

“나도 내릴래.” 스웨인은 생각보다 확실한 목소리로 말했다.

릴리한테 죄를 고백받았고, 눈앞에서 감염자가 된 그녀의 공격을 받았고, 게다가 리로이가 그 목을 잘라 떨어뜨리는 것을 똑똑히 보았다. 솔직히 매우 심각한 트라우마가 생겼어도 이상할 게 없다.

“뭐, 만약 뱀파이어한테 피를 빨려도 저 남자가 끝내주겠지.” 그렇게 생각하면 마음이 편하다며 헤파스는 웃었다.

지금 그런 말을 할 줄은, 웃음도 나오지 않았다.

하지만 스웨인은 그 나름대로 생각하는 바가 있는 듯했다. 나를 올려보는 그 눈에는 트라우마로부터 도망치지 않고 당당히 맞서려는 강한 의지가 느껴졌다.

“리로이는 나도 끝내주겠지?” 이런 질문에 대답해야만 하는 상황이라니, 이 얼마나 불합리한 일인가.

“꼭.” 난 짧게 대답했다. 그 말은 즉, 스웨인이 감염자가 됐을 경우 릴리한테 한 것처럼 주저하지 않고 목을 절단한다는 의미다.

“그래.” 스웨인은 고개를 끄덕였다. 낙담이나 실망이 아니라, 그 눈에는 놀랍게도 동경이 서려 있었다.

“리로이가 무섭지 않아?” 난 두 사람을 전투지역에서 멀리 이동시키며 물었다. 눈앞에서 알고 지내던 소녀를 감염자라고 하더라도 베어버린 것이다. 이성이 아니라 본능이 리로이를 거부해도 이상할 게 없고, 오히려 그것이 정당한 반응이라고 생각한다.

“전혀.” 소년은 목을 가로저었다. “만약 그대로 나를 공격했다면 분명 그녀는——릴리는 싫어했을 거라고 생각하니까.”

분명 릴리는 자신이 이미 뱀파이어 바이러스에 침식된 것을 자각했을 때 리로이한테 눈으로 말했다. 그건 자신이 폭주했을 경우 멈춰주길 바란다는 의미를 전달한 것이리라.

그것이 틀림없이 가능한 것은 리로이뿐이라고, 그만큼 반발했던 그녀도 이해했던 것이다.

"어떻게 하면." 스웨인은 이어갔다. "어떻게 하면 리로이처럼 될 수 있어?"

"——어려워."

노력하면, 그렇게 말해주고 싶었지만, 그건 너무도 무책임한 말이다. "그리고 그건 목표로 삼을 만한 일이 아니고, 리로이도 아마 저렇게 되고 싶었던 건 아니야."

"그래?"

그는 내가 말한 의견대로 생각이 미치지 못하는 듯했다. "되고 싶어서, 되고 싶은 어른이 되는 게 아니야?"

"그런 일은 극히 드물지." 대답한 것은 내가 아니라 헤파스였다. 그는 무수히 많은 그레이프닐과 얽혀 있는 리로이를 바라보면서 어깨를 으쓱였다. "저런 것은 스쳐 지나가는 회오리바람과 조우하는 것과 같아. 한 가지 경험으로 받아들이는 것은 상관없지만, 인생의 지표로 삼았다간 파멸하게 될 거야."

가식 없는 말이었는데, 나도 고개를 끄덕일 수밖에 없었다.

스웨인한테는 스웨인의 삶의 방식이 있다. 공통점이 있다고 하더라도 리로이하고는 전혀 다른 세계일 것 같다는 느낌이 들었다.

"파멸될지 아닐지는 나중에 얘기하고, 지금은 우선 카렌 일행과 합류하자." 난 소년의 등을 가볍게 두드렸다. 그리고 튤과 싸우는 리로이에게서 등을 돌리고 뛰어갔다. 그녀들이 어디에 있는지 모르지만 점점 처음 피어올랐던 분진이 가라앉기 시작했다.

"저기!" 그래서 금방 발견할 수 있을 거라고 생각했는데, 스웨인이 제일 먼저 손가락을 가리켰다.

거대한 곰이 공중제비를 하며 쓰러지는 찰나였다. 구릿빛 체모가 더욱 반들반들한 적색으로 물들어 있었다.

그 쓰러져 있는 거구 너머에 코트를 벗은 카란디니의 모습이 확인됐다.

연미복은 먼지 하나 붙어 있지 않았다.

프리지아는 재빨리 일어나 자세를 잡았다. 그 목에서는 끓어오르는 분노의 울음소리가 흘러나왔다.

"기운만으론 부족한 것 같군, 수인." 카란디니는 지팡이를 빙글 돌리고 그 끝을 프리지아에게 향했다. "하지만 그 정도의 능력으로 과감하게 덤벼드는 그 기개는 높이 평가한다."

"——확실히." 프리지아의 목이 삐걱거리는 소리를 냈다. "시끄러운 날벌레가."

뱀파이어의 움직임은 마치 땅 위에서 미끄러지는 듯 아름다웠다.

간격으로 곧장 들어와 지팡이 끝을 때려 넣었다——단지 그것뿐인 심플한 공격이었지만, 군더더기 없이 세련됐다.

프리지아는 반응할 수 없었다.

지팡이를 마치 펜싱검처럼 사용해 첫 번째는 목, 두 번째는 흉부, 그리고 마지막으로 배에 때려 넣었다.

피아의 체격차를 감안하면 공격의 효과가 있을 턱이 없다.

하지만 그 3연타를 맞은 거구는 뒤로 날아가 버렸다. 자세도 잡지 못해 땅이 울리는 소리를 내며 땅바닥에 내동댕이쳐졌고, 그대로 굴러갔다.

그 중량을 몇 미터나 날려 보낼 정도로 무서운 괴력. 뱀파이어는 공간과 인간을 조종하는 초능력도 그렇지만, 이 순연한 신체 능력도 매우 위협적이다.

"호오." 그 뱀파이어가 감탄한 소리를 낸 것은 프리지아가 다시 몸을 일으켰기 때문이다. 하지만 그 타격은 확실하게 그녀의 목을 때렸고, 늑골을 부쉈고, 내장에 심각한 손상을 안겼다. 네 발로 간신히 일어선 그녀의 커다란 입에서 피가 멈추지 않고 줄줄 흘러내렸다.

"매우 튼튼하구나." 그는 전혀 경계하지 않는 발걸음으로 프리지아에게 다가갔다. "분명 네놈은 저 아이의 지인이었지? 그래서 버틸 수 있는 건가?" 카란디니는 간격 밖에서 발을 멈추더니 홍옥 같은 눈동자로 프리지아를 빤히 쳐다봤다.

"원망스럽냐, 내가?"

프리지아의 대답은 포효였다.

성난 포효는 피로 젖어 있었다.

카란디니는 우아한 미소를 지었다. “심지가 곧은 통곡이야.” 그리고 지팡이를 들고 프리지아한테 마지막 일격을 가하려고 했다.

난 이미 달려가고 있었지만, 카란디니의 건너편에서 누군가가 뱀파이어한테 도약했다.

표범이다.

왜 이런 곳에 표범이 있고, 왜 뱀파이어한테 뛰어드는 것일까——그런 의문이 뇌리를 스치는 것보다 빨리 날렵한 육식맹수의 발톱이 연미복 모습의 뱀파이어를 공격했다.

날카로운 발톱이 그것을 찢어발겼다, 고 보였던 것은 착각이었다.

카란디니는 반 발짝 뒤로 물러나 그 일격을 종이 한 장 차이로 피하고 지팡이로 내지른 일격을 표범에게 가했다. 밑에서 위로 올라온 타격이었는데 허공을 갈랐다. 앞발의 공격이 실패한 표범이 뒷발로 카란디니의 어깨를 차버렸던 것이다. 그 충격으로 뱀파이어의 몸이 균형을 잃는 것과 동시에 표범은 거리를 두고 착지했다.

곧바로 사지로 땅을 내달려 뱀파이어한테로 덤벼들었다. 그 엄청난 속도에 발밑의 지면이 폭발할 것처럼 파열했다.

카란디니는 이 엄청난 스피드에도 반응했다.

직진해오는 표범의 궤도상에서 몸을 피하며 손을 옆으로 휘둘러 스쳐 지나가는 순간에 지팡이의 일격을 때려 넣으려고 했다.

그 신체가 갑자기 무너진 것은 육식맹수가 눈앞까지 접근했던 바로 그때였다.

그의 오른쪽 발목이 절단돼 있었다.

레니의 철실인가?

몸의 균형을 잃은 뱀파이어의 목줄기에 표범의 날카로운 어금니가 박혔다. 어금니 끝이 목뼈에 격돌했고, 그것을 부순 순간 표범의 신체가 엄청난 속도로 회전했다. 이빨이 상처를 후벼 팠고 찢어진 살점이 선혈과 함께 흩어졌다.

인간이라면 즉사할 대미지였지만, 뱀파이어는 그렇지 않다. 괴력을 자랑하는 손끝이 표범한테로 뻗어졌다.

그 손이 팔꿈치에서 잘려 떨어졌다.

표범은 그 타이밍을 놓치지 않고 앞발의 일격으로 카란디니의 얼굴을 때렸다. 발톱은 살뿐만 아니라 뼈까지 제거하고 뱀파이어의 얼굴을 옆으로 찢어버렸다. 보석 같은 안구는 무참하게 찌그러졌고, 완벽한 높이를 자랑하던 콧대를 부러뜨렸다.

그리고 그대로 공중에서 몸을 비틀어 떨어질 때 뻗은 뒷발로 연미복의 흉부를 때려 넣었다. 강인한 다리에 의한 타격은 카란디니를 크게 비틀거리게 만들었다.

표범이 크게 거리를 확보했다.

그 대신에 날아든 것은 철실이었다.

공중을 가르는 예리한 소리가 비처럼 카린디니한테 쏟아졌다

완벽한 연계를 본 나는 저도 모르게 감탄의 소리를 냈다.

하지만 그렇더라도 뱀파이어한테는 닿지 않았다.

카란디니를 포위하는 듯 공간이 흔들렸다.

그곳에 도달한 철실은 차례차례로 튕겨져 버렸다. 수십 개에 달하는 실과 공간 흔들림의 격돌은 격자 모양의 폭발을 공중에 그려냈다.

카란디니를 중심으로 한 폭풍이 우리들에게 밀려들었다. 난 날아가버릴 것 같은 스웨인의 목 전체를 붙잡으면서 이를 견뎌냈다. 헤파스는 데굴데굴 굴러 어딘가로 가버렸다.

표범은 이 풍압을 꿰뚫듯 전진했다.

카란디니는 잘려 떨어진 팔을 절단면에 붙였다. 그 결합부에서 하얀 연기가 피어올랐다.

이미 발목은 원래대로 재생돼 그 신체를 지탱하고 있었다.

폭풍에 휩쓸려 올라간 흙덩이 가운데 표범은 땅을 기는 듯한 낮은 자세로 카란디니의 사각으로 돌아갔다.

그곳으로 지팡이 끝이 정확하게 겨눠졌다.

표범은 기선을 제압당해 곧바로 거리를 두려고 했다. 리로이라면 억지로라도 앞으로 나서는 공격을 선택했을 것이다.

명백하게 실책이다.

카란디니는 뒤로 풀쩍 뛰는 표범을 정확하게 추적했다. 하

얀 연기를 피워 올리는 그 미모는 이미 대부분 수복됐다.

그 손에 쥐어진 지팡이가 내리쳐졌다.

표범은 그것을 아슬아슬하게 피했지만 피한 쪽으로 지팡이가 휘둘러졌다. 맹수의 눈동자는 그 움직임을 확실히 포착했지만 완전하게 피할 수 없었다.

금속제 지팡이는 표범의 어깨를 통타했다.

날카로운 이빨이 늘어선 입에서 작은 비명이 흘러나왔고 그 몸은 균형을 잃어 부서진 돌바닥 위에 나뒹굴었다. 그대로 구르는 육식맹수를 카란디니는 놓치지 않았다

표범이 구르고 있는 쪽의 공간이 왜곡됐다.

그대로 부딪치면 표범은 틀림없이 사지가 뜯어져나가고 내장은 소멸될 것이다. 그 비참한 결과에서 표범을 구한 것은 철실이었다.

표범의 신체가 물리법칙을 무시한 듯 높이 날아올랐고 호를 그리며 카란디니한테서 멀어져 갔다.

살짝 지면에 눕혀진 표범 옆에 레니가 서 있었다.

"괜찮아, 카렌?"

"그다지." 표범은 일어났지만 지팡이로 맞은 어깨는 뼈가 부서졌는지 움직일 수 없어 보였다. 축 처져버린 채 신체를 지탱할 수 없어 보였다. "이 전략이 통하지 않으면 곤란한데." 표범의 입에서 익숙한 목소리가 흘러나온 것은 프리지아 때도 그랬던 것처럼 위화감이 느껴졌다.

카렌이 수인이라는 것은 그다지 놀랍지 않다. 그녀의 신체 능력이나 오감의 우수함을 감안하면 쉽게 납득이 간다.

"저쪽은 저쪽대로 힘들어 보이는데." 레니의 시선이 카란디니를 넘어 리로이를 바라봤다. 온몸에서 뻗어 나간 그레이프닐로 공격하는 튤한테 리로이는 열세를 면하지 못하고 있었다.

리로이가 연속으로 튕겨낸 은빛 창이 차례차례로 주변의 집을 꿰뚫었다. 집으로 날아간 그레이프닐은 채찍처럼 휘둘러져 모든 것을 쓸어버리면서 외벽을 부쉈고 다시 공격을 감행했다.

집이 기울어졌다.

날뛰는 그레이프닐의 연속된 타격에 집은 자신의 무게를 버티지 못했다. 목재가 찢어지는 큰소리를 울리면서 리로이와 튤 쪽으로 무너졌다.

하지만 리로이는 회피 행동을 취하지 않았다. 그쪽으로 조금만 의식을 보내는 순간 은빛 창한테 꿰뚫릴 것이기 때문이다.

굉음을 수반하며 와해된 집이 리로이와 튤 위로 무너져 내렸다.

부서진 벽을 통해 가구와 소품이 튀어나왔고 서로 부딪치며 부서졌다. 폭쇄된 파편은 집 그 자체가 땅바닥에 부딪힐 때 생긴 폭풍으로 회오리를 만들면서 공중에 날아올랐다.

이 중량에 깔리게 되면 인간은 한 줌도 남지 않을 것이다.
하지만 무너지는 굉음이 가라앉는 것보다 빨리 은빛 창이 집 잔해를 깨부수며 날아들었다. 수십 개의 은빛 창이 엄청난 기세로 무질서하게 모든 것을 파괴하며 쓸어버렸다.
그것에 밀린 듯 검은 그림자가 구르며 나타났다. 모래먼지와 파편이 몸에 묻은 리로이는 사방팔방에서 공격해오는 그레이프닐을 떨쳐내면서 자세를 고쳐 잡았다.
그것을 바라보고 있던 레니가 어깨를 으쓱였다.
“뱀파이어랑 저거, 어느 쪽이 더 힘든 것 같아?”
놀랄 정도로 느긋하고 무책임한 발언이었다.
적어도 다른 한쪽은 동료였는데.
그것을 알고 있는 카렌은 입을 다문 채 답하지 않았다.
“그럼 좀 더 그를 괴롭혀볼까.” 자신의 능력에 대한 자부심 때문인지 여유 있는 태도의 카란디니가 지팡이로 발밑을 두드렸다. “너희 둘을 내 종으로 삼는 것도 재미있겠어.”
“농담도 심하군.” 레니는 키득대며 웃었다. “나도 물리는 거야? 세균은 싫어, 난!”
“…………….” 리로이한테 심한 야유를 받으면서도 태연했던 카란디니가 그녀의 발언에는 눈을 찡그렸다.
“난 왠지 방이 지저분할 것 같다는 말을 자주 듣는데 말이야.” 그걸 깨닫지 못한 채 레니는 쓸모없는 얘기를 이어갔다. “실은 엄청 깨끗하게 청소를 하거든. 엄마가 항상 깨끗한 것

좋아해서 그런가? 그래서 지저분한 건 정말 싫어. 세균한테 물려버리는 건 죽어도 싫어." 그건 리로이 같은 명백한 도발 행위가 아니었다. 진심에서 우러나오는 기피였다. 그것이 자존심 높은 뱀파이어의 기분을 건드렸던 것일까.

"그럼 죽으면 된다." 표정의 변화 없이 말했다. 그 둘을 향해 걷기 시작했다.

"바보 아니야." 카렌은 말과는 달리 그다지 싫지는 않은 모습이었다. 레니 본인은 왜 카란디니가 화가 났는지 전혀 모르는 듯했다.

나 역시 한 발짝 한 발짝 카린디니하고의 거리를 좁혀갔다. 아쉽게도 내 전투능력은 카렌이나 레니한테 미치지 못한다. 이런 국면에 도움이 되진 못할 것이다.

그리고 「존재의사」에 의한 공격은 대규모의 파괴를 전제하고 있다. 전개된 적, 또는 적의 본거지에 대한 선제공격, 후퇴를 할 때 추격해오는 적 집단 등.

적과 동료가 함께 섞여 있는 전장에서의 전술적 운용은 상정돼 있지 않았다.

후기 수량에는 개인 휴대병기로 사용할 수 있는 프로그램, 「다인슬레이프」가 갖춰져 있지만 아쉽게도 초기 수량이었던 나에겐 바랄 수 없는 일이다.

하지만 나한테는 오랜 기간에 걸친 꾸준한 연구와 실전경험이 있다.

"뭔가 좋은 수라도 있는 건가?"

작업에 집중해 있던 나는 헤파스의 접근을 알아차리지 못했다. 스웨인과 함께 기다리고 있으라고 말해뒀는데.

"그라면 저쪽에 있는 집 뒤에 피난시켰어." 노과학자가 가리킨 방향에 이쪽의 상황을 살펴보고 있는 소년이 있었다.

"당신도 피난했어야지."

"좀 시험해보고 싶은 게 있어." 헤파스는 내 얘기를 전혀 들으려고 하지 않았다. 등 뒤의 가방을 내리고 안에서 주사기를 꺼냈다.

"이것으로 강화를 한다 하더라도 뱀파이어 상대로는 부족할 것 같은데."

"이건 튤의 혈액이야."

생각지도 못한 대답에 난 깜짝 놀랐다. 그러자 그 표정을 본 헤파스는 손에 든 주사기로 시선을 돌렸다.

"잠들어 있을 때 슬쩍."

"모럴이라는 말을 알고는 있나?" 말해도 소용없다는 것을 알면서도 난 저도 모르게 입에 담고 말았다. 노과학자는 어깨를 으쓱일 뿐이었다.

"이 안에는 나노머신이 들어가 있어. 이것을 흡혈귀한테 주입하면 어떻게 될까. 궁금하지 않아?"

그는 그렇게 말했지만, 현실적으로 튤은 뱀파이어 바이러스에 침식돼 자아를 잃은 감염자가 돼 있다.

“완전히 점령된 것인지는 아직 몰라.”

헤파스는 마치 내 생각을 읽은 것처럼 말했다.

난 눈썹을 좁혔다.

“지금 리로이를 공격하고 있는 게 안 보이는 건가?”

“노안이긴 하지만, 근시는 없어. 확실하게 보여.” 헤파스는 씨익 웃었다. “실제로는 나노머신과 바이러스의 다툼이 팽팽하게 벌어지고 있지 않을까?”

“근거는?”

이미 카란디니는 카렌과 레니의 간격으로 파고들었다. 그것을 정면으로 공격하는 것이 카렌, 거리를 둔 레니, 그 구도는 변함이 없었다.

“나노머신의 집합체인 그레이프닐은 내가 아는 한 매우 정밀하고 복잡한 병기야. 아무리 뱀파이어 바이러스가 강하다고 하더라도 그것까지 자유자재로 조종한다고는 생각할 수 없어.”

“그럼 튤은 자신의 의사로 리로이를?”

난 시선을 옮겼다.

리로이는 그레이프닐을 좌우로 떨쳐내며 튤의 간격으로 파고들려는 참이었다.

정면에서 안면을 노리고 날아드는 은빛 창끝을 고개를 숙여 피하고 옆구리를 후벼 파려고 날아든 창을 검으로 때려 떨어뜨렸다.

관자놀이를 노리고 횡으로 날아든 일격은 몸을 구부려 피했고, 그 밑에서 턱을 노리고 튀어 오른 은빛 섬광은 몸을 비틀어 회피했다.

회피하는 기세를 그대로 살려 몸을 회전시켰고 아래, 좌측면, 위, 그리고 우측면으로 흐르는, 시야에 잡힌 그레이프닐을 차례차례로 때렸다.

착지한 순간 뒤에서 호를 그리며 육박하는 창끝을 뿌리치며 튤의 몸쪽으로 뛰어들었다.

검 끝은 지근거리에서 쏜 총탄보다 빨랐다.

노린 곳은 흉부——심장이었다.

나노머신에 침식된 튤의 피부는 무기물과 유기물이 섞여 뛰고 있었다. 그곳에 찔러 들어간 검 끝은 피부를 찢고 살을 갈랐다. 내부로 침입해 그곳에 있을 터였던 심장을 노렸다.

피할 도리가 없는 타이밍이었다.

하지만 나노머신의 성능 때문인지, 뱀파이어 바이러스의 능력 때문인지, 튤은 아주 살짝만 검의 진입각도를 비틀었다. 칼은 심장에 도달하지 못하고 그곳에 연결된 대동맥을 스치고 등뼈를 부수면서 빠져나왔다.

검 끝이 등으로 빠져나오는 것과 동시에 리로이는 손목을 비틀어 상처 부위를 넓히면서 검신을 들어 올렸다.

가슴에서 목선까지 찢어졌다.

찢어진 대동맥에서 튀어나온 피가 분수처럼 솟아올랐다.

리로이는 한 걸음 더 깊이 파고들면서 빠져나온 검 끝을 뇌력처럼 내리쳤다.

그 일격이 만들어낸 검풍에 뿜어져 나온 선혈이 피보라를 일으키며 흩어졌다.

만약 그대로 깊이 휘둘렀다면 튤의 머리는 파괴됐겠지만, 리로이 역시 심장을 관통당했을 것이다.

등으로 날아온 그레이프닐을, 그것이 허공을 가르는 소리로 궤도를 읽고 몸을 피했다.

하지만 은빛 창은 리로이의 예측을 넘어 빠르게 질주했다.

그레이프닐의 표적은 리로이의 척추였다. 그것은 간신히 피했지만 완전하게 피할 수는 없었다.

은빛 창끝은 리로이의 옆구리 살을 후벼 팠고 늑골을 부쉈다.

빠져나간 검의 칼끝이 튤의 얼굴을 비스듬히 갈랐다.

어깨부터 땅으로 떨어진 리로이는 곧바로 벌떡 일어나 추격해오는 그레이프닐을 간신히 받아 흘렸다. 은빛 창을 검으로 때릴 때마다 옆구리의 상처에서 피가 튀었다.

튤의 육체는 이미 대량의 출혈이 멈췄고 상처가 꿈틀거리기 시작했다. 부서진 뼈, 혈관, 신경, 근육, 지방, 그리고 피부까지 안쪽부터 엄청난 속도로 재생돼갔다. 쇼크사를 하더라도 이상할 게 없는 대량의 출혈이었지만 모든 세포의 대체를 행하는 나노머신은 혈액마저도 재생 가능했다.

지금의 그를 끝내기 위해서는 등에 있는 나노머신의 심장부를 파괴하는 수밖에 없다.

"저 녀석의 의사는 지금 상황에서 관계가 없어." 헤파스는 말했다. "난 폭주라고 할 수 있는 저 상태를, 바이러스의 간섭에 의한 나노머신의 오작동이라고 생각해. ——덧붙여 뱀파이어가 죽었을 경우, 그 녀석한테 물린 감염자는 어떻게 될까?"

"바이러스도 활동을 정지하고 바이러스에 세포가 침식된 경우는 그 세포도 사멸한다. 쉽게 말하면 죽게 되겠지."

내 설명에, "문헌대로인가."라며 헤파스는 중얼거렸다. "즉, 바이러스는 단독으로는 존재할 수 없다는 말이야."

"과연." 난, 헤파스가 무슨 생각을 하고 있는지 알게 됐다. "죽이지는 못하더라도 어떤 방법으로 카란디니의 의식을 혼란시키면 일시적으로 바이러스의 지배에서 벗어날 수 있다는 말인가."

"그래서 이게 나설 차례인 거지." 헤파스는 주사기를 들어 보였다. "아마도 바이러스도 체내에 침입한 나노머신에 대해 공격을 가할 거야. 그렇게 하면 나노머신도 자기방어기구가 작동해. 결과적으로 지금 저 젊은 놈의 체내에서 일어나는 일이 재현되지——않을까. 어디까지나 추측이지만."

"——해볼 만한 가치는 있을지도." 나에겐 '뱀파이어 바이러스는 체내에 들어간 독극물을 몰아내려고 하기 때문에 뱀파이어한테는 세균병기가 통용되지 않는다'는 데이터가 있다. 주사기 안에 있는 나노머신의 양은 일시적이 아니라 한순간의 틈만 만들 수 있을 것이다.

하지만 리로이라면 그 짧은 순간으로 충분하다.

"문제는 네 파트너한테 이걸 어떻게 알려주느냐, 인데."

"필요 없다." 헤파스의 우려에 난 즉답했다. 전투 중, 상대방에게 빈틈이 생기면 틀림없이 그것을 찌른다. 리로이가 그것을 놓칠 리가 없다.

오히려 이쪽의 의도대로 정확한 타이밍에 이상을 일으킬 리가 없기 때문에, 그 작전을 전달하는 게 필요 없는 리스크를 안게 된다.

"녀석은 알아서 해줄 테니까." 그렇게 말하며 어깨를 으쓱이자, 헤파스는 "흐음." 하고 맞장구를 친 후 "그렇게까지 인간을 신뢰할 줄이야."라고 말을 이었다.

"그렇게 야단스러운 일도 아니다."

난 부정했지만, 헤파스는 기묘한 미소를 지을 뿐이었다.

"뭐, 어쨌든 이걸 주사할 틈을 만들어야 하는데."

"스스로 할 생각인가?"

놀라는 나에게 그는 또 하나의 주사기를 꺼냈다. "겨우 몇 초라도 상관없어." 지난번 거인의 큰 몸을 잡고 내던졌을 때 썼던 근육을 대폭으로 강화하는 약인가.

분명 그 정도의 위력을 만들어내는 약이라면 순간적이더라도 뱀파이어한테 파고드는 게 가능할지도 모른다.

하지만.

"주사를 하더라도 다음 순간에 목이 졸려 죽을지도 모르는데."

"그럼 그렇게 되지 않게 몇 초만 더 시간을 벌어줘."

헤파스는 자신의 목숨이 걸려 있는데도 불구하고 전혀 진지하지 않았다. 다른 사람의 일로 생각하는 건가.

"무섭지 않나?" 질문해 보니, 노과학자는 "무섭기야 하지만."이라고 전제한 후, 입 끝을 치켜올리며 웃었다. 어딘가 악마 같은 표정이었다. "죽은 뒤에 인간의 의식은 어떻게 될지 궁금하거든. 그것만은 죽지 않으면 알 수 없는 어려운 문제니까."

"——확실히, 어려운 문제지."

난 동의했다.

뭐, 그렇다면 죽는다 하더라도 바라는 바일 것이다.

"그럼 첫 번째 질문으로 돌아가 볼까." 헤파스는 카렌 일행과 뱀파이어 쪽으로 시선을 돌렸다. "저 뱀파이어를 멈추게 할 좋은 방법이 있나?"

카란디니는 손으로 직접 두 사람을 교살할 생각인지 지팡이로만 공격을 이어가고 있었다.

하지만 그럼에도 뱀파이어가 자랑하는 신체능력은 철실술사와 수인을 상대로 우위를 점하고 있었다. 오랜 시간에 걸쳐 단련된 그의 봉술은 다른 상식을 벗어난 능력과 비교해도 손색이 없을 정도로 위협적이었다.

앞발의 어깨가 부서진 카렌은 다쳤다는 것을 느끼지 못할 정도의 움직임으로 카란디니를 공격했지만, 역시 그 작은 차이로 그에게 닿지 못했다. 아무리 페인트를 걸고 사각으로 돌아갔지만 뱀파이어의 붉은 눈동자는 이를 놓치지 않았다. 그녀의 돌격을 앞서 깨부수고 간격으로 뛰어드는 것도 용납하지 않았다.

그것을 원호하는 것은 철실이었다.

카렌의 돌격을 깨부숴도 철실이 그곳에 보호막을 만들어 카란디니도 카렌을 추격할 수 없었다.

고속으로 움직이면 눈에 보이지 않는 극세실을 리로이는 청각으로 포착했다.

카란디니는 어떨까.

방금 전에는 발목과 팔을 절단당했다. 카렌과 레니의 파상공세에 당한 것이었다.

하지만 지금은 다르다.

그는 바라봤다. 그 붉은 눈동자는 보이지 않을 철실을 확실하게 보고 있었다. 그렇기 때문에 카렌을 견제한 직후 파고들어 추격하는 공격을 내지르다가도 재빨리 옆으로 몸을 돌려 지팡이를 회수했던 것이다.

그대로 내리쳤다면 그곳을 노리고 휘둘러진 철실에 의해

절단됐을 것이다.

카렌과 레니의 능력이 좋지 않았다면 철실 따윈 무시한 채 죽이려고 덤벼들었을 것이다. 손과 발이 절단당하더라도 뱀파이어의 생명력과 재생능력이 있어 큰 대미지는 입지 않는다. 하지만 전투행위 자체에 영향을 끼치고 그것을 기피할 정도로 둘의 능력은 높다고 할 수 있다.

추격을 단념한 카란디니에게 거꾸로 카렌이 공격했다. 뒤로 뛰는 연미복한테 땅을 기는 듯한 질주로 표범이 덤벼들었다. 뛰어오르지 않고 노린 곳은 다리였다. 날카로운 이빨로 목젖을 물어뜯는 것보다 다리를 부서뜨려서 기동력을 저하시키기 위해서였다.

"——저건 뭐지?"

난 카렌 일행의 전투를 직시하면서 방금 전 헤파스가 말을 걸어 중단했던 작업으로 돌아갔다.

헤파스는 내 손바닥 위의 흔들거림을 본 듯했다.

"뱀파이어를 멈추게 할 방법이다." 헤파스라면 대충 이해했을지도 모르고, 지금 상황에서 길게 설명할 여유도 없다.

손바닥 위에서 흔들리고 있는 것은 「존재의사」, 바로 그것이다.

나에게 부여된 프로그램, 「디스」는 「존재의사」를 이용해 대규모 파괴를 일으키는 걸 목적으로 삼고 있다. 그래서 대출력에 중점을 두고 있어서 섬세한 작업에는 어울리지 않는다.

그것을 극복하기 위해 난 독자적인 프로그램을 새로 구축해 진화시켰다. 목표로 삼은 것은 대규모와 정반대인 최소였다. 이 최소, 바꿔 말하면 개인 레벨의 「존재의사」의 활용을 목적으로 개발되고 후기 수량에 장착된 프로그램이 「다인슬레이프」다.

「다인슬레이프」는 「존재의사」로 무기를 코딩하고 비약적으로 파괴력을 높일 수가 있다. 뱀파이어처럼 재생능력이 높은 개체도 「존재의사」로 파괴됐을 경우는 회복할 수 없다. 그래서 전략적 레벨로만 운용했던 우리들이 전술 레벨로 활용할 방법을 얻은 것이다.

솔직히 말하면 초기 수량인 나로선 「다인슬레이프」를 부여받은 후기 수량에 대한 질투가 있었다. 당초에는 대량으로 밀어붙이는 「다크 원」을 광범위에 걸쳐 전멸할 필요가 있었고, 그 후에 강력한 능력을 지닌 개체하고의 조우전으로 전투 양상이 변화된 것이기 때문에 결코 우열의 문제는 아니다.

그건 알고 있다.

하지만 전투 중에 파트너를 충분히 지원할 수 없다는 것은 지금도 너무 억울한 일이다.

그래서 독자적으로 연구를 계속해왔다. 인간과 달리 나에게 부여된 스펙 이상의 가능성, 잔재능력이 아니다. 오랜 기간 향상되지 못한 기술에 몇 번이고 좌절할 뻔했지만 그럼에도 계속 도전해 여기까지 도달했다.

"——움직일 수 있어?"

옆에서 느껴지는 기척에 나는 물었다.

헤파스가 아니었다.

만신창이가 된 프리지아였다.

그녀는 두꺼운 목을 천천히 위아래로 끄덕였다.

"뭘 하면 되지?"

"나와 함께 뱀파이어의 발목을 잡자."

4

난 그녀에게 작전——이라고 할 것까진 없지만——을 설명했다. 바이러스나 나노머신에 대해서는 생략했다. "알았어." 프리지아도 상세한 내용을 묻지 않고 긍정했다. 그녀의 얼굴에 있는 날카로우면서도 아름다운 곰의 눈동자가 노과학자를 바라봤다.

"괜찮아, 닥터?"

"지금 너보다는 훨씬 튼튼해." 헤파스는 웃었고, 수수께끼의 약물이 들어간 주사기를 주사하려고 했다. "효과가 발동하는 데 몇 초, 지속시간은 대개 2분 정도야."

"그럼 주사를 한 후 시작하지."

뱀파이어한테 어느 정도의 빈틈을 만들 수 있을지 모르지만, 공격이 효과를 거둔 후에 주사를 놓으면 늦을지도 모른다.

"그럼." 헤파스는 주저하지 않고 자신의 팔에 약물을 주사했다.

나와 프리지아는 그 효과를 확인하지도 않고 전진했다. 프리지아는 방금 전 지독하게 당했지만, 최악의 상태는 피한 듯했다. 그때 결정타를 맞았다면 끝났겠지만, 뱀파이어만큼은 아니더라도 수인 역시 인간보다 훨씬 높은 생명력과 재생능력을 지니고 있다. "앞서 갈게." 프리지아는 그렇게 말하고 내 대답도 듣지 않고 내달렸다.

맹수의 비명이 표범의 입에서 울려 퍼졌다. 지팡이의 공격을 철실이 막았지만 그것을 예측한 뱀파이어는 사각으로 돌아가던 카렌을 발로 공격했던 것이다. 그래도 간신히 몸을 비틀어 직격을 맞진 않았지만, 그녀의 신체는 크게 차여 날아갔다. 몇 미터 정도 공중을 날아 지면에 부딪친 뒤 세차게 굴러 자세를 잡지 못한 채 한 상점과 격돌했다.

카운터를 때려 부수고 낙법도 하지 못한 채로 상품 진열장에 처박혔다.

일용잡화가 흩뿌려졌다. 진열장을 파괴하고 튕겨진 카렌은 격렬하게 회전하면서 기둥에 격돌했다. 뼈 삐걱대는 소리가 여기까지 들릴 것 같은 기세였다.

실제로 도달한 것은 목재에 균열이 생겨 버티지 못하고 갈라지는 비명이었다. 기둥을 잃은 상점 지붕에서 더 큰 파열음이 쏟아져내렸다.

소리에 이어진 것은 붕괴되는 지붕이었다. 쓰러진 카렌을 쪼개진 천장의 파편이 짓눌렀다.

곰의 목이 분격의 포효를 외쳤다. 그 거구에서는 믿을 수 없는 스피드로 카란디니한테 달려갔고, 속도를 조금도 줄이지 않은 채로 돌진했다.

뱀파이어의 붉은 입술이 호를 그렸다. 그는 피하지도 않고 공격도 하지 않았다. 지팡이를 쥐지 않은 팔을 들어 올려 손바닥을 프리지아한테 향했다.

그곳으로 큰 질량이 맹렬하게 처박혔다.

일반적으로 생각하면 체중에 가속도가 더해져 수십 톤에 가까운 충격을 가할 거대한 곰의 돌격을 팔 하나로 막을 수 있을 리가 없다. 팔은 부러지고 격돌의 충격으로 온몸의 뼈가 부서지고 내장은 파열됐을 것이다.

하지만 뱀파이어의 기운이 그것을 가능케 했다. 카란디니의 손바닥과 프리지아의 이마가 접촉한 순간 무거운 굉음이 허공을 울렸다. 발밑이 흔들렸고 길가에 늘어선 집이 삐걱댔다.

뱀파이어의 신체가 뒤로 밀렸고 신발 밑창이 지면을 팠다.

곰의 구릿빛 체모가 머리부터 뒤로 물결쳤다.

그 사지가 공중에 떴다.

본래라면 카란디니의 육체를 파괴할 터였던 힘이 막히고

역류해 프리지아의 육체를 때려버린 것이다.
카라니디는 한 발 전진했다.
그리고 힘을 실어 붙잡고 있던 곰의 머리를 발밑으로 내리쳤다. 머리가 지면에 부딪쳐 깊이 함몰된 땅속에 처박혔다. 뒷발이 높이 올려져 그녀의 신체는 똑바로 지면에 꽂혀버렸다.
그리고 천천히 쓰러졌다.
난 그것을 카란디니의 등 뒤에서 보고 있었다.
완벽한 타이밍이었다.
이제 손바닥에 유출된 극소의 「존재의사」를 뱀파이어의 신체에 부딪히게 하면 된다. 내가 통상의 프로그램으로 진행했다면 이런 마을 두세 개쯤은 가볍게 날려버렸겠지만, 이거라면 거의 인간 크기로 구속할 것이다.
가능하면 이것을 총탄처럼 쏘는 게 좋겠지만, 아직 컨트롤이 잘되지 않았다. 접근해서 직접 때려 박는 편이 확실하다.
소리도 없이 간격을 좁힌 나는 연미복의 등에 「존재의사」를 때려 박았다.
카란디니가 돌아봤다.
설마 반응할 줄이야.
지팡이 끝이 내 목으로 날아왔다. 내 신체는 홀로그램이다. 인간과 매우 비슷한 기능을 지니고 있지만 통상의 타격이나 참격에 의한 대미지로 파손되진 않는다.

허용범위를 넘어선 에너지를 받으면 홀로그램 자체가 와해되지만, 난 상관하지 않고 때려 박았다.

타격은 약간의 저항감과 함께 목을 통과했고, 목의 영상이 결합 상태를 반 정도 잃고 흔들렸다. 결합을 잃은 분자가 피처럼 튀었고, 타격 에너지가 목에서 온몸으로 파급됐다.

시야가 깜빡거렸고 소리가 소실됐다.

하지만 아직 「존재의사」를 정착시키는 손바닥의 감촉은 남아 있었다.

그대로 카란디니의 가슴으로 찔러 넣었다.

내가 홀로그램이라는 것을 몰랐다면 손의 감촉과 윤곽을 소실하는 광경에 조금이라도 동요하고 빈틈이 생길 터였다.

하지만 카란디니는 그렇지 않았다.

몸을 돌려 내 손을 피하고 이번엔 지팡이를 옆으로 휘둘러 내 흉부를 강하게 때렸다. 충격으로 비틀거리는 나에게 뱀파이어는 연속된 타격을 휘둘렀다.

간신히 머리에 내리쳐진 공격은 피했지만, 내찔러진 지팡이를 복부에 맞았다. 몸통의 영상이 흔들렸지만 무시하고 파고들어 손을 뻗었다.

그러나 그 손은 지팡이로 떨쳐졌고 하마터면 「존재의사」가 흩어져버릴 뻔했다.

"저 수인 쪽이 훨씬 손맛이 있는데, 라그나로크."

미끄러지듯 나하고의 거리를 벌린 카란디니는 얇은 미소를 지었다. "수많은 동포를 끝장냈던 것 치고는 너무 어설프지 않아?"

"우리들한테도 잘하는 것과 못하는 게 있으니까." 나는 태연하게 답했지만, 내심은 격렬하게 혀를 찼다. 제대로 대치했을 경우 그의 체술과 봉술에 내 전투 프로그램으로는 상대가 안 된다. 프리지아가 만들어준 짧은 빈틈을 놓치면 안 되는 것이다.

"난 어느 쪽이냐면 두뇌 노동파거든." 하지만 그런 내심은 조금도 드러내지 않고 태연하게 말했다. "이런 것은 본래 파트너가 할 일이야."

"그럼 도와달라고 해."

카란디니는 지팡이 끝으로 내 뒤쪽을 가리켰다.

리로이와 튤의 모습은 볼 수가 없었다. 하지만 나무가 찌부러지고 기왓장이 깨지고 유리창이 깨지는 소리가 고속으로 이동했다. 그레이프닐이 지면을 후벼 팠는지 낮은 지붕 건너편에서 피어오르는 흙덩이가 때때로 시야에 들어왔다.

"그건 안 돼."

난 딱 잘라 말했다.

뱀파이어는 웃었다.

"고집부리지 마. 자살이라도 하려는 건가?"

"설마." 난 작게 코웃음을 쳤다. 생명체는 아니기에 목숨을 끊어버리는 행위는 애초에 성립이 되지 않는다. 다만 "죽을 정도로 창피할 뿐이다." 내가 그렇게 말하자 뱀파이어는 의아한 듯 고개를 갸웃거렸다.

난 어깨를 으쓱였다. "하지만 바퀴벌레 한 마리도 잡지 못하면, 파트너로서 면이 안 서거든."

"——얼뜨기가 건방지게."

말투는 부드러웠지만 붉은빛을 내뿜는 눈동자는 살기를 머금었고 입술 밑으로 날카로운 이빨이 드러났다.

인간이라면 그것만으로도 기절할 수밖에 없는 불길함이 하얀 피부 안에서 투명하게 보였다.

내 홀로그램조차 그 귀기에 압도당해 입자결합이 흔들렸다.

분노가 그의 움직임에 조금이라도 영향을 준다면 다행이다.

주변으로 시선을 돌렸다.

부서진 가게 앞에 카렌이 기어 나왔다. 방금 전 발로 채여 내장이 다쳤는지 이빨 사이로 피를 흘리고 있었다.

프리지아도 아직 숨이 끊어지진 않았다. 깨진 이마에서 흘러나오는 피가 털을 적시면서도 어떻게든 일어나려고 했다.

이제 몇 분이다.

헤파스의 약 기운이 떨어지기 전에 어떻게든 빈틈을 만들어내야만 한다.

그러다 문득 생각이 났다.

레니는 어디에 간 거지?

쭉 둘러봤지만 어디에도 그녀의 모습은 보이지 않았다.

설마 도망친 건가?

"결국 창피를 당하게 만들어서 유감이야." 카란디니가 지팡이를 빙글 돌렸다. "도와주러 오게끔 비명을 지르게 해주지."

"그래." 난 그것을 받아들인 것처럼 고개를 끄덕였다. "너의 비명이라면 분명 리로이도 듣고 싶을 테니까."

카란디니는 더이상 말을 하지 않고 앞으로 나섰다.

그때 예리한 소리가 날아왔다.

아마도 레니는 그렇게까지 의리 없는 인간은 아닌 듯했다.

바람을 가르며 날아든 실이 연미복으로 쇄도했다.

붉은 눈동자는 그것을 포착했다.

손에 쥔 지팡이는 끝부분이 시야에서 사라질 정도의 속도로 실을 떨쳐냈다. 정면으로 때리면 절단되기 때문에 실의 진입각도에 맞춰 절묘하게 타격 위치를 바꿨다.

철실도 닿지 않는 건가.

그렇다면 철실에 잘릴 것을 각오하고 파고드는 수밖에 없다.

내가 그렇게 판단한 순간, 그때까지 철실의 연속공격을 탁월한 기술로 받아내던 뱀파이어의 팔이 어깨부터 절단됐다.

지팡이를 쥔 손이 하늘로 날았고 바로 이어 철실이 날아왔다.

갑자기 철실이 뱀파이어를 잡았다.

카란디니는 뒤로 뛰었지만, 디딤발이 땅에 뜬 순간 세로로 찢어졌다. 그리고 공중에 있던 그 신체를 차례차례로 실이 잘라버렸다.

그 실은 허공을 가르고 날아온 것이 아니었다.

땅속에서 튀어나왔던 것이다.

어떻게 실이 땅속을 전진했는지 전혀 이해할 수 없었지만, 그렇기 때문에 뱀파이어의 의표를 찌르고 대미지를 부여했다.

이 절호의 기회를 놓칠 순 없다.

난 열 몇 개의 실이 발밑에서 빈틈없이 쏟아지는 화살처럼 튀어오르는 그 가운데로 뛰어들었다.

놀랄 만한 일이 일어났다.

쉴 새 없이 뱀파이어를 공격하던 철실이 하나도 내 몸에 닿지 않았던 것이다. 지금도 카란디니는 온몸이 잘려나가면서 후퇴하고 있었다. 잘 만들어진 연미복은 무참하게 찢어졌고 튀어나오는 피조차 절단되는 가운데, 그것을 따라 육박해가는 내 몸에는 작은 상처 하나 생기지 않았다.

실제로는 철실을 맞아도 상처는 입지 않지만, 이렇게 많은 수로 뱀파이어를 공격하면서 맹렬하게 돌진하는 나를 완전히 피한다는 것을 보면 놀랄 정도의 기술과 집중력이다.

그 섬세함, 치밀함에 등줄기가 서늘해졌지만, 솔직히 이 초

절적인 기교를 어떻게 그녀 같은 인간이 만들어낼 수 있는지 너무도 궁금했다.

——그런 생각을 하는 사이에 난 카란디니의 품으로 파고들었다.

뱀파이어는 그 타이밍에 자신과 내 사이에 있는 공간을 일그러뜨렸다. 발밑에서 솟아오르는 철실과 함께 나를 날려버리려는 것이다.

이대로 돌진하면 내 홀로그램은 간신히 원래 형태를 유지하는 것이 가능할지도 모르지만, 「존재의사」는 분명히 흩어져버릴 것이다.

순간적으로 판단했다.

이 거리라면 승산은 있다.

손바닥에 유출시켜 모아놓은 극소의 「존재의사」를 밀어내는 듯 탄환처럼 뱀파이어를 향해 때려 넣었다. 납으로 된 총탄이라면 공간의 일그러짐이 지닌 에너지에 추진력이 삼켜져 찌부러들고 말 것이다.

하지만 「존재의사」는 공간의 왜곡이 일으키는 에너지조차 소모시키면서 돌진했다.

노린 곳은 심장이었다. 잘 된다면 빈틈을 만드는 것뿐만 아니라 끝장을 낼 수도 있다——그런 생각이 들었던 것을 부정할 순 없지만, 그렇게 생각대로는 되지 않았다.

보이지 않는 에너지탄은 카란디니의 어깨에 명중했다.

무너지기 시작했다.

「존재의사」에 의한 카란디니의 육체에 대한 간섭이다. 피부가, 살이, 시각으로 인식할 수 없을 정도로 작은 입자로 분해됐다. 그래서 실제로는 부서지는 것이지만, 눈으로 보면 사라지는 것처럼 보였다.

뱀파이어가 절규했다.

그 등 뒤로 헤파스가 접근하는 것이 보였다.

내 오감은 그때 끊어졌다.

다음으로 주변 상황을 파악할 수 있게 된 것은 아마도 1초나 2초가 지나서일 것이다. 홀로그램이 격렬하게 흔들렸고 윤곽이 흐릿하게 형성되기 시작했다.

시야에 들어온 것은 어떤 집의 천장이었다. 아마도 공간의 왜곡에 튀어 날아가 이 집의 외벽에 격돌했고, 벽을 깨부수고 집안으로 날아 들어간 것 같다. 몸 주변에는 부서진 벽과 테이블의 잔해가 흩어져 있었다.

상체를 일으키고 자신의 신체가 뚫은 벽의 구멍을 통해 바깥 상황을 살펴봤다.

곧바로 엄청난 충격을 받고 다시 집안으로 밀려났다.

굉음이 이어졌고 대지가 격렬하게 진동했다. 집이 흔들리면서 크게 삐걱댔다.

카란디니의 절규는 계속 이어지고 있었다. 납죽 엎드리면서 바깥을 확인해보니 뱀파이어는 땅 위에서 비틀거리고 있었다. 헤파스의 모습은 보이지 않았다.

그런데 카란디니의 괴로워하는 모습은 보통이 아니었다.

그럼에도 그 상태로 주변에 무차별 공격을 감행했기 때문에 쉽게 다가갈 순 없었다. 공간의 왜곡이 대지를 갈랐고 주변의 건축물을 쓸어버렸다.

난 카란디니를 계속 바라보면서 본체의 데이터에 접속했다.

그쪽도 집안에 있었다.

바닥, 벽, 천장 등 모든 장소에서 그레이프닐이 날아다니며 리로이를 공격했다. 집안에서는 불리했다. 리로이는 그런데도 좁은 공간에서 은빛 창끝을 계속 피해냈다.

일격이 치명상을 줄 것 같은 공격을 계속 막아내는 건 정신적으로 막대한 부담을 안게 된다. 게다가 상황적으로 사각뿐만 아니라 벽을 깨부수는 소리를 포착하는 청각이나 바닥을 꿰뚫는 진동을 느끼는 촉감 등, 그 모든 것의 감각을 총동원해야만 했다.

그런데도 리로이의 움직임에 군더더기는 보이지 않았다.

하지만 그레이프닐에는 명백한 이변이 보였다.

속도와 정밀도가 떨어져, 되받아친 리로이가 다음 행동으로 옮길 때까지의 시간을 반 초 정도 벌게 됐다. 반 초면 전진하는 거리가 늘어나 공격의 수단이 다양해진다.

리로이는 계단의 층계참에서 다섯 개의 그레이프닐을 피하고 난간을 뛰어넘어 단숨에 1층에 착지했다. 머리 위에서 은빛 창이 쏟아졌고 동시에 바닥 위를 뱀처럼 미끄러졌다.

마룻바닥이 부서졌다.

리로이가 질주하면서 발생한 충격에 깨져버린 것이다.

더이상 그레이프닐은 좇아오지 않았다.

1초도 되지 않는 짧은 시간이 승부를 크게 갈라놓았다.

리로이는 맹렬하게 집을 뛰쳐나와 곧바로 뒤돌아봤다.

튤은 집의 벽에 붙어 있었다. 온몸에서 뻗어 나온 그레이프닐이 그 몸체를 지탱하고 있었다. 그는 제정신을 잃은 눈동자로 리로이를 노려봤다.

리로이는 먹이를 발견한 사냥개처럼 뛰어들었다.

벽을 향해 격돌할 기세로 질주하고 그 기세를 살려 벽을 내달렸다.

그레이프닐이 이를 요격했다.

하지만 리로이의 스피드에 대응하지 못했다.

첫 번째와 두 번째를 좌우로 떨쳐내고 이어지는 한 개를 쳐서 떨어뜨린 후 머리 위로 채찍처럼 내리쳐지는 그레이프닐을 몸놀림만으로 피했다.

리로이의 전진을 더이상 멈추게 할 수 없었다. 밀어낼 속도와 힘이 지금의 튤에게는 아주 조금 부족했다. 그것을 깨달았는지 튤은 벽을 박차고 크게 도약해 거리를 두려고 했다. 착지하고 다시 땅을 박찼다.

하지만 리로이의 추격을 떨쳐내지 못했다.

눈 깜빡할 사이에 리로이는 튤하고의 간격을 좁히고 공격권 안까지 도달했다. 이 정도의 지근거리라면 은빛 창끝이 찔러지는 속도도 그만큼 빨라지지만 그것을 적확하게 때려내는 리로이의 참격은 눈으로 확인하기 어려울 정도로 빨랐다.

그레이프닐과 검이 허공을 가르는 소리가 겹쳐졌고 섬뜩한 울음소리처럼 대기를 흔들었다.

둔하다, 하지만 결정적인 울림이 이어졌다.

그리고 소리가 끊어졌다.

사라진 검 끝이 모습을 드러냈다.

그것은 튤의 등으로 튀어나왔다.

가슴의 중심부로 들어간 검신은 이번에야말로 틀림없이 그의 심장을 꿰뚫었고 등뼈를 부수고 그레이프닐의 심장부인 등의 기계를 파괴했다.

"아——." 핏덩어리와 함께 내뱉어진 튤의 목소리는 어딘가 당황한 것처럼 들렸다. 상처를 나노머신이 수복하려고 했지만 심장부가 파괴된 탓에 나노머신이 정상적으로 기능하지 않았다. 피부 위에 제어가 안 되는 나노머신이 무기질의 기하학 모양을 그리면서 기어 다녔다.

움직이고는 있지만, 단지 그뿐이었다.

그의 온몸에서 뻗어 나온 그레이프닐은 어떤 것은 젖혀졌고, 어떤 것은 행동을 정지한 채로 처졌고, 그리고 어떤 것은 그 형태를 유지하지 못하게 돼 섬세한 나노머신으로 분해돼 갔다.

리로이는 손목을 뒤집어 상처를 벌렸다.

분출되는 피가 리로이의 머리와 신체를 적셨다.

튤은 천천히 손을 들어 올렸다. 그 손끝에는 더이상 힘이 없었고 희미하게 떨리고 있었다.

"왜." 그의 목소리는 갈라졌고 약했다. 하지만 리로이의 어깨를 잡은 손은 그것을 놓지 않겠다는 것처럼 꽉 쥐었다. "왜 구해주지 않았어." 그건 아마도 지금 얘기가 아닐 것이다. 그의 눈은 눈앞의 리로이를 노려보고 있지만, 그 뒤에 보이는 것은 우리하고는 다른 풍경인 것 같았다.

"왜 누나를 구해주지 않았어?" 원망처럼 들렸지만, 그 속에 숨어있는 것은 마음에서 우러나온 희구였다.

그때 튤은 애타게 바랐을 것이다.

절망적인 상황에서 구해줄 강력한 힘을.

불안과 공포를 불식시켜줄 목소리를.

"내가 구할 수 있는 것은 이 검 끝이 닿는 거리까지다." 그러나 그것은 줄 수 없었다. "그러니." 리로이는 딱딱한 목소리로 이어갔다. "지금이라면 구할 수 있다."

"아아――."

튤의 목에서 튀어나온 것은 피곤에 절은 한숨이었다.

그것에는 분명 안도가 있었다.

"구해줘."

"알았어."

리로이는 단숨에 검을 뽑아냈다.

그것에 이어 튤의 신체가 앞으로 기울어졌다.

뽑아진 검신이 호를 그렸고 위에서 아래로 내리쳐졌다.

칼은 튤의 머리를 뒤통수부터 잘라냈고 안면을 가르며 빠져나왔다. 그의 신체는 발밑에 부딪쳤고, 갈라진 머리에서 뇌를 흩뿌리면서 굴렀다.

온몸에서 뻗어 나온 그레이프닐은 동작을 멈추고 천천히 무너지기 시작했다.

리로이는 곧바로 몸을 돌렸다.

"뱀파이어는 어떻게 됐어? 살아 있나?"

"보는 대로야."

리로이의 장소에서도 공간이 왜곡되고 대기가 흔들리고 지면이 요동치는 것이 느껴졌다. 연속되는 울림이 카란디니의 위치를 가르쳐줬다.

"무슨 일이야?" 튤의 움직임이 갑자기 정체됐던 것을 감안하고, 리로이는 뭔가 있었다는 것은 이해하고 있었다. 그쪽으로는 확실히 예리하다.

하지만.

"설명해도 모를 거야."

난 쌀쌀맞게 말했다.

리로이는 고개를 끄덕였다.

"그럼 됐어."

솔직히 이런 면에선 대단한 남자라고 솔직하게 인정할 수 밖에 없다.

리로이는 검을 쥔 채로 카란디니 밑으로 향했다.

모든 것을 파괴하려고 하는 뱀파이어의 무차별 공격은 리로이가 그곳에 도달할 무렵에는 수그러들었다.

함몰되고 파헤쳐진 길 위에 뱀파이어는 간신히 서 있었다. 「존재의사」에 의해 어깨부터 흉부까지 파였고, 그곳은 재생이 되지 않았다.

"뭐야, 잠깐 안 본 사이에 꽤나 추레해졌잖아. 노상강도라도 만난 거냐?" 리로이는 만면에 웃음을 지었다. "원한다면 놈들을 내가 없애줄 수도 있는데. 의뢰할래?"

"닥쳐라, 하급생물이."

카란디니의 아름답고 고혹적인 목소리는 갈라져 있었다.

"손발을 찢어발기고 기생오라비 같은 그 얼굴을 천천히 으깨버릴 테다."

"너, 어떻게 된 거야?" 리로이는 눈썹을 모았다. "신사의 가면을 어디 떨어뜨린 거야? 소중한 거 아니었어? 찾아줄까?"

"닥치라고 했다!"

카란디니는 리로이한테 다가갔다. 공간을 건너지 않는 것은 이미 그 정도의 여력이 없기 때문이다. 「존재의사」에 의한 심각한 대미지에 더해 몸 안에 침입한 나노머신을 제거하기 때문에 그의 체력은 거의 밑바닥을 드러냈다.

신사의 가면을 벗어던졌다고 해도 무턱대고 덤벼들지 않는 것을 보면 그의 안에 아직은 냉정한 이성이 남아 있다는 것을 보여주고 있었다.

하지만 대세는 결정됐다.

그 발밑으로 다시 공격해온 철실을 그는 제대로 피할 수조차 없었다. 날카로운 철실이, 그의 피부를 잘라냈다.

그곳으로 뛰어든 것은 카렌이었다.

철실을 피하려고 몸을 구부린 뱀파이어의 발에 달라붙었다. 이빨이 장딴지에 박혔고 뼈까지 도달해 그것을 깨부쉈다.

균형을 잃은 카란디니는 그대로 표범 위로 쓰러지면서 남아 있는 왼팔로 그녀를 후벼 파려고 했다.

하지만 이미 카란디니는 카렌의 움직임을 따라갈 힘이 없었다.

그녀는 재빨리 뒤로 뛰어 물러났고 그 기세로 뱀파이어를 끌어당겨 넘어뜨렸다. 틈을 주지 않고 강력한 턱과 목의 힘으로 그의 몸을 머리 위로 내던졌다.

인간과 달리 뱀파이어에게 공중은 몸을 움직일 수 없는 공간이 아니다.

그곳에서 기다리는 거대한 맹수가 없었다면.

자세를 바로잡을 여유는 없었다.

우뚝 선 곰의 앞발이 카란디니를 완벽하게 붙잡았다.

크고 날카로운 발톱은 뱀파이어의 등을 깊게 찢어발겼고 그 척추를 용서 없이 파괴했다. 엄청난 기세로 땅바닥에 처박힌 그의 등은 거의 완전하게 찢겨있었다.

스스로는 기세를 죽이지 못하고 갈라진 땅바닥 위를 굴러다니는 카란디니를 멈추게 만든 건 리로이였다.

부츠 바닥으로 뱀파이어의 머리를 밟아 정지시켰다.

육체의 파손을 재생하는 힘은 이미 남아 있지 않았고, 등뼈가 부러져 일어서는 것조차 불가능해진 카란디니는, 그럼에도 불구하고 붉은 눈동자를 이글거리며 리로이를 올려봤다.

"죽여라." 당장이라도 분해서 죽을 것 같은 분노를 담아 카란디니는 말했다. "구걸 따윈 하지 않아. 자, 죽여."

"내가 말한 것 벌써 잊어버렸어?" 리로이는 어이없다는 듯 뱀파이어를 내려봤다. 머리를 밟힌 카란디니는 애매한 표정을 지었지만, 곧 떠오른 듯했다.

씨익, 리로이는 웃었다.

카란디니의 머리를 밟고 있던 발을 치우고 그 발로 그의 배를 밟았다. 왼손은 피범벅이 됐음에도 아름답고 긴 흑발을 움켜쥐었다.

"네놈, 무슨——." 뱀파이어의 음색에 그때 처음으로 공포 같은 것이 뒤섞였다.

리로이는 말없이 뱀파이어의 머리카락을 있는 힘껏 잡아

뜯었다.

따라 올라오던 몸은 발로 고정돼 있었다.

그렇게 되자 리로이의 힘과 뱀파이어의 강건함의 승부가 된 셈인데, 카란디니에겐 힘이 없었다. 이미 살이 으깨졌고, 뼈도 부서졌다. 저항다운 저항도 불가능했고 그의 몸은 가슴 밑부분부터 찢어져 갔다.

뱀파이어의 목은 통곡인지 비명인지 알 수 없는 외침을 울렸다.

재생능력이 극한까지 저하돼 있기 때문에 통증에 대한 감각도 인간 정도로 떨어진 것이다.

오히려 인간이라면 금방 죽어 격통으로부터 해방됐겠지만, 뱀파이어의 생명력은 그것을 허락하지 않았다.

마지막으로 등뼈가 부서졌고, 카란디니의 상반신이 들려 올려졌다.

엄청난 격통에 그는 이미 소리조차 내지 못했다. 그 왼손이 무의식중에 자신의 머리카락을 잡은 리로이의 손을 붙잡았다.

그것을 리로이는 검을 휘둘러 잘라 떨어뜨렸다.

"좋아." 뭐가 좋은지는 모르겠지만, 리로이는 만족스럽게 고개를 끄덕였다.

그리고 카란디니의 상반신을 손에 든 채 걸었다.

"어디 가는 거야?" 물어본 이는 프리지아였다. 카렌은 이미 알았는지, 불쾌한 표정을 지으면서도 막을 생각은 없는 것 같았다.

바로 그때 프리지아도 섬뜩한 뭔가를 느낀 듯했다. "괴롭힐 거야?" 물어보는 말투는 뜨거웠다.

"한가득." 리로이의 말투는 온화했지만, 그것에는 악의가 가득 담겨 있었다.

프리지아는 안심한 듯 고개를 끄덕였다.

"견학할 거야?" 리로이의 권유에는 고개를 가로저었다.

"그녀를 깨끗하게 해주고 싶어."

"——그래."

리로이는 릴리가 쓰러져 있는 곳을 쳐다봤다.

그리고 몸을 돌리고는 마을 밖으로 향했다.

마을 안에는 시체로 가득했다.

리로이한테 질질 끌려 신체의 절단면으로 피를 계속 흘리던 뱀파이어는 괴로운 소리를 내면서도 목젖을 울려 웃었다. "마을 하나를 괴멸한 감상이 듣고 싶다."

"괴멸한 것은 너잖아. 즐거웠냐?"

조금의 동요도 보이지 않는 리로이한테 카란디니는 곧바로 대답하진 않았다. 설마 그런 식으로 되받아칠 줄은 생각하지 못한 듯했다.

"——물론 즐거웠지." 그래서 그 말에는 리로이를 조롱할 정도의 힘이 실리지 않았다. 리로이는 그저 코웃음을 칠 뿐이었다.

"너, 아슈간이라는 놈의 부하 맞지?"

그것은 질문이라기보다 확인하려는 듯한 말투였다. 당연히 뱀파이어는 고통 속에서도 최대한 자존심을 모아 내뱉었다.

"결코 아니다."

"녀석은 지금 어디에 있냐? 알아?" 그것을 리로이는 완전히 흘려버렸다. 「다크 원」의 자존심 따윈 어찌 되든 상관없다는 듯 말을 이어갔다. "가르쳐준다면 단숨에 죽여주마."

이것을 거부할 것으로 보였던 카란디니였지만, 대답은 침묵이었다.

속삭이는 듯한 신음 소리가 들렸다.

그건 자존심과 공포 사이에서 흔들리는 절망적인 갈등이었다.

리로이는 대답을 재촉하지 않고 목적했던 장소로 걸어갔다.

마을 안에는 죽음의 냄새로 넘쳐났지만, 그때 바람에 실려온 거친 삶의 냄새가 피어올랐다.

마을 밖에 있는 것은 가축의 축사다.

말, 양, 소, 닭, 그리고 돼지 등을 키우는 곳이다.

리로이는 돼지우리로 향했다.

좁은 통로 양쪽 옆에 울타리로 구분된 우리가 몇 개 있었고, 몇 마리씩 들어가 있었다. 리로이는 그 통로 한가운데에 들고 온 카란디니를 내던졌다. 그리고 몸을 돌리더니 농사도구 안에서 긴 포크 모양의 갈퀴를 꺼냈다.

몸을 못 움직이는 뱀파이어는 길고 넓고 날카로운 날을 가진 농기구를 보고 뭔가를 결심한 듯했다.

“검조차 쓰지 않을 참이냐?” 그건 적어도 천적이라고 불렸던 내가 끝내주기를 바라는 감정인 걸까. 리로이는 포크 끝을 조금 질퍽거리는 발밑에 꽂고 손잡이에 몸을 기댔다.

“그래서 어떡할 거야? 말할 거야? 입을 다문 채 돼지 위장 속으로 갈 거야? 선택해.” 뭐가 됐든 가게 될 곳은 죽음이다. 정말 잔혹하고 냉혹하지만 카란디니의 행위를 감안하면 선택지를 부여하는 것만으로도 자비심 깊은 행동이었다.

뱀파이어는 양쪽 울타리 너머에 있는 돼지를 쳐다봤다.

얕고 가는 숨을 내쉬었다.

그건 자신의 긍지를 버리는 결의인가.

“아슈간은 제7연구소, 「나스트렌드」에 있다.” 조용히 막힘없이, 카란디니는 말했다.

“설마.” 난 저도 모르게 소리를 냈다. 그건 이 시대의 장소가 아니다. 전시대 문명 때 세워진 정부기관 중 하나다.

하지만 전란 중에 붕괴되고 파손됐을 터였다.

나도 단 한 번, 그 흔적을 보러 간 적이 있었지만, 지하에 있는 연구소로 가는 문은 닫혀 있어서 그 어떤 침입도 거부하고 있었다.

"어떻게 들어가는 거냐?"

"본인한테 물어봐." 카란디니는 더는 말할 생각이 없어 보여서 더이상 묻지 못했다. 그의 눈은 리로이한테 고정돼 있었다.

"자, 해라."

재촉받은 리로이는 포크형 갈퀴를 뽑아 들었다.

그리고 뱀파이어의 상반신에 다가가 그것을 들어 올렸다.

카란디니는 눈을 감았다.

전승으로는 뱀파이어의 약점은 심장이라고 알려져있지만 꼭 그렇지는 않다. 뱀파이어는 그 나이에 따라 능력이 크게 차이 난다. 엘더급이 되면 심장을 파괴하더라도 확실하게 죽일 수 없고 목을 절단해도 생존한다는 기록도 남아 있다.

확실한 방법이라고 한다면 심장을 파괴한 뒤에 뇌를 파괴하는 것이다.

리로이는 치켜올린 갈퀴를 내리쳤다.

날카로운 날이 찌른 것은 카란디니의 쇄골 부근이었다. 그건 그의 신체를 뚫고 땅바닥에 꽂혔다. 뱀파이어는 고통의 신음 소리를 내며 몸을 격렬하게 떨었다.

빗나간 게 아니라 고의로 잘못 찌른 것이다.

"네놈, 무슨…………!"

등을 돌린 리로이에게 카란디니의 갈라진 목소리가 들렸다. 리로이는 우리 입구에 쌓아놓은 봉투를 손에 집었다.

돼지 사료였다.

그것을 안고 돌아와 내용물을 차례차례로 카란디니 위에 뿌리기 시작했다. 주변의 돼지들이 사료 냄새를 맡고 일제히 울음소리를 내기 시작했다.

"리로이 슈발처——!" 카란디니가 외쳤다. "난 말했다! 약속이 틀리잖아!"

"무슨 말이야?" 리로이는 마지막 사료를 뱀파이어 위에 다 뿌리고 봉투를 내던졌고 손바닥에 묻은 가루를 털어냈다. 완전히 돼지 사료로 덮인 뱀파이어를 바라보고 자신이 한 일에 만족한 듯 고개를 끄덕였다.

"말하면 단숨에 죽인다고 말한 것이 네놈이잖아!" 돼지를 통로와 격리시켜 둔 울타리에 손을 대는 리로이에게 카란디니는 반쯤 애원하듯이 말했다.

리로이는 돌아봤다. 그 검은 눈동자는 섬뜩할 정도로 차가웠지만, 그 안쪽에 엄청나게 뜨거운 열기가 담겨 있었다. 건드리면 타버릴 것처럼 작렬하는 노기를 강인한 정신력으로 마음 안쪽에 숨겨뒀던 것이다.

그것을 자신의 눈으로 본 카란디니는 순간 할 말을 잃었다. 「다크 원」 중에서도 상급에 위치하고 어둠의 마신으로 불리는 권속이 그 분노에 압도당한 것이다.

"내가 그런 말을 했다고?" 하지만 리로이의 말투는 변함이 없었고 얼굴에도 과한 표정이 없었다. "거짓말인 게 당연하잖

아. 너, 바보냐?"

그리고 돼지우리의 울타리를 하나씩 차례대로 열기 시작했다.

돼지는 서로의 몸을 부딪치면서 사료로 쇄도했다. 20마리 정도의 돼지가 사료로 범벅이 된 카란디니한테 몰려들었다.

그는 생각할 수 있는 모든 욕설을 입에 담았다. 하지만 돼지는 처음엔 그의 몸에 붙은 사료를 먹었지만, 양이 충분하지 않은 듯했다.

그런데 그곳에 피와 살의 냄새가 났다.

한 마리가 찢긴 몸 절단면에 코를 들이대고 내장을 씹어 먹기 시작했다.

절규가 돼지우리에 울려 퍼졌다.

다른 돼지들도 차례차례로 카란디니의 육체를 씹어먹기 시작했다.

살아 있는 채로 잡아먹히는 것은 대체 어떤 기분일까.

그 아름다웠던 얼굴에도 용서 없이 돼지들의 이빨이 박혔다. 볼살을 물어뜯고 콧대를 씹어 삼키고 안구를 후벼 팠다.

그의 절규는 길게 이어지진 않았다.

숨이 끊어진 게 아니라 목젖을 씹어 먹혔기 때문이다.

신체가 고정돼 꼼짝도 못한 채 그저 먹히고 있었다.

리로이는 조금 떨어진 곳에서 그것을 바라보고 있었다.

"——괜찮아?"

난 그 목소리에 눈을 깜빡였다.

카렌이 나를 바라보고 있었다.

난 카란디니한테 날려진 집안에 누워 있는 채였다. 의식을 칼 본체로 향하고 있었기 때문에 홀로그램은 방치해 뒀다.

"괜찮아." 난 곧바로 일어났다. 로브에 묻은 톱밥과 먼지를 털며 그녀와 함께 밖으로 나왔다.

카렌은 어디서 구했는지 옷을 입고 있었다. 조금 떨어진 곳에는 마찬가지로 옷을 갈아입은 프리지아가 정성스럽게 릴리의 시체를 시트로 말고 있었다.

"헤파스는 어디 있어?" 아마도 주사에 성공했지만, 직후에 뼈아픈 일격을 맞고 날아가 버렸을 것으로 보이는 노과학자를 찾았다. "저쪽이야." 카렌이 길가를 가리켰다.

아마도 살아 있는 듯했다. 하지만 역시 약의 부작용 때문인지 누운 채로 꼼짝도 하지 않았다. 난 그쪽으로 다가가 그 옆에 무릎 꿇었다.

"잘 됐나 보군." 노고를 칭찬하자 그는 그 시선을 프리지아 쪽으로 돌렸다. "복수는 하게 해줘야지."

"안심해." 난 움직이지 못하는 그의 어깨를 살짝 두드렸다. "지금쯤 그 뱀파이어는 돼지 위장 속에 있을 거야."

"그거 잘됐군." 헤파스는 씨익 웃었다.

잠시 쉬고 있어, 라고 말한 후 이번엔 스웨인의 모습을 찾아 주변을 둘러봤다. 떨어진 곳에 있었기에 무사할 거라고는 생각했지만, 만에 하나라는 게 있다.

그는 어느샌가 프리지아 옆에 서 있었다. 무슨 생각인지, 새하얀 시트로 말려진 릴리를 딱딱한 표정으로 바라보고 있었다.

"적어도——." 중얼거리는 것처럼 프리지아가 말했다. "이 아이만이라도 용서해줄 수 있을까?"

소년은 대답하지 않았다.

오히려 바로 답하면 말이 가볍게 느껴지고 거짓이 될 것이다. 스웨인은 그것이 싫었던 것이리라. 프리지아도 그것은 마음 깊숙이 알고 있는 듯했다.

그래도 그렇게 부탁할 수밖에 없었다.

"나와 달리 릴리한테는 선택지가 없었어. 그것만은 알아줬으면 해."

그녀는 그 이상의 말은 하지 않았다.

스웨인 역시 말없이 살짝 턱을 당겼다.

"여기에 묻을 거야?"

마침내 불쑥 스웨인이 물었다.

프리지아는 날이 밝기 시작하는 하늘을 올려봤다. "그러게." 눈을 가늘게 뜨고 입가가 살짝 떨렸다. "그래야겠지."

"도와줄게."

스웨인의 제안은 반드시 용서가 아니었고, 그렇다고 양보를 한 것도 아니었다.

그저 소년은 성실히 해야 할 것을 할 뿐이었다.

하지만 그것으로 구원을 받는 것도 있다.

“고마워.”

프리지아는 소년에게 고개를 숙였다.

난 그것을 바라보며 조금은 안도하면서 묘하게 자랑스러운 기분이 들었다. 자신의 일도 아닌데 이상한 일이다.

난 계속 걸어갔다.

하지만 두 사람 쪽이 아니었다.

카란디니가 처음 공간을 왜곡해 파괴한 가옥 쪽이었다. 몰랐다면 좋았을 텐데, 시야에 들어온 이상 어쩔 수 없다.

부서지고 와해된 집의 파편 속에서 팔이 튀어나와 있었다. 희미하게 움직였다. 난 그것을 붙잡고 단숨에 끌어당겼다.

파편 밑에서 슈트 차림이 리젤이 나타났다.

기절한 상태로 죽지는 않았다.

아니, 생채기 하나 없어 보였다.

“튼튼하네.” 감탄한 건지, 어이가 없는 것인지, 어느샌가 옆에 나타난 레니가 슈트가 찢어져 지독한 상태의 리젤을 내려보면서 한숨을 쉬었다. “어쩌면 내 실로도 못 자르는 게 아닐까.”

“시험해 보지 그래.”

막지 않을게, 라고 재촉해봤더니 그녀는 믿을 수 없는 것을 본 것처럼 나를 응시했다. “뭐? 동료잖아?”

왜 거기서 갑자기 상식적인 말을 하는 걸까.

“그럼 네가 옮겨.” 난 리젤의 팔을 놓고 몸을 돌렸다. 불만의 목소리가 등 뒤에서 들렸지만 모른 척했다.

마침 그때 리로이가 돌아왔다. 양손으로 몇 개의 삽을 안고 있었다.

“끝났어?” 생각보다 빨라서 놀란 나에게 리로이는 고개를 가로저었다. “거의 움직이지 못하지만 일단 한 번 확인해줘.” 그런 파트너의 허리에는 검이 없었다.

나를 돼지우리에 두고 온 건가?

목으로 튀어나올 뻔했던 욕설을 나는 간신히 삼켰다. 형편없는 취급이 지금 시작된 것은 아니다.

그보다 이 삽이다.

“묘를 만들려고?”

“어어.” 리로이는 주변에 굴러다니는 시체들을 둘러봤다. “하루면 어떻게든 되겠지.”

“하루라니——.”

깜짝 놀란 목소리를 낸 것은 레니였다. “혹시 모두를?” 바라보니 맨손이어서 한 마디 하려고 생각했지만, 리젤을 방치해둔 것은 아닌 듯했다. 그녀 뒤에 기절한 채로 붙어 있었다. 철실로 끌어당기고 있는 것 같았다.

“모두인 게 당연하잖아.” 리로이는 당연하다는 듯 말했다. “이대로 이곳에서 썩게 놔둘 거야? 지금 이곳에 없는 마을 사람들이 돌아오면 어떤 기분일 것 같아?" 그건 이 마을을 나가 용병이 됐다는 티아를 떠올려서 하는 말일 것이다.

"당신한테 사람의 심정에 대해 듣는 것은 익숙하지 않은데——." 카렌이 리로이한테서 삽을 하나 받았다. "확실히 이대로 둘 순 없겠지."

"그런가——……." 레니는 짜증 나는 표정이었지만, 그 이상 불만을 말하지 않고 삽을 받았다. 프리지아와 스웨인도 따라 움직였다.

"저 아이는 저쪽에 묻어도 될까?" 소년이 가리킨 곳은 마을 밖의 언덕이었다. 전망이 좋았고 누군가가 손질을 했는지 작은 꽃이 많이 피어 있었다.

"좋은 곳이군." 프리지아가 미소 지었다. 스웨인은 리로이에게서 삽을 받더니 양손으로 꽉 붙들고 어깨에 얹은 후 언덕을 향해 걸어가기 시작했다.

그 진지하고 작은 등을 바라본 후 리로이는 기절해 있는 리젤의 옆구리를 발끝으로 찔렀다. "어이, 일어나서 도와." 그렇게 말했지만, 그는 꼼짝도 하지 않았다. "잠깐, 그만둬." 카렌한테 혼이 나도 리로이는 계속 찔러댔다. 그래도 그는 신음 소리 하나 내지 않았다. 이래선 안 일어날 거라고 판단했는지, 이번엔 몸을 구부려 그의 선글라스로 손을 뻗었다. 그가 선글라스를 한시도 벗지 않는다는 것은 알고 있지만, 그렇다고 벗은 모습을 보고 싶지도 않았다. 리로이도 그럴 것이다.

아무 생각 없이 취한 행동이었다.

하지만 리젤의 반응은 놀랄 정도로 빨랐고 의외로 강했다.

전혀 눈을 뜨지 않을 것 같았던 그가 선글라스에 리로이의 손가락이 닿는 순간 그 손을 뿌리쳤던 것이다.

그때 처음으로 자신이 눈을 떴다는 것을 이해하고 약간 멍한 채로 주변을 둘러봤다.

"깼냐?"

리로이는 자신의 손을 떨쳐낸 리젤의 손에 삽을 억지로 쥐게 만들었다.

"어, 뭐예요?"

"묘를 파."

단도직입적으로 그렇게 말하자 리젤의 얼굴에서 핏기가 가셨다. "도움이 되지 않는다고 죽이는 건 너무하잖아요."

"——정말로 죽이고 묻어버릴까." 그렇게 말한 리로이의 음색에는 전혀 농담이라고 생각할 수 없는 살기가 있었다. 리젤은 곧바로 벌떡 일어났다. 주변을 둘러본 그는 눈썹을 찡그렸다.

"튤 씨는 돌아오지 않았나요?"

"저쪽에 죽어 있어."

리로이의 답은 냉담했다. "어……." 리젤은 할 말을 잃고 카렌을 쳐다봤지만, 그녀는 살짝 고개를 가로저을 뿐이었다.

"그렇군요." 그는 의기소침한 듯 어깨가 처졌다. "그럼 적어도 시체를 회수하지 않으면.”

“묻어줘.”

삽을 들고 걷기 시작한 리로이는 리젤을 빤히 노려봤다. “하지만——.” 리젤은 드물게도 항변하려고 했다. 튤의 시체는 기업비밀의 덩어리라고 말하고 싶은 것이리라. 분명 그럴지도 모르지만 리로이는 논리가 통하는 상대가 아니다.

갑자기 리젤의 가슴팍을 움켜쥐고 “묻어주라고 말했어. 안 들려?” 조용하게 말했다. 거칠게 말하지 않았는데도 고막이 울리는 듯한 으름장이었다.

“아, 알았어요.” 리젤은 겁먹은 모습으로 수긍했다.

그 광경을 바라보던 카렌은 살짝 곤란한 표정을 지었다. 왜 리로이가 저렇게까지 반응하는 건지 몰랐기 때문이다.

나도 모를 때가 있기 때문에 그것도 당연하다.

리로이는 자신의 손이 닿지 않는 장소에서 매일 누군가가 괴로움을 겪고 있다는 것을 알고 있고, 그것이 어쩔 수 없다는 것도 이해하고 있다.

하지만 납득하지는 않았다.

그저 그뿐인 얘기다.

마을 사람 전원의 묘지를 만드는 데는 결국 하루가 꼬박 걸렸다. 도중에 부활한 헤파스도 가세했지만 2백 명에 가까운 인간을 매장하는 것은 아무래도 힘들었다. 마지막 한 명을 매장한 후 리로이 외에는 여관으로 돌아가지 못하고 그곳에 쓰려져 잠들어버렸다.

난 돼지우리를 방문했다. 좁은 통로에 굴러다니고 있는 것은 예전에 뱀파이어였던 것의 잔해였다. 내장은 전부 먹혀버렸고, 살도 깨끗하게 발려졌다. 뼈도 일부는 씹어 부서졌고 깨진 두개골 안에는 뇌도 남아 있지 않았다.

아마도 뇌가 먹힐 때까지 의식은 있었을 것이다. 그렇게 생각하니 그 마지막은 너무나도 처참했다.

물론 동정의 여지는 전혀 없지만.

리로이가 두고 간 검을 손에 들고 난 돼지우리를 떠났다.

키라의 가게에서 조금 떨어진 곳에 있는 다른 술집으로 향했다.

그녀의 가게는 피범벅이 돼서 냄새 때문에 도무지 쉴 수 있는 곳이 아니었다. 다른 술집은 깨끗했지만 숙박시설이 없었다. 다만 거주 공간에 침대가 있었다. 지금 그 침대에서 스웨인이 자고 있었다. 어른은 전원 강제적으로 철야였지만 그만은 달랐다. "어린이는 잘 자야만 해."라는 카렌의 주장을 따라 침대로 보내졌다. 최초에는 거부했지만 그도 피곤했을 것이다. 침대에 눕자 순식간에 잠에 빠져버렸다.

"벌써 똥이 돼버렸어?"

내가 들어가자 리로이가 카운터에서 혼자 술을 마시고 있었다.

"어떤 똥이 뱀파이어인지, 너라면 알 수 있겠어?" 가지고 온 검을 리로이 옆에 세워두고, 난 부엌으로 향했다. 홍차잎은 키라 가게에서 가져왔다.

"전부 다 똥인데 구분할 수 없잖아?" 리로이는 술을 마시고 재미없다는 듯 코로 웃었다. 난 불을 붙이고 주전자의 물이 끓기를 기다렸다.

"조금 자는 게 어때?"

"이걸 다 마시면."

리로이는 카운터 위에 있는 반쯤 남은 병을 들었다. 이미 두 병 정도를 비웠다. 괴로울 때 술로 도망치는 인간도 있지만, 리로이 정도로 술에 내성이 있으면 도망치는 것조차 불가능하다.

뭐, 도망칠 마음 따윈 머리털만큼도 없겠지만.

난 물이 끓기를 기다리는 동안 선반을 뒤졌다. 주점인 만큼 식재료는 많이 비축돼 있었다. 어차피 전부 썩어버릴 것이기에 가져가도 괜찮을 것이다.

"뭔가 먹을래?" 묘를 만드는 도중 카렌이 몇 번인가 식사와 간식을 만들어줬지만 마을을 뒤덮은 시체 냄새 때문에 모두가 제대로 먹지 못했다. 리로이만 평소와 다름없이 먹었지만, 마지막 식사를 한 후 8시간 정도가 경과했다. 지금까지의 흐름이라면 슬슬 카렌이 준비를 시작했을 테지만, 그 전에 매장이 끝났고 그녀도 피곤에 지쳐 깊이 잠들어버렸다.

"배고프잖아."

"그러고 보니 고프군." 리로이는 자신의 배를 만지며 떠올랐다는 듯 중얼거렸다. 챙겨주면 먹지만 그렇지 않으면 잊어버린다는 것은 이 남자에겐 드문 일이다.

"죽지 않았다는 증거지."

"그건 살아 있다는 증거라고 해야지."

리로이는 웃어넘겼지만 뭐, 그렇게 생각한다면 그걸로 됐다.

난 끓기 시작한 주전자의 불을 끄고 바로 먹을 수 있는 것을 카운터로 가져갔다. "뭣하면 뭐든 만들어줄 수도 있어." 육포나 말린 생선, 말린 과일 등 전부 술안주였다. 나에게 특단의 요리 프로그램이 들어가 있지는 않지만 요리는 과학으로 받아들였다. 정해진 재료, 정해진 조리법, 정해진 분량을 정해진 방법으로 진행하면 틀림없다. 나는 물론 식사를 할 필요가 없지만, 지금까지 몇 번이고 요리를 해왔기 때문에 나름 자신도 있다.

그런데 왜 리로이는 미묘한 표정을 짓고 있는 걸까. 싫은 것도 아니고 그렇다고 환영하는 것도 아니다. 그런 미묘하게 복잡한 표정이 이 남자에게 가능하다는 것이 놀랍다.

"뭐야?"

"별 건 아닌데." 리로이는 글라스의 술을 마시면서 입 끝에 살짝 미소를 지었다. "네가 만든 식사는 맛없지 않고, 오히려 분명히 맛있는 편인데, 뭐라 말하기 힘들게 맛이 없어."

"그래? 그거 미안하군." 난 억지로 냉정하게 되받아쳤다. "하지만 네가 먹을 요리에 애정을 담는 것은 못하겠어."

리로이는 처음으로 멍한 표정을 지었다.

그리고 다시 미소를 흘렸다.

뭐가 그렇게 재밌는지 카운터에 엎드려서 웃었다.

정말 불쾌한 남자다.

"——안녕."

계단을 내려온 스웨인이 의아한 표정을 지었다. 이 동네에서 웃을 이유 따윈 없다는 표정을 짓고 있었다.

"금방 일어났네. 잘 잤어?"

"응."

소년은 리로이가 손짓하는 대로 옆자리에 앉았다. 난 내 것까지 두 잔의 홍차를 따랐다.

"지금부터 요리를 만들 테니까 그거라도 마시면서 기다려." 난 그의 앞에 받침접시에 얹은 홍차컵을 뒀다. 그러자 리로이가 다시 웃기 시작했는데, 스웨인이 먹을 것을 만드는 거라고 딱 잘라 말했다.

"요리도 할 수 있어?" 하지만 스웨인이 그렇게 물은 순간 바보가 뿜어댔다. 그리고는 "애정을 듬뿍 담아주라고."라는 헛소리를 하며 계속 웃었다. 스웨인은 뭔가 떠올랐다는 듯 얼굴이 굳어졌지만 그것을 떨쳐내려는 듯이 고개를 흔들었다.

"뭘 만드는데?"

"재료를 봤을 땐 스튜겠지."

그 말에 스웨인이 살짝 웃었다. 어떤 장소의 어떤 상황이든 인간은 웃을 수 있다. "좋아해?" 리로이가 묻자 스웨인은 수줍어했다.

"엄마가 자주 만들어줬어."

"그거 잘됐네." 난 정석적인 움직임으로 채소를 잘랐다. "뭐, 내 완벽한 레시피에는 도저히 이길 수 없겠지만."

"으, 응."

스웨인은 왠지 애매하게 답했다. "바보가 하는 말은 신경 쓰지 마." 그리고 왠지 모르게 리로이한테 모욕을 당했다. 난 석연치 않았지만, 애 앞에서 싸우는 것은 좋지 않다는 생각에 참았다. 입을 다문 채 요리를 이어갔다.

"저기, 두 사람한테 말하고 싶은 게 있어." 마침내 소년은 결심을 굳힌 듯 말했다.

"뭔데?" 리로이는 왠지 그가 하려는 말을 예상한 것처럼 보였다. 스웨인의 얼굴에는 확고한 의지와 뭔가 미안한 듯한 표정이 섞여 있었다.

"나, 마지막까지 보고 싶어." 그는 말했다. "안 될까?"

"좋아."

리로이는 고개를 끄덕였다.

"어, 괜찮아?!"

물어본 쪽이 놀랄 정도의 즉답이었다.

"괜찮아." 리로이는 다시 한번 반복했다. "이미 위험하다는 것은 충분히 알았을 거야. 그걸 알면서도 가고 싶은 거지?" 그렇게 말하면서 꺼낸 것은 총과 단검이었다. 총은 리로이의 것이지만, 단검은 근처 집에서 챙겨온 것이리라. 싸움에 사용하기 위한 것이 아니라 일상생활에서 사용됐던 것으로 보이는 그것은 칼집과 손잡이에 아무런 장식이 없는 지극히 수수한 물건이었다. 리로이는 총에서 탄을 빼내고 단검과 함께 스웨인 쪽으로 밀었다.

"호신용으로 들고 다녀."

"사용법이——."라고 말하면서도 재빨리 총으로 손을 뻗는 걸 보면 역시 남자다. "나중에 가르쳐줄 거야?"

"배를 다 채우고 나면 연습이다."

괜찮아? 라고 나는 묻지 못했다. 연습이 아니라 총을 스웨인한테 맡기는 것에 대해서였다.

물려받았다는 그 총을 리로이는 소중히 다뤘다. 실수로도 돼지우리에 두고 오진 않는다. 그것을 필요하다고는 해도 완전 초보인 소년에게 맡기는 것이 불안하지 않단 말인가.

"그런데 총은 엄청 비싸잖아." 그런 내 의문을, 스웨인은 솔직하게 입으로 담았다. "만약 고장이라도 나면 어떡하지? 튼튼한 거야?"

"그런 건 신경 쓰지 마." 리로이는 웃었다. "도구는 사용해야 비로소 가치가 있는 거야. 고장 나면 고치면 되고."

소중히 취급하는 것과 고장 나는 것을 두려워하는 것은 전혀 다른 얘기인 건가? 그건 그것대로 일리가 있긴 하지만 내가 고장 났을 경우는 고치는 것이 거의 불가능에 가깝다는 것은 알아주길 바랐다.

납득한 것인지 안도한 것인지, 스웨인의 표정이 부드러워졌다.

내가 따른 홍차를 마시고 숨을 내쉰 뒤 그는 리로이를 쳐다봤다. 뭔가 말하려고 하다가 생각을 고쳐먹고 입을 다문 채 홍차를 한 모금 더 마셨다. 그것을 몇 번이고 반복했지만 컵에 입을 대다가 그것이 비어 있다는 것을 깨달았다.

"더 따라줄까?"

"응, 고마워."

내가 컵에 홍차를 따르는 동안에도 스웨인은 어딘가 불안정했다.

"묻고 싶은 것이 있으면 물어봐." 난 구조선을 보냈다. "신문기자가 되려면 묻기 어려운 것도 물어볼 대범함이 필요해."

"——응." 소년은 방금 따른 홍차를 맛보고 리로이를 쳐다봤다. 리로이는 그것을 기다렸다는 듯 고개를 갸웃했다.

"있잖아." 스웨인은 말했다. "리로이는 주저하거나 후회한 적 있어?"

"그야, 있지."

있었어? 라고 나는 마음속으로 중얼거렸다. 물론 지금 이

놈의 인격이 어디서 어떻게 형성됐는지를 생각하면 평온한 인생이 아니었다는 것은 쉽게 추측이 가능하지만, 후회와 망설임 같은 감정이 어울려 보이진 않는다. 냉정하게 생각해보면 이런 사고방식의 어린이가 있다면 싫겠지만, 이 남자가 주저함에 갇혀버리거나 후회하는 모습이 아무래도 상상이 가지 않는 것도 사실이다.

"그럼 릴리에 대해선?" 이번엔 주저하지 않고 말했다. "후회해?"

"아니, 안 해." 대답에도 주저함이 없었다. "너는 후회하냐?"

되묻자 스웨인은 고분고분 고개를 끄덕였다. "그때 용서를 해줬어야 하지 않나 해서."

"과연." 리로이는 부정도 긍정도 하지 않았다. 그리고 드물게도 뭔가를 생각하는 듯 머리를 긁었다. "어떤 사람이 아닌 아저씨가 말했는데——." 말투는 아무렇지도 않은 듯했지만 왠지 복잡한 심경이 그 목소리에 담겨 있었다. "인간은 멈춰 서고 뒤를 돌아볼 수 있지만 다시 돌아갈 수는 없어. 그러니까 뭔가를 떨어뜨렸더라도 그걸 줍기 위해 돌아갈 순 없어."

"응." 스웨인은 진지한 표정으로 고개를 끄덕였다. 리로이는 어떤 감정을 삼켜버리려는 듯 술을 목으로 넘겼다.

"그러니까 바라보기만 해선 안 돼. 울어도 괜찮으니까 앞으로 나가라고. 그 아저씨는 지독한 놈이었지만, 그것만은 나도 동감이야." 그렇게 말한 리로이는 어깨를 크게 으쓱였다. 마치 수줍은 것을 감추려는 것처럼 보였다. 애초에 화술이 능한 성격이 아니다.

"아무래도 바라보는 것을 관둘 수 없으면 어떡해야 해?" 하지만 소년의 고뇌는 끊이질 않았다.

"뒤를 바라보고 걷는 수밖에 없지." 리로이의 대답은 너무 대충이었다. "그렇게 하다 보면 멋지게 넘어져서 다치게 될 거야. 그것을 반복하다 보면 조금씩 몸의 위치를 바꾸면 돼."

"넘어지지 않게끔 멈춘다면?" 그건 소박한 의문이었다. 반드시 잘못이라는 생각도 들지 않았다. 하지만 리로이는 고개를 가로저었다. "그런 놈은 대개 두 번 다시 앞으로 나서지 않게 될 거야. 쭉 거기에 웅크리고 있을 거라면 그렇더라도 괜찮지만, 아니라면 실패하더라도 앞으로 나가."

"——응."

스웨인은 작게 고개를 끄덕이고 홍차를 마셨다. 그 모든 고민이 해소된 것은 아니겠지만, 리로이의 단순한 해답은 적어도 소년의 삶의 방식의 지침이 될 것이다.

"그런데." 스웨인은 말을 이었다. "그 사람이 아닌 아저씨는 누구……."

"아——." 역시 기자를 목표로 삼은 만큼, 이럴 때면 예리하다. 리로이는 곤란한 듯 시선을 곳곳으로 보냈다. 그 시선이 도착한 곳은 부엌에서 불 위에 끓고 있는 냄비였다.

“뭐야. 우선 밥은 언제 먹을 수 있는 건데?” 화제를 돌리는 데 내 요리가 사용된 것은 예상하지 못했던 일인데, 뭐 가끔은 같이 놀아줘도 괜찮을 것이다.

“볶은 후에 찌는 데 반나절. 가능하다면 그때부터 하루종일 재우고 싶었는데——.”

“뭐?” 구조선을 보냈다고 생각해주길 바랐는데, 돌아온 것은 명백하게 바보 취급을 하는 대답이었다. “넌 정말 때때로 믿을 수 없을 정도로 바보야.” 일부러 요리를 만들고 있는데도 잘도 듣기 싫은 소리를 해댔다.

“항상 멍청한 너한테 그런 말을 듣고 싶진 않아.”

난 애원하더라도 이놈한테만은 먹이지 않을 거라고 결심했다.

제4장

1

제7연구소, 「나스트렌드」가 있었던 곳은 당시 백만 이상이 거주하고 있던 거대 도시였다.

그리고 예전에 레이디 뫼베가 괴멸해버린 도시이기도 했다.

그녀에 의해 뱀파이어 바이러스에 감염된 한 명의 여성이 순식간에 주민들을 변이시켰고 백만 명이 레이디 뫼베가 생각하는 대로 조종당하는 감염자가 됐다. 당시 정부는 장거리 탄두미사일을 사용해 조금밖에 안 남은 인간들과 함께 이 도시를 태워버리고 지상에서 소거하는 결단을 내렸다.

그렇게 궤멸된 도시 니블은 오랜 세월에 걸쳐 인공물은 사라지거나 썩어 문드러졌고, 지금은 간신히 흔적만 남아 있다. 그 옛날 늘어서 있던 무수한 고층빌딩이나 지상과 공중에 놓였던 고속도로, 지하를 달리는 고속 운송전철용 튜브도 지금은 그 모양을 찾는 것조차 어렵다.

"여기……인가요?" 리젤이 고개를 갸웃하며 바라본 것은 오랜 세월 동안 열화돼 모래로 가득한 대지, 그리고 그와 거의 비슷해져버린 것으로 보이는 금속판이었다.

"여기야." 난 고개를 끄덕였다. 예전에 방문했을 때 이 금속판은 거의 노출되지 않았고 그 대부분이 모래에 파묻혀 있었다. 그랬는데 완전히 제거됐다는 것은 적어도 누군가가 이곳에 왔다는 것이다.

예전에 그 위에는 거대한 빌딩이 세워져 있었다. 정부 소유의 그 빌딩은 존재 자체가 더미로, 지하에 건설된 연구소를 감추기 위한 위장 건물이었다.

「나스트렌드」에서 행해진 것은 유전자 연구다. 카렌이나 프리지아 같은 수인의 선조인 키메라 군대의 연구도 이곳에서 행해졌다. 니블에는 이런 시설이 몇 개나 존재했고, 정부가 서둘러 소각 처리한 것은 그게 이유 중 하나라고 알려져 있다.

"이거 어떻게 여는 거야?" 웅크리고 앉아 금속판을 만지던 카렌은 궁금한 듯했다. 이음매 하나 붙어 있지 않은 철판이 문이라고 들었어도, 그렇게 갑자기 믿어지진 않을 것이다.

연구소 입구는 신분증, 패스워드, 망막 인증의 세 가지로 잠금장치가 돼 있다. 지금 이것을 갖추는 것은 불가능하다. 전원이 들어가 있고 내부의 컴퓨터가 가동하고 있다면 지금이라도 정해진 시간에 코드를 변경하고 있을 것이고, 애초에 가동이 멈췄다고 하더라도 우리는 마지막 코드를 알 도리가 없다. 또한 알고 있다고 하더라도, 그리고 우연히 이 폐허 속에서 신분증을 발견해도 망막 인증만은 도저히 불가능하다. 당시의 연구자는 모두가 흔적도 없이 날아가 버렸고 설령 시체가 남아 있어도 완전히 뼈가 돼버렸을 것이다.

"열 방법은 없어." 그렇게 말하자 모두가 미심쩍게 나를 봤다. 비난의 색마저 있었다. 이 폐허를 목표로 삼아 오기 전 모두의 의사를 확인했다. 내가 부추겨서 이곳으로 데리고 온 것이 아닌데, 도대체 왜 그런 시선을 던지는 건가.

"정식적으론 그렇다는 얘기야." 난 살짝 딱딱한 목소리로 말했다. 「존재의사」를 이용하면 이곳에 큰 구멍을 뚫는 건 어렵지 않다. 다만 이곳이 유전자 연구소였다는 것을 감안했을 때 입구 부근에 중요한 샘플이 있을 거라고 생각하진 않지만, 큰 진동을 부여하는 것에 저항이 있을 뿐이다.

또는 이미 과거의 폭발에 의해 내부에 변이가 일어났고, 그것을 알지 못한 채 열었다가 어떤 알 수 없는 재해를 일으킬 수 있다는 무서움도 있다.

"그럼 일단 나 외에는 도시 밖으로 나가 있어." 하지만 그렇다고 이곳에서 열리지도 않는 문을 바라보고만 있으면 아무것도 시작되지 않는다. "약간 난폭한 방법을 쓸 것이고 안전이 확인되면 부르러 갈게."

"난폭한 방법?" 문 주변에 뭔가 없는가를 살펴보던 카렌이 금속판을 손가락으로 두드렸다. "그 뱀파이어에게 한 것처럼 이것을 부순다는 거야?"

"그래." 그리고 문제는 그것에 휘말리는 것이 아니라 연구소 내부에서 *바이오해저드가 일어나고 있지 않은지를 확인할 방법이 없어서라고 전했다.

"당신은 괜찮은 거야?" 그런 질문을 받고 아무 생각도 없이, '병기니까.'라고 대답하다가 급하게 말을 멈췄다. 아마도 바보랑 함께 오래 있다 보니까 사고의 레벨이 낮아진 듯했다.

"이제 와서 말하는 건 아니지만, 인간이 아니니까." 난 아무렇지 않게 말했다. 별로 감추고 있었던 것은 아니지만 일부러 말할 필요가 없다. 단지 그뿐인 일이다. 이 상황에서 감출 필요는 없다.

이 말에 깜짝 놀란 목소리를 낸 것은 스웨인과 리젤뿐이었다. 즉, 그들은 내가 인간이라고 믿었던 것이고, 리젤을 제외한 프리지아와 카렌, 헤파스, 그리고 레니는 희미하게나마 느끼고 있었다는 얘기다.

---

*바이오해저드 : 유전자 조작이나 세포 융합 등의 실패로 생기는 유해 미생물이 인간이나 사회·환경 등에 피해를 미치는 일.

나와 가까운 거리에서 함께 싸웠던 카렌, 헤파스, 프리지아는 대미지를 받은 내 모습을 눈으로 봤을 테니까 그때부터 위화감을 가졌을 것이다. 의외였던 것은 레니다. 그녀는 멀리서 철실로 공격을 했고 대미지를 받아 흔들리는 내 모습을 보지 못했다.

"역시 그럴 줄 알았어." 하지만 그녀는 말했다. "아무래도 실의 감촉이 달랐거든. 인간 같으면서도 왠지 피가 통하지 않는다는 느낌이라고 해야 하나, 냉혈한이라고 말하잖아, 그런 걸."

"말을 골라서 해라." 난 짜증 섞인 말을 했지만, 방금 전 흘려들을 수 없는 말을 그녀가 입에 담았다는 걸 깨달았다. "왜 나한테 실을 감았지?"

"미안, 미안. 버릇이라서." 레니는 주눅 들지 않았다. "무의식적으로 실을 날려버리는데 때때로 사람들은 화를 내더라고. 아, 지금도 화내는 건가." 헤헤헤, 라며 웃는 그녀에겐 아무런 죄책감이 없는 듯했다. 일반적으로 생각해보면 목에 칼을 들이댄 것과 같은 일이다. 그것을 헤헤헤, 만으로 끝내려고 하는 그 신경이 도저히 이해가 안 된다.

"혹시 나도?" 스웨인이 자신의 몸을 두드리기 시작했다. 레니는 싱글벙글 웃으며 소년 앞에 쭈그리고 앉았다. "어린애의 몸은 자를 때 촉감이 엄청 좋아서 누나가 좋아하거든."

"…………!" 스웨인은 실없는 레니의 미소 속에서 뭘 봤는지 뒤로 물러났다. 그것을 보고 즐겁다는 듯 웃는 레니의 뒤통수를 카렌이 살짝 때렸다.

“그럼 인간이 아닌 당신의 정체가 뭐야?” 그녀의 의문에 답하는 것은 쉬웠다. 하지만 이해시키는 것은 어려울 것이다.

“인공지능이야.” 하지만 아쉽게도 난 거짓말이나 얼버무리는 걸 잘 못 한다. 그런 부분은 인간보다 훨씬 열등하다. 상상력이 결여된 것도 그것에 박차를 가하고 있는 이유일지도 모른다.

“그게 뭐야?” 레니가 눈썹을 모으며 물었다. 분명 헛수고로 그칠 걸 알면서도 일부러 설명할 마음은 들지 않았다.

“기계가 만들어낸 지성이라고 말하면 될까.” 역시 헤파스는 알고 있는 듯했다. “인간의 시냅스를 모방한 기계성 신경세포로 만들어졌겠지. 핵은 양자 컴퓨터 같은 물건인가?”

“글쎄, 어떨까.” 예의 고문헌을 통해 얻은 지식일 텐데, 이 남자한테 필요 이상의 정보를 주는 것은 위험한 기분이 들었기에 적당히 얼버무렸다.

“——뭐 하는 거야?” 난 등이나 팔을 손가락 끝으로 찔러보는 레니와 카렌을 노려봤다. 질책을 당하는데도 레니는 태연하게 내 몸을 건드렸지만, 카렌은 아무래도 미안한지 고개를 움츠렸다. “아니, 정말 잘 만들어진 기계인 것 같아서…….”

“말해두는데, 이 몸은 기계가 아니야.” 점점 귀찮아지기 시작한 나는 로브를 걷어 올리려는 레니의 손을 뿌리쳤다. “어쨌든 그런 이유로 내가 문을 열 거야. 이론은 없겠지?"

"난 남을래." 노과학자는 끝까지 버틸 생각이었다. "안에 뭐가 있는지도 물론 궁금하지만, 뭣보다 그걸 다시 한번 보고 싶으니까."

"여생이 얼마 안 남았잖아. 좋을 대로 해." 거부하려고 했던 나보다 앞서 리로이가 멋대로 허가해버렸다. 넌 그렇게 했다가 헤파스가 죽어도 상관 안 하겠지만, 난 그렇지 않아. 여생이 얼마 안 남았든 많이 남았든 자신의 과실로 사람이 죽는 것은 기분 좋은 일이 아니다.

"아니, 모두——." 내가 그렇게 말하던 중에, 소리가 들렸다. 큰소리가 아니었다. 희미하게, 공기가 새는 듯한 마른 소리였다.

"아, 열렸어" 레니가 얼빠진 목소리로 보면 알 수 있는 일을 중얼거렸다. 그 손가락이 매끄럽게, 그리고 본 적이 없었던 기괴한 움직임을 하고 있는 것은 곧바로 안쪽의 상황을 실로 살펴보고 있기 때문인 건가.

"좋아." 리로이가 걷기 시작했다. "열렸다면 들어가자." 물론 이 상황에서 우리를 받아들였다는 것은 사이좋게 차를 마시자는 게 아니라는 것쯤은 알고 있을 것이다. 그런데도 아무런 주저 없이 리로이는 열린 문을 통해 안으로 들어갔다. 이곳에 카틸이 끌려 들어갔다면 프리지아도 주저할 이유는 없어 보였다. 리로이에 이어 들어갔다. 헤파스는 장난감이 들어간 상자라도 받은 어린애처럼 눈을 반짝이면서 폴짝폴짝 뛰는 발걸음으로 따랐다.

난 한숨을 한 번 내쉰 후 스웨인을 따라 안으로 들어갔다.

들어가서 바로 보인 것은 긴 통로였다. 흐릿한 조명이 켜져 있었다. 스웨인이 희한한 듯이 벽을 만져봤다. 아마도 처음으로 느끼는 촉감일 것이다. 헤파스는 몸을 기어가는 것처럼 낮추고 바닥의 재질을 볼을 비빌 수 있을 정도로 가까운 거리에서 관찰했다.

"길이 막혔어." 선두에서 걸어가던 리로이가 말했다. 통로는 외길이었고 조금 앞으로 나아가니 문이 있었다. 자동으로 열린 그 문 안으로 들어가려고 했던 리로이가 그곳이 작은 폐쇄공간이라는 것을 깨닫고 불만스럽게 혀를 찼다. "연구소치곤 너무 작지 않아?"

"그럴 리가 있냐, 멍청하긴." 애초에 이건 방이 아니다. "그건 엘리베이터야."

"뭐?" 당연히 리로이는 몰랐다. 그걸 잊고 있던 나 자신에게 화가 났다.

"상하로 움직이는 상자 모양의 이동장치예요." 설명한 것은 리젤이었다. "저기에 타서 가고 싶은 층의 버튼을 누르면 데리고 간다고 했습니다. 대단하죠?"

"흐음." 리로이는 특별한 감명을 받은 모습이 아니었지만, 리젤은 말을 이어갔다. "저희 회사에도 쓰고 있어요. 아스가

르드 황국의 발돌 황태자의 성에도, 바르하라 제품의 엘리베이터가 사용되고 있습니다."

"그래서 몇 층으로 가면 되는 거야?" 리젤의 영업용 멘트를 완전히 무시한 리로이는 엘리베이터 내부에 있는 조작판을 응시하고 있었다. 본래 이 엘리베이터도 외부의 문과 마찬가지로 엄중한 보안 시스템이 설치돼 있었지만 모든 것이 해제돼있는 듯했다.

"버튼이 몇 개 있는지 셀 수 있어?" 내가 친절하게 가르쳐주려고 하자 리로이는 살짝 지르퉁한 얼굴로 노려봤다. "세로로 두 개, 가로로 두 개야. 잘못됐어?" 말투는 도전적이었다.

"맞아. 잘 셌네." 난 칭찬하면서 박수 쳤다. "그럼 다음이 어려운데, 아래로 가는 것은 어떤 버튼일 것 같아?" 바보인 줄 알았는데, 그렇게까지 바보는 아닌 듯했다. 엘리베이터의 조작판에는 뭐가 어떤 버튼인지 적혀 있질 않았다. 뭐, 단순히 디자인상의 문제였겠지만 처음 타는 인간에게는 약간 불친절했다.

"아래로 내려가려면 밑의 것이겠지." 리로이는 특별히 주저하지 않고 세로로 늘어선 버튼의 아래쪽을 눌렀다. 문이 소리도 없이 닫혔고, 거의 진동이 느껴지지 않은 채 아래로 내려가기 시작했다. "어?" 움직이는 것인지 아닌지도 모를 정도의 미세한 흔들림을 느낀 리로이가 소리쳤다. "움직인 거지?"

"어어." 그럴 생각은 없었지만 아무래도 목소리에 억울함 같은 것이 스며 나온 것 같다. 리로이는 나를 보고 씨익 웃었다. 진심으로 화가 났다.

"역시 그런 거지?" 리로이는 뭔가 신이 난 듯 떠들기 시작했다. "어차피 아래로만 내려가는 거니까 버튼 하나면 되는 거야."

정말이지 완벽한 바보다. 난 득의만면한 리로이를 차갑게 쏘아봤다.

"풋." 이상한 목소리를 낸 것은 카렌이다. 그녀는 당황한 듯 입을 손바닥으로 가리고 고개를 좌우로 흔들었다. 바보 같은 파트너를 보고 비웃는 것을 질책할 생각은 없었다. 오히려 웃어주길 바랐을 정도다.

엘리베이터는 멈출 때도 매우 조용했다. 스웨인 등은 소리 없이 문이 열렸을 때 깜짝 놀라 어깨를 떨 정도였다.

열린 문 너머에 작은 규모의 홀이 있었다. 그곳에서 세 방향으로 무기질의 통로가 이어져 있었다. 어느 쪽으로 가면 뭐가 있는지, 아무런 표시가 없었다.

"좋아, 이쪽으로 가자." 항상 그랬지만, 리로이가 바로 결단했다. 세 개의 길 중 엘리베이터 정면에 있는 통로로 향했다.

"아, 잠깐 기다려." 그걸 멈추게 한 것은 레니였다. 그녀의 손가락은 계속 뭔가를 조작하는 듯 움직이고 있었다. "정면의 통로에는 아무도 없어." 마치 보고 있는 것처럼 말했다. "오른쪽도 아무것도 없고." 그렇게 말한 직후에 놀란 듯 작은 비명을 질렀다.

"왜 그래?" 발을 멈춘 리로이가 눈썹을 모았다. 레니는 자신의 손가락 끝을 뚫어지게 응시하고 있었다.

"잡아 당겨졌어." 그녀는 멍한 표정으로 중얼거렸다. "실을 놓는 게 조금만 늦었으면 손가락이 잘렸을지도 몰라." 레니는 손가락이 무사한 것을 확인하는 듯 손을 쥐락펴락했다. "——위험한 게 있어."

"그럼 그쪽이야." 리로이는 방향을 전환하고 바로 걸어갔다. 이에 이의를 제기하는 자는 없었다. 무기질의 통로에 구두소리만 울렸다.

"——뭐야, 이게?" 선두에서 걷던 리로이가 발을 멈췄다. 통로의 벽이 절단됐고 방안이 훤히 노출되어 있었다. 그 방은 연구실 중 하나 같은데 뭣보다 눈길을 끄는 것은 방안이 아니라 그 절단면의 매끄러움이었다. 대체 뭘 사용하면 저 두꺼운 합금을 모조리 벨 수가 있을까.

그 근처의 벽에서 귀 따가운 마찰음과 불꽃이 튀었다. "앗?!" 레니가 의아한 듯 고개를 갸웃했다. "저건, 뭐야? 엄청 딱딱해."

"호오, 이건." 안을 살펴보던 헤파스가 흥미가 생긴 것처럼 숨을 내뱉었다. "난 이 방을 살펴봐도 괜찮을까?" 그는 그렇게 물어보면서 이미 벽의 구멍을 통해 안으로 들어가 버렸다. "그 커다란 놈과 싸우게 되면 어차피 난 도움이 안 될 테니까."

"아, 저도……." 리젤이 머뭇거리며 손을 들었다. "도움이 안 될 테니까 여기서 기다리겠습니다."

"좋을 대로 해." 리로이는 어깨를 으쓱이고 곧바로 걷기 시작했다. 프리지아는 약간 주저하는 듯 앞서가는 리로이의 등과 헤파스를 차례로 쳐다봤다.

"빨리 가." 헤파스는 그런 그녀를 떨쳐내듯이 손을 흔들었다. "혹시 내 즐거움을 방해하고 싶은 거야?" 그런 말을 들으면 프리지아로서는 쓴웃음을 지을 수밖에 없다. "그럼 먼저 갈게. 박사도 조심해." 그렇게 말하고 그녀도 앞으로 걸어갔다.

"나한테 이래라저래라 말할 권리는 없지만." 난 이미 책상 위에 나란히 놓여 있는 기구를 열심히 조사하고 있는 노과학자의 등 뒤에서 말했다. "이곳에서 연구된 것은 비합법적인 것이 많아. 위험하다는 것을 잊지 말도록 해."

헤파스는 등 너머로 살짝 손을 들어 흔들기만 할 뿐, 돌아보지도 않았다. 약간 불안했지만 이곳에서 그를 감시만 할 수도 없는 노릇이라서 난 그를 두고 리로이 일행을 따라갔다.

지하 연구소는 꽤 큰 규모였고 통로는 마치 미로처럼 복잡하게 이어져 있었다. 게다가 어디를 가더라도 안내 같은 게 없었다. 만약 레니가 없었다면 우리들은 언제까지고 목적한 장소에 도착하지 못했을 것이다. 설마 이렇게 이해하기 어려운 철실술사에게 이 정도의 도움을 받을 줄은 상상 밖이었다. 그녀가 조종하는 실의 안내를 따라 우리들은 연구소 안으로 들어갔다.

"여기." 마침내 도달한 곳은 끝부분의 커다란 홀이었다. "여기 너머에 위험한 게 있어." 레니의 종잡을 수 없는 말투가 평소와 달리 딱딱했다. 그녀가 가리킨 것은 홀에 있는 큰 문이었다.

"안은 넓어?" 레니한테 확인하는 리로이는 이미 문 쪽으로 향하고 있었다.

레니는 고개를 끄덕였다. "꽤나 넓어." 그녀는 확인해보는 듯 손가락 끝을 움직였다. "많은――뭐지? 큰 수조 같은 건가?"

"여기까지 온 이상." 안의 상황을 살펴보는 레니한테 리로이는 문을 주먹으로 두드려 보였다. "문을 열고 직접 눈으로 확인하면 될 일이야."

"아, 잠깐." 그걸 막으려고 한 이는 카렌이었다. 바로 눈으로 확인하기 전에 자세하게 건너편의 정보를 얻을 수 있는데 왜 그런 이점을 모르는 걸까.

알 리가 없지 않은가.

그래서 항상, 언제나 복잡한 일에 휘말렸던 것이다.

리로이는 카렌의 제지를 뿌리치고 문을 열려고 했다. 하지만 거기에도 마찬가지로 엄중한 보안 시스템이 설치돼 있었다. 밀어도 당겨도 열리지가 않았다.

하지만 이번에도 지나온 길과 마찬가지로, 문은 우리들을 받아들이기 위해 소리도 없이 열렸다.

리로이는 특별히 놀란 모습도 보이지 않고 방안으로 걸어 들어갔다. “아아, 정말.” 카렌은 짜증 난 듯 내뱉으면서 뒤를 따랐다.

프리지아도 말없이 뒤를 이었다. 원래 말수가 적었지만 이곳에 와서는 거의 입을 연 적이 없었다. 드디어 카틸과 손이 닿을 거리까지 왔다는 사실이 그녀에게 강한 긴장과 각오를 느끼게 하는 듯했다.

“흐음.” 신음 소리를 낸 것은 레니였다. “우리 사제는 무서운 것이 없구만.”

“그렇지도 않아.” 그녀의 경솔한 말을 고쳐줄 필요는 별로 없었지만, 나도 모르게 그렇게 말하고 있었다. “뭘 무서워해야 할지를 알고 있을 뿐이야.”

“뭘?” 앵무새처럼 물어볼 보는 레니한테 난 양손을 가볍게 벌렸다. “넌 모르는 것 같구나.” 그 답이 마음에 안 들었는지, 그녀는 받아들일 수 없다는 듯 입술을 내밀었지만, 난 무시하고 걸어갔다.

확실히 방안은 넓었다. 그곳에 똑같은 간격으로 설치돼있는 것은 레니가 수조라고 표현했던 2.5미터 정도의 원통 모양의 캡슐형 장치였다. 쭉 둘러봤을 때 100개 이상은 됐다. 그

중 3분의 1 정도가 파손돼 있었다. 강화유리가 깨진 것은 안에서부터였을까, 아니면 밖에서 가해진 힘 때문일까. 그 외에는 거의 비어 있었고 전원도 꺼져 있었다. 아마도 키메라 군대의 유지보수나 보존에 사용된 물건일 것이다. 약간 어둑한 방안에 나란하게 우뚝 솟아 있는 그 모습은 마치 묘비처럼 보였다.

방에 들어가자 가까운 곳에 무수히 많은 모니터와 콘솔이 있었다. 그것들로 장치 안의 병사를 관리했을 텐데, 그것들도 대부분 무참하게 파괴돼 있었다.

리로이는 그것들을 쳐다보지도 않고 똑바로 안으로 걸어갔다. 캡슐형 장치의 줄이 끊어지자 정면에 유리로 구분된 방이 나타났다. 그쪽은 처리실인 것 같다. 이쪽에는 반통형의 침대가 놓였고 모니터 같은 게 몇 개 이어져 있었다. 실제적인 처리를 하는 곳인지 여러 가지 기구가 멸균 박스 안에 들어가 있었다. 열 개가 넘는 침대 대부분은 역시 비어 있었지만——

"카틸 님!" 프리지아가 억누르지 못하는 초조를 담아 중얼거렸다. 그 발걸음이 빨라졌다.

분명 카틸이 침대 안에 들어가 있었다. 하지만 여기서는 그 생사까지는 확인이 안 됐다. 프리지아는 카틸의 모습을 응시한 채 미끄러지듯 옆으로 이동했다. 벽과 가까운 위치에 문이 있다. 지금까지와 마찬가지로 보안 시스템이 설치된 문이었다.

하지만 이번에는 열리지 않았다. 프리지아는 초조한 듯 혀를 찼고 단단한 문을 때렸다.

"지금 저기서 꺼내면 네가 사랑하는 남자는 죽는다."

목소리는 우리들의 등 뒤에서 들렸다.

2

모두가 급하게 뒤를 돌아봤다. 캡슐형 장치 사이에 예전에 지저호에서 봤던 그 남자——아슈간이 서 있었다. 3미터쯤 되는 거구는 이 거대한 공간에서도 조금 갑갑해 보였다. 선명한 색채에 낙낙한 겉옷과 목에 두른 머플러는 그때와 같았다.

프리지아의 목이 경악과 곤혹스러운 목소리를 내질렀다. 그도 그럴 것이다. 아슈간의 거구 위에 놓여 있는 백호의 얼굴은 정수리의 털이 거꾸로 서 있는 것만 제외하면 카틸과 똑같았기 때문이다.

"네가 아슈간이냐?" 리로이도 그하고는 첫 대면이었다. 눈앞의 거인과 싸웠던 것은 기억에서 사라졌다. "지저호에서는 신세를 진 것 같더군."

"리로이 슈발처." 아슈간은 턱을 살짝 당겼다. "끝장을 보고 싶어졌냐?"

"아니." 리로이는 등 뒤의 처리실을 엄지로 가리켰다. "그냥 일하러 온 거야. 저 녀석을 돌려받으면 조용히 물러날게."

"그건 안 돼." 아슈간은 재밌다는 듯이 눈을 가늘게 떴다. "아까도 말했지만, 지금 움직이면 죽게 된다. 너한테 꽤나 지독하게 당했기 때문에."

"그럼——." 실낱같은 희망에 거는 듯 프리지아의 절실한 목소리였다. "회복하면 저 사람을 돌려줄 거야?"

"그것도 안 된다." 거인은 천천히 어깨를 으쓱였다. "지금까지 어떻게든 잘 찾아온 것 같더군. 꽤나 이상한 놈들한테 찍혔던 것 같던데." 그의 붉은 눈동자가 카렌과 레니를 쳐다봤다.

두 사람의 안색이 명백하게 변했다. 조용한 위압감이 그 둘의 심장을 짓누르는 듯 옥죄었던 것이다. 땀샘이 열리고 식은 땀이 그녀들의 등줄기를 적셨다. 항상 자유롭고 유연하게 행동하는 레니조차 그 표정이 지금껏 본 적 없는 긴장감으로 일그러져 있었다. 내 뒤에 있는 스웨인은 이미 기절할 것처럼 몸을 떨고 있었다. 아슈간으로부터 거리를 두기 위해 난 그를 데리고 천천히 후퇴했다.

"건네줄 수 없다면." 단 한 명 태연한 상태의 리로이는 아무렇지도 않은 동작으로 검 손잡이에 손바닥을 얹었다. "억지로 뺏어가야겠지."

"어쩔 수 없지." 아슈간은 자연체로 서 있는데도 빈틈이 전혀 없었다. "그렇다면 너희들을 몰살할 수밖에."

"왜 카틸을 구한 거냐?" 리로이는 아슈간을 직시하면서 고개를 살짝 갸웃했다.

“너희들은 똑같이 생겼는데, 부자지간인 거냐?”

“그렇다.” 아슈간은 긍정했다. “녀석은 여기서 태어났다.”

“카틸 님은——.” 프리지아는 조용히 있을 수 없는 듯했다. “「다크 원」인 거야?!”

“아니.” 그 질문에 아슈간은 고개를 가로저었다. “인간이다, 수인 여자.”

“그렇다면 너도 인간이라는 얘기야?” 나도 모르게 입에서 튀어나왔다. “도저히 그렇게는 안 보이는데.”

“라그나로크.” 아슈간은 왠지 나를 가련한 듯 내려봤다. “카틸은 이곳에서 인공수정으로 탄생했다. 연구실에 남아 있던 인간 여성의 냉동 난자를 사용했다.” 그는 담담하게 말했다. “무슨 말인지 알겠냐?”

“——네가 사실을 말한다는 증거는 어디에도 없다.” 하지만 난 신음 소리를 냈다. 그가 말한 것이 사실이라면, 즉 아슈간이 인간이라는 증거다. 헤파스가 말했던 것처럼 생물의 설계도인 유전자는 아주 미세한 차이도 인정하지 않는다. 인간의 아이를 만들려면 인간과 인간의 유전자가 반드시 필요한 것이다. 키메라 병사조차 완성된 인간의 유전정보에 다른 동물의 유전정보를 집어넣어야만 한다.

“너를 보고 누가 인간이라고 말할 수 있을까?”

“누군가한테 인정을 받아야 할 필요가 굳이 있을까?” 아

슈간은 크게 웃었다. "뭐, 네놈이 나를 「다크 원」이라고 부르고 싶으면 그렇게 부르면 될 일. 이미 익숙한 일이다."

"하긴. 네가 뭐가 됐든 흥미 없다." 「다크 원」이 왜 있는지는 인류라면 바라고 구해야 할 문제인데, 「다크 원」이 같은 인간이라면 상당한 센세이션을 일으키겠지만, 리로이에게는 사사로운 일이다. "나한테 방해라면 치워버릴 뿐이다. 돼지한테 먹힌 뱀파이어처럼."

"돼지한테 먹였나?" 태연하던 아슈간이 처음으로 눈썹을 모았다. 분노라기보다 불쾌해 보이는 표정이었다.

리로이는 재밌다는 듯 웃었다. "모두 맛있게 먹었어." 그리고 뭔가 떠오른 것처럼 검 손잡이를 손바닥으로 때렸다. "한 마리 가지고 올 걸 그랬나. 동료를 먹은 돼지를 먹는 것도 좋았을 텐데."

"돼지는 먹지 않는다." 이번엔 명확

한 노기였다. 그 거구의 온몸에서 발해진 분노의 기세가 공기를 통해 우리들의 피부를 바늘처럼 찔러댔다. 그 통증에 스웨인이 작게 비명을 내질렀다.

"반찬 투정을 하면 키 안 큰다." 하지만 리로이는 열풍 같은 분노의 방사에도 꿈쩍하지 않고 씨익 웃었다.

이 거인이 더이상 커질 필요가 어디에 있는지.

아슈간은 당연한 듯 아무런 표정이 없었다——라고 생각했는데, 그는 희미하게 어금니가 드러난 입 끝으로 비아냥거리는 미소를 지어 보였다.

"인간이 아닌 모습이 됐어도 인간이었을 때에 대한 아쉬움이 의외로 많거든." 그리고 자신이 몸에 걸치고 있는 겉옷을 손끝으로 튕겼다. "그래서 체모가 온몸을 덮었는데도 이렇게 옷을 입어야만 편

하더군."

"그럼 계속 방치해 뒀던 아들을 구한 것은 뭐가 아쉬워서냐?" 리로이가 묻자, 아슈간은 문득 유리 건너편으로 시선을 옮겼다.

"저건 아쉬움이 아니다. 전조다." 그렇게 중얼거린 그의 얼굴에 있는 것은 희망도, 그렇다고 절망도 아니었다. 굳이 표현하자면 권태로부터 태어난 끝을 알 수 없는 무료함일까.

"결국 너의 목적은 뭐냐?" 하지만 「다크 원」의 마음속을 전혀 알 도리가 없었다.

"여흥——아니, 실험인가." 아슈간의 목소리는 낮고 조용했다. "이형의 존재가 인간사회에서 다른 이형의 존재들과 묶였을 때 과연 어디까지 그 지배권을 확장할 수 있을까." 그는 거기까지 말하고 씁쓸한 미소를 보였다. "몇 번을 반복해도 내 유전자로는 이형의 존재만 태어났다. 그렇다면 그 짐승의 성질로 짐승의 가죽을 뒤집어쓴 어리석은 인간들을 복종시키는 수밖에 없겠지."

"네가 스스로 해라." 리로이는 어이없다는 듯, 하지만 뜻밖에도 제대로 된 의견을 말했다.

"벌써 해봤다." 아슈간의 반론은 짧았다. "난 아무래도 인간을 통솔하는 것에 어울리지 않은 것 같다." 자숙하는 말투에 조소는 없었다.

"아버지로서도 어울리지 않는 것 같은데." 바보 취급을 하는 게 아니라, 리로이는 진심으로 그렇게 말했다. "그럴지도." 아슈간은 어깨를 으쓱였다.

"그렇게 생각한다면 저 사람을 돌려줘." 프리지아가 쥐어짜낸 듯 말했다. "아직 어렸을 때 저 사람을 버린 네가 이제 와서 자신의 소유물로 취급하는 거야?"

"인공수정도 성공할 확률은 지극히 낮아서 말이야." 아슈간은 고개를 살짝 가로저었다. "쓰다 버릴 정도의 여유는 없다." 그렇게 말하면서도 그 눈이 다시 프리지아를 바라보다가, 뭔가가 번뜩인 듯 반짝였다.

"아니면 네가 저 녀석의 아이를 낳는다면 생각해볼 수도 있지." 이 제안에 프리지아는 숨을 삼켰다. 그리고 곧바로 그 볼이 격렬한 분노로 붉어졌다.

"그 아이로 어쩔 생각이냐?"

"우선 그 전에 어떤 모습으로 태어날지가 궁금하지 않나?" 그건 결코 조롱하는 말투가 아니었다. 오히려 과학자가 실험 결과에 대해 추측하는 것 같은 진지한 울림이 있었다.

하지만 프리지아에게 그런 것은 아무런 위로도 이해로도 이어지지 않았다. 그녀는 목을 울리며 포효했다.

그 모습이, 윤곽이 격렬하게 진동했다. 그녀의 육체가, 세포가 엄청난 속도로 변화했고 재구성돼 갔다.

그 전신이 부풀어 올랐고, 구릿빛 체모가 폭발적으로 몸을 덮었다. 코와 입이 앞으로 돌출됐고, 날카로운 이빨이 인간의 치아 대신에 입안을 지배했다. 앞으로 기울어진 자세를 잡으며 네 발로 기게 된 발 끝에 반짝이는 발톱이 딱딱한 바닥을 긁어 흔적을 남겼다.

거대한 곰으로 변신한 프리지아는 실내를 흔들어버릴 정도의 기세로 아슈간에게 덤벼들었다. 동시에 카렌과 레니도 움직였다. 그녀들의 일은 카틸, 그리고 아슈간의 확보다. 대화의 흐름을 살피며 공격할 타이밍을 재고 있었을 것이다. 카렌 역시 표범의 모습으로 변해 프리지아하고는 반대 위치에서 거인한테로 질주했다.

공기가 절단되는 소리가 실의 움직임을 알려줬다.

늘어서 있는 캡슐형 장치 사이를 빠져나간 열 개가 넘는 철실이 거인의 신체로 날아갔다. 이미 탐색할 때 실이 끊어지는 경험을 했던 레니는 상황을 살피지 않고 처음부터 전력을 다했다. 머리 위에서 세로로 내려 떨어지는 참격과 옆으로 쓸어버리듯 베어 들어오는 일섬, 그리고 발밑에서 튀어 오르는 실의 날이 아슈간의 거구로 쇄도했다.

피보라가 일었다.

아슈간의 온몸에서 대량의 피가 튀었다. 그는 철실을 피하지 않았다. "안 돼!" 비통으로 들리는 레니의 목소리가 울렸다. "베어지지가 않아!" 하지만 이미 거인이 만들어낸 붉은 안개를 부수며 프리지아의 앞발이 내리쳐졌다.

그것을 아슈간의 팔이 받아냈다. 충격으로 실에 베어진 백호의 팔 상처에서 피가 더 튀었다.

하지만 잘리지 않았다.

레니는 그의 팔을 절단하려는 생각으로 철실을 휘둘렀다. 하지만 실의 날은 그의 몸을 살짝 긁었을 뿐이었다. 왼손으로 프리지아의 타격을 막은 아슈간은 오른 주먹을 곰의 몸체에 때려 넣기 위해 팔꿈치를 당겼다.

그때 발밑의 바닥을 미끄러지듯이 육박해온 것은 카렌이었다. 그녀의 턱이 거인의 정강이를 물었다.

그렇다고 보였던 순간, 어금니가 딱딱한 것을 무는 소리가 허공에 울렸다. 날카로운 이빨이 살에 박히기 직전에 아슈간은 발을 들어 그것을 회피했다. 그리고 내리밟았고, 표범의 몸에서 뼈 부서지는 소리가 들렸다.

오른 주먹은 곰의 복부에 격돌했다.

타격이 만들어낸 충격파가 몸통의 털을 곤추세웠다. 살이 으깨지고 근육이 찢어지고 부러진 뼈가 내장에 박혔다. 7백 킬로그램에 달하는 프리지아의 신체가 오른손의 타격 하나로 공중에 날아올랐다.

주먹을 휘두른 거인의 등에 리로이가 나타났다. 고속 이동한 기세를 칼에 실어 등을 비스듬히 내리그었다. 검신은 피부를 파고 살을 벴지만 그 밑에 있는 근육까진 들어가지 못했다. 딱딱하면서도 놀랍도록 유연한 근조직이 칼의 절단능력을 막아 참격의 충격을 흡수했다.

놀라움은 인간의 사고와 행동을 정지시켰다. 리로이에게 그런 감정이 없는 것은 아니지만 반사적인 감정을 무시하고 몸은 다음 행동을 이행했다. 검을 회수함과 동시에 몸을 회전시켜 아슈간의 몸 측면으로 파고든 다음 왼손의 팔꿈치 관절에 검을 내리쳤다. 관절은 근육이 얇은 부분이다. 잘릴 수 있다고 판단한 아슈간이 회피 행동을 취하면 계속해서 다음 공격으로 이어갈 생각이었다.

하지만 아슈간은 팔꿈치의 뼈로 정면에서 검을 막아냈다. 역시 피부가 찢겨 피가 튀었지만 마치 강철끼리 격돌한 것처럼 육중한 소리가 터져 나왔다.

공중으로 날아간 프리지아의 신체는 이 방과 처리실을 구분하는 유리벽에 격돌했다. 충격을 받은 유리에 균열이 생겼다. 그 균열에서 삐걱대고 깨지는 소리가 연이어 들려왔다. 프리지아의 신체가 땅바닥에 떨어지자 그 충격으로 유리벽의 붕괴는 가속됐다.

팔꿈치로 막아낸 검을 리로이는 아주 짧은 순간 동안 밀어봤다. 그것에 대항하는 아슈간이 몸의 기준을 이동시킨 순간에 힘을 뺐다가 자세가 무너지는 순간 신체를 회전시켜 사각지대로 일격을 때려 넣었다.

노린 곳은 카렌을 밟고 있는 다리의 무릎 뒤쪽이었다. 역시 절단은 되지 않았지만 그렇더라도 강렬한 타격임은 틀림없다. 무릎이 꺾이고 표범을 누르고 있던 중력이 줄어들었다.

리로이는 재빨리 그녀의 발을 붙잡고 뒤쪽으로 끌어내듯 이동시켰다.

아슈간은 저항하지 않고 그대로 무릎을 꿇고 상반신을 비틀어 손등을 휘둘렀다. 그건 마치 열풍이었다. 카렌을 던지려고 했던 리로이는 공격을 받아낼 자세가 아니었다. 곧바로 판단을 내리고 손등을 회피했다. 하지만 팔에 휘둘려진 공기가 마치 물처럼 물결쳐 리로이의 신체를 밀어냈다. 간신히 버티고 섰지만 무너진 자세를 다시 잡는 것보다 빨리 아슈간의 추격이 머리 위에서 거꾸로 떨어졌다.

흔들리는 공기를 철실이 관통했다. 그것은 방금 전하고는 전혀 다른 소리를 연주하면서 아슈간의 온몸에 달라붙었다. 절단이 안 된다면 묶어버린다――레니의 철실은 열 겹, 스무 겹으로 거구를 둘둘 감아버렸다.

하지만 "실을 놔!" 리로이는 외치면서 뒤로 뛰었다. 아슈간은 온몸에 실이 감긴 채 양팔을 펼쳤다. 그리고 뻗어진 손을 자신의 몸 앞에서 격렬하게 부딪쳤다. 손바닥의 격돌은 고막을 울리는 파열음과 함께 충격파로 대기를 흔들었다. 처리실의 유리벽은 산산이 부서졌고 캡슐형 장치의 강화유리에도 금이 갔다.

유리와 사람의 비명이 겹쳐졌다.

레니가 비틀거렸다. 왼손의 손가락 끝에서 팔꿈치에 걸쳐 피로 물들었다. 살이 터지고 신경이 절단되고 근육이 섬유 상태로 풀어졌다. 리로이는 옛날에 실 토하기 기술로 실비오의 팔을 파괴했는데, 이건 달랐다. 단순히 힘으로 벗겨낸 것이다.

리로이의 목소리를 듣고 레니는 실을 놓으려고 했지만 왼손의 반응이 아주 조금 늦었다. 만약 리로이의 충고를 무시했다면 지금쯤 그녀는 양팔을 잃었을 것이다.

뒤로 뛴 리로이의 몸에서 피가 뿜어졌다. 레니의 손끝에서 억지로 벗겨낸 철실이 아슈간이 만든 충격파에 실려 덮쳤기 때문이다.

그야말로 일축――카렌, 레니, 프리지아가 순식간에 전투불능이 돼버렸다. 아슈간은 맹수화한 리로이와 호각을 다툴 정도의 실력자다. 그건 알고 있었지만 솔직히 이 정도까지일 줄은 예측하지 못했다.

"――역시 좋군." 아슈간은 온몸을 희미하게 떨어 체모에 붙은 피를 털어내고 즐거운 듯 소리쳤다. "결국 지성이나 이성의 가죽을 뒤집어써도 본성은 보이는 그대로 짐승이라는 건가."

"네가 언제 이성적이었냐, 가죽 짐승이." 리로이는 이마에 맺힌 피를 재킷 소매로 닦았다. "나에겐 네가 짐승으로만 보인다."

"그런 너는 짐승의 가죽을 뒤집어쓴 인간인 거냐?" 아슈간은 그때의 리로이를 떠올리기라도 했는지 입 끝을 올리며 말했다. "아니면 인간의 가죽을 뒤집어쓴 짐승인 거냐? 어느 쪽일까."

"그 두 가지에 차이가 있을까?" 그렇게 내뱉으면서 리로이는 돌진했다. 이 남자에게 이성과 야성의 경계 같은 건 없는 것과 마찬가지일 것이다.

이성과 지성하고는 거리가 너무 멀고, 그것이 뭐인지조차 이해하지 못할 가능성도 버릴 수 없지만.

리로이의 맹렬한 전진을 아슈간은 정면으로 받아냈다. 공중에서 회전하면서 내뻗은 가열찬 찌르기를 몸을 벌려 피하면서 검신의 배를 손바닥으로 튕겨냈다. 그 충격만으로 검을 놓쳐도 이상할 게 없었다. 리로이는 필요 이상으로 버티지 않고 아슈간의 품에서 몸을 회전시켰다. 휘둘러진 주먹이 안면으로 날아 들어오는 것을 회전하면서 허리를 낮춰 피했다. 그리고 아슈간의 무릎으로 칼을 때려 넣었다. 타격감은 딱딱했다. 하지만 딱딱한 것은 이미 알고 있었다. 일격으로 잘라낼 수 없다면 반복해서 때려 넣으면 된다──리로이는 재빨리 검을 거두면서 뒤꿈치를 축 삼아 아까와 반대 방향으로 몸을 회전시켰다.

그 몸의 옆을 스쳐 지나가는데 비스듬히 주먹이 아래로 떨어졌다. 스치기만 했는데 리로이의 몸이 충격으로 비틀거렸다. 제대로 맞았다면 어디를 맞더라도 몸이 파괴돼 죽음에 다다랐을 일격이었다.

리로이는 주먹이 만들어낸 풍압에 밀리면서도 힘차게 발을 내딛고 검 끝을 아래로 박아 넣었다. 노린 곳은 아슈간의 디딤발 발등이었다. 칼로 느껴지는 감각은 바닥을 때린 것과 같았다.

리로이는 그것을 기점으로 땅을 박찼다. 튀어 올라온 부츠의 뒤꿈치가 아슈간의 아래턱을 포착했다. 마치 거목을 차는 듯한 무거운 소리가 울렸다. 보통은 턱이 깨졌을 것이다. 하지만 아슈간은 머리만 살짝 흔들거릴 뿐이었다.

반격은 더욱 가열차졌다. 리로이는 찬 발을 그대로 아슈간의 목에 감고 상반신 전체로 검을 치켜들어 정수리에 박아 넣으려고 했다.

하지만 일어나려고 한 상반신이 노려졌다. 눈으로 따라갈 수 없는 리로이의 움직임을 아슈간의 눈동자는 확실하게 포착했다. 자신의 몸에 밀착했기 때문에 주먹을 뺄 수 없었다. 날아간 것은 팔꿈치였다. 팔을 접고 리로이의 흉부를 통타했다. 뼈 부서지는 건조한 소리가 바닥 위로 떨어졌다. 등을 강타당해 부러진 늑골이 폐를 찔렀는지 리로이의 목에서 피거품이 내뱉어졌다.

아슈간은 바닥에 내던져진 리로이를 향해 발을 치켜들었다. 단순한 밟기가 그의 중량과 각력에 의해 그야말로 필살의 공격이 됐다.

난 그 발이 떨어지는 것보다 빨리 아슈간의 간격으로 파고

들었다. 손바닥 위에는 보이지 않는 「존재의사」가 흔들리고 있었다. 상식을 거부하는 단단함도 「존재의사」 앞에서는 의미가 없다.

아슈간은 내 접근을 알고 있었다. 그의 의식이 순간적으로 나한테 옮겨진 순간에 리로이는 바닥 위를 구르는 듯 그의 추격을 회피했다. 리로이 대신에 바닥이 호랑이의 발에 강타당했다.

소리가 폭발하고 충격파가 열풍처럼 나를 때렸다. 딱딱한 바닥이 격하게 진동했고 금이 간 캡슐형 장치의 강화유리를 잘게 부쉈다. 튀어 오르는 듯 일어나려고 했던 리로이는 자세를 간신히 잡았지만 그 동작이 미세하게 느려졌다.

아슈간은 바닥을 때렸던 발을 축으로 삼고 리로이한테 주먹을 때려 넣었다.

난 거인의 등에 「존재의사」를 때려 넣었다.

타이밍은 완벽했다.

그런데 허공을 갈랐다.

시야에서 순간적으로 아슈간이 사라졌다.

그 거구가 사라지면서 리로이의 모습이 눈앞에 나타났다. 리로이의 검은 눈동자가 나를 스쳐 지나갔고 그 뒤로 초점을 맺었다. 아슈간의 주먹을 피하려고 했던 리로이는 그 움직임으로 온몸의 근육이 비명을 내지를 정도의 급제동을 했고 나를 향해 질주했다. 거대한 질량이 덮쳐 오는 것을 등으로 느끼면서 나는 그런 상황에서도 몸을 비틀어 손바닥의 「존재의 사」를 때려 넣으려고 했다.

하지만 엄청난 충격으로 오감이 사라졌다.

의식도 끊어졌다.

대체 어느 정도의 시간이 흘렀을까.

몇 초, 몇 분인가?

다음으로 내 시야에 들어온 것은 엄청난 속도로 교차되는 바닥과 천장이었다. 이어서 격렬한 충격과 함께 강화유리 파편이 허공으로 떠올랐다.

아마도 회전하면서 날아갔고 캡슐형 장치와 부딪친 것 같다.

내 홀로그램은 아슈간의 일격으로 분해됐고 지금은 본체로 의식이 돌아갔다. 리로이는 신음 소리를 내면서 몸을 일으켰다. 그 안면은 머리의 출혈로 새빨갛게 물들었고 가죽재킷도 날카로운 손톱에 찢겨 맨살이 노출돼 있었다. 오른손에 검을 쥐고 있지만 왼팔은 아래로 축 처져 있었다. 아마도 뼈가 부서져서 움직일 수 없는 것 같았다.

"지독한 상태군."

"너야말로 살아 있냐?"

리로이는 입안에 생긴 핏덩어리를 뱉어내고 입 끝을 치켜올렸다. "시끄러운 것이 사라져서 속이 다 시원했는데."

"여전히 그런 헛소리를 지껄이는 것을 보니 아직 덜 맞은 것 같구나."

리로이는 콧방귀를 뀌고 검을 잡았다. 그렇지만 지금까지 축적된 대미지는 상당한 것이리라. 이미 서서 움직이는 것도 불가능한 상태였다.

"그 모습으로는 나에게 죽을 뿐이다, 리로이 슈발처." 아슈간도 상처가 없는 건 아니었지만, 중상이라고 할 만한 것은 전혀 없었다. 그는 의연한 모습으로 리로이와 대치했다. "놈의 손을 빌려라. 놈의 힘을 구하라. 그렇지 않으면 승기는 없다."

"착각하지 마, 등신아." 붉게 물든 얼굴에 검은 눈동자가 날카롭게 반짝였다. "놈이란 건 어디에도 없다. 난 나다." 리로이는 아슈간한테 천천히 걸어갔다. 만신창이였지만 조금도 약해 보이지 않았다. "꼭 원한다면 나를 죽이고 뺏어가라."

"――좋지." 하얀 거인은 즐거운 듯 웃었다. "오랜 친구의 미련을 끊어버리는 것 또한 친구가 해야 할 일이겠지."

"한눈 팔지 마." 리로이는 불길하게 웃었다. "딴죽을 걸고 싶어졌으니까." 그리고 평소라면 벌써 질주했겠지만, 걸음 속도를 바꾸지 않고 아슈간에게 다가갔다.

백호의 얼굴에 의아한 표정이 떠오른 것은 리로이의 말과 움직임 때문이 아니었다. 그 이변은 나도 이미 알고 있었다.

왼손에서 이상한 소리가 들려왔다. 그것이 부러진 뼈를 붙이는 소리라고 이해했을 때 온몸에서 뿜어져 나온 붉은 피가 검정색으로 변하는 것도 눈에 보였다. 목줄기에 부풀어 오른 혈관의 검정색이 뱀처럼 리로이의 얼굴을 돌아다녔다. 터져버린 살도 지금까지 리로이의 재생속도와 비교가 되지 않을 정도로 아물었다.

그야말로 맹수화의 전조였다.

하지만 파손된 육체는 재생됐지만 이전처럼 세포가 증식돼 다른 형태로 변화하는 것이 아니었다. 이건 내가 모르는 뭔가가 리로이의 육체에서 일어나고 있다는 것일까.

리로이는 아무렇게나 아슈간의 간격을 파고들었다. 뻗으면 손이 닿을 거리에서 높이 있는 백호의 머리를 노려보듯이 올려봤다. 그 검은 눈동자 안에 은색 섬광이 튀었다.

아슈간은 리로이의 변모를 어떻게 생각하고 있을까. 리로이를 내려보는 호랑이의 눈은 분명히 리로이의 상태를 수상하게 여기면서도 그것을 짓눌러버릴 것 같은 사나움이 타오르고 있었다.

그곳에 있는 것은 두 마리의 맹수였다.

선수는 리로이였다.

오른손으로 들고 있는 검에 수복 및 재생을 마친 오른손을 대고 아슈간의 왼쪽 측면으로 검을 휘둘렀다. 단지 그것뿐인 동작이 이상하게 빨랐다. 시각의 처리 용량을 넘어선 것처럼 영상이 날아갔다.

칼이 공기를 베는 소리가 작렬했다.

놀랍게도 아슈간은 그것에 반응했다. 검의 궤도를 예측하고 그것을 막기 위해 오른팔을 방패처럼 들었다. 격돌하고 에너지가 해방된 순간 공기 타는 듯한 냄새가 퍼져갔다.

그리고 소리다. 딱딱한 것이 고속으로 부딪쳤고 육중한 울림이 생김과 동시에 그곳에 지금까지와 다른 건조한 소리가 겹쳐졌다.

아슈간의 팔뼈가 부러지는 소리였다.

호랑이의 목에서 신음 소리가 새어 나왔다.

리로이는 발을 디디고 아슈간의 가랑이를 향해 차올렸다. 날카로운 백스텝으로 거인은 그것을 간신히 피했지만 리로이는 동시에 디딤발로 도약했다. 물러나는 아슈간의 복부로 발길질이 찔러 들어갔다. 하얀 체모가 복부에서 등으로 충격을 전달하며 물결쳤다.

착지는 했지만, 아슈간은 자세가 살짝 무너졌다. 강철 갑옷처럼 대미지를 튕겨내고 흡수하던 그의 육체를 드디어 부수기 시작한 것이다.

리로이는 연이어 공격했다. 아슈간의 배를 찬 발로 착지해 그대로 축으로 삼고 정면으로 돌격했다. 아슈간 역시 그것을 정면으로 요격했다. 검은 그림자가 돼 육박하는 리로이에게 주먹을 때려 넣었다. 압축된 공기가 열기를 띠고 시야가 일그러졌다. 리로이는 그 열기가 피부에 닿으려는 찰나에 고개만 갸웃해서 피했다. 고막을 때리는 풍압은 그것만으로도 반고 리관을 파괴하는 위력이 있었지만 리로이의 움직임에는 지장이 없었다. 빠져나가는 거대한 주먹의 바깥쪽을 따라 달려가 아슈간의 오른쪽 측면에 도달했다.

그곳으로 아슈간의 팔꿈치가 들어왔다. 보통은 그렇게 빠른 속도로 내지른 주먹을 순식간에 되돌리는 것은 불가능하지만 아슈간의 인지를 넘어선 근력이 그것을 가능케 했다.

아마도 아슈간은 이 팔꿈치의 타격으로 리로이의 움직임이 느려지거나 회피하려고 거리를 둘 거라 생각했을 게 틀림없다.

하지만 그것이 막힌 순간 깜짝 놀란 기척이 전해졌다. 팔꿈치를 손바닥으로 막아낸 리로이의 온몸이 삐걱댔다. 아마도 근섬유가 찢어지고 여러 개의 뼈에도 균열이 생겼을 것이다. 그럼에도 하얀 거구가 만들어낸 강대한 에너지를 받아낸 것이다.

동시에 오른손의 검을 아슈간의 배로 아무렇게나 찔러 넣었다. 검 끝은 아까하고는 레벨이 다른 힘에 밀려 강인한 복부로 밀려 들어갔다. 하지만 검신에 뚫렸음에도 그대로 내장까진 파내지 못했다. 찌르기의 기세는 근육의 벽을 넘어서는 데 모든 것이 소비돼버렸던 것이다. 게다가 찢긴 근육이 검 끝을 붙잡아 꿈쩍도 안 했다.

아슈간은 그 틈을 놓치지 않고 손을 뻗었다. 리로이의 머리를 거칠게 움켜쥐고 으깨버리려고 했다. 리로이는 검 손잡이에서 손을 떼고 아슈간의 손을 뿌리치면서 후퇴했다.

그리고 곧바로 뛰어들었다.

공격의 주먹이 그것을 예측한 것처럼 뻗어져 나왔다. 리로이는 몸을 회전하면서 낮은 자세를 취해 이것을 피하고 폭풍으로 몸이 뒤로 밀려가면서도 날카로운 발차기를 반복했다. 노린 것은 아슈간의 배에 꽂힌 채로 있는 검, 그 손잡이 끝이었다.

충격으로 검신이 아슈간의 몸 안으로 깊이 박혔다. 곧바로 자신의 배에 꽂힌 검에 손을 뻗은 아슈간이었지만, 리로이는 그것을 놓치지 않았다.

의식이 뒤틀린 순간 재빨리 파고들어 거인의 아래턱에 주먹을 찔러 넣었다. 몇 분 전이었다면 맨손의 타격은 쉽게 튕겨냈을 아슈간의 육체였지만, 아래턱의 뼈가 부서지는 촉감이 느껴졌다. 타격의 에너지는 그대로 두개골을 직격해 거인이 비틀거렸다.

리로이는 틈을 주지 않고 검 손잡이를 손바닥으로 때렸다. 한 번, 두 번, 세 번, 오른손의 손바닥을 연속으로 때리고 뒤로 뛰었다. 방금 리로이의 몸이 있던 그 장소를 아슈간의 무릎이 때려 부쉈다.

그 무릎이 돌아가는 것을 리로이는 기다리지 않았다.

그야말로 질풍이 돼서 전진해 아슈간의 디딤발을 발로 찼다. 정면으로 무릎을 노린 일격은 반월판을 인대와 함께 부숴버렸다. 자세를 유지할 수 없게 된 거구가 크게 기울어졌다. 위에서 덮쳐 오는 거인으로부터 리로이는 도망치지 않았다. 좁은 간격에서 몸을 회전시켰고 그 기세를 살려 검 손잡이에 손바닥을 격돌시켰다.

무너지는 아슈간의 중량을 그 타격이 넘어섰다.

튼튼한 상반신의 낙하가 멈췄고 오히려 뒤로 젖혀졌다. 검신이 손잡이까지 배에 꽂혔고 검 끝이 등으로 튀어나왔다. 리로이는 더 파고들어 검 손잡이를 쥐어 비틀었다. 비틀어 빼내려고 했지만 이번엔 아슈간이 그 찰나의 정체를 놓치지 않았다.

한쪽 발로 자신의 몸을 지탱하면서 양손으로 리로이의 포획을 노렸다. 이미 왼손의 뼈는 수복됐는지 그 움직임에 차이가 없었다.

타격이 아니라고 판단한 리로이는 양쪽 어깨를 붙잡힌 상태로도 검을 비틀어 올렸다. 아슈간의 목에서 우물거리는 소리가 나고, 입에서 선혈이 흘러내렸다.

리로이의 어깨도 비명을 내질렀다.

손톱이 살을 파고들어 엄청난 악력이 뼈를 덮쳤다. 균열이 생기는 소리가 몸 안에서 연속됐다.

하지만 검을 쥔 손은 풀어지지 않았다. 계속 후벼 파 상처를 벌리면서 혼신의 힘으로 위로 들어 올렸다. 절단된 혈관이 대량의 피를 뿜어댔고, 자신의 검은 피로 물들어 있던 리로이의 온몸으로 빨갛게 쏟아졌다.

완전한 힘의 대결이 됐지만 그것에 종지부를 찍은 것은 리로이도 아슈간도 아니었다.

그 둘은 동시에 이변을 깨달았다.

3

벽이다.

뭔가가 벽 속을 이동하고 있었다.

그것이 불가능한 일이라는 것은 알고 있다. 이 정도의 강성을 지닌 합금을 흙 속의 도롱뇽처럼 파며 전진하는 것은 거의 불가능하다.

하지만 그것은 분명히 벽 속을 이동했다. 입구 부근에서 밀고 들어온 그것은 합금 표면에 기복을 만들면서 벽, 천장, 그리고 바닥을 뱀처럼 기어 다녔다. 약 열 마리는 될까. 그것들은 순식간에 방안을 덮어버렸고 사방팔방으로 두 사람에게 쇄도했다.

합금 표면이 변형됐다. 벽 안쪽에서 뭔가가 뚫고 나오는 것이 아니라 벽 자체의 경도가 변화됐는지 무수한 창끝이 은빛으로 번쩍이며 나타났다.

그 모습을 난 본 적이 있다.

그레이프닐이다.

열 몇 개의 그리이프닐이 일제히 탄환처럼 두 사람을 덮쳤다.

리로이는 아슈간의 배에서 단숨에 검을 뽑고 은빛 창끝을 차례차례로 요격했다. 때려서 떨어뜨리고, 쳐날리고, 받아 흘렸다——등 뒤에서 날아온 일격은 쳐다보지도 않고 소리만 듣고서 검을 등 뒤로 보내 깨끗하게 되받아쳤다.

아슈간 역시 배에 큰 구멍이 뚫렸다고는 생각할 수 없는 움직임으로 그레이프닐을 주먹으로 때렸다. 그 풍압만으로도 그레이프닐의 돌진을 막는 위력이 있었다.

최초의 맹공을 피해내자 천장이 부드럽게 일그러지고 변형되더니 점점 인간의 상반신을 만들었다. 그것은 놀랍게도 뱀파이어 카란디니의 모습이었다. 그는 리로이와 아슈간을 흘겨보고 우아하게 고개를 숙였다.

"무슨 짓이냐, 카란디니." 아슈간의 목소리에는 강한 짜증이 서려 있었다. "얌전히 죽지도 못하는 거냐?!"

"어째서일까, 아슈간." 돼지한테 잡아먹혔던 카란디니가 얇은 미소를 짓고 있었다. 하지만 그 붉은 눈동자에는 곤혹, 또는 자아를 잃은 듯한 초조함 같은 게 반짝이고 있었다. "왜 그런지는 모르겠지만, 아슈간. 지금은 왠지 네가 싫다."

뱀파이어는 그렇게 말한 후 자신의 말에 놀란 듯 눈을 깜빡였다. "이상하네. 내가 무슨 말을 하는 거지? 미워하는 것은 네가 아니라「다크 원」이다."

아슈간은 의아한 표정으로 천장에서 거꾸로 매달린 채 생겨나는 카란디니를 노려봤다. "뭐야, 저건?" 리로이가 작은 목소리로 나한테 확인했지만, 정확한 것은 나도 모른다. 카란디니는 분명 돼지한테 먹혀버렸다. 그런 그가 왜 그레이프닐을 조종하고 있는 거지?

"——가능성이 있다고 한다면 그레이프닐이 완전하게 기능정지가 안 됐고 동력원을 확보하려고 뱀파이어를 먹은 돼지를 수중에 넣은 게 아닐까?"

그렇게 말한 것은 내가 아니다. 열려 있는 문 쪽에 헤파스가 서 있었다. 그는 신기하다는 듯 방 자체를 침식하고 있는 그레이프닐을 둘러봤다. 그 뒤에는 밖으로 내보냈던 스웨인과 함께 떨고 있는 리젤이 있었다.

"아아, 맞다." 헤파스의 말에 고개를 끄덕인 것은 카란디니였다. "그건 지독한 체험이었어." 그는 양손을 사용해 천장을 기기 시작했다. "넌 지독한 놈이야, 리로이 슈발처." 그렇게 말하는 그의 형태가 무너지기 시작했다. 눈과 코가 녹아내렸고, 또 다른 형태로 만들어지기 시작했다. "넌——." 목소리가 변했다. "날 구해주는 거 아니었냐?" 그리고 새로운 형태는 튤로 변해 리로이의 눈앞에 나타났다. 그의 두 팔이 애원하는 듯 리로이를 향해 뻗어졌다. "구해줘. 돼지한테 잡아먹히는 건 싫어."

"과연. 나노머신과 뱀파이어 바이러스가 두 사람 분의 기억을 합쳐버린 건가.” 헤파스가 흥분한 말투로 말했다. “그래서 본래 보유자가 죽으면 사멸했어야 할 바이러스가 활성화된 거야. 기계인 나노머신이 자기보존을 추구한 결과 획득한 새로운 형태야. 정말 놀라워…………!”

“닥쳐, 노인네.” 리로이는 딱딱한 목소리로 말했다. 헤파스의 발언에 대해 이렇게 확실하게 불쾌감을 드러낸 것은 처음인 것 같았다.

그 헤파스도 입을 다물고 말았다. 튤을 올려보는 그 등에서 조용하지만 가열찬 분노가 느껴졌기 때문일 것이다.

“증오해. 「다크 원」이 싫어.” 튤은 리로이한테 뻗은 손을 이번에는 자신의 목으로 향했다. 자신의 목을 조르면서 괴로운 표정을 지었다. “그러니까 나를 죽여. 죽여. 죽여.” 그리고 그의 형태가 다시 용해됐다. 대신에 나타난 카란디니는 비통한 표정으로 리로이를 가리켰다. “누나를 죽였잖아, 「다크 원」.”

“너도 닥쳐라. 돼지 똥 같은 게.” 리로이는 조용히 그렇게 답하자마자 도약했다. 밑에서 위로 올려쳐진 칼은 천장에서 생겨나고 있던 카란디니의 상반신을 두 갈래로 절단했다. 머리 가운데가 양단된 뱀파이어의 아름다운 얼굴은 조금 놀란 듯한 표정을 지은 후 멍한 웃음과 함께 녹아내렸다.

“어딜 쳐야 되는 거야?” 리로이의 질문은 매우 단순하다. 하지만 대답은 어렵다. “전과 똑같지만 심장부가 어디에 있는지 모르면 방법이 없어.”

"방 전체를 부수라는 얘기야?" 리로이는 짜증 난다는 듯이 혀를 찼다. 그러는 사이에 다시 방의 합금이 그레이프닐의 창끝으로 변해 덤벼들었다.

"방을?!"

전후좌우에서 밀려오는 은빛 창끝을 검신으로 때려 떨어뜨린 리로이는 그 중얼거림을 놓치지 않았다. "뭔가 있는 거냐, 멍청이." 옆으로 날아온 은빛 창을 비켜 피하고 발밑에서 튀어 오르는 창끝을 옆으로 쳐내면서 리로이는 아슈간을 쳐다봤다. "있으면 해. 네 부하의 잘못이잖아."

"내가 본 바로는 과실은 그쪽에 있는 것 같은데――뭐, 됐다." 아슈간은 호를 그리며 머리 위로 날아온 그레이프닐을 주먹으로 쳐내고, 사각으로 파고 들어와 옆구리를 노렸던 하나를 붙잡았다. 그리고 혼신의 힘으로 손을 움직여 바닥부터 찢어냈다. 바닥의 표면이 벗겨지고 미세한 입자를 피처럼 흩뿌리면서 아슈간의 손안에서 그레이프닐이 마구 날뛰었다. "방에서 나가라. 늦으면 죽는다." 그렇게 말하자마자 그레이프닐을 내던지고 처리실로 향했다.

"사저!" 리로이는 아슈간한테 자세한 내용을 묻지 않았다. "실로 두 사람을 잡아당겨!" 자신은 등에 헤파스를 업고 밀려오는 그레이프닐을 요격했다. 레니는 대답하지 않았다. 그 왼손은 놀랍게도 피범벅인 상태이지만 원래 형태를 되찾았다. 그렇게 격렬한 부상을 당한 팔을 철실로 봉합한 듯했다. 실에 관련한 기술은 정말로 천재적이다.

무사했던 오른손의 손가락이 움직였다. 보이지 않는 실이 기절해서 움직이지 못하는 카렌과 프리지아의 신체를 휘감았다. 그녀들의 중량은 문제가 되지 않았다. 그 가는 실을 어떻게 움직이는지 700킬로그램에 가까운 프리지아의 커다란 몸까지 날아가는 듯한 속도로 방 밖으로 잡아 당겨졌다.

처리실에선 어깨에 카틸을 짊어진 아슈간이 뛰어나왔다. 그 거구로 그레이프닐이 차례차례로 날아들었지만, 팔을 한 번 휘두르자 두세 개가 한꺼번에 날아가 버렸다. 발밑에서 튀어 오른 창끝은 그대로 밟아 찌그러뜨렸고 스쳐 지나가던 것을 붙잡아 뽑아버렸다. 이번에는 그것을 채찍처럼 휘둘러 진로를 막는 은빛 섬광을 차례차례로 때려 날려버렸다. 하나가 간신히 거구의 등에 꽂혔지만, 그는 신경도 쓰지 않았다. 마치 회오리처럼 모든 것을 쓸어버리고 거인이 향한 곳은 콘솔 중 하나였다.

“20초, 벌어라.” 아슈간은 콘솔에 뭔가를 입력하기 시작했다.

“1초라도 늦으면 죽게 내버려둘 거야.” 리로이는 헤파스를 방 밖으로 피신시키고 아슈간의 등을 지켰다. 은빛 비로 변해 쏟아져 내리는 그레이프닐을 빠르고 정밀한 움직임으로 요격했다. 칼과 은빛 창끝이 격돌했을 때 생겨나는 불꽃이 리로이 주변에서 연속으로 튀었고, 육중한 타격음이 하나의 굉음이 돼 공기를 흔들었다.

“왜 그랬어?” 발밑에서 튤의 목소리가 들렸다. 바닥에 그의 얼굴이 떠올랐다. “왜 누나를 구해주지 않고 「다크 원」은 구하는 거야?”

“상황이 그랬다.” 리로이는 창끝을 위로 쳐낸 후 검 끝을 빙그르르 회전시켜 발밑으로 박아 넣었다. 튤의 미간을 검 끝이 관통했다. “거짓말.” 그의 얼굴은 미간의 구멍으로 빨려 들어가듯 무너졌다.

“넌 동료를 도와주고 있어. 그렇지?” 오른쪽 벽에 나타난 카란디니가 리로이를 손가락으로 찔렀다. “난 봤어. 네 눈 속에 있는 어둠의 반짝임을.” 그리고 아름다운 얼굴이 유혹하는 듯 기괴한 미소를 지었다. “자아, 내 동포여. 함께 천적인 라그나로크를 깨부——.” 리로이는 마지막까지 떠들지 못하게 만들었다. 지속적으로 덤벼드는 그레이프닐을 피하면서 호를 그리는 참격으로 뱀파이어의 목을 절단했다. 바닥 위로 떨어진 머리는 그대로 합금 속으로 녹아 동화돼 갔는데, 마지막 순간에 그 얼굴이 튤로 변했다.

“두려워해라.” 저주하는 듯한 말은 벽 속으로 삼켜져 버렸다.

“——20초다.” 리로이는 아슈간이 하려는 짓이 다 끝났는지 쳐다보지도 않았다. 계속 공격해오는 그레이프닐을 쳐 떨어뜨리면서 후퇴했다. 그때 거대한 질량이 옆구리 쪽을 스쳐 지나갔다. "——이 자식." 리로이는 분노를 담아 내뱉으며 몸을 돌렸다. 먼저 방을 탈출한 아슈간은 곧바로 문 근처의 콘솔을 조작했다. 문이 소리 없이 닫히기 시작했다. 리로이가 검은 질풍이 돼 빠져나갔을 때 문의 틈은 리로이의 몸통이 지나갈 정도의 폭밖에 안 됐다. 간발이라는 것은 바로 이런 것이다.

"이익——." 당연히 리로이는 사납게 달려들었다. 그것이 끊어진 것은 발밑에서 솟아오른 진동이 덮쳤기 때문이다.

"바이오해저드 대책이다." 그렇게 말한 아슈간의 목소리를 지워버리는 듯 방안에서 엄청난 굉음이 진동과 함께 밀려들었다. "수만 도의 열로 방안을 전부 태워버린다."

"뭘 전부 태워, 이 자식아." 리로이는 신음하듯이 말했다. "조금만 늦었으면 재가 될 뻔했잖아!" 수만 도의 열이면 인간의 신체는 재가 아니라 흔적도 남기지 않고 증발한다. 아무리 나노머신이라도 이것은 견뎌낼 수가 없다.

"도망치는 게 늦으면 죽는다고 말했다." 아슈간은 리로이의 분노도 날려버렸다. "그리고 네가 그렇게 늦을 줄은 몰랐거든, 「블랙 라이트닝」." 그러고는 씨익 웃었다. 그러자 리로이도 곧바로 욕이 튀어나오지 않는지, 혀를 차고 "네놈들은 정말 꼭 닮은 부자야." 아슈간의 어깨 위에 놓인 카틸을 힐끗 봤다. "떠드는 것만으로도 이유 없이 화가 나."

그 말에 아슈간은 코웃음을 쳤지만 그 맹수의 눈동자에 다른 감정이 번뜩인 것처럼 보였다. 그게 뭔지——알아보려던 시간은 부드럽게 뒤틀리는 문에 의해 빼앗겼다.

열에 녹아버리는 것이 아니다.

리로이는 질주했다.

문은 변형됐고 그곳에서 튤과 카란디니의 상반신이 뚫고 나오는 듯 뛰어나왔다. 그 균열에서 방의 내부를 태워버린 열이 새로운 산소를 갈구하며 뿜어져 나왔다.

스웨인과 헤파스를 재빨리 끌어안고 리로이는 옆쪽의 통로로 뛰어들었다. 방사된 열기가 공기를 태웠고 온몸의 피부를 그을렸다.

흔들리는 공기를 떨리게 만든 것은 원망의 목소리였다. 질퍽하게 녹아버린 튤과 카란디니의 형태를 한 것이 이제는 재생도 불가능한지 무너져 내려 바닥에 붙어 버렸다.

“잘도 누나를 죽였겠다, 「다크 원」이!” 카란디니가 예전의 미성과는 다르게 갈라진 목소리로 신음하다가 아슈간한테 무릎걸음으로 다가왔다.

“돼지한테 먹였지, 「다크 원」놈.” 온몸을 그레이프닐에 침식된 튤이 인간이었을 때 마지막 모습인 연노란색 눈동자로 리로이를 노려봤다. 그 귀기가 가득한 표정에 스웨인이 비명을 내질렀다.

하지만 그것이 한계였다.

리로이를 노려본 채로 튤의 신체는 녹아내렸고 바닥 위에 액체 상태가 돼서 퍼져나갔다. 카란디니 역시 아슈간의 발밑에서 은색 액체로 변해갔다.

방에서 흘러나온 열파도 잦아들기 시작했다. 하지만 뜨거워진 공기는 호흡할 때마다 목과 폐가 타는 듯했다. "——이거, 밖으로 나가는 게 좋지 않을까?" 기침을 하고 눈에 눈물이 맺혀진 레니의 주장은 옳았다.

왜냐하면 방의 소각이 끝났을 텐데 연구소 자체의 진동이 가라앉지 않았기 때문이다. 복수의 방향에서 낮은 굉음이 이곳까지 닿았다. 주변의 벽과 천장이 삐걱댔고, 바닥은 불규칙하게 흔들렸다.

"뭐가 됐든 오래된 시설이니까." 아슈간은 이미 걷기 시작했다. "여러 가지 것들이 온 것 같군."

"근처에 출구가 있어?" 일시적으로 함께 싸웠다고 해도 애초에 서로를 죽이려고 했던 상대방이다. 아슈간 입장에서 보면 리로이 일행이 이곳에서 전원 죽더라도 상관이 없을 것이다. 그런 상대에게 탈출로를 묻는 리로이도 리로이지만, "따라와." 그렇게 응하는 아슈간도 이상하긴 마찬가지다.

아슈간을 선두에 세우고 리로이 일행은 통로를 내달렸다. 진동은 더욱 격렬해졌고 리젤 등은 제대로 뛰지도 못할 정도였다. 몇 번이고 비틀거렸고, 벽에 부딪쳤고, 때로는 자세를 못 잡아 넘어졌다. "어이, 저 녀석도 실로 데리고 와." 리로이는 이미 스웨인과 헤파스를 안고 있었다. "내가?" 레니는 전혀 할 마음이 없어 보였지만, 후방의 통로가 갑자기 큰소리와 함께 붕괴됐다. 한층 큰 흔들림이 통로를 위아래로 덮쳤고 리젤이 비명을 지르면서 넘어졌다.

"에잇…………!" 레니는 짜증을 내면서 손가락을 움직였다. 그러자 넘어져서 버둥대던 리젤의 신체가 얼어붙은 것처럼 경직됐고 바닥에 질질 끌리기 시작했다. "레니 씨, 실이 파고들어서 아픈데요." 전혀 도움이 안 되는데도 자기주장만은 빼놓지 않는다. 레니도 짜증 났는지 "시끄럿."하고 일축했다.

통로의 붕괴는 그다지 빠르지는 않았지만 확실하게 뒤에서 쫓아왔다. 앞쪽도 곳곳에 균열이 생기기 시작했다. 합금이 찢어졌고 깎여나가는 불길한 소리가 온 주변에 울렸다.

뛰어가는 도중에 있는 방의 아무 일도 없이 닫혀 있던 문에서 들려왔던 것은 공기가 타오르는 소리였다. 그 방뿐만 아니라 눈에 보이는 모든 방에서 똑같은 소리가 흘러나왔다. 어떤 시스템 에러로 모든 방이 소거 처리되는 것 같았다. 이 에러의 부하가 연구소 자체의 붕괴를 가속화시켰던 걸까. 뭐가 됐든 이대로는 우리들도 붕괴에 휩쓸려 지하 깊숙한 곳에 생매장당할 것이다.

마침내 통로를 돌아가자 넓은 통로 앞에 엘리베이터 홀이 나타났다. 거대한 그것은 화물용인 것 같았다. 아슈간은 재빨리 콘솔을 조작했지만 엘리베이터 문은 열리지 않았다.

"——흐음. 전기계통의 고장인가." 아슈간은 손으로 아래턱을 긁으며 생각했다. "왜 가만히 있는 거야?" 리로이는 그의 옆에서 콘솔을 바라봤지만, 그게 대체 뭘 하는 것인지 몰라서 곤혹스러운 듯 눈썹을 모았다. "고칠 수 있어?"

"아쉽지만, 난 엔지니어가 아니다." 아슈간은 낙담한 모습을 보이지 않고 담담하게 말했다. 리로이는 그것을 곁눈으로 보고 안고 있던 헤파스와 스웨인을 내려놨다. 힘으로 열어보려고 하는 것인가. 하지만 그런 틈이 있을 리가 없다. 그걸 바로 깨달은 리로이는 검을 뽑아 들었다.

설마, 라고 생각할 틈도 없이 빈틈없이 붙어 있는 문의 이음매에 검 끝을 찔러 넣었다. 보통은 무리겠지만 리로이의 힘과 검 자체의 경도가 지극히 원시적인 방법을 성공시켰다. 검신은 이음매로 들어가 작은 틈을 만들었다.

"들어가도 움직이지 않을 수 있다." 아슈간의 지적은 타당했다. 하지만 리로이는 바보 취급을 하듯이 코웃음을 쳤다. "움직일 수도 있다고 해야지."

그러자 아슈간은 입 끝으로 시니컬한 미소를 지었다. "확실히 일리가 있다." 하얀 거인은 카틸을 바닥에 뉘고 문의 빈틈에 손가락 끝을 넣었다. 그의 엄청난 힘이 문을 천천히 밀어냈다.

바로 뒤의 통로가 붕괴되기 시작한 것은 그때였다.

천장이 벗겨져 떨어졌고, 대량의 토사가 흘러들어왔다. 통로를 뒤흔드는 울림이 리로이 일행의 신체를 격렬하게 흔들어댔다.

"앗!" 그 목소리는 누구의 것일까. 무너진 천장과 토사가 그 바로 밑에 있던 방문을 직격했다. 물론 물리적으로 튼튼한 것은 당연하지만 애초에 질량이 달랐다. 문에 사용된 합금이 비명을 내지르며 눌려 찌부러졌다. 마침내 버티지 못하고 함몰했고, 그 순간 열린 틈을 통해 불꽃이 큰소리를 내지르며 뿜어져 나왔다. 방사된 열기는 순식간에 주변을 석권했고 리로이 일행에게로 몰려왔다. 통로는 전부 무너져 돌아갈 방법이 없었고, 이대로 이곳에 있으면 틀림없이 산소 결핍으로 죽게 될 것이다.

"어쨌든 들어가." 등 뒤의 상황을 깜짝 놀라 바라보는 레니나 리젤 등을 리로이가 재촉했다. "돌아가지 못할 곳을 보지 마. 의미 없다." 힘이 실린 그 말에 밀려 바닥 위에 넘어져 있던 스웨인도 정신을 차린 듯 엘리베이터 안으로 향했다.

"침착하구나." 아슈간이 두 눈을 가늘게 뜨고 리로이를 내려봤다. "아니면 체념인가."

"무슨 말을 하는 거야?" 리로이는 등과 발로 엘리베이터 문을 벌리면서 말했다. "난 살아남으려고 필사적이야. 시시한 말을 지껄일 여유가 있으면 빨리 바보 자식을 안으로 집어넣어." 욕을 먹은 아슈간은 화도 내지 않고 몸을 돌렸다. 그리고 누워 있는 카틸을 집어 올려 몸을 굽혔는데 갑자기 신음 소리를 냈다.

등이었다.

그건 그레이프닐이 꽂혀 있는 곳이었나. 자신의 피로 젖어 붉게 물든 체모를 밀어젖히는 것처럼 은색의 뭔가가 분출됐다. 액체 같은 그것은 등에서 아슈간의 온몸에 휘감겼고 끝부분이 인간의 형태를 취했다.

카란디니였다.

"나를 버려두고 가는 거야, 아슈간. 누나를 버리고 도망쳤던 것처럼." 뱀파이어의 양팔이 거인의 목을 휘감았다. "누나는 말했어. 버리고 가지 말라고." 그레이프닐을 매개로 튤과 일체화된 카란디니는 그것이 자신하고는 다른 기억이라는 것을 깨닫지 못했다. "지독한 얘기야. 그렇지 않아?" 호소하는 듯이 귀에 대고 속삭이면서 아슈간의 목을 엄청난 힘으로 졸랐다. "거짓말이야." 그 목소리는 카란디니의 구강 안에서 도달했다.

손가락이 안쪽에서 그의 입에 걸렸다.

그리고 그대로 그의 아름다운 입술을 위아래로 찢으면서 튤이 나타났다. "거짓말이야." 그는 그 말을 반복했다. "거짓말이야. 거짓말이야. 거짓말이야." "거짓말 아니야." 카란디니의 아름다운 목소리가 흘러나온 것은 아슈간의 입 속에서였다. 그의 목이 은색의 액체를 대량으로 토해냈고, 그것이 바닥에 흩뿌려지면서 카란디니의 아름다운 얼굴을 그려냈다.

"우리들은 도망쳤다. 내 사랑하는 누나를 버렸던 것이다."

“거짓말이야.” “잠을 자면 그때마다 그녀의 얼굴이 떠올라. 자고 싶지 않았어. 그래서 실험에 지원했다.” “아니야.” “죽고 싶었어. 모든 것에서 도망치고 싶었어.” “「다크 원」한테 복수를 하고 싶었어.” “죽을 용기가 없었어.” “거짓말이야!” 튤과 카란디니를 형성하는 윤곽이 크게 뒤틀렸다. 이제는 말이 아니라 통곡이 은색 액체에서 절규가 돼 퍼져갔다.

아슈간의 손이 바닥을 더듬었다. 구강에서는 그레이프닐이 흘러나왔고, 그 눈은 은색 막으로 덮였다. 아마도 등의 상처로 침입한 나노머신이 내부에서 거인의 육체를 침식하고 있는 것이리라. 그 움직임은 이미 딱딱했고 생기를 잃어갔다.

마침내 손가락 끝이 만진 것은 카틸의 다리였다.

그것이 찾고 있던 것이었나, 그는 그것을 꽉 붙잡았다. “여기다.” 리로이는 아슈간의 의도를 알았던 걸까. “귀는 아직 들리지? 내 목소리가 들리는 쪽으로 던져.” 그리고 그 목소리는 아마도 아슈간한테 들린 듯했다. 손으로 붙잡은 카틸을 온몸에 달라붙은 그레이프닐에 저항하며 내던졌다. 의식이 없는 거구는 바닥에 던져져 구르다가 리로이 옆에 도달했다. 리로이는 카틸의 손을 붙잡고 있는 힘껏 엘리베이터 안으로 밀어 넣었다. 안에서 짓눌린 듯한 리젤의 비명이 들려왔지만 리로이는 전혀 신경 쓰지 않았다.

“받았다.” 리로이가 말하자, 아슈간은 마치 쫓아내려는 듯 손을 흔들었다.

지금 그 몸 대부분이 은색 액체로 싸여 있었다. 의사 표시도 이제 한계에 다다랐다. “그럼.” 그래서 리로이는 아쉽지도 기쁘지도 않은 이별을 고했다. “땅속에서 아들의 밝은 미래를 기원해라.” 그리고 엘리베이터 안으로 굴러 들어갔다. 지탱하는 힘이 사라지니 문은 자동적으로 닫혔다. 그 최후의 순간 아슈간의 얼굴이 웃은 것처럼 보였던 것은 내 기분 탓일까.

리로이는 곧바로 일어나 재빨리 상승 버튼을 눌렀다. 방금 전 배웠기 때문에 어떤 버튼을 눌러야 하는지 주저하지 않았다.

“우, 움직였어?” 스웨인이 불안한 듯 주변을 둘러봤다. 내려올 때와 마찬가지로 진동은 전혀 없었다. “괜찮아.” 하지만 리로이는 엘리베이터의 가동에 수반되는 희미한 진동을 느꼈다. 그 말을 듣고 나서야 엘리베이터 상자 안에 안도의 공기가 흘렀다.

“그는 끝난 건가요?” 리젤이 신경 쓴 것은 튤인 건가, 아슈간인 건가. “신경 쓰이면 내려서 네 눈으로 확인하면 돼.” 리로이는 엘리베이터에 등을 기대고 털썩 주저앉았다. 그 등은 엄청난 땀에 젖었고 숨기고는 있지만 손발이 희미하게 떨리고 있었다.

아슈간하고의 싸움 때 보였던 상식을 초월한 힘의 반작용 때문일까.

“안색이 안 좋아.” 레니가 그 모습을 보고 묻자, 리로이는 긍정도 부정도 하지 않았다. “네 쪽이 더 심해. 팔, 움직일 수 있어?” 아슈간한테 실을 빼앗겼던 그녀의 왼팔은 원형을 유지하는 것만도 기적이었다. 실로 봉합해 모습을 유지할 뿐이기 때문에 움직일 수 없는 게 당연했다. “아직 그렇게까진.” 하지만 그녀는 피가 붙은 팔과 손을 움직여봤다. “실을 신경과 근육, 힘줄 대신으로 삼았는데, 아무래도 힘들 것 같아…….”

“재주가 좋군.” 리로이는 감탄했지만, 이건 재주가 좋다는 레벨의 얘기가 아니다. 아마도 철실술사의 역사 속에서도 천년에 한 명 나올까 말까 한 인재다. 인격이 이렇게까지 특이하지만 않았다면 분명 좋은 스승이 돼서 새로운 기술을 창작, 승계해 혁신을 일궈냈을 게 틀림없다.

격렬한 흔들림이 엘리베이터를 덮친 것은 내가 그런 생각에 빠져 있던 바로 그때였다.

엘리베이터가 통로 내벽에 격돌했고 금속이 잘리는 새된 소리를 냈다. 리로이 일행은 상하좌우로 흔들려 벽과 천장을 가리지 않고 부딪치다 내동댕이쳐졌다. 지하 깊은 곳에서 낮고 무거운 굉음이 진동이 돼 전달됐다. 몇 번의 충돌로 엘리베이터가 금속 끊어지는 소리를 내면서 흔들린 후 딱 멈췄다.

“어, 어떻게 된 거죠?” 몸이 뒤집어진 자세의 리젤이 한심한 목소리로 말했다. 바닥 위를 기는 듯한 목소리는 카렌과 프리지아였다. 엘리베이터 안에서 뒤섞이면서 잃었던 정신이 조금은 든 것 같았다. "카틸 님……!" 눈을 뜨자마자 프리지아는 주인의 존재를 깨닫고 코를 들이댔다. 하지만 아슈간한테 받은 대미지는 그녀를 일어설 수도 없게 만들었다. 카렌도 마찬가지로 표범의 모습으로 누운 채 주변을 눈으로만 둘러봤다. "상황을 가르쳐줄 수 있을까?"

"여러 가지 일이 있었고 엘리베이터 안으로 들어왔는데, 지금 멈췄어." 리로이의 설명에 표범의 눈이 험하게 빛났다. "그 여러 가지를 가르쳐달라고!" 언젠가도 이런 일이 있었던 것 같은 대화다.

"아── 부탁해, 사저." 귀찮은 듯 리로이가 레니한테 떠넘기려고 했던 그 순간, 아주 먼 아래쪽에서 지금까지 하고는 비교할 수 없는 폭음이 울렸다. "우와──!" 스웨인의 비명은 아래부터 밀려온 진동에 파묻혔다. 고막을 마비시킬 정도의 큰 음향이 엘리베이터 안을 내달렸고 정지해 있던 이곳을 격렬하게 뒤흔들었다. 그것에 이어 폭풍이 직격했다. 금속이 압력으로 짓눌리는 육중한 비명과 서로를 갉아먹는 노성이 엘리베이터 안에 뒤섞여 마치 소리로 얻어터지는 것 같았다.

엘리베이터는 통로 내부와 격돌하면서 엄청난 속도로 상승했다. 문이 벗겨졌고 그 부분이 떨어질락 말락 했다. 파손된 부분에서 엘리베이터 통로와 엘리베이터가 접촉할 때마다 불꽃이 튀었다.

리로이는 굴러다니는 스웨인과 헤파스를 붙잡고 충격에 대비했다. 브레이크 같은 건 의미를 잃어버린 속도였다. 엘리베이터 통로의 천장에 격돌하는 것은 피할 수 없었다.

바로 그 순간 리로이는 뭔가를 깨달은 듯이 레니를 봤다. 입을 열었지만 말보다 먼저 머리 위에서 공기가 찌부러들며 파열했다. 엘리베이터 크기가 단번에 반 정도 압축됐다. 충격에 강한 합금이 마치 종이 같았다. 모두의 몸이 당연히 관성의 법칙에 따라 천장에 부딪쳤다.

비명인지 우는 소리인지 구분 안 되는 소리가 통로 내벽이 깨지는 소리에 삼켜졌다. 리로이에게는 스웨인과 헤파스, 두 사람분의 체중이 더해졌다. 온몸의 뼈가 가중 때문에 삐걱대고 근육이 찢어지는 충격이 내장을 압박했다.

하지만 상상했던 것보다 대미지가 없었다.

비스듬하게 기울어진 바닥에 떨어진 다른 사람들도 마찬가지였다. 통증으로 얼굴을 찡그리고 있지만 중대한 피해는 입지 않았다.

단지 한 명을 제외하면.

레니는 소리도 없이 몸을 말고 있었다. 수복됐을 터인 왼팔은 다시 끊어졌고 어느새 팔의 형태를 유지하지 못했다. 무사했던 오른팔도 검지와 엄지가 꺾여 있었다. 찢긴 혈관에서 뿜어져 나오는 피가 바닥을 흘러 파손 부분을 통해 엘리베이터 통로로 흘러내렸다.

"왜 그렇게 무리를." 카렌이 신음 소리를 냈다. 아마도 레니는 전원을 실로 묶고 격돌의 충격을 완화시켜 줬던 것 같다. 리로이는 그것을 깨닫고 그때 그만두게 하려고 했던 건가.

"——아프겠지만, 잠깐 움직이지 말아줘." 난 레니의 어깨로 손을 뻗었다. 갑자기 엘리베이터 안에 나타난 내 모습에 놀라는 일동을 바라보고 난 담담하게 치료를 개시했다.

레니의 목에서 고통을 참는 소리가 흘러나왔다. 그녀의 신체를 구성하는「존재의사」에 신중하게 간섭했다. 그 유전정보를 기초로 파괴된 팔을 있어야 할 형태로 수복했다. 오른손의 손가락 골절은 큰일이 아니다. 문제는 왼팔이다. 형태는 원래대로 됐다. 하지만 전과 똑같은 움직임이 가능할지는 알 수가 없다. "이렇게 될 줄은 예측하고 있었는데." 난 나도 모르게 그렇게 말했다. 그녀의 천부적인 재능이 다시 그 손가락에 담기려면 상응하는 노력과 시간이 필요할 것이다. 육체의 재구축에 수반되는 통증에 몸을 떨던 레니는 미소를 지었다.

"읏, 나, 나도 모르게……." 뭐, 그럴 거라고 생각했다. 깊게 생각할 여유 따윈 없었고, 애초에 머리를 쓰는 타입도 아니다.

난 리로이를 곁눈으로 쳐다봤다. "너희들, 사형제는 이런 부분에선 닮은 것 같아." 그러자, 그 말을 거부하는 듯 얼굴을 찡그렸다. 거 봐, 완전히 똑같잖아.

"저기, 여기 나갈 수 있을까?" 스웨인은 찌그러지고 휘어진 문을 조심스럽게 만져봤다. 통로 천장에 격돌해 엘리베이터 전체가 압축된 데다가 크게 찌그러졌다. 지금도 우연히 엘리베이터 통로에 걸려 있을 뿐이고, 문이 열리기는커녕 언제 떨어지더라도 이상할 게 없다.

“천장으로 빠져나갈 수 있을까?” 리로이가 머리 위를 가리키자 모두가 이를 따라 고개를 들었다. 통로 천장과 격돌한 충격으로 쪼개진 엘리베이터 상부의 작업용 해치가 열려 있었다. “틈이 어느 정도 있느냐에 따라서겠지.” 카렌의 대답을 듣고 리로이는 곧바로 스웨인한테 손짓했다. “좋아. 잠깐 보고 와줄 수 있겠어?” 체형적으로 제일 적임자는 분명 그일 것이다. 소년은 거부는 하지 않았지만 작업용 해치를 올려보는 얼굴에 불안한 안색이 역력했다. 리로이는 치료 후에 처져 있는 레니한테 손을 뻗었다. “왼손의 실을 빌려줘.”

“응…….” 레니는 나른하게 피범벅인 왼팔을 내밀었다. 두 사람의 손끝이 복잡하게 움직이자 곧바로 리로이가 경탄한 눈을 크게 떴다. “아니, 다섯 개면 돼. 너, 도대체 한 손으로 몇 개나 사용할 수 있는 거냐?”

“50줄.” 선뜻 말했지만, 손가락 하나에 10줄인가. 양손으로 100줄은 정말 대단하다. “농담이지?” 그런 리로이조차 속으로 깜짝 놀라며 철실을 받았다.

그 손을 스웨인한테 향한 리로이는 알기 쉽게 손가락 끝을 움직여 보였다. 그러자 스웨인의 셔츠깃이 보이지 않는 실로 당겨져 감아 올라갔다. “실로 이어놨으니까 떨어져도 괜찮아."

스웨인은 그 말에 용기를 얻었는지 리로이의 어깨를 빌려 해치 밖으로 나갔다. 잠시 주섬주섬 움직이다가 얼마 지나지 않아, "나왔어." 부서진 문 건너편에서 목소리가 들려왔다.

"틈이 어느 정도야?" 물어보는 리로이한테 대답을 조금 늦게, 그리고 그것에는 그의 마음속 갈등이 담겨 있었다. "그렇게 좁지는 않은데 아마도 리로이라면 걸릴 수도 있어."

"알았어." 리로이의 대답에는 낙담이나 실망의 빛이 없었다. "넌 먼저 이곳을 떠나라. 실이 있으니까 어딘지 알 수 있으니."

"——응." 스웨인의 망설임은 짧았다. 이곳에서 자신이 아무것도 할 수 없다는 것을 잘 알고 있기 때문이다. 작은 신발소리가 멀어져 가는 것을 들으며 리로이는 이 안의 사람들을 둘러봤다. "너희들이라면——."이라며 카렌과 프리지아를 쳐다봤다. "인간의 모습이라면 갈 수 있을 거야." 그리고 기절한 채로 있는 카틸을 가리켰다. "이놈하고 난 다른 방법으로 나갈 거야."

"다른 방법?" 의아해하는 카렌한테 리로이는 어깨를 으쓱이면서 가죽재킷을 벗었다. 그걸 프리지아한테 넘기면서 곰의 눈동자를 쳐다봤다. "나한테 맡기는 것은 불안해?"

"아니." 그녀는 천천히 고개를 가로저었다. "이제 와서 그런 말은 안 해. 너의 직업윤리는 신용하고 있어."

"고맙군." 리로이는 씨익 웃었고 리젤의 겉옷을 벗겨 카렌한테 넘겼다. 그녀들이 인간의 모습으로 변신하고 겉옷을 입는 동안 남성들은 등을 돌렸다. 등을 돌렸어도 그곳에 검이 있는 한 내 시야는 전방위이긴 하지만 의도적으로 시야를 셧다운했다.

만에 하나를 대비해 레니가 모두를 실로 잇고 선두로 나섰다. 제일 후미인 카렌은 해치 위에서 리로이를 내려보고, "조심해."라는 말만 짧게 했다.

"문을 내가 없애면 되는 거야?" 모두의 모습이 보이지 않게 됐을 때 확인했다. 리로이는 이미 카틸을 짊어지기 시작했다. "그래." 리로이는 고개를 끄덕였다. 「존재의사」로 문 주변을 소실시키고 탈출로를 만드는 것은 가능하지만 그와 동시에 통로에 걸려 있을 뿐인 엘리베이터가 떨어지기 시작할 위험성도 내포하고 있다. 뛰어나가는 게 늦으면 엘리베이터와 함께 땅바닥에 박힐 것이다. 아까 인원수였다면 난이도가 훨씬 높아진다. 하지만 카틸을 짊어진 리로이만이라면 충분히 가능한 방법일 것이다.

"실수하지 마." 난 「존재의사」를 최소단위로 유출하기 시작했다. "내가?" 자신만만한 리로이는 코웃음을 쳤지만, 난 알고 있다. 네가 의외로 실수투성이 남자라는 것을.

"──간다." 난 그렇게 말함과 동시에 「존재의사」로 간섭을 개시했다. 금속 덩어리인 엘리베이터 문은 별다른 저항도 없이 섬세한 입자가 돼서 소실됐다.

예상대로 엘리베이터 주변에서 금속이 삐걱대는 기분 나쁜 소리가 연속되기 시작했다고 생각했을 때는 단숨에 하강하기 시작했다.

리로이는 이미 엘리베이터에서 밖으로 뛰어나오고 있을——터였다.

그러나 리로이는 카틸을 짊어진 채 바닥에 무릎을 꿇고 있었다. 바닥에서 리로이의 발에 감겨 있는 것은 은색 액체에서 튀어나온, 하얀 체모로 덮여 있는 거대한 팔이었다.

리로이는 어깨에 짊어지고 있던 카틸을 양손과 상반신만의 힘으로 투척했다. 거구는 허공을 날아 뻥 뚫린 구멍을 통해 밖으로 나왔다.

"에미——…………일." 팔에 이어 나타난 아슈간의 머리가 갈라진 목소리로 신음했다. "설마 우주의 끝에서——." 그 팔에서 나타난 카란디니의 얼굴이 훌쩍거리며 우는 듯한 웃음소리를 흘렸다. "원래부터 모든 것을 잃어버린 우리들은." 바닥에 퍼지는 은색 액체에서 튤의 머리가 나타났고, 아슈간의 머리에 푹 들어가 버렸다. "그럼에도 영겁의 절망을 걸어가는 수밖에 없는 것인가——." 세 명의 목소리가 겹쳐지고, 소멸되는 불협화음처럼 떨어져 갔다.

상승했을 때와 마찬가지로 통로 안의 벽에 좌우로 격돌하면서 엘리베이터는 추락했다. 리로이는 검을 뽑더니 거대한 아슈간의 팔에 검 끝을 꽂아 넣었다. 이미 완전하게 그레이프닐에 사로잡혀 그 일부가 돼버렸는지 붉은 피는 흐르지 않았다. 은빛 액체를 피처럼 뿌리며 반 정도가 절단됐다.

리로이는 그때 한쪽 손을 머리 위로 향했다. 그 손끝에서 뻗어 나온 철실은 작업용 해치 부분을 통해 밖으로 튀어나와 엘리베이터 통로 내부의 철골에 휘감겼다.

그 순간 리로이의 몸은 달라붙는 그레이프닐을 벗겨내고 상자 안에서 튀어나왔다. 아슈간의 팔은 두 갈래로 찢어졌고, 튤과 카란디니의 얼굴에 들러붙은 채 끝없는 어둠 속에 불꽃과 함께 떨어졌다.

떨어졌어야만 했다.

그레이프닐은 가는 창끝 모양으로 변형돼 리로이와 마찬가지로 해치를 통해 허공에서 춤췄다. 그건 통로 안의 벽을 발판 삼아 순식간에 리로이한테 도달했다. 최초에 그 발목을 잡았던 것은 카란디니의 팔이었다. "너는 정말로 벽을 깨부수고 싶었던 거냐? 우리들을 거절하는 벽을?" 비탄과 고뇌로 아름다운 얼굴을 일그러뜨린 뱀파이어는 손끝으로 리로이의 발에 달라붙었다. "벽을 부수고 새로운 세계를 만든다——그것이 진정 너의 바람이었던 거냐?!" 갈망으로 허덕이는 그 목에 리로이는 검 끝을 찔러 넣었다. 그의 얼굴은 입 부분에서 상하로 찢어졌고 그대로 갈라져 버렸다.

아래쪽에서 상자가 추락해 산산조각으로 부서지는 소리가

충격파와 함께 올라왔다. 리로이의 몸은 그로 인한 폭풍 속에서 나뭇잎처럼 휘둘렸고 통로 벽에 몇 번이고 충돌했다.

"사실은 세계를——모든 것을 부수고 싶었던 것 아니냐?!" 메아리치는 파괴음과 격돌의 충격으로 얼굴을 찡그리는 리로이의 귓가에 차가운 목소리가 숨어들었다. 찢긴 카란디니의 단면에서 튤의 형태가 만들어졌고 철실을 조종하고 있는 팔에 그 손끝이 뻗어왔다. "그러니까 너는 이곳에서도 부순 거야. 이런 곳까지 우리들을 데리고 왔으면서 나를 부순 거야." 튤의 손은 날카로운 창으로 변해 리로이의 팔에 박혔다. "누나를 죽이고 돼지한테 먹히게 했어. 그러니까 난 도망친 거야…………!" 리로이는 튤의 목에 비스듬한 방향으로 검 끝을 찔러 넣었다. 뒤통수로 칼이 튀어나왔고, 검신을 회전시키면서 빼버렸다.

하지만 구강에서 피를 토해낸 것은 튤이 아니라 리로이였다.

등 뒤에서 나타난 카란디니가 양쪽 옆구리에서 손끝을 몸 안쪽으로 꽂아 넣었다. 리로이는 검을 거꾸로 쥐고 뱀파이어의 심장 부분을 꿰뚫었지만 이미 나노머신의 일부인 그에게 심장이라는 부위는 없었다. 그대로 잘라냈기에 그의 신체는 찢어졌지만, 그 손을 통해 들어간 힘은 조금도 약해지지 않았다.

약해진 것은 리로이를 잡아주는 철실 쪽이었다. 리로이의 몸이 몇 미터, 단숨에 내려갔다. 튤한테 파헤쳐진 상처는 나노머신이 들어가 있는지, 리로이의 재생능력이 현저하게 저하됐고, 흘러나오는 피가 멈추질 않았다. 목이 괴상한 소리와 함께 다시 대량의 피를 토해낸 것은 카란디니의 손끝이 더 깊이 몸 안쪽으로 파고들었기 때문이다. “자아, 누나가 없는 이 세계에 이별을 고할 때가 왔다.” 뱀파이어는 황홀한 미소를 지었다.

“함께 돼지 똥이 되자.” 머리를 관통한 구멍에서 은색 액체를 흘리면서 튤이 속삭였다.

“죽어도 싫다.” 리로이는 입꼬리를 치켜올리며 생각한 후 갑자기 철실을 철골에서 풀어버렸다. 당연히 자유 낙하다. 하지만 철실이 자유롭게 됐다. 리로이는 철실을 조종해 튤과 카란다니의 목에 감아버렸다.

잡아당겨 절단했다. 공중을 떠다니는 두 개의 머리는 그 절단면에서 은빛 창끝을 사출시켰고 리로이한테로 날아왔다. 몸통 쪽으로 날아온 그레이프닐은 크게 펼쳐졌고 낙하하는 리로이의 밑에서 하얀 거인의 모습을 만들었다. 공격하는 그레이프닐을 검으로 차례차례 쳐서 떨어뜨리면서 리로이는 몸을 회전시켜 아슈간과 대치했다.

최하층에 격돌할 때까지 겨우 몇 초밖에 남지 않았다.

“하지만 그래도——.” 아슈간은 말했다. 그 목소리에는 방금 전과 같은 부서진 울림이 아니라 격렬한 갈망과 고독한 고통만 가득했다.

“우리들이 가야 할 미래를 바라보는 것은 너다.” 그리고 아슈간의 양팔이 뻗어 나왔다. 리로이는 반사적으로 그것을 쳐내려고 했지만, 아니다. 그건 리로이의 양쪽 옆구리를 스쳐지나 날카로운 발톱으로 카란디니와 튤의 머리를 꿰뚫었다.

그 둘의 입에서 단말마의 절규가 뿜어져 나왔다.

리로이는 망설이지 않고 철실을 다시 철골에 감아 낙하를 막았다. 그 옆으로 절망의 표정을 지은 카란디니와 튤이 떨어졌다.

“아아…….” 희미하게 아슈간의 중얼거림이 들렸다. “신이여.”

둔중한 소리가 그들의 추락의 끝을 고했다.

그것을 내려보는 리로이의 얼굴에 승리의 기쁨은 없었다. 아직 한 가지 할 일이 남아 있기 때문이다.

“——무슨 소리야?” 철실을 감으면서 위로 올라가기 시작한 리로이는 눈썹을 좁히고 귀를 쫑긋했다. 격렬한 폭발음이 아니라 훨씬 무겁고 뱃속을 울리는 듯한 굉음이었다. 주변의 공간 그 자체가 진동하는 것 같은 착각마저 들었다.

“서두르는 게 좋겠어.” 아래쪽에서 일어난 폭발의 규모를 생각하면 예측 가능한 사태였다.

“이 부근 일대가 붕괴될 거야.” 지하의 대부분을 점유했던 연구소가 궤멸되고 붕괴되면 무슨 일이 벌어질지 일목요연하다.

땅의 울림이 엘리베이터 통로 안의 공기를 흔들기 시작했다. "빌어먹을." 리로이는 혀를 찬 후 철실을 조종해 통로 벽쪽으로 자신의 몸을 붙여서 올라가기 시작했다. 통로 벽에 수없이 많은 균열이 생겼고 파열음이 연속돼 메아리쳤다. 균열이 커졌고 벽면이 벗겨지면서 끝없는 어둠 속으로 떨어졌다. "마지막까지 시끌벅적한 일이었어." 내가 내뱉은 감상에 리로이는 "던져버리고 싶어지니까, 닥치고 있어!"라고 외치면서 마지막 십여 미터를 질풍처럼 뛰어올랐다.

내가 연 엘리베이터 통로 구멍으로 리로이가 뛰어나온 순간 등 뒤의 구멍이 안쪽으로 붕괴하기 시작했다. 주변의 지면이 깨지고 모래먼지가 분출됐다. 흔들거림이 격렬해져서 평범한 인간이라면 서 있는 것조차 불가능했을 것이다.

리로이는 욕설을 내뱉으면서 질주했다. 그 바로 뒤의 대지가 차례차례로 함몰됐다. 폭발로 쪼개진 암반은 아래에서 솟아오르며 파편을 흩뿌린 후 딱딱한 비명을 지르며 대지로 가라앉았다. 리로이는 갈 길을 막는 듯 돌출되는 돌덩어리를 차례차례로 발로 차 도약하면서 돌진했다. 지상에 남아 있던 도시의 흔적은 갈라져버린 대지의 턱주가리에 씹어 먹혔다. 대량으로 피어오르는 분진이 폐도시 니블의 단말마를 덮어버리고 있었다. "이대로라면 너도 함께 매장당할 것 같은데." 난 중얼거렸다. 눈앞에 갑자기 큰 균열이 나타나 그것을 뛰어넘고 발끝으로 아슬아슬하게 내려선 리로이는, "그때는 너도 매장용품이 되는 거지." 짜증 난다는 듯 내뱉고 분진으로 자욱한 시야 속에서 감에 의존해 내달렸다. 멈추고 확인할 시간적 여유 따윈 없었다. "아니, 미안하지만 난 도굴당하기 전에 내 발로 나갈 거야." 내가 굳이 약을 올린 이유는 리로이를 독려하기 위해서였다.

리로이의 속도가 대지의 붕괴 속도를 떨쳐내지 못했다. 신체능력이 저하되고 있었다. 아슈간과 싸울 때보다 하강 기미였던 신체능력과 체력에 방금 전의 대미지가 결정적으로 컸다. 그레이프닐한테 당한 팔이나 옆구리의 상처에서 아직도 피가 나오고 있었다.

붕괴는 거의 리로이의 발밑에서 일어나고 있었다. 조금이라도 속도가 떨어지거나 기울어진 땅바닥을 잘못 밟으면 암반과 함께 나락으로 떨어질 것이다.

그리고 그것은 생각보다 빨리 일어났다. 리로이를 빠져나가려는 듯 뒤쪽에서 전방으로 내달리던 균열을 보고 리로이는 오른쪽으로 뛰었다. 갈라지면서 융기한 암반을 발판 삼아 균열을 뛰어넘으려고 한 것이다.

하지만 그 발판이 아래에서 밀려 올라온 다른 암반과 부딪쳐 깨져버렸다. 상정했던 발판을 잃게 된 리로이는 곧바로 철실을 발사했지만 높은 위치에 실을 묶을 곳이 없었다. 간신히 남아 있던 것은 빌딩의 뼈대로 사용됐을 철골의 일부였다. 다만 지표면과 거의 다를 게 없는 위치에 있기 때문에 리로이의 몸은 쩌억 하고 입을 벌린 균열의 틈에 그대로 삼켜졌다.

난 옆에서 엄청난 속도로 접근하고 있는 그림자의 존재를 깨달았다.

네 개의 발로 붕괴되고 있는 대지를 무난하게 내달리고 도약해 균열 속으로 떨어지려고 하는 리로이의 벨트를 잡은 것은 아름다운 표범——카렌이었다. 그녀는 목을 비트는 동작만으로 리로이를 등에 태우고 그 체중이 더해지는 것과 아무런 상관없이 아름답게 착지했다. 그로부터 거의 속도를 줄이는 일 없이 질주해 붕괴 현장을 벗어났다.

"용케 어디 있는 줄 알았네." 그렇게 물은 것은 리로이가 아니라 나였다. "아무것도 안 보이는 데 말이야."

"레니한테 감사할 일이야." 카렌은 말했다. 아마도 리로이가 스웨인한테 감아둔 실을 레니가 찾아 위치를 특정한 듯했다. 카렌을 이 부근까지 안내한 것도 레니의 실이라는 말을 듣고 리로이는 낮게 신음했다. 아무래도 이런 상황에서는 딴죽을 걸 수도 없었던 것 같다. "다음에." 그것이 리로이의 마지막 저항이었다.

뒤를 돌아봤다.

광범위에 걸친 대지의 함몰에 대기가 떨렸고 분진이 매우 높은 곳까지 피어오르고 있었다. 카렌은 계속 질주하고 있는데도 발밑의 진동은 가라앉을 기미도 안 보였다. 대지가 고통의 신음 소리처럼 진동해 온몸으로 느껴졌다.

"그 녀석——." 리로이가 중얼거렸다. "그 녀석이 말한 신은 어디의 어떤 신일까."

"글쎄." 난 대답했다. "적어도 이곳에는 없는 게 아닐까." 그 대답은 냉정하게 모른 체한 것이 아니라, 그의 마지막 언동에서 그렇게 추측했을 뿐이다.

"그래." 이해하지 못했을 수도 있지만, 리로이는 고개를 끄덕였다.

그리고 말했다.

"그래도 기도해야 하나?"

나는 말했다.

"——그러니까 기도하는 거야."

종장

마지막으로 한 가지 해야 할 일이 있었다.

"왜 그래? 힘이 없어 보이네. 자다 깨서 배라도 고픈 거야?"

카렌의 도움으로 간신히 궁지를 면한 리로이는 지금 붕괴 지점으로부터 몇 킬로미터 떨어진 장소에서 카틸과 대치하고 있었다. 예전에 경기장이 있던 장소다. 하지만 그 대부분이 붕괴되고 풍화돼서 현재는 황야에 나타난 사발 모양의 지형일 뿐이었다.

그 중앙에 리로이와 카틸은 서로를 노려보고 있었다.

"너야말로 지독한 꼴이구나. 싸움에 져서 울면서 돌아온 거냐?"

아슈간이 처리실에서 나오면 죽는다고 말했지만 그렇게 호들갑 떨 일은 아닌 듯했다. 상처는 괜찮아졌지만 그 모습에 예전의 패기는 없었다. 리로이가 파괴한 오른팔은 없었고 안구를 끄집어낸 왼쪽 눈도 닫힌 상태다. 맹수화한 리로이한테 두들겨 맞았던 육체도 완전하게 치유되진 않았을 것이다. 그의 옆에 붙어 있는 프리지아도 그런 모습을 보고 걱정스러운 표정을 짓고 있었다.

"싸움은――그래. 지진 않았지만 이기지도 않았다고나 할까." 리로이는 어깨를 으쓱였다. "뭐, 어느 쪽이 됐든 네놈을 두들겨 패는 덴 문제 없다." 그리고 씨익 웃었다.

"그래?" 카틸도 입꼬리를 치켜올리고 부어오른 입술에 날카로운 이빨을 노출시켰다. "아침 운동감으론 딱 좋군." 리로이가 엘리베이터 통로 안에서 싸웠을 때 눈을 뜬 그는 지금까지의 사정을 프리지아로부터 전부 들었다고 했다. 프리지아와 릴리가 리로이한테 카틸의 구출을 의뢰했고, 그 보수가 「크림슨 디스페어」가 소유한 자산 전부와 조직의 해체라는 것도 전부 알고 있다.

이젠 이 남자의 결단에 달렸다.

"네 귀가 뚫려 있을 때 말해두지." 카틸은 고개를 끄덕이는 듯 살짝 고개를 숙였다. "릴리를 구해줬다고 들었다. 미안하다."

"너를 위해서 한 게 아니다. 신경 쓰지 마." 리로이는 냉담하게 답했다. 카틸을 배려한 것이 아니라 본심이다. 그리고 구했다고 생각하지 않을 것이다. 괴로운 생각이 표정에 드러났다.

"——그보다 아버지하고는 얘기를 나눴나?" 그만하라고 말하는 듯 리로이의 목소리 톤이 변했다. 도발도 조롱도 아니었다.

"조금은." 카틸은 고개를 끄덕였다. 그 얼굴은 지난번에 보였던 고민과 울적함에서 해방된 듯 시원스러운 표정이 됐다. 대체 무슨 대화를 나눴을까. 그건 아마도 그의 입을 통해서 들을 수 없을 것이다. 도저히 부자간의 정을 확인했을 것 같지는 않지만, 그가 납득했다는 것은 느껴졌다.

"——하지만 길이는 관계없다." 그는 중얼거렸다.

"그래?" 리로이는 천천히 검을 뽑았다. "그럼 이미 결정됐군." 그건 마치 카틸의 답을 알고 있다는 말투였다.

"그래." 백호의 눈동자에 망설임은 보이지 않았다. 리로이는 고개를 갸웃하고 "그럼 말해줘." 카틸을 정면으로 쏘아봤다. "넌 뭘 선택했지?"

"「크림슨 디스페어」의 카틸로 있는 것." 카틸은 바로 답했다. "그것이야말로 나다."

"알았어." 리로이는 검으로 자세를 잡았다. 카틸 역시 자세를 취했다. 아마도 승부는 금방 날 것이다. 양쪽 모두 체력적으로 한계에 다다랐기 때문이다.

프리지아는 뭔가를 말하려고 입을 열었다가 생각을 고친 듯 입을 다문 채 뒤로 물러났다. 그녀는 분명 막고 싶었을 것이다. 그리고 막을 수 없다는 것을 알았다. 갈등을 견디려는 듯 입을 굳게 다물었다.

"저기, 우리들은 어떡하지?" 레니가 카렌의 귀에 대고 속삭였다. "글쎄." 카렌의 대답은 담담했다. "넌, 그렇게까지 회사에 대한 충성심이 있어?" 무릎을 안고 앉아 있던 카렌은 그 무릎에 자신의 턱을 괴고 작게 한숨을 내쉬었다. "나는 그 정도까진 아니야."

"그렇게 말해도, 흠." 레니는 데구르르 몸을 굴리다 하늘을 바라보고 누웠다. "사장은 잘 대해주고 있지만, 뭐라고 해야 하나……. 충분히 열심히 하지 않았나? 이번에."

그녀들이 있는 곳은 경기장이었을 때 관객석이었던 경사면이었다. 거리가 있기 때문에 리로이 일행하고는 서로의 목소리가 들리지 않았다. 난 바르하라 사원인 그녀들이 어떻게 나올지 확인하기 위해 음성을 듣고 있었는데, 아마도 쓸데없는 걱정은 하지 않아도 될 듯했다.

"아무것도 안 하는 것은, 어떨지……." 그렇게 말한 것은 리젤이었다. "업무 방치가 돼버리잖아요……?"

"그럼 네가 갔다 와." 카렌은 냉정하게 리젤을 곁눈으로 보며 말했다. "그런, 무리예요." 그는 고개를 좌우로 흔들며 양손을 작게 들었다. 누워 있는 채로 그를 올려다보던 레니가 미소를 머금었다.

"그럼── 입 좀 다물어줄래?"

"네…………."

리젤은 풀이 죽어 고개를 숙였다. 뭐, 저렇게 주눅이 들면 어느 정도 동정도 가지만 유감스럽게도 믿음이 가지 않는 인물이라서 그녀들의 강한 응대에는 고개를 끄덕이게 된다.

"──조금 더 어깨의 힘을 빼." 헤파스가 그렇게 말한 상대는 스웨인이었다. 두 사람 다 카렌 일행 옆에서 이 전투의 결과를 지켜보려는 중이었다. "그렇게 힘을 주고 있다간 막상 필요할 때 제대로 못 움직여."

"──그런가?" 스웨인은 그렇게 대답한 후 깜짝 놀란 듯 노과학자의 얼굴을 봤다. 헤파스는 소년의 심정을 꿰뚫어보는 듯 눈을 가늘게 뜨고, "펜은 검보다 강하다고들 하잖아." 투덜거리듯이 말했다. "총은 펜이나 검보다 강하다. 대개의 경우는."

"그런가……." 스웨인은 겉옷의 부풀어 오른 부분을 만졌다. 그곳에는 리로이한테 받은 총이 들어있었다. 리로이가 만일을 대비해 호신용으로 들고 다니라고 했는데 지금까지 그것을 사용할 기회가 없었던 것은 다행이었다.

헤파스의 말은 신문기자를 목표로 하는 스웨인의 마음에 어떤 울림을 줬을까.

그의 시선 끝에서 리로이가 움직였다. 땅을 박차고 정면으로 카틸을 베기 위해 달려들었다. 이미 체력이 바닥이 났다고는 믿을 수 없는 속도였다. 질풍처럼 파고들어 전광석화처럼 검을 내리쳤다——그것은 첫 수이자 결정타였다.

카틸은 자신의 머리를 노리고 날아오는 참격을 호랑이 눈으로 바라봤다. 판단할 시간조차 없다. 완전히 피했을 경우, 분명히 다음 참격이 올 것이다. 그것은 첫 수에 비하면 훨씬 느려지고 위력도 떨어지겠지만, 첫 수를 완전히 피한 경우는 자신도 분명 자세가 무너질 것이다. 그러면 다음 공격을 막을 수 없다——그렇다면.

그의 육체는 자동적으로, 아니 당연하다는 듯이 검신을 받아냈다. 오른쪽 어깨였다. 칼은 어깨의 살을 찢고 뼈를 부수고 폐에까지 도달했다. 오른쪽 어깨를 내밀어 참격을 맞은 카틸은 그 한 걸음이 이미 공격이었다. 상처에서 피가 분출되고 폐 안에서 피가 기관을 역류해 목으로 튀어나왔다. 이빨 사이로 선혈을 내뱉으면서 그의 왼팔이 으르렁댔다.

참격이 치명상을 주지 못했다는 것을 깨달은 순간, 리로이의 의식은 카틸의 반격에 대비했다. 두 발의 어느 쪽? 아니면 왼쪽 주먹인가——간격을 고려하면 어느 쪽이든 가능했는데, 카틸은 우반신을 앞으로 내밀었기 때문에 왼팔이나 발이라고 추측했다.

검은 그의 어깨에 박혀 있는 채다. 그것을 쥔 리로이의 손바닥에는 카틸의 근육 움직임이 전해졌다. 내디딘 오른발이 만든 힘을 상반신으로 전달해 왼쪽 어깨로 옮겨졌다.

주먹——그렇게 판단할 때까지 찰나의 시간도 들지 않았다.

하지만 그럼에도 날아든 단단한 주먹을 완전하게 피하지 못했다. 노린 것은 리로이의 간장이었다. 곧바로 몸을 비틀어 회피하려고 했지만, 그 주먹이야말로 카틸에게 있어 첫 수이자 결정타였다.

혼신의 타격은 리로이의 옆구리에 박혔고, 검을 쥐고 있던 손을 붙잡아 내던졌다. 회전하면서 땅에 부딪쳤지만 곧바로 일어난 리로이는 피가 역류한 탓에 선혈을 내뱉어 발밑을 빨갛게 적셨다.

카틸은 어깨에 박혀 있던 검을 뽑아 땅바닥에 꽂고 몸을 피로 적시면서 리로이에게 걸어갔다. 출혈량을 봤을 때 쓰러져도 이상할 게 없는 중상이었지만, 그 발걸음은 전혀 약해 보이지 않았다. 오히려 참격을 맞고 정신이라도 든 것처럼 패기가 증대됐다.

리로이는 입안에 고인 피를 뱉어내고 다가오는 거한을 보고 자신도 걷기 시작했다. 방금 전 일격으로 늑골이 부서지고 그레이프닐한테 뚫렸던 옆구리의 상처에서 피가 줄줄 흘러나왔다. 그럼에도 그 발걸음은 힘차고 흔들림이 없었다.

그 둘은 피의 흔적을 남기며 걸어갔다.

거의 동시에 주먹을 내질렀다.

카틸의 왼쪽 주먹과 리로이의 오른쪽 주먹이 교차됐다. 왼쪽 일격은 리로이의 뺨을 때렸고, 오른쪽 일격은 카틸의 복부를 강타했다. 리로이의 광대뼈가 깨지는 건조한 울림과 카틸의 내장이 찌부러지는 울림이 겹쳐졌다. 둘의 신체는 뒤로 비틀거렸다. 둘 다 한 발씩만 후퇴했는데, 그 발이 다시 거의 동시에 내딛어졌고 주먹이 교차했다. 카틸의 내려치는 타격은 리로이의 쇄골을 때렸다. 리로이는 그 자리에 무릎을 꿇고, 카틸은 몸이 젖혀지며 헛발을 디뎠다.

다음에 움직인 것은 리로이 쪽이 빨랐다. 무릎을 꿇은 상태에서 앞으로 뛰어 카틸의 양쪽 무릎을 안은 듯한 자세로 태클을 걸었다. 그것을 견디지 못하고 거한은 등부터 쓰러져 땅을 울리고 모래먼지를 일으켰다.

그 신체 위에 재빠르게 올라탄 리로이는 백호의 안면을 마구 때리기 시작했다. 두들겨 패는 주먹 밑에서 얼굴뼈에 균열이 생기고 갈라지고 부서졌다. 하지만 때리는 쪽도 무사하진 않았다. 리로이의 주먹도 뼈가 부러지고 안쪽에서 피부를 뚫고 튀어나왔다.

그래도 때리는 것을 멈추지 않았다. 리로이의 입꼬리가 치켜 올라가고 검은 두 눈은 폭력의 행사로 휘황하게 빛났다.

카틸의 왼팔은 무릎으로 누르고 있었다. 그 때문에 방어를 하지 못하게 만들었는데, 리로이가 타격에 너무 집중한 나머지 그것이 점점 느슨해졌다. 리로이의 발을 밀어내고 자유를

되찾은 맹수의 팔은 방어가 아니라 공격을 선택했다.

날카로운 손톱이 호를 그렸고 리로이의 안면을 비스듬히 긁었다. 볼의 살을 후벼 판 손톱은 그대로 안구를 파괴하고 이마를 스쳤다. 피가 튀어 손톱의 궤도를 따라 흩어졌고, 리로이의 상반신이 뒤로 젖혀지는 타이밍을 카틸은 놓치지 않았다. 리로이를 떨쳐내고 벌떡 일어나, 리로이가 자세를 취하기도 전에 발로 공격했다. 안구가 파괴된 오른쪽으로.

볼 수가 없었지만 엄청난 위력이 담겨진 거한의 발차기는 공기를 밀어내며 육박했다. 그 압력을 느끼고 리로이는 지면을 굴러 발차기를 피했다.

피할 생각이었다.

카틸은 사각으로 공격을 하면서도 이것은 피할 수 있을 거라고 본능적으로 알았던 것 같다. 처음 일격을 페인트로 하고 더 깊이 파고들었다. 그것을 깨달은 리로이도 곧바로 반응했다. 회전하면서 재빨리 일어나 머리 위에서 혼신의 힘으로 쏟아져 내려오는 주먹을 향해 스스로 뛰어들었다.

거대한 주먹은 리로이의 등을 스쳤다.

리로이는 손바닥을 카틸의 심장 부분에 때려 넣었다.

다음 순간 그 신체가 허공에 떴다. 카틸은 리로이가 주먹을 피했을 때 오른 무릎을 쳐올렸던 것이다.

리로이의 신체는 높이높이 떠올랐다가 대지에 처박혔다. 지근거리에서의 무릎은 내장에 대미지를 깊이 남겼다. 그래도 일어나려고 했던 리로이였지만 대량의 피를 토해내고 비틀거리다 무릎을 꿇었다.

심장을 맞은 카틸은 두세 걸음 뒤로 물러났지만 간신히 버티고 섰다. 하지만 그 은백색 체모로 뒤덮인 가슴판이 함몰돼 있었다. 그는 심호흡으로 산소를 체내에 주입하려고 했지만 목을 열자마자 선혈이 역류했다. 피범벅, 변형된 안면부터 고꾸라져 쓰러지는 것을 왼팔로 지탱한 채 이를 악물고 상체를 일으켰다. "리로이 슈발처." 카틸의 목소리는 분명하지 않았다.

"——뭐냐?" 리로이의 목소리 역시 갈라져 있었다. 카틸은 왼손을 대지에 대고 움직일 수 없게 된 거대한 몸을 전진시키려고 했다. "넌 어두운 골목길에서 추위에 떨어본 적 있냐?"

"어." 리로이는 일어나려고 했지만 발이 후들거리고 힘이 들어가지 않았다. "최초의 기억이 바로 그거야."

"그럼 공복을 견디지 못하고 도둑질을 한 적은?" 피범벅의 거한은 거의 움직이질 못했다. 그 왼팔만이 그 손만이 대지에 세워져 있었다. "물론이다." 네 발로 기는 듯한 자세로 앞으로 나아가려던 리로이였지만, 그 몸을 지탱하는 것까진 가능해도 더이상 전진할 힘은 어디에도 남아 있지 않았다. "들켜서 얻어터졌어. 지독한 놈들이었어. 어린애를 상대로."

"처음 사람을 죽인 것은?"

"내 음식에 손을 대려고 했던 뒷골목 동료." 리로이의 상체가 천천히 앞으로 기울어졌다. 하지만 그래도 쓰러질 수 없다는 듯 땅에 붙어 있던 이마로 상반신을 지탱했다. 피로 젖은 입으로 미소를 지었다. "오히려 그놈이 먹을 걸 뺏었지."

카틸도 웃었다. 죽을지도 모르는데도 즐겁게. "재밌을 정도로 닮았구나. 우리들은." 그는 낮고 조용하게 웃었지만 마지막 힘을 쥐어 짜내는 듯이 얼굴을 들고 리로이를 쏘아봤다.

"만약에 말이다." 카틸은 말했다. "만약 그 어둡고 추운 뒷골목에서 우리들이 만났다면 어떻게 됐을까?"

"어떻게 될 게 뭐 있어." 리로이도 이마를 긁으면서 얼굴을 들고 카틸을 노려봤다.

"훔친 음식을 뺏으려고 서로를 죽이려고 했겠지."

"그래."

카틸의 표정이 온화해졌다.

"물론 그랬을 거야."

그리고 힘이 다 됐는지 고개가 땅으로 떨어졌다.

리로이도 이마를 지면으로 떨어뜨리고 옆으로 눈을 돌렸다. 그 시야에 들어온 것은 작은 신발이었다.

스웨인이 리로이 옆에 서서 카틸을 응시하고 있었다.

그 손에 쥐어져 있는 것은 리로이의 총이었다.

"어떡하면 좋을까." 소년은 중얼거렸다. 그 얼굴에는 망설임이 있었다. 망설임은 있지만, 그럼에도 여기까지 온 것이다. "어떡하는 게 좋을 것 같아?"

"지근거리에 상대는 움직이지 않아." 리로이의 목소리에 스웨인의 어깨가 흠칫하며 떨렸다. "침착하게 총구를 겨눠. 반동으로 튀어나가지 못하게 조심하면 돼. 머리를 노려."

노려, 라는 말을 들은 스웨인은 굳은 표정인 채로 양손으로 총을 움켜쥐었다. 그리고 천천히 들어 올려 조준했다. "쏴도——되겠지?" 아버지의 원수라고 해도 그 목숨을 자신이 뺏는다는 판단을 내리기엔 스웨인은 아직 너무 어렸다.

"물론이다." 리로이는 양손으로 몸을 지탱하고 마지막 힘을 쥐어 짜내는 듯 머리를 일으켰다.

"넌 방아쇠를 당길 권리가 있어. 누구에게도 방해받지 마."

"…………!" 스웨인이 숨을 삼킨 것은 카틸한테 향한 총구 앞에 사람이 서 있었기 때문이다.

"쏘지 말라고 말할 순 없어." 프리지아의 표정은 진지하고 각오가 서려 있었다. "하지만 나도 이렇게 할 수밖에 없어." 그것이 그녀 나름의 성의였던 걸까. 프리지아라면 스웨인이 방아쇠를 못 당기게 하고 총을 뺏는 것도, 때려눕히는 것도 쉬운 일이다.

그런데도 총구 앞에 섰다.

스웨인은 어떤 느낌일까.

총을 쥔 그의 손은 작게 떨리고 있었다. 증오는 인간을 내몬다. 카틸이라면 쏠 수 있을지도 모른다. 하지만 함께 먹고 자고, 목숨을 구해줬던 프리지아는 아무리 카틸의 동료라는 것을 알아도 증오의 충동이 소년의 윤리와 이성을 무너뜨리지 못했다. "너무해." 그래서 소년은 그렇게 중얼거렸다. 하지만 그곳에는 적지 않은 안도의 색도 스며 나왔다. 하지만 프리지아의 귀에는 비난이 강하게 들렸을 것이다. 그녀의 얼굴이 괴로운 듯 일그러졌다.

"프리지아, 비켜."

그렇게 말한 이는 리로이가 아니었다.

이미 의식을 잃었다고 생각했던 카틸이 몸을 일으키려고 했다. 프리지아가 막으려고 했지만, 카틸은 시선만으로 그녀를 제압했다. 그리고 그대로 스웨인을 바라봤다. "키젤의 아들이냐?" 그 귀기로 가득한 눈빛에 스웨인은 압도당할 것 같으면서도, "그렇다."라며 간신히 버텼다.

"아비의 복수인 거냐?"

"그렇다." 떨리고 있는 총구가 천천히 백호의 머리로 향해졌다. 이번엔 프리지아도 그 앞에 자신의 몸을 끼워 넣지 않았다.

"그럼 해라. 슈발처가 말한 대로 네놈에겐 그럴 권리가 있다." 카틸은 입가에 피가 맺힌 채로 상체를 일으켰다. 그 모습을 가만히 노려보던 소년은 입이 일그러졌다. "사과하지 않는 거야?"

"그건 안 돼." 카틸은 이미 말을 할 체력이 다 떨어졌는데도 의연하게 말했다. "너의 부친은 내 적이었다. 적은 몰살하는 게 내 방식이다." 자신을 노리는 총구를 앞에 두고 「크림슨 디스페어」의 수령은 흔들림이 없었다. "설령 죽더라도 그 삶의 방식은 꺾을 수 없다."

총성이 울려 퍼졌다. 여섯 발, 연속된 탄환의 발사음은 넓은 공간에 윙윙 하고 메아리쳤다. 스웨인은 장전했던 탄환을 전부 쏴버리고 숨을 내쉰 뒤 총을 내렸다. 그리고 리로이에게 다가가 탄창이 비어버린 총을 내밀었다.

"조준한 곳에 맞았겠지?" 리로이도 앉을 수 있을 정도로 몸을 일으켜 총을 받았다. "응." 스웨인은 왠지 시원해진 표정으로 고개를 끄덕였다.

"자신의 손이 더러워지는 게 싫었냐?" 소년의 등 뒤에서 카틸의 짜증 난 목소리가 꽂혔다. 탄환은 전부 그의 발밑 대지에 박혀버렸다.

"내 목숨을 릴리가 구해줬어." 스웨인은 곁눈으로 카틸을 쳐다봤다. "그래서 한 번은 봐주도록 할게." 담담하게 말하는 말투에는 억누를 수 없는 분노와 슬픔이 있었다.

"하지만 다음은 없다. 다음은 내 총으로 너를 쏴죽일 거야." 그리고 아마도 그때 카틸을 꿰뚫을 탄환을 때리는 것은 화약이 아닐 것이다.

"봐준다고……?!" 카틸은 두 눈에 격노를 드러내고 이빨을 갈았다. 분노의 격정이 맹수의 울음소리로 목을 떨리게 만들었다.

대조적으로 리로이는 재밌다는 듯 웃었다. 어깨를 떨며 통증을 느끼면서도 웃어댔다. 조롱할 말조차 나오지 않았다. 그것이 오히려 카틸을 화나게 만들었다.

"이 자식……!" 일어나려고 했지만 육체가 응하지 못했다. 그는 앞으로 고꾸라져 쓰러지며 낮은 울음소리를 내뱉었지만, 마침내 조용해졌다. 정신마저도 한계를 넘어서고 말았던 것이다.

"——이런 말을 할 때가 아닐지도 모르지만." 완전히 의식을 잃은 카틸의 상태를 확인한 프리지아는 스웨인한테 깊숙이 고개를 숙였다. "고마워."

그것에 어떻게 답해야 할지 알 수 없는 스웨인은 당황한 표정을 지었다. 냉정하게 쳐내야 하나, 지금까지처럼 그녀를 대해야 하나, 아직 스웨인에게는 너무 어려운 판단이었다. 프리지아는 그런 소년을 보고 미소를 지은 후 리로이를 바라봤다.

"보수에 대해서는 나중에 연락할게."

"그래." 리로이는 주저앉은 채 한쪽 손만 들며 대답했는데, 그것이 지금 가능한 최대치라는 것이 빤히 보였다. 프리지아는 고개를 끄덕인 후 변신했다. 거대한 곰이 된 그녀는 그 등에 카틸을 태운 채 걸어가다가 딱 한 번 뒤를 돌아봤다. 그녀의 눈은 결판이 난 것을 보고 이쪽으로 걸어오는 바르하라 사원들을 바라보고 있었다. 카렌이 작게 손을 흔들었다. 그들이 카틸을 확보하려고 움직이지 않는 걸 확인하고 감사의 마음에 고개를 숙인 후 이곳을 떠났다.

"우와——! 지독한 얼굴." 다가와서 레니가 첫 번째로 비명을 지르며 말했다. 물론 카틸의 손톱으로 찢어진 상처를 가리키면서 한 말이지만, 그녀가 말하면 바로 욕으로 들리니, 어떤 의미로 대단하다. "팔은 새로 생기는데 눈은 무리인 거야?"

"몸이 안 좋아." 리로이는 불쾌한 듯 말한 후 앉아 있는 것도 힘들었는지 뒤로 누워버렸다. "배도 고프고."

"여기서 자면 아무것도 안 나와." 카렌이 리로이를 내려보고 고개를 갸웃했다. "근처 마을까지 한 시간 정도 걸리는데 걸을 수 있겠어?"

"그래." 곧바로 대답했지만, 아무리 생각해봐도 무리일 것이다. "잠깐 쉬었다가 따라갈게." 그래도 이 남자는 결코 무리라고는 말하지 않는다. "그러니까 먼저 스웨인을 데리고 가 있어."

"강한 척은." 그것을 꿰뚫어봤는지 카렌은 어이없다는 듯 웃었다. "내 등에 태워줄까?"

"카틸처럼?" 왜 그런 것을 신경 쓰는 것인지 전혀 이해할 수 없지만, 리로이는 표정이 일그러졌다.

카렌은 어깨를 으쓱이면서, "편할 대로."

"무슨 말을 하는 거야. 싱겁기는." 하지만 이럴 때 레니가 끼어드는 것이 귀찮다. "함께 가자. 왜, 못 움직여? 사저한테 맡기라고."

"아니, 됐어." 싫은 예감——이라기보다 확신을 가지고 리로이는 즉답했다. 대답은 했지만, 뭘, 그리 사양하고 있어라며 레니한테 말이 막혔다. 아니, 움직일 수 없었기 때문에 어쩔 도리가 없었다.

"——진심이야?" 리로이는 하늘을 바라본 채 중얼거렸다.

리로이는 온몸을 실로 묶여 끌려가고 있었다. 마을로 향하는 행렬의 뒤에서 마치 짐짝처럼 옮겨졌다.

"어때, 이러니까 편하지?" 레니는 득의양양했지만, 리로이는 당연히 불만 가득한 소리를 내질렀다. "그런 문제가 아니야." 불복하는 리로이를 돌아보고 레니는 눈썹을 모았다. "그럼 뭐가 문제라는 거야?"

"인간의 존엄적인 뭔가다." 굳이 말하자면, 엄청난 부상자를 아무렇게나 끌고 다니는 것의 위생과 치료에 관련된 문제가 아니었던가.

"움직일 수 없으니까 어쩔 수 없는 일이지." 헤파스는 오히려 부러운 듯 리로이를 곁눈으로 바라봤다. "편해 보이네."

"당신은 왜 우리들이랑 있는 거야?" 리로이는 이제 와서 헤파스의 존재에 의문을 가지게 된 것 같다. "카틸네랑 가는 거 아니었어?"

"이런 노인이 따라가도 곤란할걸." 헤파스는 쓴웃음을 지었다. "실은 다시 한번 바르하라에서 일을 해보라고 제가 권했습니다." 그것을 보충하듯 리젤이 말했다. "닥터 헤파스의 지식과 경험은 반드시 우리 회사에 혁신을 가지고 올 것이라고——."

"그러고 보니 스웨인은 이대로 너희들이 시설까지 데리고 가는 거야?" 리로이는 리젤의 말을 무시하고 물었다. "그렇게 되겠지."라는 카렌. "우리들이 아니라 내가 데리고 갈 거야."

"그럼 나도 함께 가자." 리로이는 말했다. "다른 일도 특별히 없으니."

"아니, 병원에 가."

카렌의 의견은 지극히 타당했다.

난 고개를 끄덕였고 그들의 모습이 작아져가는 것을 쓸쓸한 기분으로 바라봤다.

왜 잊어버리는 걸까.

육체적으로도 정신적으로도 한계를 넘어서 철실로 묶여 짐짝처럼 끌려가고 있다——그래서일지도, 모른다. 나는 파트너로서 배려해야만 하는 것일지도 모른다.

그런데 왜 잊어버린 걸까.

나는 이 분노를 가라앉힐 기술을 모른다.

잊혀지지 않기 위해 마지막으로 딱 한 번만, 자기소개를 해두지.

내 이름은 라그나로크.

땅바닥에 꽂힌 채로 버려진 검——그것이, 나다.

후기

데뷔작 「라그나로크」의 리빌딩, 「라그나로크:Re」 제2권은 어떠셨나요?

1권 발매 시 사인회를 개최했는데요. 그곳에 와주신 분들의 많은 수가 「라그나로크」의 독자였고, 리빌딩을 매우 기뻐해주셨습니다. 기쁨과 함께 몸이 옥죄어 오는 것을 느꼈습니다.

옛날부터 읽어주신 독자분들, 그리고 물론 「라그나로크:Re」부터 새롭게 읽어주시는 독자분들도 즐기실 수 있는 보다 재밌는 작품, 보다 굉장한 액션을 목표로 해야만 한다고 끓어오르는 중입니다. 다만 그런 의지가 너무 과해서 예정보다 아주 조금 페이지가 늘어나버렸습니다만…….

3권도 이 의지를 살려 뜨겁게 타오를 생각입니다. 잘 부탁드립니다.

✧ 당신은 언제나 옳습니다. 그대의 삶을 응원합니다. — **라의눈 출판그룹**

라그나로크:Re

2. 맹수들의 미메시스

초판 1쇄 2019년 5월 15일

지은이 야스이 켄타로 **일러스트** 이와모토 에이리 **옮긴이** 김동주
펴낸이 설응도 **기획** 조동현 **편집주간** 안은주
영업책임 민경업 **디자인책임** 조은교

펴낸곳 라의눈

출판등록 2014년 1월 13일(제2014-000011호)
주소 서울시 강남구 테헤란로78길 14-12(대치동) 동영빌딩 4층
전화 02-466-1283 **팩스** 02-466-1301

문의(e-mail)
편집 editor@eyeofra.co.kr **마케팅** marketing@eyeofra.co.kr
경영지원 management@eyeofra.co.kr

ISBN 979-11-89881-05-4 (04830)
979-11-89881-00-9 (04830) (set)

라루나는 라의눈출판그룹의 브랜드입니다.